Una Vida Equivocada

Distancia de Mente

Antonio L. Bugarin

Trabajo ficticio

Esta es una obra de ficción. Los nombres,
personajes, lugares e incidentes son producto de la
imaginación del autor o se utilizan de forma ficticia.

Algunas personas, vivas o fallecidas, pueden ser
reales, pero sus palabras y acciones son obras de
ficción.

Gracias a mi amiga, Tori Peterson, por su interés y deseo de participar, por su revisión ortográfica y gramatical, y sobre todo, por su entusiasmo y consejos en la creación de mi libro.

Contenidos

Elegir mi realidad: En mi mente, todo es como era antes. Todos vivos, todos jóvenes, y todo absolutamente sin cambios. ¿Es posible que lo único que existe entre hoy, y ayer, es distancia de mente? Si es así, ¿será posible volver a ayer para obtener un pedacito de ayer? ¿Sin cambios, sin contaminación, que se vea, que se siente y huela como ayer?

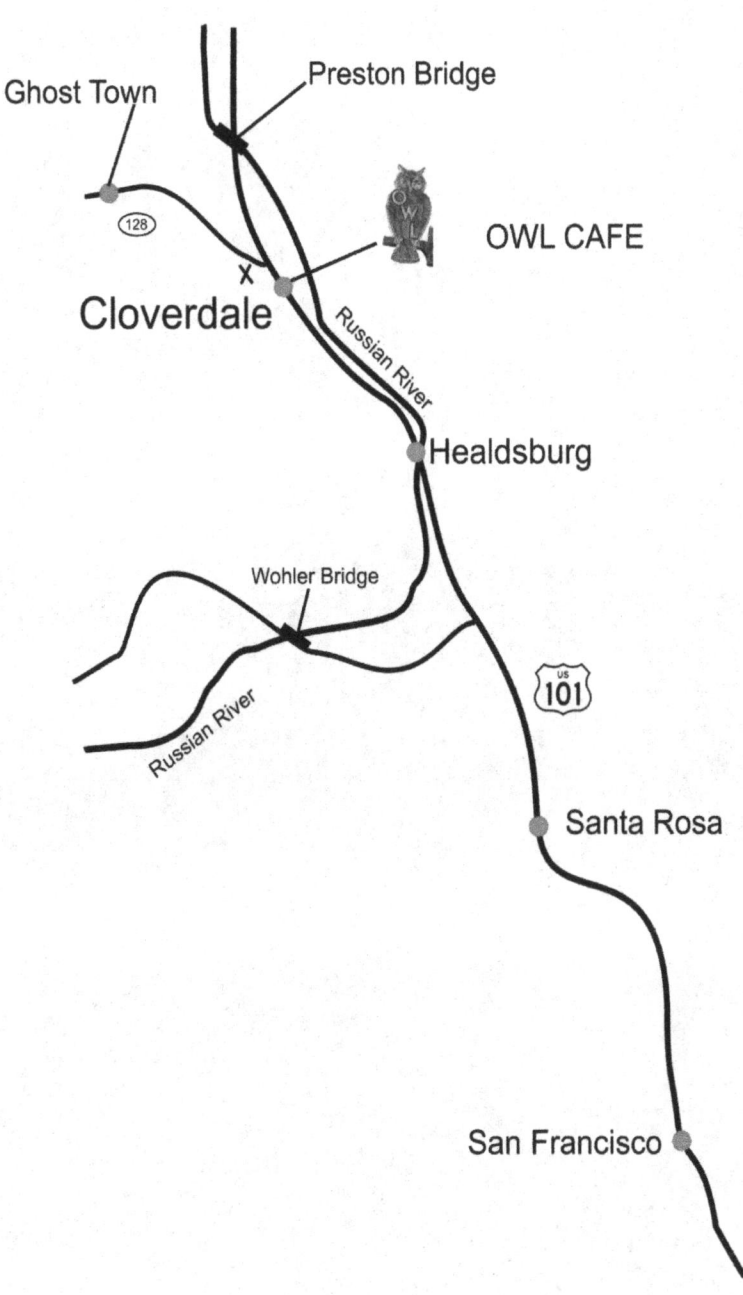

Ghost Town

Preston Bridge

OWL CAFE

128

Cloverdale

Russian River

Healdsburg

Wohler Bridge

Russian River

US 101

Santa Rosa

San Francisco

1. EL SONIDO DE OTRO LUGAR

Mientras estaba entre amigos que no tenía, me resultaba imposible mirar hacia delante. Cuando pensaba en el futuro, siempre me llevaba a mi pasado. Sentía que mis pensamientos se escapaban. Si lo piensas bien, es extraño: algo dentro de mí se escapaba. Más extraño que eso es que, a veces, sentía como si estuviera escapando de ellos. Y esa noche no fue diferente, porque allí estaba, una vez más, mirando mi anuario. Lo llevaba conmigo a todas partes. No sé por qué. Quizá porque me hacía sentir bien, cómoda, más bien. Había algo en su olor, en su tacto, cuando tocaba mi mano. Ábreme, casi podía oírlo decir, y todo estará aquí, llueva o haga sol, de día o de noche, pase lo que pase.

A medida que los minutos se convertían en horas, O las horas en minutos, me encontraba mirando fijamente la imagen, y me refiero a la imagen. Porque había muchas,

1

pero aquella noche era una la que me mantenía donde no estaba. Parecía otro mundo, pero quizá lo fuera. ¿Quién puede decir que no lo sea? Y con eso, pasé las páginas y todo volvió. Allí estaba, voluntariamente, sin una pizca de vacilación, una familiaridad innegable. Mientras miraba la foto en blanco y negro del Owl Café, por razones que no podía ni empezar a explicar, se transformó lentamente en toda la gama de colores. Allí estaba, perfectamente centrado en el tejado plano del edificio de dos plantas, "DAN'S OWL CAFE", en neón azul y rojo. Subrayado con neón blanco que se extendía más allá de las letras a todo lo ancho del edificio. No tenía ni idea de quién era Dan, pero sin duda sabía lo que hacía. Más allá de la esquina delantera derecha del edificio, como si estuviera flotando en el aire, un búho de dos metros de altura trazado en neón rojo. Diagonalmente, sobre su pecho en letras mayúsculas, estaba la palabra, OWL, también en neón rojo. Era como si estuviera esperando para saludar a todos los que entraban y salían de Cloverdale, una hora norte de San Francisco, en el norte de California, por la carretera 101. A la derecha y a la izquierda del búho había muchas líneas verticales de neón azul bebé. Estas líneas tenían un propósito. Iluminaban todo el edificio y señalaban las ventanas y la puerta principal.

"Vaya, qué diseño", dije al espacio vacío que me rodeaba. Mi corazón empezó a latir con fuerza, su eco en mi cabeza, y el silencio a mi alrededor. Ahí estaba, en la foto, un número de teléfono, a la vista de todos. ¿Cómo puede ser? No lo había visto antes. Lo siguiente que oí fue el timbre de un teléfono al otro lado. ¿Y si contesta alguien? ¿Qué voy a decir? ¿Quizá debería colgar?

"Deprisa, cuelga", oí en mi cabeza.

Entonces oí a una mujer decir. "Me gusta mucho hablar contigo, ¿puedes esperar"?

¿"Puedo esperar"?

"Sí".

¿"Qué quieres decir"?

"Necesito hacer algo, ¿puedes esperar"?

"Ah, sí, claro", dije.

"Vale, ahora vuelvo", y puso el teléfono en espera.

Oí su voz en mi cabeza. ¿"Puedes aguantar"?

Pensé en ello y me di cuenta de que no recordaba que hubiera contestado al teléfono, y mucho menos que hubiera mantenido una conversación. Quizá se equivocó de línea y pensó que estaba hablando con otra persona. Miré mi anuario y al pasar la página vi una foto de, Cloverdale Licorería. Vaya que tengo recuerdos de este lugar. Dejé el teléfono sobre la encimera y cogí el anuario para verlo más de cerca.

Dos Jorges de pie detrás de la licorería. El pie de foto decía.

"Propietario de, Cloverdale Licorería, Jorge número uno, y Jorge número dos, ya sabes quién", o, como lo conocía en la ciudad, Borracho Jorge.

Como si no tuviera elección, un recuerdo de antaño acudió a la llamada de un amigo. Era un viernes por la noche, después de un partido de baloncesto en el noventa y setenta y seis. Yo estaba en el último año de la escuela secundaria. Pat Daly, Cathy Crittendon, y yo estábamos sentados en la camioneta de mi padre, detrás de la licorería, esperando a borracho Jorge que vuelva con nuestra cerveza.

¿"Qué demonios es esto"? Preguntó Pat. ¿"Llamas a esto música? Vamos, pon algo de rock de verdad".

3

Pat expulsó el ocho pistas y metió la banda, Steppenwolf.

"Aquí viene Jorge", dijo Cathy.

"Ya era hora. Ahora vuelvo", dije.

Abrí la puerta para recibirlo, pero me hizo señas de que no me moviera. Borracho, como siempre, y sin darse cuenta de que mi puerta estaba entreabierta, se acercó y me entregó la caja de cerveza a través de la ventanilla de la puerta entreabierta.

"Aquí tienes, no se divierten demasiado, pequeños gamberros", Él arrastró las palabras.

"Gracias, George", dijo Cathy.

"Sí, tío, muchas gracias", dije mientras nos dábamos la mano.

¿"Por qué le das las gracias"? Preguntó Pat en tono despectivo. ¡"Es un vago"!, añadió.

George se inclinó hacia el camión y le miró.

"Un vago y orgulloso de serlo, y tú estás siguiendo mis pasos pedazo de mierda, solo espera y verás. ¿Pero sabes qué"?

Me señaló, "de nada", señaló a Cathy, "y tú eres bienvenida". Miró a Pat, ¿"pero tú? Te veremos en la calle dentro de un par de años. Como yo. Pequeña mierda". Se echó a reír, se dio la vuelta y se marchó.

¿"Cuál es tu problema"? Le pregunté a Pat.

"Oh, mierda", dijo Cathy.

Me giré para ver qué miraba y vi a un policía bajito y gordo que doblaba la esquina de la licorería.

Pat miró y al instante dijo, "oh mierda, date prisa en despegar".

"Oh, tío viene directo hacia nosotros, no puedo despegar ahora".

4

"Despega, deprisa", exigió Pat.

"No puedo, es demasiado tarde".

"Estamos muertos, no puedo creerlo", dijo Cathy.

"Ahora estoy de mierda hasta el cuello", dijo Pat en voz baja.

¿Qué demonios vamos a hacer? Será mejor que piense en algo rápido. Sería un desastre que nos detuvieran por comprar cerveza. Miré la caja de cerveza que tenía en el regazo y me di cuenta. La coloqué entre Cathy y yo. Cogí mi chaqueta y la coloqué encima de la cerveza.

"Vale, ahora inclínate hacia mí", le dije a Cathy, "más, más, Jesús".

Se dio cuenta de lo que estaba haciendo y se apoyó en mí como si fuéramos novios, tapando la cerveza que había entre nosotros. Cuando el policía se acercó a nosotros, me di cuenta de quién era.

"Dios mío", susurró Cathy.

Sentía cómo le temblaba la pierna. Intenté calmarla. "No te preocupes, estamos bien."

"Ha sido un partidazo el de esta noche, vosotros sí que les dais caña", dijo con su extraño acento. Extendió la mano para estrechármela.

"Gracias", dije, "ha sido difícil, pero hemos conseguido ganarles".

¿Lograron vencerlos? Ustedes los destruyeron".

Miró a Cathy. ¿"Y cómo te llamas, señorita? Me cuesta seguirlos a todos".

"Hola, soy Cathy".

"Oh, es cierto. ¿Sabes qué? Estoy invitado a la fiesta de tu papá la próxima semana".

"Oh, que bien". Cathy logró decir.

"Saluda a tu papá de mi parte, ¿quieres"?

"Seguro que lo haré". Dijo Cathy.

Miré que le estaba trabajando el cerebro a Cathy mientras pensaba: ¿cómo voy a explicarle esto a papá?

El policía se inclinó y miró a Pat. ¿"Pat, estás escondiendo de mí"?

Pat se inclinó hacia delante y lo miró. "No señor, solo relajando por aquí".

El policía me golpeó en el hombro. Se rio.

"Ah, ¿puedes creerlo? No puedo creer a este tipo. ¿Solo relajando? Pat, Pat, ¿es gracioso o qué"?

Intenté reír, pero solo sonreí.

Miró a Pat. "Pórtate bien, Pat. Sabes que tu madre me dijo que te vigilara. Sí, me lo dijo, vigila a mi hijo por mí. No quiero que se relaje demasiado".

Me golpeó de nuevo en el hombro y se rió aún más fuerte. "Míralo, míralo". Señaló a Pat, "ah, solo estoy jugando Pat. ¡Tranquilo! Ni modo, demasiado tarde, ya se relajó".

Los tres nos reímos. Recuperó el aliento y me miró.

¿"Cuántos puntos has marcado esta noche"?

"Dieciséis".

¡"Dieciséis! Guau, gran trabajo. ¿Sabes qué? Ahora que te tengo aquí y todo. Quiero darte las gracias por entrenar a mis dos hijos. Realmente esperan con ansias la práctica de baloncesto contigo, ¿sabes"?

"No hay problema, lo disfruto", dije y alcancé el encendido.

Sorprendido al verme alcanzar el encendido, giró todo el cuerpo hacia la izquierda y miró a su alrededor fingiendo vigilar. Como si volviera a estar de policía. Observé su lenguaje corporal y me pareció gracioso. El policía añadió.

"Bueno, hay mucha actividad esta noche, así que tengan cuidado, ¿quieren"?

6

Giré el encendido y el camión arrancó.

Retrocedió y dijo: "Muy bien, chicos, tranquilos".
Volvió a mirar dentro del camión.

¿"Pat"?

"Sí señor".

"Será mejor que te tomes un café, ¿me oyes"? Volvió a
reírse y me golpeó en el hombro.

"Sí señor", dijo Pat.

Agarré la palanca de cambios, metí la marcha atrás y
empecé a retroceder.

"Adiós, adiós", dijo Cathy.

"Saluda a los chicos de mi parte", grité.

"Les diré que les mandas saludos, puedes apostarlo."

Salí de mi memoria para encontrarme en un vacío de
referencia, más allá de los límites del tiempo, viajando sin
distancia en medio de la ausencia de presencia. ¿Era un
minuto o una hora? ¿Era de día o de noche? ¿Por qué
querría alguien saberlo? Mientras miraba aquella imagen,
eso muy fácilmente podría ser mi realidad. ¿Por qué no? Al
fin eran los tiempos de antes. Eran tiempos más sencillos.
Un par de cervezas, un amigo o dos, y empezaba la fiesta.

Pero, ¿era realmente más sencillo? ¿O es que yo era más
sencillo?

¿He Cambiado yo, o ha cambiado el mundo? ¿Cómo se
puede uno pasar de aquello a esto? Pero, ¿qué es esto? Yo
sabía lo que era, lo de antes. Pero, ¿fueron realmente todos
aquellos días buenos? Quizá yo, o nosotros, olvidamos los
malos. Los ponemos en el fondo de nuestro cerebro, fuera
de nuestro alcance, y por eso rememoramos los buenos
tiempos. Pero tal vez no olvidamos, es un instinto de
supervivencia y no algo que elegimos. Nos elige a nosotros.
Es una evolución en nuestra mutación genética inculcada

por la naturaleza. Lo adquirimos en el camino por ensayo y error. Por la exposición a los elementos de la vida, el fracaso, la tristeza, el rechazo y, sobre todo, el arrepentimiento. Todos los malos elementos que nos machacan, un minuto, un día, una década a la vez. Con el tiempo se convierten en una especie de mecanismo instintivo: la capacidad de olvidar, ¿o de borrar?

Algunos manejan los elementos de la vida mejor que otros, o peor depende como lo mire uno, y por eso son los más felices. Ahora tengo que preguntarme qué recuerdos se me escaparon y cómo es que algunos recuerdos tienen la implacable capacidad de aferrarse a mí, de perseguirme, más bien. Y con eso, vino esto. ¿Los elegí yo, o ellos me eligieron de mí, y si es así, por qué? ¿Qué tienen ciertos recuerdos que tienen la capacidad, la determinación de controlarnos? Como si fueran entidades capaces de elegir y tomar decisiones.

Volví a abrir el anuario y todo parecía el reflejo de un érase una vez, de un érase una vez, un pueblecito, en el que solo puedo suponer que residía mi pasado. ¿Cuánto tiempo hace que me fui? Mejor que eso, ¿por qué me fui? ¿Es posible que me fui por razones que no recuerdo? ¿Cómo puede uno no recordar algo tan importante? ¿Quizás uno de esos borrados instintivos del cerebro para protegerme de algo que salió mal? Una de esas decisiones que tomé solo para arrepentirme. Solo para encontrarme años después en una realidad que solo puedo asumir que es aquí, en el sur de California, donde se supone que debo estar. Como si tratara de encontrar la distancia entre esto, y mis pensamientos, me sacó de eso para ver el teléfono en el mostrador.

"Dios mío, ¿qué ha pasado"?

Descolgué el teléfono, "hola, hola, oh, no, no lo puedo creer". Volví a marcar. Oí sonar el teléfono.

"Owl Cafe, ¿puedo ayudarle"?

"Oh, hola. Estuvimos hablando antes".

"Oh, hola, me alegro de que hayas vuelto a llamar. ¿Qué ha pasado? ¿Me has colgado"?

"No, no, no sé lo que pasó".

¿"Sabes qué"? Me dijo: "Llevo una hora hablando contigo y ni siquiera sé cómo te llamas. ¿Cómo te llamas"?

Oí sonar un timbre.

"Chico, tu sincronización apesta, ¿lo sabías"? Ella gritó. "Lo siento, tú no, el cocinero de aquí. Mira, no cuelgues. Tengo que recoger mi comida. Ahora vuelvo, ¿vale"?

"Oh, claro, vale."

"Recuerda, no cuelgues, ahora vuelvo".

En lugar de ponerme en espera, me llegó el sonido del teléfono y del objeto sobre el que lo había colocado. Fue en ese preciso momento cuando me di cuenta de que podía oír el sonido de otro lugar. Es un poco raro cuando lo piensas así. El sonido de otro lugar. Supongo que cuando el árbol cae, hace un sonido. ¿Quién era el tipo que hizo esa pregunta? Debe haber sido estúpido, o no tenía teléfono. Tal vez lo dijo antes de que inventaron el teléfono. O, el árbol no hacía ruido hasta que inventaron el teléfono. ¿Cómo íbamos a saberlo? Pero ahora, hace un sonido, tiene que hacerlo. Porque estoy oyendo el sonido de otro lugar. Oigo hablar a la gente, cacerolas y otros sonidos indistinguibles. Alguien debió de abrir la puerta principal porque oí pasar un coche. Y justo antes de que se cerrara la puerta, vi claramente mientras viajaba en el aire, el ladrido de un perro solitario. Qué ladrido más solitario. Me pregunto cómo sería estar allí ahora mismo, pensé. Seguro que hace frío allí en el norte. Debería haberle preguntado. Por lo que sé, no hace nada de frío. Pero había algo en esa corteza que me decía que hacía frío.

En mi mente, podía verla de pie ante una mesa. Me pregunto qué habrá pedido. Quizá sea una familia, o una ella. Cerré el anuario y lo abrí. Volví a cerrarlo y volví a abrirlo. Había algo emocionante al abrirlo. Era como el comienzo de una película. Volví a cerrarlo y, esta vez, lo abrí desde el principio y vi algo que nunca había visto. Un trozo de una página perdida que sobresalía de la encuadernación. No me acordaba de esto. ¿Qué ha pasado aquí? ¿Por qué falta esta página? Aquí, justo aquí, al principio. ¿Hice esto y no me acuerdo? Es imposible. ¿Por qué arrancaría una página de mi anuario? ¿No es ese el punto, recordar? ¿Es otro borrado? Tal vez; pero no instintivo. Fue deliberado, con intención. Cuando pensé en eso, sentí que me alejaba. Como si estuviera mirando a través de los ojos de otra persona. A una memoria que alguien dejó atrás. ¿Pero por quién? ¿Por qué iba a sentir eso? ¿Cómo podría saber lo que es sentir los restos de la memoria de alguien? Luego vino el miedo. ¿Por qué iba a sentir miedo? Pasé muchas páginas al azar y me detuve. Allí estaba ella, delante de la tienda de su padre. Tan hermosa, como siempre, Joan Briganti, el amor de mi vida.

2. MI SEGUNDA SONRISA

Los primeros días del curso escolar fueron una tortura.
Recuerdo aquella mañana en la clase de matemáticas de
primero del Sr. Walton, allá por mil novecientos setenta y
tres. Hice lo que pude para sentarme cerca de Joan
Briganti. Poder ver sentarme detrás de ella fue increíble.
Ahora puedo disfrutar de ella durante una hora entera, y sí,
ahora puedo oler su hermoso aroma durante una hora
entera. No sabía lo que era, pero lo era.

Estaba en sexto curso la primera vez que la vi.
Acabábamos de mudarnos a Cloverdale. La secretaria de la
escuela me acompañaba de la oficina al aula. Y fue en ese
primer paseo de esa primera mañana cuando la vi por
primera vez. No sé por qué no estaba en clase como los

demás, pero allí estaba ella y allí estaba yo. Viéndola deslizarse por el patio, y digo deslizarse. Era como si desafiara la gravedad. Había una gracia en ella, una sincronía con el mundo que la rodeaba mientras se movía por el espacio y su pelo brillaba al sol de la mañana.

De niño, ya había visto chicas guapas, pero en ella había algo más que belleza. No estoy seguro de lo que era, pero lo era, y me gustaba. Una cosa es segura, estaba en medio de un momento que nunca olvidaría. La secretaria se detuvo de repente en la puerta del aula y me tropecé con ella.

"Oh, lo siento", dijo ella.

Mi chica antigravedad miró hacia mí, nuestros ojos se cruzaron y vi lo que llamaría el resto de mi vida, mi primera sonrisa. Quién me iba a decir a mí que años más tarde, sentado detrás de ella, viviría otro momento inolvidable. Había algo tan mágico en su forma de sentarse como en su forma de andar. Me preguntaba: ¿qué hay en ella que da origen a todo lo que siento por ella? ¿Es amor lo que siento u obsesión? ¿Qué provoca una cosa u otra? ¿Su hermoso rostro, sus anchos hombros, la curvatura de su espalda, su pequeña cintura, sus caderas dadas por Dios, o todo lo anterior? Una cosa es segura, gracias a Dios por los abrazadores de caderas, de lejos lo mejor que salió de los sesenta.

Salí de mi pensamiento para ver el aula sumida en un caos loco. David Johnson, amigo mío desde sexto curso, estaba rodeado de amigos. Vivía en la casa más céntrica de todos nosotros. Así que, independiente de la escuela al que fuéramos, su casa siempre estaba perfectamente situada. Y por esa razón, y por un par más, la casa de David era nuestra parada en boxes, nuestra casa de relajo más bien. Un día, allá por el curso, David, otro de mis amigos Jerry y yo subimos por el lateral de su casa y entramos en el patio trasero. David se detuvo y nos miró.

¿"Quieres ver algo"? Una gran sonrisa apareció en su rostro.

¿"Qué"? Preguntó Jerry.

"Claro", dije, sin darle importancia.

David se dio la vuelta y se dirigió a la casa del árbol como ya habíamos planeado, pero en lugar de caminar, echó a correr. Me pregunté de qué estaría hablando. Solíamos esconder allí revistas de coches y caramelos. Las barritas Maratón eran nuestras favoritas, así que pensé, oye, a lo mejor tiene más caramelos. David se acercó al árbol y se volvió hacia nosotros, esta vez con una enorme sonrisa, riéndose pero sin hacer ruido.

¿"Qué está pasando"? Preguntó Jerry, mientras extendía la mano y pellizcaba la teta de David.

"Ay, ya basta", dijo David, apartó a Jerry de un empujón y empezó a subir la escalera.

Jerry me miró, ¿"qué está pasando"?

"Ni idea".

Jerry empezó a subir la escalera. Empecé a subir la escalera. Me detuve a mitad de camino, con los pies aún en la escalera, y observé a David mientras su excitación me causaba curiosidad.

"Vamos, vamos, entra aquí". David me hizo señas para que entrara.

Miré a Jerry interrogante, pero no dije nada.

"No me preguntes", dijo Jerry.

"Vamos, deprisa", dijo David.

Esto tenía un aire diferente, algo ilegal como marihuana o cerveza, pensé. Me metí completamente en la casa del árbol. David se acercó y cerró la puerta, una manta que habíamos colgado en la abertura de la casa del árbol.

"De acuerdo", dijo con una sonrisa diabólica.

Y con esa expresión, supe que algo diferente estaba pasando.

Cogió la caja de madera en la que guardábamos las revistas del coche y las barritas Maratón, y la apartó para dejar al descubierto una bolsa de papel. Se tapó la boca para no reírse. Cogió la bolsa, metió la mano, se detuvo y nos miró.

"Vale, date la vuelta", dijo David.

¿"Por qué"? Preguntó Jerry.

"Vamos David, ¿cuál es el problema"?

Dije, fingiendo que no me importaba.

"Date la vuelta", dijo David.

"Vale", dijo Jerry, como diciendo, "da igual".

Ambos nos dimos la vuelta y esperamos.

"Vale, date la vuelta", dijo David en un susurro.

Nos dimos la vuelta y allí estaba. Una enorme foto de una hermosa chica rubia desnuda tumbada sobre una alfombra roja.

"Dios mío", dijo Jerry, "mírala".

No podía hablar, era con diferencia lo más increíble que había visto nunca. La idea de que una chica se desnudara delante de mí era inimaginable, y mucho menos delante de una cámara. Y en medio de su belleza desnuda, me encontré pensando, chico apuesto a que sus padres están enojados. Allí estaba desnuda, tan desnuda como podía estar, justo delante de un tipo con una cámara.

"Tengo que conseguirme una cámara", dije en voz alta para mi sorpresa.

Jerry y David me miraron preguntando.

"Ah, no importa", dije y me perdí en mis pensamientos,

fantasía era más bien. Durante el siguiente par de horas tuvimos un maratón de la revista Playboy Maratón Bar, la vida era buena.

Salí de ese pensamiento sentado en el aula. David estaba rodeado de un grupo de chamacos. Estaban riendo, bromeando y pasándoselo bien. David era uno de esos niños que lo tenían difícil en casa. Yo le miraba con el pelo alborotado, con la misma ropa de ayer, y pensaba: creo que no se ha duchado. Una mañana, le pregunté. "Oye, ¿qué comités para el desayuno"?

"Nada", dijo.

No le creí. ¿"Así que tu madre no te hizo desayuno"?

"No." Dijo y se marchó.

Le seguí e insistí: "Bueno, ¿qué tuvo tu madre de desayunado?".

Se detuvo y se dio la vuelta para mirarme.

¿"A qué vienen esas preguntas"?

"Solo me preguntaba, ¿no tienes hambre? Sé que yo sí".

"Mira", dijo, "mi madre desayuna cerveza y cigarrillos todas las mañanas, ¿vale? ¿Y en caso de que te estés preguntando por la comida y la cena? Sí, así es".

Se dio la vuelta y se fue. Intenté recordar si habíamos almorzado o comido algo en su casa, aparte de las barritas Maratón, pero no pude. Salí de mi pensamiento para ver la clase estaba descontrolada, salvo unos pocos de nosotros. Mark Bennett estaba sentado en silencio un par de pupitres delante de mí. Era un chico que salió de la nada. La historia era que Mark no era un chico al que molestar. Un profesor de su antiguo instituto cometió ese error, y según me contó Mark, cuando le pregunté si la historia era cierta.

"Quemé los putos baños", dijo como si no fuera para tanto.

15

"Me estás tomando el pelo, ¿verdad"? Pregunté, sin creérmelo.

"Permítanme que se lo diga de esta manera", si alguna vez van al la escuela de Ukiah, por cualquiera estúpida razón que sea, tómense el tiempo de disfrutar de sus baños nuevos, cortesía de ya saben quién ".

Mark apartó la mirada, sin sonreír, sin fruncir el ceño, sin nada. Vaya, pensé, este tío es un tío duro. Mientras pensaba en eso, la clase se detuvo cuando el señor Walton abrió la puerta, y en lugar de entrar, se quedó de pie en el umbral, empapado de agua. Los últimos cabellos que le quedaban en la parte superior de la cabeza goteaban sobre sus largas patillas y sobre su camisa. Se quedó allí de pie y miró a su alrededor, como si quisiera dar a todos la oportunidad de verlo. Luego se acercó lentamente a su escritorio y lo miró casi como si no estuviera allí. Al cabo de un minuto, cogió su silla, le dio la vuelta y se sentó. Agarró el escritorio y se acercó a él hasta terminar con la mitad del pecho contra él. Pensé que iba a decir algo en ese momento. Pero no, en lugar de eso, su atención pasó del escritorio al fondo de la habitación. Entonces pensé, ¿me estoy perdiendo algo? Por si acaso, muy despacio, me di la vuelta y miré a la pared que teníamos detrás y no vi nada más que la pared. Todos esperábamos a que hiciera algo, pero nada es lo que hizo, y lo hizo durante demasiado tiempo. La clase volvió a sumirse en el caos. David sacó otro Magazine, los chamacos se apiñaron a su alrededor.

La chica que estaba detrás de mí, Lisa, que llevaba maquillada desde los ocho años, se inclinó sobre mi hombro y me susurró al oído.

"Dios mío, parece que estos chicos han conseguido más de lo que esperaban".

¿"Qué chicos"? Susurré.

"Sabes, Richard y esos chicos, pusieron un cubo de agua encima de la puerta del baño", susurró.

¿"Por qué"?

"Estaban intentando coger a Neg", soltó una risita. "Sabes, a Craig, intentaban empaparle justo antes de clase y supongo que consiguieron a ya sabes quién".

Pobre Sr. Walton, nunca le sale algo bien. Él, con su calva y sus largas patillas. Patillas que por muy largas que fueran, nunca compensarían la ausencia de pelo en la parte superior de su cabeza. Juro que una vez vi una foto de Sr. Walton en un libro de historia, de los años mil ochocientos. Lo juro. Quiero decir que lo juro, pero no estoy seguro. Después de estar sentado en su escritorio sin hacer nada durante demasiado tiempo.

Finalmente, se metió la mano en el bolsillo trasero y sacó un pañuelo. Lo desplegó completamente y se detuvo. Se secó la parte superior de la cabeza y la cara, se detuvo y nos miró. Todos apartamos la mirada. Pensé: "Esto es cada vez más raro. ¿Por qué no se limpió antes de venir a clase? No me lo podía creer. Luego se secó el cuello y debajo de la barbilla. Y muy despacio, con mucho cuidado, colocó el pañuelo en el borde de la papelera para secarlo. Como si lo estuviera colgando de un tendedero. Raro, pensé, muy raro.

Metió la mano en el escritorio, sacó un peine y se peinó los pocos cabellos que le quedaban en la cabeza. En ese momento, miraba hacia abajo, más allá de la parte delantera de su pupitre. A los pies de la primera fila de alumnos. ¿A qué viene eso? Pasó a la patilla derecha. Se peinó con movimientos largos y lentos una y otra vez. Algunos nos miramos. Otros miraban por el rabillo del ojo temiendo ser vistos. Sin necesidad de preguntar a nadie, seguro que todos nos preguntamos: ¿cuánto tiempo va a peinar esa misma patilla? Se detuvo. Justo al comienzo de bajar con el peine. Parecía que había sufrido un cortocircuito. Por fin, me dije. Pero en lugar de empezar por la izquierda, se quedó inmóvil unos segundos. Respiró un poco. Movió lentamente el peine y lo colocó justo delante de sus ojos. Y ahora qué, me pregunté. Parecía un suspenso, pero no lo era. Solo era un hombre peinándose las patillas.

¿Por qué debería importarme a mí o a cualquiera de nosotros? Con la mano derecha sosteniendo el peine delante de los ojos, bajó la mano izquierda, levantó el pañuelo de la papelera y se secó el peine. Volvió a colocar el pañuelo en el borde de la papelera. Se peinó lentamente la patilla izquierda, una vez más durante demasiado tiempo. Volvió a detenerse a mitad del peinado. Pensé que tal vez no era una acción voluntaria. Por lo que sabíamos, su cerebro había sufrido un cortocircuito o algo así. Nos miró. Todo el mundo apartó la mirada. Yo, sin embargo, mantuve un ojo en él.

Colocó el peine sobre su escritorio. Se inclinó hacia atrás mientras el chirrido de su silla llenaba la habitación como pidiendo un poco de lubricante. Empujó los reposabrazos y se levantó. La silla volvió a su posición original. Se puso de pie, nos miró y no dijo nada. Se giró, se acercó a la pizarra y se quedó mirando hacia ella durante unos segundos. Extendió la mano y cogió un trozo de tiza, levantó la mano y presionó suavemente la tiza contra la pizarra. Se detuvo. Pasaron unos segundos y, finalmente, empezó a trabajar en un problema de matemáticas. Se detuvo otra vez y se volvió hacia la clase.

"Alumnos, alumnos, saquen sus libros de texto y vayan a la página veinticuatro", dijo en voz baja.

Se volvió hacia la pizarra y continuó con su pequeño problema de matemáticas. Su voz se deterioró hasta un volumen en el que nadie podía oír lo que decía. Mientras esto seguía y seguía, la clase volvió a sumirse en el caos. Al cabo de unos minutos, dejó de escribir y de hablar. Se quedó de pie frente a la pizarra, una vez más durante demasiado tiempo. Sacudí la cabeza pensando en lo inusual que era esto. Tal vez, solo tal vez, esta vez su cerebro se cortocircuitó para siempre, pero no, no hubo suerte. Se volvió lentamente hacia su pupitre, se acercó a él, cogió un libro y lo golpeó contra la mesa. La clase se detuvo. En ese momento, estaba mirando a un hombre que nunca había visto.

¡"Cállensen, cállense! ¿Qué crees que es esto, una barbacoa familiar"? Gritó con todas sus fuerzas.

Con unos pulmones que no sabía que tuviera. Una expresión que escondió bajo esas largas patillas durante Dios sabe cuánto tiempo. Nos congelamos como ciervos en sus faros.

¿"Quién demonios es este"? Dije en voz baja.

El Sr. Walton se mantuvo erguido y, por primera vez, pensé que estaba orgulloso. No sé por qué lo pensé, pero sin duda era la cara de un hombre orgulloso. Tal vez era su capacidad de mando, de hacer que todo el mundo se detuviera en seco, lo que lo hacía sentirse orgulloso. ¿Y ahora qué? ¿Puede ser que después de todas esas historias de que era un cobarde, haya otro hombre debajo de esa cara de cobarde? Quizás, este era el hombre que, de vez en cuando, lo miraba observándonos, y digo observando no mirando. Digo esto porque de vez en cuando, nos mandaba leer un capítulo en clase, lo cual era raro para empezar. Mientras leíamos, yo levantaba la vista del libro de texto solamente con los ojos, sin mover la cabeza. Y para mi

19

sorpresa, el señor Walton hacía exactamente lo mismo que yo. Sus pupilas pegadas a sus párpados superiores, yendo y viniendo, mientras miraba hacia abajo, fingiendo leer. Como si no quisiera que supiéramos que nos estaba observando.

Como un espectador que se coló en el partido de fútbol y se sentó bajo las gradas a mirar. No solamente el partido, sino escuchando a la gente de arriba. Escuchando conversaciones de las que en otra vida, seguro que le habría gustado formar parte. Pero en esta vida, formar parte de la conversación lo habría convertido en uno de nosotros. Y eso le habría negado el placer de espiar a sus congéneres. Más bien a sus compañeros de estudio.

Por lo que sabía ni siquiera eso. Para él, creo que todos éramos animales, más bien bacterias. En ese momento, él, estoy seguro, habría pensado en sí mismo como el científico. El científico que estaba lo suficientemente lejos de la placa de Petri para no infectarse, pero lo suficientemente cerca para ver el caos en nuestro pequeño mundo. Como si estuviera aquí para ver el espectáculo, no para formar parte de él. Pero en este caso, el espectador, el científico, se ha acercado demasiado. No solo se ha empapado de agua, sino que ahora está infectado. Y por primera vez, se ha convertido en un miembro participante del reparto. Tras cerrar el libro de golpe, se puso de lado, mirando a su pupitre, no a la clase. Y allí estaba, mirando por el rabillo del ojo izquierdo cómo todos volvían a sus pupitres. Y allí estaba esa sonrisita, esa sonrisita justo debajo de esa expresión de locura. Lo que me llevó a creer que él, el científico, estaba aquí para disfrutar de la revelación del experimento humano.

Con voz autoritaria, dijo: "Ahora, pase a la página veinticuatro".

Todos cogieron sus libros, algunos pasaron a la página veinticuatro, otros como yo. Se volvió hacia la pizarra y empezó a escribir. Como si tuviera poderes telepáticos, se detuvo, se dio la vuelta y miró directamente a un alumno. Y sí, ese alumno pasó a la página veinticuatro. Esperé a que me mirara, pero por razones que no podía explicar, se volvió hacia la pizarra. Se detuvo unos segundos. Empezó a escribir y, para mi asombro, allí estaba otra vez. El cobarde, el matemático farfullador, otra vez hablando en voz baja. Nos sentamos allí fingiendo prestar atención. Y de la nada, en voz alta, Mark Bennett dijo.

"Que alguien me pase la ensalada de patatas".

Todos se rieron. Mark dijo eso en referencia a que el Sr. Walton dijo, ¿qué crees que es esto, una barbacoa familiar? Llegados a este punto, no tuve más remedio, yo también me convertí en espectador y esperé a ver si el señor Walton se daba la vuelta, si es que lo hacía. Sin volverse, el matemático murmurador dijo tranquilamente.

"Mark, sal de mi clase".

Mark se quedó en su escritorio y dijo: "Acabo de pedir la ensalada de patatas", como si realmente esperara que se la pasaran. En ese preciso momento, se me ocurrió este pensamiento. ¿Es posible que estemos asistiendo a la batalla de dos tiranos con personalidades superpuestas?

Mark también era callado, tranquilo y relajado, y a menudo hablaba en voz baja, una especie de no participante. A veces también parecía un cobarde. Pero Mark incendiaba los baños. Entonces, ¿qué va a ser? Esto tengo que verlo. Y entonces, oí gritar al Sr. Walton.

¡"Fuera de mi clase"! Todavía frente a la pizarra.

Hizo una pausa de uno o dos segundos y esperó una reacción. Entonces pensé, este debe ser uno de sus

experimentos. No puede ser un acto al azar. Se dio la
vuelta para mostrar el rostro del científico loco y miró
directamente a Mark. Con pasos largos y rápidos, se acercó
a él. Miró a Mark y a velocidad del rayo, cogió sus libros
del escritorio.

¡"Levántate, levántate"! Gritó.

Mark giró la cabeza hacia la izquierda y hasta los ojos
del Sr. Walton. Sin pestañear y sin desviar la vista, se
incorporó lentamente. No porque se lo ordenaran, sino
para estar frente a frente con él. El Sr. Walton empujó los
libros en el pecho de Mark. Mark no lo reconoció. Sus
manos permanecieron a los lados.

¡"Fuera de mi clase"!

Gritó el señor Walton. Sus ojos se clavaron en la cabeza
de Mark, en busca de algo, algo que Mark no estaba
dispuesto a revelar. Inmóvil y sin expresión era el punto de
ataque de Mark, que le devolvía la mirada.

Sentí que se me erizaba la piel al sentir la intensidad de
su enfoque. Pensé, gracias a Dios estoy lo suficiente cerca
como para tener una gran vista de esto. El Sr. Walton se
mantuvo firme, sus fosas nasales se hacían más y más
grandes con cada respiración, mientras los segundos se
hacían eternos. Mark bajó lentamente la mirada hacia sus
libros, en las manos del Sr. Walton. Un respingo, pensé.
¿Mark se ha estremecido? Pero conociendo a Mark, no era
un respingo. Más bien fue una estrategia, derivada en los
pocos segundos que el señor Walton le dio por error.
Entonces pensé, espero que el Sr. Walton sepa con quién
está tratando. Y entonces, esta belleza de pensamiento vino
a mí. Espero que el Sr. Walton tenga seguro contra
incendios. Como para confirmar mis pensamientos de una
estrategia. Vi una lenta sonrisa en la cara de Mark mientras
seguía mirando sus libros.

Su negativa a aceptarlos confirmó que todo era una estrategia y que era él, y no el señor Walton, quien tenía el control. Mark levantó lentamente la cabeza. Volvió a clavar su mirada en los ojos del Sr. Walton, diciéndome una vez más que, efectivamente, se trataba de una estrategia. ¿Y ahora qué? Estuve a punto de decir en voz alta, pero por suerte lo mantuve en mi cabeza. La sonrisa de Mark fue aumentando poco a poco. Una sorpresa para todos, pero no para mí. Mark, muy despacio, levantó el pie derecho y dio un pequeño paso hacia un lado, alejándose del escritorio.

Seguro que el señor Walton pensó que lo había obligado a caminar alrededor de él, pero yo sabía que no era así. Mark dio un paso más y se detuvo. Luego dio otro paso hacia atrás y volvió a detenerse. Mantuvo la mirada fija en el Sr. Walton todo el tiempo. A su propio ritmo, retrocedió lentamente hacia la puerta. De vez en cuando, miraba a todo el mundo como si quisiera asegurarse de que todos estábamos disfrutando del espectáculo. El dramatismo estaba de altura alta y yo me encontraba en medio de todo ello, y me encantaba. Parecía una escena sacada de una serie policíaca de televisión, pensé. Pero esto no era una serie de televisión, solo estábamos nosotros, el científico loco y el pirómano. Mark retrocedió contra la puerta. Todo el tiempo sus ojos se fijaron en el señor Walton, que a estas alturas no tenía ni idea de lo que estaba pasando. Mark ladeó la cabeza y dijo con calma. "Dijiste barbacoa familiar. ¿Qué, nos hemos quedado sin ensalada de patata o algo"?

No me lo podía creer. Brillante, pensé, Mark lo ha clavado. Algunas personas se rieron y otras soltaron una risita. Miré para ver quién era tan estúpido como para reírse. Al instante miré hacia atrás para ver la siguiente arma elegida por el Sr. Walton. Con un gesto de mando, el brazo extendido más largo de lo que yo había notado nunca, el Sr. Walton señaló la puerta.

La sonrisa de Mark se desvaneció lentamente hasta convertirse en una mirada inexpresiva; su cara estaba casi irreconocible. Lentamente, se llevó la mano al bolsillo. El señor Walton se quedó boquiabierto. Para asegurarse de que todo el mundo lo viera, Mark sacó lentamente un encendedor. Luego levantó el encendedor hacia sus caras y se detuvo. La boca del Sr. Walton estaba abierta de par en par. El pulgar de Mark subió y dejó caer golpeando el encendedor. Una enorme llama salió disparada. No era un encendedor cualquiera. No, este era uno de los diseños de Mark. No avía duda. Vaya, me dije, mira qué llama. Como si fuera capaz de ver a través de los ojos de Mark, vi el miedo en la cara del señor Walton a través de la llama. Levantó la mandíbula, tragó saliva e intentó ocultar el miedo que ya se le había escapado. Esto me dijo que el señor Walton conocía bien el pasado llameante de Mark, pero en medio de su dramatismo había olvidado con quién estaba tratando.

Y por razones que no puedo explicar, Mark parecía estar en cámara lenta. Como si estuviera en una película. Entonces me pregunté, ¿soy solo yo, o todos lo estamos viendo a cámara lenta? En cámara lenta, Mark se inclinó hacia el mechero. Qué demonios está pasando aquí, oí, en mi cabeza. En lugar de apagar el mechero soltando el gatillo, inhaló, aguantó unos segundos, miró a su alrededor con los ojos sin mover la cabeza. Sus ojos volvieron al señor Walton. Exhaló y la llama se inclinó hacia el Sr. Walton, y su cabeza se inclinó institucionalmente hacia atrás, alejándose de la llama.

La cara del Sr. Walton se contorsionó en una expresión de total confusión. Mark no pudo contenerse. Su mueca se convirtió en una sonrisa plena. Una risita resonó entre sus dientes. Levantó la mano con la palma hacia abajo y la colocó sobre la llama. Su expresión no cambió a pesar del dolor que todos estábamos seguros de que sentía. Bajó la palma de la mano sobre la llama y la apagó. Esto sí que no me lo esperaba. Una vez más, brillante, pensé, brillante. Me pregunté, ¿qué más puede hacer para intimidar más al Sr. Walton? No hay nada, quiero decir, no hay absolutamente nada, esto es todo. Y para mi asombro, la mano de Mark tomó la forma de una pistola, con el mechero haciendo de cañón. Apretó el gatillo y se rió a carcajadas. No me lo podía creer. Era como si Mark hubiera escrito la escena y ahora la estuviera representando.

Sin dejar de mirar al Sr. Walton, dio un paso hacia su izquierda. Alargó la mano derecha hacia atrás, agarró el pomo y tiró de la puerta lo suficiente como para salir. Con los ojos fijos en el Sr. Walton, movió la mano del pomo a la puerta para mantenerla abierta el mayor tiempo posible. Salió, soltó la puerta y en ese momento tuve que preguntarme si la velocidad de los segundos, fue determinada de ellos solos. Por razones que no podía explicar, la puerta parecía haber tardado una eternidad en cerrarse finalmente. Lo siguiente que oí fue el clic de la puerta resonando en la silenciosa habitación. El cierre de la puerta me pareció extraño. Era como si Mark existiera un segundo y al siguiente no. No sé por qué pensé eso, pero lo hice.

Como si mi cabeza fuera una entidad aparte, sentí que giraba para ver al señor Walton, cuya boca se había vuelto a abrir. Vi los músculos moverse bajo sus patillas mientras tiraba de la mandíbula hacia arriba para cerrar la boca. Luego tragó la saliva que no le cayó en la barbilla y se limpió la que si se le avía caído. Estaba completamente seguro de su siguiente pensamiento. Será mejor que llame a

25

mi agente de seguros. Miró los libros de Mark que aún
tenía en las manos y se dio cuenta de que se había olvidado
de ellos. Avergonzado y sorprendido por su
descubrimiento, colocó rápidamente los libros sobre el
escritorio de Mark, pero con suavidad para no hacer ruido.
Con mis ojos fijos en Sr. Walton, Joan Briganti, mi belleza
antigravedad, se giró lentamente y miró por encima de su
hombro. Llevé mis ojos a los de ella con total incredulidad.
Sus labios suaves y llenos se estiraron lentamente desde las
comisuras de sus labios, empujando hacia arriba sus
mejillas. Sus mejillas empujaron hacia arriba sus ojos,
convirtiéndolos en un suave estrabismo, terminando en una
fantástica y hermosa sonrisa. Pensé: ¿a qué debo este
placer? En todos estos años, desde mi primera sonrisa,
nunca me había prestado atención, y mucho menos así.
Bajó la cabeza, seguida de los ojos, seguida de una ligera
inclinación de cabeza. Cautivado e incapaz de escapar, seguí
su mirada y, para mi sorpresa, vi mi mano agarrando su
brazo. No podía creerlo. La solté y estaba a punto de
disculparme cuando nuestras miradas se tocaron. Y sí, para
siempre me referiré a esto como mi segunda sonrisa.

3. UN FARO PARA LA VIDA

Una vez más me encontré donde no estaba, de vuelta en mi garaje, trabajando en mi pletina de ocho pistas y a años de la clase del profesor Walton. Había algo en los viejos estéreos que me hacía sentir bien. Estaban mejor hechos, eran más pesados. Esta cosa pesaba por lo menos siete o ocho libras, y eso me reconfortaba. Terminé de instalar una correa nueva y volví a instalar la placa frontal. Hace muchos años, pegué tapas de botellas de cerveza Pabst Blue Ribbon en los pomos de mi salpicadero, incluidos los de la radio y mi ocho pistas. Agarré los botones uno a uno, los lustré con mi camisa y los volví a pegar. A continuación, cogí un paño y pulí el cromado de la placa delantera. No es que no lo hubiera hecho antes, ni que tuviera importancia, simplemente no me cansaba de hacerlo. Senté las ocho pistas en mi mesa de trabajo y me alejé para verlo mejor.

"Mira todo el cromo, como debe ser el cromo, en abundancia", dije en voz alta.

Lo volví a levantar para verlo más de cerca. Lo volví a dejar en la mesa y me di cuenta de que incluso el sonido que hizo cuando lo coloqué en mi mesa de trabajo me hizo sentir bien. Luego me encontré levantándolo y bajándolo vez y vez mas solo para escuchar ese sonido. Sí, era tecnología antigua y me gustaba. Volví a pulir el cromo para asegurarme. Solo quedaba una cosa por hacer, ponerlo en marcha.

Acerqué la batería. Conecté el cable negro de la grabadora a la terminal de tierra de la batería. El cable rojo al terminal positivo. Cogí mi viejo receptor de la estantería y pensé, vaya, esto parece un frigorífico. Me gusta. Coloqué el receptor en mi mesa de trabajo. Le quité el polvo y lo limpié con un paño húmedo. Cogí un paño limpio y seco y lo limpié hasta que parecía nuevo. Tenía que verse bien para sonar bien. Así es como yo veía las cosas. Lo enchufé. Me alejé, lo miré y me encontré sacudiendo la cabeza y pensando: guau, esto es hermoso. Extendí mi dedo índice, presioné el gran botón de aluminio de encendido y apagado y me detuve a mitad de meterlo. Retiré mi dedo y sentí la suavidad de la acción. ¿Por qué ya no construyen cosas, cómo está? No lo entiendo. Lo empujé hasta la mitad otra vez y lo solté solo para sentir la acción. No pude evitar sonreír. Vi la punta de mi dedo cuando volví a estirarlo. Metí el botón hasta el fondo, sentí el gatillo y oí un clic mecánico. Pero no era solo un clic. Era un clic de baja frecuencia. El receptor se iluminó gradualmente con un suave resplandor verde dorado. Y digo gradualmente, fue como un lento, muy lento, fundido. Entonces me encontré pensando en el momento en que conecté mi primer estéreo. Me acosté en mi cama y miré para ver si tenía buena vista. Me levanté y giré mi estéreo para orientarlo directamente hacia mi almohada. Me volví a acostar y era perfecto. Había una sensación reconfortante y tranquilizadora en ese suave resplandor que me ayudaba dormir mejor. Muchas veces, durante mis años de escuela secundaria, cuando no podía dormir, encendía mi estéreo, bajaba el volumen al mínimo y me acostaba en la cama para poder verlo. Minutos más tarde, sentía que se me escapaba mientras ese resplandor abría paso en mis sueños.

Salí de mi pensamiento y me quedé mirando el largo dial horizontal de AM y FM. Era tan grande que se extendía de un extremo al otro del receptor. Era como una pista de aterrizaje para mi música y me encantaba. Mis ojos se movieron hacia los enormes VU-metros perfectamente centrados como si fueran bocinas. Qué diseño. Agarré el botón de sintonización. Me detuve, lo solté y me pregunté: ¿qué tamaño tiene esto? Cogí mi cinta métrica. La coloqué justo al lado del botón y mira esto, dos pulgadas de diámetro.

¡"Dos pulgadas! Eso es lo que llamo botón". Lo dije en voz alta. Bajé la cinta métrica.

Agarré el botón y le di vuelta suavemente en el sentido de las agujas del reloj y vi cómo mis dedos saltaban hacia fuera soltando el botón. Era como si hubiera realizado esa misma acción ayer mismo, pero sabía que no, habían pasado años. Me incliné para mirar el botón mientras daba vuelta solo con la fuerza centrífuga y quién sabe que más esos ingenieros pusieron allí. Se movía solo. ¿A quién se le ocurro esto? ¿Quién era esa persona o personas? ¿De dónde sacaron esta idea? Entonces me di cuenta de que mi cabeza y mis ojos estaban siguiendo el indicador de la estación de radio en el dial. Era como si mi cabeza también se dejara llevar por la fuerza centrífuga. A como nos acercábamos al final del dial, sentí la desaceleración gradual del indicador y de mi cabeza cuando lentamente llegamos al final y descansamos. Y me refiero a un descanso, no a una parada. Entonces me di cuenta. Diseñaron esto para imitar el cuerpo humano. Estos diseñadores, estos ingenieros, estos lo que fueran, eran más que increíbles.

Cogí mis bocinas grandes y quiero decir grandes, enormes, como deben ser las bocinas. Las separé la misma distasia a la izquierda y a la derecha con yo en el centro. Los conecté a la parte trasera del receptor. Luego conecté los cables de la parte trasera de ocho pistas a la parte trasera del receptor. Me acerqué a una estantería en el lado izquierdo del garaje, cogí una caja pequeña, la llevé al banco de trabajo y me di cuenta de que la tapa estaba tapada con cinta adhesiva. Vaya, qué raro. ¿Cuánto tiempo ha pasado? Me molestaba pensar que no recordaba haberla pegado y mucho menos cuánto tiempo había pasado. Cogí un cuchillo del cajón. Corté la cinta por la mitad de la caja. Sentí que el corazón se me aceleraba. Corté la cinta en un extremo de la caja y la tapa se levantó un poco. Me detuve; no sé por qué. Respiré hondo. Una vez más, no sé por qué. Giré lentamente la caja para cortar el otro extremo y me encontré mirándola fijamente, dudando. ¿Por qué siento aprensión?

Me esforcé por ponerme en marcha. Extendí mi mano y la vi como una herramienta. Una herramienta que yo controlaba, pero de la que no era parte. Me detuve y pensé en ello durante un segundo. Algo me pareció extraño y no me gustó. Volví a impulsarme y bajé la mano para continuar con la acción que había iniciado. Vi la punta de la cuchilla, bajar y clavarse en la vieja cinta. Era como si hubiera hecho un zoom para un primer plano extremo, pero ¿cómo es posible? Mi mano se movió de derecha a izquierda. El sonido de la cuchilla rozando la vieja cinta endurecida era alto y claro. Como si mis oídos también se hubieran acercado. La tapa se levantó mientras los latidos de mi corazón se hacían evidentes para mí. Lo siguiente que vi fueron mis dos manos extendiéndose lentamente. Era como si estuvieran programadas o fuera una acción predispuesta. Por extraño que pareciera, más extraño que eso fue ver cómo mis manos frotaban suavemente la vieja caja. Era una acción entrañable, que transformaba mi aprensión en una sensación de calidez y tranquilidad. Mis manos se movieron lentamente de un extremo a otro de la caja. Sentí cada pequeño golpe, cada pequeña hendidura mientras mis manos se movían por aquel paisaje. Un paisaje con el que debía de estar familiarizado porque me gustaba lo que sentía. Mi mano izquierda levantó con cuidado la tapa. Sin dudarlo, mi mano derecha se estiró entro la caja y sacó una cinta de ocho pistas. Como si estuviera allí esperándome. Me detuve y me quedé mirándola. Lo siguiente que sentí fue de nuevo la sensación de aprensión, pero ¿por qué? Un ruido me sobresaltó. Me di la vuelta y vi a tres chicos de pie en el lado opuesto del garaje. Me miraron con una expresión que solo podía suponer que se parecía mucho a la mía. No me lo podía creer. Eran los hijos de mi vecino. Jesús, ¿cuánto tiempo llevaban allí? ¿Sabía yo que estaban allí todo el tiempo y me había

31

olvidado de ellos? Se miraron.

¿"Qué es eso"? Preguntó uno de los niños.

"Vale, ¿de qué está hablando?", susurré para mis adentros.

Decidí que era necesaria una acción. No puedes quedarte aquí pensando y cuestionando. Tienes que hacer algo. Lo oí claramente en mi cabeza. Les hice señas para que se acercaran. Los chicos se miraron. Se acercaron a mí.

¿"Qué hay ahí, CD"? Preguntó el mediano.

¿"Cuánto tiempo estaban ahí"?

"No lo sé". Dijo el chico.

¿"Por qué no dijeron algo"? Preguntó Roberto.

Se miraron el uno al otro.

"Nos dijiste que volviéramos atrás del garaje y que nos calláramos". Dijo el más joven de los niños.

¿"Yo dije eso"?

"Sí". Dijeron todos al mismo tiempo.

El mayor de los niños señaló la cinta que tenía en la mano y volvió a preguntar. "¿Es un cartucho de CD? ¿Hay CD ahí dentro"?

Miré al chico y pensé: tiene que estar de broma, ¿no? Ignoré su pregunta. Volví a mi reproductor de hecho pistas y empujé la cinta con cuidado. Se iluminó con brillantes luces verdes y rojas. Hasta eso era bonito. El rock and roll de los setenta llenaba el espacio a mi alrededor. Vaya, pensé, esto sí, que es música. Los enormes VU-metros del receptor se movían al son de la música. Sentí que se me dibujaba una sonrisa en la cara. Sentí que mi corazón se desaceleraba mientras el consuelo que la música me brindaba se derramaba desde mi cabeza hacia mi cuerpo.

Me di la vuelta y vi a los chicos mirando fijamente mis bocinas. Mi sonrisa se desapareció al ver sus caritas distorsionadas mirando las bocinas que se movían dentro y fuera al ritmo de la música.

¿"Por qué se mueven las bocinas"? Gritó el mayor.

¿"Por qué? Porque hacen... ah, no importa. ¿Oyes esa música?" Asintieron. "Ese es el gran sonido del ocho pistas. Analógico, hombre, analógico, no un CD".

¿"Qué es un ocho pistas"? Preguntó el mayor,

"Amigo, eso suena bien". Uno de ellos dijo.

"Así es", dije, "es cálido, grande y gordo. ¿Oyes esos bajo? Eso amigos míos, es analógico".

¿"Qué es analógico"? Pregunto el más pequeño.

"Es lo mejor. ¿Saben quién es Thomas Edison"?

Se miraron cuestionando.

"Oh sí, es ese tipo con esa banda...ah." El chico mayor dijo.

No me lo podía creer. "¿Ese tío? Tiene que ser una broma, ¿verdad? ¡Thomas Edison! Ya sabes". Les miré profundamente a los ojos esperando encontrar algún atisbo de conocimiento, pero me quedé con las manos vacías.

"Analógico, Thomas Edison, lee sobre ello por el amor de Dios".

Uno de los niños metió la mano en la caja y sacó otra cinta.

"Wow, amigo. Tiene que haber CDS ahí, te lo digo".

"Analógico, ¿me entiendes? ¡Analógico! Un CD es digital.... bueno, no importa".

Me aparté de ellos para disfrutar de la música y pude sentir cómo me desvanecía. "Análoga, puedes escucharlo todo el día y toda la noche, y no te dolerán los oídos".

¿"Hacerte daño en los oídos? ¿Por qué te dolerían los oídos"? Preguntó el mayor.

"No importa, olvídalo".

Extendí la mano y oprimí el botón de la grabadora para cambiar de pista, solo para ver si todavía funcionaba. Allí estaba, el sonido de la grabadora al cambiar de pista. Hasta eso me sonaba bien. Uno de los niños no tardó en decir.

"Lo sabía. ¿Lo has oído? Ahí dentro hay CDs. Ha cambiado a otro CD".

No tenía ni idea de quién de los chicos había dicho eso y no me importaba. Todo lo que sabía era que me encontraba en las profundidades de la mejor música de la historia, de Rock-n-Roll.

"Me encanta", dije en voz alta, mientras seguía mirando hacia otro lado.

¿"Qué"? Preguntó uno de los niños.

Una vez más, no lo sabía, ni me importaba. Todo lo que sabía era que sentía algo que no había sentido en años, y me sentía bien al sentirlo de nuevo.

Después de eso, allí estábamos en la carretera, en mi RoadRunner de mil novecientos sesenta y ocho. Sí, estábamos en la carretera, yo y mis tres amigos nuevos. No eran mis compañeros de instituto, Jerry Donnelly, David Johnson o Anthony Villa. Pero en lo que a mí respecta, bien podrían haberlo sido, porque estábamos rocking y rollon en caliente. Tal y como solíamos hacerlo y nada iba a cambiar eso.

Miré mi coche por dentro, sintiéndolo con los ojos como si fuera la primera vez. Mire mi salpicadero, botones y más botones, y me refiero a botones con tapas de cerveza PABST BLUE RIBBON. Sí, así se hacía. Mis ojos llegaron a mi gran tacómetro que compré y se sujeta en la columna de mi volante. Pensé que era hora de hacer gritar a este bebé. Agarré mi palanca de cambios con empuñadura de pistola y cambié a segunda, no a tercera, a segunda, y estaba en cuarta marcha. Había algo excitante en pasar de cuarta a segunda. La potencia, el chillido del motor mientras la vibración intentaba violentamente destrozarme el salpicadero. Puedo jurar que el motor quería estar en mi asiento delantero. Vi temblar mis indicadores cuando los RPMS alcanzaron los 7,000. (Revoluciones Por Minuto, del motor.)

Miré por el retrovisor para ver el pavimento que se desplegaba detrás de mí. Los niños se agarraban para salvar sus pequeñas vidas. Volví a mirar los indicadores. Agarré la tercera marcha. El sonido del motor era casi insoportable. Cambié a cuarta, miré por el retrovisor y vi sus cabecitas gritando. Miré hacia delante y un coche apareció de repente delante de mí. "Oh mierda".

Frené lo justo para no chocar y me aseguré de que no venía ningún coche en dirección contraria. Agarré la segunda y empujé el pedal del acelerador al suelo. Estábamos alrededor y más allá de ese coche en un segundo. Potencia, eso es lo que yo llamo potencia. Podía adelantar a cualquier coche o persona en cualquier condición y en cualquier momento. En una curva, en una colina, o en el tráfico pesado, no importaba. Eso es lo que yo pensaba. Todo lo que sabía era que tenía el control total de cuatrocientos veinticinco caballos de potencia. Cuando ese hermoso pensamiento salió de mi cabeza, la música se ralentizó, se aceleró y chirrió hasta detenerse.

"Oh hombre, maldita sea ese pedazo de mierda de ocho pistas, mierda".

Aparqué y me detuve. Presioné el botón de expulsión. Saqué con cuidado el cartucho de ocho pistas y vi una larga cola de cinta colgando. El chico del medio, Daren, sí, por fin recordaba sus nombres. Se inclinó hacia delante entre los asientos de cubo con una expresión como si Godzilla hubiera salido de la ocho pistas.

"Tío, ¿qué es eso"? Señaló la cinta colgante.

Lo miré. "Ves, no hay CDs".

35

Levanté la cinta para mostrársela a todos. "¿Ves eso? Hombre, analógico, eso es analógico".

¿"Puedes arreglarlo"? Preguntó Daren.

"No, no sin un desarmador".

¿Qué quieres decir"? Preguntó Bobby, el mayor de ellos.

"Bueno, si tuviera un desarmador pequeño, podría desmontarlo

Le di la vuelta a la cinta y les enseñé los pequeños tornillos que sujetaban el cartucho.

¿"Y luego qué"? Preguntó Bobby.

¿"Y después? Ah, sabes qué, no importa. Se acabó la música por ahora".

Los niños soltaron un gran grito de decepción.

"Oh, hombre, ¿ahora qué"? Preguntó Daren.

"Tío, nos estábamos poniendo Rock y Roll, hombre". Dijo Bobby.

Timmy, su hermano pequeño, se inclinó hacia delante, y con inocencia les tendió una cinta de ocho pistas y dijo: "Toma, pon esta".

¿"De dónde cogites eso"? Le pregunté.

"Lo agarré de su caja. Dice, ¿Peter Frampton En Vivo? Suena genial".

Lo único que pude hacer fue sonreír. "Bien pensado", dije.

Cogí la cinta y la acerqué a la grabadora. Volví a mirarlos.

¿"Listos"? Sabiendo exactamente lo que iban a decir.

¡Los tres dijeron:!"Listo"!

Empuje la cinta, la música empezó a sonar y me llevó a un tiempo que tenía por años en mi corazón. Un concierto de mil novecientos setenta y seis. Miré hacia el salpicadero y vi que mi boleto de entrada para el concierto, Day On

The Green, aún colgaba del encendedor del salpicadero.

¿"Qué pasa? Vámonos." Dijo uno de ellos.

Miré hacia atrás y los vi mirándome, esperando como los niños que eran.

"Bueno, vámonos". Dijo Timmy.

"Sí, vámonos", dije.

Giré la llave en el contacto. El motor arrancó. Solté la llave y sentí el mecanismo de resorte en el encendido. Pensé, incluso esto es mejor que los coches nuevos. Tenía un tacto mecánico que me gustaba. Volví a mirar el salpicadero y pensé, esto es precioso y sentí un dedito en la espalda, y oí.

"Que esperas, vámonos". Alguien dijo.

"Si vámonos", dije.

Me vino a la cabeza un rápido recuerdo de mis compañeros de la escuela, seguido de una ráfaga de miedo, y luego de alegría. Alegría que estaba aquí mismo, para vivirla ahora mismo. Oí el tremendo ruido de mi motor mientras saltaba sobre él, seguido del chirrido de los neumáticos. Miré por el retrovisor para ver sus cabecitas echarse hacia atrás. Agarré segunda, tercera y cuarta marcha. Podía oler la goma quemada de mis neumáticos, mientras sentía el viento en mi cara y en mi pelo, de la ventana abierta. Así es como debe ser la vida. Y allá a lo lejos, diminuto como una mota de polvo en mi parabrisas. Podía ver y sentir el Owl Cafe, con su neón brillando bajo el sol del mediodía. Ahí, ahí está, pensé, estoy volviendo a casa. Y tan repentinamente como tardó una eternidad, el día se había convertido en noche. Como un piloto solitario en el cielo, la inmensidad ya no me escapaba. Oí las palabras que solamente las palabras sabrán de donde.

"Este momento pertenece solamente a una persona. Este momento será tuyo para siempre".

4. EL ACUARIO HUMANO

Con la ausencia del pensamiento y la memoria del cuerpo y una larga y profunda respiración tras de mí, abrí los ojos para ver el Owl Cafe en frente de lo que sin pregunta soy yo en frente de este bonito edificio. Entré en el aparcamiento y estacioné en mi lugar de siempre, y una vez más sentí un dedo de alguien en mi espalda. Miré por el retrovisor y no vi a uno de los chicos, sino a uno de mis amigos de del instituto, Anthony Villa. Se inclinó hacia delante con la cabeza casi sobre mi hombro.

¿"Qué estamos haciendo"? Preguntó Anthony.

Confuso como podía estar, intenté pensar, pero fracasé en el intento de procesar incluso el pensamiento más simple, por no hablar de los pensamientos que se presentaban.

¿"Qué pasa"? Oí, por mi derecha, y allí, justo allí, en mi asiento del copiloto, estaba Jerry Donnelly, otro de mis amigos del instituto. Sentí la mano de Anthony en la parte posterior de mi cabeza. Empujó mi cabeza hacia delante.

¿"Qué estamos haciendo aquí"? Otra vez Preguntó Anthony.

Todavía intentando procesarlo, vi a mi hermano Ernesto salir del Búho y acercarse a mi ventana.

"Conduce por detrás", dijo.

¿"Por qué"?

"Solo hazlo".

Se dio la vuelta y volvió a entrar en el Búho.

¿"Qué demonios está pasando aquí"? Preguntó Jerry.

"Estamos aquí para llevar a Ernesto", dije.

¿"Estamos"? Preguntó Anthony.

"Sí, te lo dije".

"No, ¿no lo hiciste?" Dijo Jerry, sacudiendo la cabeza.

"Oh, ¿así que ahora se supone que tengo que aclararlo todo con vosotros?"

Puse la marcha atrás y retrocedí, pero sabía que no había terminado. Por el rabillo del ojo, pude ver a Jerry mirándome fijamente. Conduje por detrás y vi a Ricardo, el amigo de Ernesto, haciéndome señas para que me acercara. Me detuve detrás del café. Ricardo metió la mano en la papelera y sacó una caja. Se acercó a mí y me dijo.

"Apaga las luces. Rápido, abre el maletero".

¿"Qué demonios está pasando?", pregunté.

"Cállate, date prisa."

Salí y abrí el maletero. Me di cuenta de que Ricardo llevaba una caja de cerveza. La metió en el maletero. Ernesto corrió y metió otra caja en el maletero.

¿"Por qué no se llevan todo el refrigerador, ya que están

aquí"? Dije.

¿"Qué pasa, quieres que te lleve a casa"? Dijo Ernesto.

¿"Llevarme a casa? Este es mi coche, idiota". Dije y pensé, qué imbécil.

"Qué bebé", dijo Ricardo. Cerró el maletero, miró por la ventanilla trasera y se dio cuenta de que había dos personas en el coche.

¿"Quién son esos"? Preguntó Ricardo.

Lo ignoré, nos subimos al auto y nos fuimos a una noche de fiesta. Teníamos cervezas, amigos y un coche tremendo. ¿Qué más puede pedir un hombre?

¿"Qué tal unas chicas"? Pregunté.

"Lo tenemos bajo control", dijo Ricardo, que estaba sentado en el asiento trasero con Anthony y Jerry. En cuanto oí a Ricardo, supe que teníamos problemas. Ricardo se metió la mano en el bolsillo de la camisa y sacó un mapa.

"Oh, genial, ahora estamos en serios problemas". Lo dije en voz baja.

Encontrar una fiesta en el norte de California, un lugar lleno de carreteras con curvas y sin iluminación, fue en sí mismo un desastre. El mapa es otra historia. Eran específicos de la región por razones distintas a las obvias. Estaban escritos a mano, a veces con dibujos de colores, e indicaciones específicas como; una vez que pases la cuarta colina, verás un roble a tu izquierda, sigue adelante.

Entonces llegarás a una curva, enseguida si vas rápido, si vas despacio te llevará un poco más de tiempo. Ten cuidado, mucha gente se ha estrellado allí. Después de la tercera curva, verás otro roble - sigue un poco más. Si ves un granero a la derecha, has ido demasiado lejos. Da la vuelta, vuelve al pino y gira a la izquierda en el camino de tierra. No gires a la derecha, allí no hay carretera. Después de una hora más o menos, por fin llegamos a una casita diminuta. Tenía unos cuatro metros de ancho, una puerta pequeña y una ventana pequeña. La música estaba alta y el número de coches en comparación con el tamaño de la casa era un poco confuso. Como siempre, parecía prometedor.

¿"Dónde diablos está toda esta gente"? Preguntó Ernesto. "No pueden estar todos adentro".

"No sé, ¿qué piensan? Este sitio es un poco raro". Dije.

¿"Por qué tantas preguntas"? Dijo Ricardo y empujó el asiento de Ernesto indicándole que se bajara. "Venga, vamos".

Salimos y Ricardo se dirigió a la puerta con los demás detrás. A mí, en cambio, me atrajo la ventanita. Me acerqué y me sorprendió lo que vi. Nunca había visto un acuario humano, pero eso era exactamente lo que parecía. Al acercarme, pude ver a gente de pie y caminando en lo que parecía ser agua espesa. Pero era humo espeso que parecía brillar. No solo brillaba el humo, sino todo el interior. Las paredes, los carteles, incluso la gente, su pelo, su ropa, sus dientes y sus ojos. Había tubos largos fluorescentes de luz púrpura, conocidos como luces negras, por todas partes. Había oído hablar de luces negras que hacían brillar todo, pero nunca las había visto.

"No sé tío, esto me parece muy raro", dije, pero nadie me oyó. Se quedaron detrás de Ricardo en la puerta.

Jerry se inclinó hacia la puerta y dijo. "Esto suena a música hippie".

Ricardo lo miró. ¿"Qué demonios es la música Hippie"?

"Esto", dijo Jerry con los ojos desorbitados.

"Me estás tomando el pelo, ¿verdad"? Dijo Ricardo.

"No, esto es música Hippie".

"Ahora, ¿por qué esto es música Hippie?"

"Porque lo es, no me culpes, simplemente lo es".

"Yo escucho esta música, y no soy un Hippie". Dijo Ricardo.

41

"Entonces, es música hippie cubana", dijo Jerry.

¡"Déjame en paz"! Ladró Ricardo, se dio la vuelta y llamó a la puerta.

Yo, en cambio, me quedé delante de la ventana mirando el acuario humano. Ricardo volvió a llamar, pero nadie lo oyó. No es que a nadie le hubiera importado.

"No creo que puedan oírte", grité muy alto.

¿"Qué"? Preguntó Ricardo.

Me acerqué a la puerta, giré el pomo y la empujé para abrirla. Miré dentro y me di cuenta de que estaba a un paso de estar dentro del acuario humano. Tras uno o dos segundos de observación, me di la vuelta y vi a Ricardo y a los demás de pie detrás de mí con la boca abierta.

Me volví y grité. ¿"Lucy?! ¡Estoy en casa"! Me volví hacia el equipo.

"Ya ves que nadie puede oírnos".

Ricardo me empujó y estaba en el acuario. Me iluminé al instante.

"Wow, mírame,"

Me di la vuelta para verlos brillar. Ernesto y Ricardo me señalaban riendo, con los dientes tan brillantes que daba miedo. Jerry y Anthony miraron a su alrededor asombrados.

"Hola, Jerry", grité tratando de llamar su atención.

La boca abierta de Jerry se convirtió lentamente en una gran sonrisa mientras se giraba para mirarme y decía. "Mira, hombre, ¿puedes creer esta mierda?"

"Venga, vamos a mezclarnos", dije, y me encontré como líder de la manada.

Entramos y nos dirigimos en la única dirección posible, hacia la parte de atrás. Al llegar a la parte trasera de la casa, una vez más nos dirigimos en la única dirección posible, escaleras abajo. Llegamos al final de las escaleras y nos dimos cuenta de que la casa que pensábamos que era pequeña, en realmente era enorme. No lo podíamos creer.

"Esta casa parece no tener fin", dijo Jerry.

Bajamos otro tramo de escaleras hasta un largo pasillo con cuartos a ambos lados.

"Acuarios humanos", dije muy alto.

¿"Qué?", preguntó Ernesto.

"Acuarios humanos, eso es lo que son estos cuartos", le dije a Ernesto, preguntándome cómo respondería.

¿"De qué demonios estás hablando"?

Me volví hacia ellos cuando estábamos fuera de uno de los cuartos.

"Acuarios humanos", grité por encima del volumen de la música. Me miraron fijamente.

¿"No parecen estos cuartos acuarios humanos"?

Miraron dentro del cuarto y no dijeron nada.

"Míralo", le dije, "el humo parece agua y la gente son los peces".

¿"Qué demonios has estado fumando"? Dijo Ricardo.

Señalé dentro de cuarto. "Ves, los drogados caminan a cámara lenta, no porque estén drogados, sino porque están en el agua".

Ricardo miró a todo el mundo y se dio cuenta de que todos trataban de entenderlo. Jerry fue el primero en verlo por fin. "Oh, sí, mira eso".

Anthony, cuya boca había permanecido abierta durante un buen rato, retrocedió tratando de verla. Finalmente, acabó con la espalda contra la pared.

"Mierda, tienes razón. Chicos, retroceded un poco".

Ernesto y Ricardo también retrocedieron contra la pared. Ernesto entrecerró los ojos y finalmente lo vio.

"Oh tío, mira eso. Aquí, ven aquí Ricardo."

Tiró de él y le señaló el interior de la habitación.

"Mira, mira, parece un acuario". Esperando que Ricardo lo viera.

Ricardo entornó los ojos igual que Ernesto y dijo.

"Holly molito, ¿qué demonios le has estado dando de comer a tu hermanito? Mierda, parece un acuario".

Mientras los cinco nos apoyábamos en la pared, uno de los peces, un tipo alto y delgado con el pelo rojo, nos vio mirando hacia dentro.

"Ten cuidado, uno de los peces acaba de vernos", les dije.

Jerry y Anthony me miraron cuestionando. El hombre salió lentamente del cuarto. Se detuvo y nos miró. Entrecerró los ojos, los abrió muy grandes y los volvió a entrecerrar. Pensé, ¿es posible que nosotros también parezcamos peces? ¿También está intentando ver el efecto acuario? Sin saber qué decir, le devolvemos la mirada y solo podemos suponer que nosotros también hemos entornado los ojos.

¿Es posible que nos encontremos en medio de una batalla de estrabismo? Si es así, ¿qué ocurre después? ¿Al final de nuestro estrabismo, que es lo que sacamos? Si es así, ¿quién será el primero en sacar lo que vamos a sacar? ¿Qué saca? ¿Cómo termina? ¿Entornamos los ojos hasta que no podemos más? ¿Y después qué?

Mientras todo esto pasaba por mi cabeza, el pelirrojo se inclinó hacia delante y hacia atrás como una secuoya gigante a punto de caer.

"Eh, son deportistas, ¿no?" Bajó la cabeza a nuestro nivel como intentando vernos mejor. "Eso es genial, yo solía jugar hombre".

Se enderezó y se llevó la mano a la cabeza para mostrarnos lo alto que era.

"Hombre de baloncesto, gran pívot de la liga, mil

novecientos sesenta y nueve."

Muy despacio, me tendió un porro con la otra mano. Pensando más despacio de lo que nunca creí posible, nos quedamos allí, sí, como zombis sin saber qué hacer. ¿Dónde demonios está el bocazas de Ricardo cuando se le necesita? Miré a mi alrededor para ver a todo el mundo congelado. Pude ver el cerebro de Ernesto trabajando. ¿En qué? No tenía ni idea.

"Oh, no hombre, estamos bien, ya hemos tenido bastante", dijo Ernesto y fingió una sonrisa.

"Estás bien, ¿qué quieres decir hombre?" Preguntó el hombre.

Ernesto me miró como diciendo, échame una mano aquí, y para mi asombro me encontré diciendo. "Oh, no gracias, no fumamos".

Jerry me lanzó una mirada como diciendo, ¿acabas de decir eso?

El hombre se inclinó hacia delante intentando escuchar. ¿"Qué"?

Jerry y Ernesto me miraron diciéndome que me callara o que dijera otra cosa. Pensando a la velocidad del humo, no tenía ni idea de lo que intentaban transmitir.

"No, gracias", grité, "no fumamos".

"Hey, no te culpo hombre, esta mierda es apretada. Te dejará con el culo al aire, te lo aseguro."

Se inclinó hacia nosotros. Miró a su alrededor para asegurarse de que nadie lo observaba. Como si fuera a contarnos un secreto.

"No jodas, te lo digo, no jodas. Antes no fumaba".

Retrocedió y se irguió. Extendió las manos a los lados, como diciendo, mírame.

"No, mientras yo estaba jugando hombre, no, señor, te lo estoy diciendo."

Miró a Ernesto, luego a Jerry, a mí, a Ricardo y luego a

Anthony. Entonces pensé, ¿y ahora qué?

"Todavía están jugando, ¿verdad?" Preguntó el hombre.

Todos asentimos.

"No quieres hacer esta mierda mientras juegas, tío. Bien por ustedes".

Se balanceaba de un lado a otro y cerraba los ojos. Esperamos. Miré a los demás con la esperanza de saber qué lo que íbamos a hacer. Me devolvieron la mirada.

Me volví hacia el hombre y vi que seguía con los ojos cerrados. Esperé. Abrió los ojos, intentó concentrarse y dijo. "Eh, son deportistas, ¿no"?

En ese momento, me di cuenta de lo drogado que estaba este hombre. Ricardo se alejó y se dirigió a la puerta. Sonreímos al hombre, nos despedimos y salimos, dejando atrás el acuario humano.

Más tarde, esa misma noche, nos sentamos en mi coche en lo alto de una colina, bebiendo cerveza y hablando de nada, como siempre. La mayoría de las conversaciones en el pueblo solían ser sobre nada, deportes, trabajo y quién sale con quién. Como he dicho, nada. Las conversaciones solían ser más o menos así. ¿Cómo puede ser que esos dos hayan tenido sexo? Ese va a ser un bebé feo. Te lo aseguro. O nos quejábamos de la falta de chicas en el pueblo. Incluso la televisión era una lata, la recepción era horrible. Teníamos suerte de recibir tres emisoras de San Francisco. Dos entraban y salían como si fueran señales de un planeta alienígena. ¿Un planeta llamado, no sé, San Francisco? Dios sabe que nos parecía otro mundo. Recuerdo que una noche me quedé mirando la televisión durante no sé cuánto tiempo, esperando a que volviera la señal. Cuando por fin volvió, no solo se había acabado el programa que estaba viendo, sino también la emisión. La emisora había cerrado por esa noche.

En mi televisión había una pantalla blanca con círculos negros y grises de cuyo centro salían líneas que apuntaban en todas direcciones. ¿Por qué están estos círculos y líneas en mi televisión? ¿Es posible que seamos nosotros los que transmitimos algún tipo de mensaje a los extraterrestres? Esperando que vengan a rescatarnos, de lo que más avía en este pueblo, aburrimiento. Con nuestra suerte, los zombis alienígenas aparecerían, se apoderarían de nuestra ciudad y nadie se daría cuenta. Quién sabe, puede que ya estén aquí. Después de un rato de beber y tontear en lo alto de la colina, nos bajamos del coche. Con el aliento visible en la fría noche de febrero, bebimos más cerveza y escuchamos más rock. Era entretenimiento en estado puro. Yo, como de costumbre, me perdí en mis pensamientos. Cuando volví a lo que solo podía suponer que era la realidad, y por lo que pude ver, no tan seguro. Los cuatro, incluido Ernesto, miraban y señalaban el semáforo del pueblo.

"Ahí, ahí, está rojo", dijo Ricardo.

"No, no", dijo Ernesto, con poca o ninguna convicción.

¿"Dónde está? ¿Dónde está"? Preguntó Anthony.

"Hombre verde, verde", dijo Jerry.

Qué raro, pensé, ¿cómo puede ser?

¿Una luz, un montón de tíos, y parece que todos la ven de diferente color? Hmm, ¿es posible que el acuario humano haya tenido un impacto en nosotros?

"Creo que está..........no lo sé." Ernesto se dio por vencido.

Así que pensé que si no era rojo ni verde, debía ser amarillo. Fue simplemente un proceso de eliminación, no es que realmente pudiera ver la luz, ni que me importara una mierda.

¡"Está amarillo"!, grité.

47

Todos me miraron. ¿"Amarillo? ¿Cómo puede ser amarillo"? Dijeron todos al mismo tiempo.

"Bueno", dije e hice una pausa de uno o dos segundos esperando que lo entendieran.

¿"Amarillo"? Preguntó Jerry.

"Lo era." Dije.

Jerry me ignoró y al instante señaló el semáforo.

"Verde, hombre, verde, no me vengas con esa mierda. Es verde".

Anthony, se me acercó y me dijo: "nunca fue amarillo, ¿verdad"?

Sacudí la cabeza y estuve a punto de decir, guau, pero ¿para qué molestar? Anthony volvió a señalar la luz. Volví a pensar y pensé, tiene que haber algo mejor que hacer. Abrí otra cerveza y decidí bebérmela entera. Con la cara apuntando a las estrellas y la cerveza corriendo por mi barriga, oí. "Oye, más despacio."

Ah, al diablo con ellos, pensé. Me lo voy a beber todo.

"Oye, vamos hombre, más despacio, aquí, aquí". Escuché.

¿"Aquí mismo? ¿Qué"? Pregunté sorprendió oír.

"Esa es nuestra calle, te la pasaste".

Salí de mi recuerdo de los setenta para encontrándome conduciendo. Miré por el retrovisor y no vi a Jerry Donnelly, ni a Anthony Villa, ni a Ernesto, ni a Ricardo. En su lugar, vi a tres niños gritándome.

"Pasaste por nuestra calle", dijo Timmy.

Guau, Jesús, pensé cálmate hombre. Traté de calmarlos.

"Está bien, está bien". Entonces pregunté. ¿"Qué es una de las cosas buenas de este coche"?

Miré por el retrovisor para verlos pensar.

¿"Pueden decirme qué tienen de bueno estos autos"? Nadie dijo nada.

"Siempre puedes darle la vuelta".

Se miraron sin saber qué decir. Timmy como siempre, un participante dispuesto, miró a sus hermanos y dijo.

"Siempre puedes darle la vuelta". Imitándome.

"Ya ves, ya ves, allá vamos, prepárate, giro en U enseguida".

Empecé mi vuelta en U con un gran, "Guau....aquí vamos". Todos dijeron al unísono. "Guau", mientras terminaba mi vuelta en U.

Los miré y dije: "ya ves, como nuevo".

5. EL ALMA DEL CAFÉ BÚHO

Llegamos a mi casa y vimos a un hombre de mediana edad, calvo y con sobrepeso, que llevaba una camiseta muy ajustada. Supuse que era padre de ellos y que nunca había estado cara a cara con un espejo. La camiseta era tan ajustada que podía ver la hendidura de su ombligo. ¿Sus pezones? Bueno, eran otra historia. Eran como dos pistolas 440 Mágnum que sobresalían a través de la fina tela. Te lo digo, Clint Eastwood habría estado orgulloso. En los dos años que llevo viviendo aquí, nunca había visto a ese hombre, pero los he oído discutir a él y a su mujer más de lo que me hubiera gustado. La mayoría de las veces no podía oír exactamente lo que decían, pero sí sabía una cosa: su luna de miel había llegado y se había ido. Por lo que parecía, estaba en algún lugar más allá del horizonte de suceso. Y puedo decirte algo más: nada, y me refiero a nada, merece tanta discusión. Nos detuvimos y él se dirigió hacia nosotros.

"Oh, oh, papá viene", dijo Daren.

Timmy miró a Daren con miedo en los ojos y preguntó: ¿"Está enojado"?

"Creo que sí", dijo Daren.

Después de oír eso, decidí que el mejor plan era no tener ningún plan. Salir y presentarme. Así que lo hice. Salí del coche, extendí la mano y dije.

"Hola, me llamo...", y pasó junto a mí. Se inclinó hacia el coche y luego se volvió hacia mí y dijo.

¿"Qué está pasando aquí"?

"Solo dando a los niños un paseo."

Como dos cachorritos, Daren y Bobby salieron del coche en silencio. Timmy se quedó quieto. Daren levantó el cartucho de ocho pistas con la cinta colgando y se lo enseñó a su padre.

"Mira, papá, nada de Cds". (Discos compactos.)

Empecé a reírme, pero me di cuenta de que el hombre no iba a reírse, así que me guardé la risa y fingí una sonrisa de verdad. Lo miré y pensé: Le habrá hecho gracia, ¿verdad? Pude ver a través de su intento de permanecer fiel a la ira que no sentía. Era como si hubiera cargado la escopeta, o las Mágnums en este caso. Apretado el gatillo, los pezones, pero no recordaba por qué. En cambio, se volvió y miró mi coche. Entonces pensé. Después de todo, este es un hombre. Tetas, barriga y todo, al fin y al cabo, él, nosotros, seguimos siendo hombres.

¿"Qué te parece? ¿Bonito coche"? Le pregunté.

¿"RoadRunner"? Preguntó.

"Sí".

"Nunca lo había visto antes".

"Sí, es la primera vez que sale del almacén en años". Entonces, me dije, ahora lo tengo enganchado, así que le tendí las llaves.

"Vamos a dar una vuelta".

Como si le debiera algo por haberle robado a sus hijos durante media hora, cogió las llaves al instante.

Darren miró a su padre. "Papá, no sabes conducir este coche".

El hombre miró a su hijo y sonrió. Eso pensaba, ahora sí. Daren siguió esforzándose por salvar a su padre de lo que le parecía una situación embarazosa.

"De verdad, papá, es muy diferente".

Señaló la palanca de cambios. "Mira, tiene una empuñadura de pistola."

Hizo caso omiso de su hijo y retrocedió para echar un vistazo general a mi coche. Puso ambas manos en su cintura y dijo.

"Bonito, muy bonito".

Me di cuenta de que la voz que había oído muchas veces, no coincidía con la voz que estaba oyendo. De alguna manera, su voz sonaba diferente, pero no podía entenderlo. Entonces se me ocurrió, esta debe ser la voz cuando no está discutiendo.

La canción, She's A Brick, House, empezó a sonar a todo volumen en el coche. Metí la mano y expulsé la cinta. Miré a Timmy, que seguía en el coche y había metido la cinta, pero no dije nada. Mi intento de calmar la situación no había terminado. Volví a salir del coche y miré al hombre.

"Lo siento, pasé por una fase Disco en aquel entonces".

Me miró como diciendo, ¿qué?

"Una fase muy pequeña", dije.

"Sí, yo también. Todavía tengo mis, Agel Flights".

(Conjunto, chaleco y pantalón, echos de poliéster de discoteca de los años 70.)

Incapaz de rechazar mi siguiente pensamiento y mis acciones. Le eché un vistazo rápido a su barriga y a sus sobresalientes 440 Mágnums y pensé, ¿te imaginas eso en poliéster? Él captó mi rápida mirada y mi expresión y respondió.

"Obviamente, ya no me quedan bien. No es que me los pondría si lo hicieran".

Timmy asomó la cabecita fuera del coche y dijo:

¿"Angel Flights? Creo que mamá tiene ese perfume".

Los dos nos reímos, Darren se unió, luego Bobby, y para no quedarse fuera, Timmy se unió rápidamente a las risas. Los niños no sabían por qué, pero sabían que reír era mejor que no hacerlo.

"Dale", dijo, "me llamo Dale".

"Soy Roberto, encantado de conocerte".

"Lo mismo digo, así que, ¿la oferta de llevar tu coche a dar una vuelta sigue sobre la mesa?"

"Hagámoslo".

"Hagámoslo", gritó Timmy.

Caminé hasta el otro lado y me subí. Miré mi coche desde el lado del pasajero y lo sentí como nunca lo había sentido. Casi parecía un coche diferente. Me di cuenta de que nunca había sido pasajero en mi propio coche. ¿Cómo es posible? Me encontré pensando en todos esos recuerdos que mis amigos y mi hermano Ernesto vivieron desde este mismo asiento. Todas esas noches, los viajes, la emoción, el aburrimiento. Durante años me senté a centímetros de donde me sentaba en este mismo momento, sin embargo, nunca lo había visto desde esta perspectiva. ¿Sería la vida diferente si yo hubiera sido el pasajero de vez en cuando? ¿Las pequeñas acciones cambian la trayectoria de nuestras vidas? Y si es así, ¿cuánto y cómo lo sabríamos? ¿Son las probabilidades de nuestras decisiones cincuenta/cincuenta si nuestra perspectiva es siempre desde la misma cara de la moneda? La otra cara de la moneda en este día finalmente se hará realidad. Intenté acomodarme, pero no pude.

"Hombre, se siente raro estar de este lado", dije.

Dale se estiró, miró a su alrededor y dijo: "Esto es genial. Mucho espacio para las piernas".

"Papá", dijo Timmy, "eso es una empuñadura de pistola. Tienes que tener cuidado porque cuando tiras o empujas de él, este coche se despega".

¿"Sí"? Preguntó Dale, con fingida expresión de sorpresa.

Respondí rápidamente. "En realidad no, aunque es un poco rápido, ya sabes".

"Oh, sí, todavía puedo oler la goma quemada, apesta", dijo Bobby.

Dale los miró y volvió a mirarme. ¿"Así que realmente los quemaste"?

"Un poco", dije.

¿"Un poco? Mucho, fue genial tío". Dijo Daren.

¿"Ah, sí"? Dijo Dale. "¿Les gusta pelarse?"

Los tres dijeron "sí".

"Vale, quizá podamos hacer un poco de eso", Luego miró a su alrededor sin saber qué hacer.

¿"Dónde está la marcha atrás"? Dale preguntó.

Daren se inclinó sobre el hombro de su padre y susurró: "Te lo dije".

"Bueno, la mayoría de los coches lo tienen en la palanca de cambios, pero este no".

"Traté de decirle a .....,"

Interrumpí a Daren. "No pasa nada, ya lo tenemos". Le mostré con el dedo. "Extremo derecho y atrás".

Dale y yo miramos a Daren haciéndole saber que todo iba a salir bien.

¿"Lo ves? No es difícil". Dijo Dale.

Giró el contacto y el motor se aceleró. Dale soltó un poco el acelerador. "Lo siento, tío, lo siento".

"Todo está bien", le dije, "no te preocupes".

Agarró la palanca de cambios e intentó poner la marcha atrás y oímos el ruido de engranajes rechinando.

"Híjole, ¿qué pasa...."?

Puse mi mano sobre la suya y puse la marcha atrás. "Ya está". Retiré la mano.

"Oh, oh, sí, lo siento, lo olvidé."

"Está bien hombre, estamos bien."

Tras un agradable paseo, acabamos en lo alto de una colina con vistas a la ciudad. Antes nos detuvimos a comprar unos bocadillos para los niños y un par de cervezas para nosotros. Los niños devoraron los bocadillos y se echaron la siesta. Daren, el mayor, levantaba la cabeza cada vez que oía algo interesante. Tras unos sorbos de cerveza, le enseñé a Dale mi anuario y me encontré en medio de un interrogatorio.

"Entonces, ¿realmente vas a volver"?

"Sí, creo que sí".

¿"En serio"?

"Sí".

¿"Por qué"? Dijo Dale. Hizo una pausa. "Quiero decir, ¿qué piensas, que todos tus amigos van a estar allí esperándote? ¿Igual como cuando estábamos en la escuela"?

"Bien....", interrumpió Dale.

"De verdad, la mayoría de esas personas o se han ido, o

han muerto, o han cambiado tanto que no las vas a reconocer".

Pensé en esa posibilidad y sentí como si alguien me hubiera dado un puñetazo en las tripas. Me pregunté por qué sentía lo que sentía. Como para alejarme de eso, respondí.

"Sí, sí, lo sé, pero ¿qué se supone que debo hacer? ¿Olvidarlo todo"?

Hice una pausa y pude ver que sus palabras y no las mías habían sumido a Dale en profundos pensamientos. Era como si Dale se hubiera saltado unos segundos y no hubiera oído lo que yo decía. Después de unos segundos, me miró y esperó a que dijera algo. Era como si no hubiera respondido a su comentario negativo sobre uno de los tiempos más felices de mi vida. Me repetí.

"En serio, ¿se supone que tengo que fingir que nada de eso ha pasado"?

Dale se volvió, miró hacia la parte delantera del coche y se vio en el espejo retrovisor. Miró más allá de su reflejo, y, por lo que pude ver, hacia su siguiente.

Y continuó. "Dios sabe que lo olvidaría todo", hizo una pausa y sacudió la cabeza lentamente. "La mayoría de la gente de mi pasado eran gilipollas, gente jodida si quieres llamarlos gente. No me importaría nada volver a verlos".

El silencio y la tristeza llenaban mi cabeza y solo podía suponer que no estaba solo en la mía. Por lo que parecía, no estoy seguro de que Dale supiera lo que sentía de verdad. Se hacía el duro, pero lo que yo veía era tristeza. Yo, en cambio, sentía como si las personas de su pasado fueran las mismas que las del mío y tuviera que responder. Para protegerlos de la embestida que salía de la boca de este hombre. Al fin y al cabo, como todas las personas en el instituto, solo éramos niños siendo niños. Inocentes de los cargos que se nos imputaban, pero de alguna manera responder a lo que decía no era una opción. Se volvió hacia mí al reconocer la seriedad de sus palabras y retrocedió un poco. Y dijo.

"Bueno, quizá no". Enarcó las cejas y apretó los labios.

Pero era demasiado tarde, sus palabras habían encontrado un hogar dentro de mí. Hacía tiempo que no tenía una conversación con nadie, y mucho menos sobre algo tan profundo como esto. Y por lo que estaba sintiendo, iba a pasar mucho tiempo hasta entonces. Intenté dar sentido a estos sentimientos, pero lo dejé estar. Después de todo, eran sentimientos forzados a salir a la superficie por las palabras de este hombre sentado a mi lado. Un hombre al que, en el trabajo, me refería en mi cabeza como gente del trabajo. En otras palabras, gente con la que trabajaba, y me refiero al trabajo y nada más. De alguna manera, eso me permitía la separación para existir en un ambiente hostil, como en el que me encontraba. Pero en el trabajo, a diferencia de aquí, era fácil, los pasos estaban trazados para mí. Era una cuestión de procedimiento. Todo lo que tenía que hacer era seguir los pasos, uno, siempre llevaba a dos, dos, a tres, y así sucesivamente. Pero el camino a casa desde el trabajo no era tan fácil. El tiempo ocupado por pensamientos aleatorios podía desbaratar un día por lo demás ordinario.

Con ese pensamiento fuera de mi cabeza, coloqué mi anuario en el salpicadero. Miré por la ventana lateral. Esperé a que se hiciera el silencio. Pude ver en el reflejo que Dale también miraba por la ventana lateral. Como si el tiempo no pasara, los segundos se prolongaron demasiado. Me volví hacia mi viejo amigo del salpicadero, mi anuario.

Con la esperanza de que me ayudara a superar este malestar, lo agarré y lo sostuve contra mi estómago. Sentí una sensación, también conocida como la sensación de "tengo que orinar", que me dio la puerta que estaba buscando.

"Es hora de devolver algo", dije mientras me frotaba la barriga.

Dale cogió el anzuelo, me miró y dijo: "Sí, yo también".

Salimos del coche y se me ocurrió este pensamiento. Espero que no sea uno de esos tipos a los que les gusta ponerse al lado de sus amigos y hablar mientras orinan. Eso es algo que nunca entendí. ¿Por qué lo hacen los hombres? ¿Y las mujeres también lo hacen? A lo mejor sí lo hacen y yo no lo sé. Nadie me dio esa información. No de pie estoy seguro, a menos que realmente haya algo que yo no sepa.

Mientras todo esto pasaba por mi cabeza, me vino a la mente la idea de que de niño tenía miedo a todos los urinarios. Especialmente los urinarios de canal. Los odiaba. Recuerdo que estaba tan nervioso que no podía orinar. Pensaba, si no orino ahorita, van a pensar que tengo un problema. Había algo en estar de pie a la altura del pecho de un grupo de viejos meando como caballos de carreras que me resultaba perturbador e intimidante. El sonido de la orina saliendo y golpeando el urinario. Las salpicaduras, los pedos, el olor, Dios mío, el olor era horrible.

Había meados y pedos por todas partes. ¿Y qué pasa con los escupitajos? ¿Por qué los hombres escupen antes de orinar, o después? Eso era algo que de niño nunca entendí. Diablos, en qué estoy pensando, todavía no lo entiendo. Una vez estaba solo en un baño público, eso creía. Terminé de orinar y pensé, oye, voy a intentarlo. A ver qué pasa.

Allá voy. Reuní un poco de saliva, respiré hondo y escupí. Vaya, pensé, nada. No sentí nada.

Oí a alguien decir. "Así se ase muchacho, esa es la manera de hacerlo."

Me lo dijo un hombre que a día de hoy, no tengo ni idea de dónde salió. Con una mano en mi pipí y la otra en mi cintura, miro por encima de mi hombro y veo a este hombre acercarse y aparcar justo a mi lado. ¿Por qué a mi lado? ¿Y por qué soy un niño mejor que otros, por orinar, por escupir? Mi siguiente acción fue guardarlo. Y ya saben que, estaba guardando. Me subí la cremallera y me largué de allí. En otra experiencia que definió mi infancia, me encontraba en lo que yo llamaría un urinario de tíos llenos. Allí estaba, como un animal, junto a otros animales. Expuesto en medio de un acto de la naturaleza. Un acto tan natural que uno pensaría que no era necesario pensar.

Pero como siempre, de alguna manera me las arreglé para complicar las cosas. Y como siempre, una solución me vino. Una solución a una tarea que de otra manera sería sencilla. Una lista de instrucciones paso a paso que evocaba en mi cabeza para ayudarme a llevar a cabo este acto supuestamente natural. Así que un día, mientras estaba delante de un urinario lleno de animales, hombres, con mis instrucciones en la cabeza. Empecé a repasar mi lista al principio de este acto natural, cuando sentí que meados naturales golpeaba mi brazo natural. Miré al hombre que estaba a mi lado esperando que mi mirada lo hiciera moverse. Pero en lugar de eso, me miró y me dijo.

¿"Qué pasa, no puedes hacerlo gotear"?

No lo creo, eso es todo lo que necesito. De repente, tenía dos ombligos. Me lo volví a meter en los pantalones, no es que ya no lo estuviera, y me marché derrotado, menospreciado, encogido, como si ya no estaba. No hace falta decir que los urinarios y yo no nos llevamos bien. Más tarde, en esa noche de salpicaduras de meados en el brazo, me tumbé en la cama y me di cuenta de que no me había duchado, ni lavado los brazos.

"Oh, mierda", dije en voz alta para mi sorpresa.

"Mierda, ¿qué"? Preguntó mi hermano Ernesto, con quien compartía habitación.

"Tengo que ir a orinar".

¿"Otra vez? Acabas de ir".

"Tengo que irme otra vez, dame un respiro".

Entré en el cuarto de baño e instantáneamente encendí la faca, cogí el jabón y me lavé las manos y los brazos. Me los sequé y dije:

"Ya está, mucho mejor". Salí y me metí en la cama.

¿"Qué hiciste, mearte en el lavabo"? Preguntó Ernesto, siendo el listo que era. Sí, ese es mi hermano Ernesto, nunca un descanso.

Salí de esos pensamientos para verme orinando en el otro lado del RoadRunner, y pensé en lo raro que era eso. Que saliera agua de una parte del cuerpo. Me imagino lo aterrador, que debió de ser la primera vez que vi salir agua de mí. Ojalá pudiera recordarlo. Bueno, tal vez no. Salí de ese pensamiento y miré a mi lado para ver que no estaba Dale, bien. Miré por encima de mi hombro para verle en el lado opuesto del RoadRunner orinando. Y luego, un pedo. Así es, Dale se tiró un pedo. Sí, nada ha cambiado. Así que qué puede hacer un hombre, sino hacer lo que mejor saben hacer los hombres. Terminé de orinar y sí, yo también me tiré un pedo. Volvimos al coche y nos sentimos aliviados.

"Oh, mucho mejor", dijo Dale.

"Si yo también. Eso me trajo algunos recuerdos".

60

¿"Recuerdos? ¿Cómo qué"?

"Ya sabes, recuerdos pedorros", dije mientras intentaba mantener la cara seria.

¿"Recuerdos pedorros"? Preguntó Dale y se rio en voz baja.

"Sí, buenos recuerdos de pedos. Recuerdos de pedos de niños, para ser más específicos". Yo también me reí en voz baja.

"Recuerdos de niños tirándose pedos, qué gracioso", dijo Dale.

"Sí, cuando éramos niños, tirarse pedos era más divertido. ¿Me entiendes? No es que no lo sea ahora, pero era más divertido de niño. Había algo en la inocencia de los pedos".

Dale soltó una carcajada y miró hacia atrás para ver si los niños se despertaban y preguntó: ¿"la inocencia de los pedos"?

Tuve que seguir. "Sí, cada pedo era como el primero".

"Dios mío, qué chistoso", dijo Dale.

"Te diré lo que también es chistoso. La primera vez que oí un pedo de arbusto".

¿"Un arbusto"?, preguntó Dale, con expresión perpleja y media sonrisa, preguntándose si me había oído bien.

"Sí, lo recuerdo como si fuera ayer. Creo que tenía once años, mi hermano y yo estábamos cazando con nuestro padre. Mi padre se detuvo y le dio a mi hermano el rifle y dijo."

"Quédense aquí, horita vuelvo".

"Se fue a los arbustos tal como lo hicimos nosotros hace un rato. Pero en realidad se metió entre los arbustos. Esperamos y miramos a nuestro alrededor, el piar de los pájaros, una ligera brisa, y entonces".

Hice una pausa.

Dale me miró como ¿qué? Hice el fuerte sonido de un pedo largo. Dale se rió al instante. Dejé de hacer el sonido, y le puse una expresión como diciendo, te lo dije.

¡"Ya ves, gracioso"! Dije. "Hombre, ese pedo fue más fuerte que el infierno. Tío, mi hermano y yo nos morimos de risa. Miramos hacia donde provenía el pedo y vimos un arbusto moviéndose. Y luego otro pedo. Te lo digo. Parecía que el arbusto se estaba tirando un pedo".

Hice una pausa mientras los dos reíamos en silencio. Continué.

"Te diré algo, el arbusto quemándose no tiene nada sobre el arbusto pedorro. Nada de nada. A hora dime. ¿Está el arbusto pedorro en la Biblia? No lo creo".

Hice una pausa, miré a Dale y esperé a que dijera algo, pero Dale se reía tanto que no podía hablar.

Finalmente, preguntó: ¿"en la Biblia"?

"Sí, hombre, al menos una mención honorífica o algo así, quiero decir ¿por qué no"?

Hice una pausa para que pudiéramos recuperar el aliento. Continué.

"Mi padre salió de los arbustos y nos vio riéndonos. Se acercó a nosotros con expresión seria y con voz grave, dijo.

¿'Crees que es gracioso? Es imposible que un hombre orine y no se tire un pedo. Pase lo que pase. Crees que no te vas a tirar un pedo, pero te lo tirarás. Así es como es, imposible'. Cogió el rifle de Ernesto y se fue. Ernesto me miró y me preguntó: '¿habla en serio'?

"Supongo, ¿no lo sé, le dije, al mismo tiempo, me pregunté en la cabeza, será cierto"?

Dejé de hablar y negué lentamente con la cabeza.

¿"Qué"? Preguntó Dale.

"Bueno, me condenarán si no intenté como el demonio no tirarme un pedo cada vez que oriné después de eso".

Dale me miró intentando averiguar si estaba bromeando.

"Lo digo en serio. Unos días más tarde, me quedé helado delante del váter después de mear. Intentando como el demonio no tirarme un pedo. Me aguanté, tío. Te lo digo; iba a hacerlo".

Hice una pausa y Dale soltó una risita.

"Me subí lentamente la cremallera, empecé a darme la vuelta y se me escapó".

Dale se tapó la boca intentando no reírse a carcajadas.

"Literalmente, el pedo se escapó hombre. Qué decepción". Le dije.

Dale tenía la cara roja de tanto reírse en voz baja para no despertar a los niños. Volví a negar lentamente con la cabeza y continué.

"Lo tenía en la bolsa. Ya sabes, el trofeo de no tirarse pedos. Lo tenía en mis manos y lo dejé escapar. Bueno, en realidad, me tiré un pedo. ¿Qué se le va a hacer? Así que me quedé allí decepcionado. Luego dije: Mi Padre tiene razón, es imposible".

Dale no podía parar de reír.

"Y entonces, oí decir a mi madre, que supongo que pasaba por delante del baño. 'Mijo, ¿estás bien'"?

"'Sí, mamá'", le dije. No podía creer que me hubiera oído. Después, dijo, 'no te quedes en el baño mucho tiempo'".

"No lo puedo creer". Dijo Dale. "¿Así que estabas intentando no tirarte pedos de verdad?"

"Claro que sí. Estaba tan serio como un pedo para no tirarme un pedo".

Los dos volvimos a reír, recuperamos el aliento y como siempre continué.

"Sí, buenos recuerdos de pedos a la antigua. Después de un tiempo, me rendí, me tiré un pedo y disfruté. Si es imposible, es imposible. ¿Qué podemos a hacer"?

¿"Cuánto tardaste en darte cuenta"? Preguntó Dale.

¿"Darme cuenta de qué"?

"Que era posible".

¿"Apoco, deberás"?

"Sí", dijo, Dale riéndose muy fuerte. Una vez más tratando de no reír a carcajadas.

Continué. "A ver, que acaba de pasar después de que los dos terminamos de orinar, ¿qué pasó exactamente Dale? ¿Eh"?

Nos reímos en voz baja y miramos por encima del hombro para ver cómo los niños daban vueltas y se despertaban para vernos reír.

"Bueno, creo que es hora de llevar a los chicos a casa." Dijo Dale. "Se está haciendo tarde."

"Vámonos, a que hacerlo", dije, aun riendo.

Desde el asiento trasero, oímos decir a Timmy.

"Vámonos, a que hacerlo"

Los dos miramos hacia atrás para ver a Timmy sonriendo.

"Tus hijos son geniales Dale, tienes mucha suerte".

"Sí, lo estoy", dijo con una gran sonrisa, que se desvaneció en preocupación y luego en nada.

Sabía exactamente lo que estaba pensando. Era hora de ir a casa y enfrentarse a la esposa. Eso es lo que estaba pensando.

Encendió el coche y, con ese sonido, volvió la sonrisa.

Hizo una pausa y me miró. "No te importa si conduzco a casa, ¿verdad?"

"No, adelante, soy tan vago que no creo que pudiera conducir".

"Muy bien", dijo, Dale y nos fuimos.

Una media hora más tarde, nos encontramos con una escena que ya había vivido antes. Pero esta vez era una mujer de mediana edad y con un poco de sobrepeso la que estaba delante de mi garaje. Estaba de pie con una expresión que solo podía suponer que era la expresión que había oído, pero no visto. Era como un casco o una placa pectoral que uno llevaría en la batalla.

"Oh, espero que no esté muy enfadada", dijo Dale como si fuera uno de los niños.

Al instante, caminó hacia nosotros. Era una señal de ataque, no les dieras oportunidad de prepararse, ponlos a la defensiva. Apenas nos detuvimos y ella se inclinó hacia la ventana de Dale.

¿"Dónde demonios has estado"?

"Jesús, mujer, déjame salir del coche". Dijo Dale.

Ahí estaban las voces, las voces que había oído muchas veces, pero que no había visto. Los niños se despertaron con el sonido de la diversión deteniéndose. Dale salió, yo salí. Ayudé a los niños a salir.

"Vamos, estamos en casa", dije. Incluso mi voz sonaba diferente.

Con las manos en la cintura, miró a Dale mientras levantaba la vista y le decía: ¿"Tienes idea de cuánto tiempo has estado fuera"?

¿"Cuál es el problema? Te dije que vendría aquí. Me viste caminar hacia aquí. ¿Cuál es el problema"?

"Te diré cuál es el gran problema. Cuando dijiste que ibas a venir aquí, dijiste, voy a ver lo que ese cabrón está haciendo con mis hijos. Dijiste cabrón, ¿verdad"?

Antes de que Dale pudiera contestar, ella dijo. "Ah, y

por cierto, eso fue hace tres horas. ¡Tres horas, Dale"!

Dale fingió no mirar un reloj que no tenía. Su media sonrisa, de expresión, de disculpa apenas llegó hasta mí. Miró a su mujer y dijo.

"Sabes qué, déjame presentarte a Roberto. Este es Roberto".

Señaló con la mano abierta.

"Hola", dije con una voz que no pude reconocer. Céntrate, tú no eres Dale", oí en mi cabeza.

Intentando no ser grosera, me saludó con la mano de forma despectiva y se marchó. Se detuvo y se volvió hacia él.

"Sabes, existen los teléfonos públicos, Dale".

"No pensé en ello", dijo, esperando que esto terminara.

¿"Cómo voy a saberlo"? Empezaba a decir cuando Dale la interrumpió.

"Está bien, está bien ya, lo siento."

Se marchó. Dale sacudió la cabeza y me miró como diciendo, ¿te lo puedes creer? Y entonces, para mi sorpresa, yo me agarro, la entrepierna y le dije.

"Tienes que crecer unos", olvidando que los niños estaban allí.

Con el pecho hundido y los hombros caídos, finge una sonrisa y miró a sus hijos y dijo.

"Vengan, vámonos", y se marchó sin decir ni una palabra más.

En ese momento supe lo que estaba a punto de ocurrir, al igual que Dale, y no pude hacer otra cosa que sentir lástima por ellos. Miré mi coche y me reconfortó su expresión, una que nunca cambiaba pasara lo que pasara. Oprimí y el mando a distancia de la puerta del garaje y entré. Oí la discusión a lo lejos.

"Ah, bueno. Es lo que es", me dije, pero en voz alta.

Cogí un puro de mi mesa de trabajo. Abrí la nevera del

garaje y cogí una cerveza, y al cerrar la nevera, miré hacia abajo y vi mis manos. Una con una cerveza y la otra con un puro, y sentí como si estuviera mirando las manos de otra persona. Pasó el momento y me pregunté, ¿por qué estoy mirando mis manos? Me sentía un poco fuera de lugar, como perdido. Miré a mi alrededor y vi mi coche esperándome y sentí que se me dibujaba una sonrisa en la cara. Cogí una silla, salí y la coloqué frente a mi coche. La discusión se hizo más fuerte en el fondo. Metí la mano en mi coche, cogí mi anuario y me senté de cara a mi coche. Encendí mi puro, abrí mi cerveza y abrí el anuario para ver el trozo de página que faltaba. Esto fue algo en lo que no estuviera preparado. ¿Por qué falta esta página? Antes de permitirme llegar a ninguna conclusión, no es que hubiera podido. Pasé las páginas y me detuve en el Owl Café.

Al instante, pensé en las veces que había llamado al Owl Café y había hablado con una camarera llamada Amanda. Y con eso, la sensación de serenidad y de que todo iba a salir bien se apoderó de mí. Necesitaba tocarlo, sentir el Owl Café, no solo verlo. Antes de que ese pensamiento saliera de mi cabeza, mi mano se había extendido y había tocado la página. Era papel, nada más que papel con una imagen. Pero había algo más. ¿Cómo puede el papel tener tantos sentimientos, tantas emociones? Era casi telepático. Transmitía más de lo que veía. Las páginas proyectaban pensamiento, una conexión. Solo podía suponer que hablaba todos los idiomas. No sé por qué eso me vino a la mente, pero me vino. Y ahora, tengo que preguntar, ¿es el pensamiento un idioma? Dejando todo eso de lado, me sentí bien al tocar la página. Y solo por eso, tengo que seguirle la corriente, aceptar lo que me ha transmitido.

"Siéntate aquí, y observa a Amanda desde no tan lejos".

Oí, desde algún lugar, en esta cabeza mía. Y mientras miraba fijamente el Owl Café, una sensación me invadió lentamente. No era una sensación buena, y no era una sensación mala. No se parecía a nada que hubiera sentido antes. Sentí una separación de ser. No sé cómo lo supe, pero lo supe. Y por primera vez, vi al Búho desde dentro. Sentí como si estuviera mirando su alma. Nunca se me había ocurrido pensar que una imagen tuviera alma, pero ¿por qué no? Al fin y al cabo, la imagen es el caparazón, el cuerpo, el exterior de un ser vivo. Una impresión de lo que una vez fue una entidad viva. Y dentro de un alma, hay aliento, un latido, vida, lo vivo. ¿Por qué me sorprende esto? Y entonces, lo oí. Ruido....ruido que venía del interior del alma del Owl Café. Oí sonar una campana y alguien dijo.

"Tu sincronización realmente apesta, ¿lo sabías"?

Una voz que había oído, pero que nunca había visto. Al instante puse cara a la voz. Me giré y allí estaba, Amanda. Puso el teléfono en espera, se acercó a la línea de cocineros y lo miró mal mientras recogía su comida.

"Te sigo queriendo pase lo que pase", dijo el cocinero mientras se marchaba.

Nunca se me había ocurrido cómo caminaba. Una cosa es segura, su forma de andar me gustaba. La gracia de su paso, la curvatura y la fuerza de su espalda, mientras sostenía toda aquella comida en una bandeja con una mano. Era un movimiento que nunca había visto. Siempre me la había imaginado al teléfono, sonriendo, mirando a su alrededor mientras me hablaba, pero nunca caminando. Lo que es extraño cuando lo pienso. Todo el tiempo, cuando pensaba en mujeres, las veía caminando, pero no con Amanda, pero a partir de hoy, todo eso cambiará.

Se acercó a una mesa, colocó expertamente el soporte que llevaba con su mano derecha y colocó su bandeja sobre el soporte. Un vagabundo se le acercó, ella se volvió hacia él y le dijo. "¿Ya te vas"?

El hombre asintió. Extendió la mano y la abrió para mostrar unas monedas.

"Oh, no, está bien, cariño. Ten cuidado ahí fuera. ¿De acuerdo"? Dijo la mesera.

Decepcionado porque ella no aceptara sus monedas, se dio la vuelta y se dirigió hacia la puerta principal.

¿"Nos dan café gratis tan bien a nosotros"? Preguntó uno de los clientes de la mesa.

"Oh, lleva años por aquí", dijo con una sonrisa.

¿"Cuánto tiempo tenemos que venir antes de que nos den café gratis"?

"Digamos, unos treinta años".

¡"Treinta años! Ese vagabundo no tiene treinta años viniendo aquí". Dijo el otro cliente.

"Oh, no sé nada de eso". Dijo Amanda. "Las chicas mayores me dicen que él ha estado aquí desde siempre. He estado aquí por diez y él ha estado aquí todo el tiempo".

"No parece lo bastante mayor", dijo el cliente.

"Oh, no lo sé, es difícil saber lo que pasa debajo de todo ese pelo. ¿Puedo traerles algo más"?

"Treinta años, ¡guao! No, creo que eso es todo por ahora", dijo el cliente, sin creérselo.

Amanda caminó hacia la recepción, y luego, no sé por qué, y no sé cómo. Me encontré observándola desde a fuera, a través de la ventana principal. Me pregunté, ¿cómo es posible? Intenté encontrarle sentido, pero no pude. Me pregunté, ¿por qué darle sentido? Y allí estaba otra vez, ese sentido, ese sentimiento de aceptación. Camina conmigo, escuché desde no sé dónde, mientras este calorcito cubría este exterior mío. La observé mientras levantó el teléfono, y pude ver lo que decían sus labios.

"Hola, hola, oh, ni modo", y colgó.

Bajó la vista para ver las monedas sobre el mostrador y sonrió. Las recogió y la oí decir. "Oh, qué dulce".

Congelado en ese momento, esperé como si tuviera opción, como si tuviera manera. Él silenció, ya no me escapaba, mientras me aguardaba la inevitabilidad de ese preciso momento. Y como siempre, una vez que vi ese momento detrás, levanté mi bicicleta, di mis cinco pasos, y como siempre, me detuve, me di la vuelta para verla mirarme, pero como siempre, era invisible a nadie allí.

6. A TRAVÉS DE OJOS JÓVENES

Me alejé de allí sin saber lo que no había visto, y como siempre, con ganas de verla otro día. Unas millas más allá vi un viejo camión que era exactamente igual al que yo tenía después del instituto. El mismo año, el mismo color. Pensé, guao, esta cosa es increíble. Este puede ser fácilmente mi viejo camión. Al instante caí en un sueño o un recuerdo, no estoy seguro de lo que era, pero como siempre me dejé llevar. Lo siguiente que supe es que estaba conduciendo mi camión. Su viejo y rústico olor penetró en cada una de mis células y me llevó adonde el espacio y el tiempo no se atrevían a dejarme ir. Podía ver y oler el río Ruso a mi izquierda mientras me acercaba al viejo puente metálico de Forestville. Era un lugar muy querido para mí, pero que a veces atormentaba mi cerebro por razones que no puedo explicar. Pero hoy, en este mismo, ahora sentí alegría. Conduje hasta el puente y me detuve. Miré el agua y pensé en todos los recuerdos maravillosos. Cuando éramos niños, solíamos nadar por debajo y alrededor de este puente. Lo siguiente que oí fue el sonido de mi hermano Ernesto llamándome.

¿"Cuánto tiempo vas a estar ahí de pie"?

Luego vino el sonido de Claude, diciendo.

"Se ha vuelto a congelar".

Claude vivía al otro lado de la autopista. Era francés y estaba tan aburrido como nosotros, así que nos hicimos amigos. Era mayor, de unos catorce años, y se convirtió en una especie de hermano mayor para nosotros. Salí de mi memoria a lo que solo podía suponer que era otra. Miré a mi alrededor y me di cuenta de que estaba al otro lado de la barandilla. No me lo podía creer. Aparté mi cerebro de no creer y miré hacia abajo para ver a Ernesto y Claude mirándome. Me pregunté. ¿Cómo puede ser?

¿"Qué estás haciendo"? Gritó Ernesto desde abajo.

Confundido como podía estar, todo lo que pude decir fue: ¿"Qué quieres decir"?

¿"Vas a saltar o qué"? Preguntó Ernesto.

Claude se hartó. "Es un bebé, está asustado, déjalo. Vente, vamos para el norte de río. Los rápidos son perfectos ahora", dijo Claude.

La frustración de Ernesto era visible en su cara. ¿"Qué pasa contigo"?

¿"Qué quieres decir"? Grité.

Claude sacudió la cabeza, cogió su cámara de aire y se puso en marcha. "Venga, vamos".

Ernesto cogió su cámara de aire y se largó.

¿"Qué están asiendo"? Grité. "Espera, espera, estoy saltando, espérame".

Respiré hondo. Vi mi pie derecho extenderse hacia

fuera. Mi pie se extendía hacia la nada. Vaya, qué idea. Entonces sentí mi pierna izquierda empujar hacia fuera. Fue como si mi pie izquierdo dijera, bueno, mi pie derecho se fue, así que ¿qué otra opción tengo? Sentí la nada ante mí. Era la nada, lo que sentí y me di cuenta de por primera vez en mi vida.

Después vino el miedo, pero era como si me lo sirvieran. Estaba ahí para que lo tomara o lo rechazara. En realidad, esta opción no me dejaba elección. Lo siguiente que sentí fue adrenalina. Antes de hoy, habría cerrado los ojos y esperado lo mejor, pero esta vez tomé lo que me servían y saboreé cada segundo, cada centímetro de la caída. Mantuve los ojos abiertos todo el tiempo. Eran unos diez metros hasta el agua, pero esta vez se sintieron como sesenta y me gustó.

Sentí que el pelo se me iba de la frente y las orejas y sentí cómo el viento se pasaba por mis pestañas. Mis brazos querían quedarse atrás, eso creía, pero me equivocaba. Era un recuerdo de hace un millón de años que se reproducía en mi cerebro y daba lugar a acciones de las que no tenía ni idea de que mis brazos fueran capaces. ¿Era una memoria muscular olvidada? Almacenada en alguna parte oscura de mi cerebro, esperando a ser utilizada. Fue en ese preciso momento cuando me llegó un segundo recuerdo en forma de emoción.

Sentí como si lo hubiera hecho miles de veces. Como si una versión anterior de mí misma, de hace millones de años, hubiera tomado el control y supiera exactamente qué hacer. Mis brazos se convirtieron en alas, timones o algo así. Podía usarlos para dirigir mi caída. Se movían en todo tipo de direcciones, asegurándose de que estuviera perfectamente vertical. La parte superior de mi cuerpo

73

quería inclinarse hacia delante, mi cerebro se puso a trabajar. Mis brazos hicieron la rápida corrección y evitaron que me inclinara hacia delante. Entonces me di cuenta de que mis ojos estaban perfectamente enfocados en el agua. Eran sensores de proximidad, calculaban la distancia que me separaba y sabían exactamente lo que tenía delante. Mis ojos escaneaban, sé aproximaban, enviaban datos a mi cerebro que este utilizaba para controlar las partes de mi cuerpo y golpear con precisión el lugar que mis ojos elegían para mí. Los dedos de mis pies apuntaron de repente. Golpeé el agua, más bien la partí. Sentí su presión contra mi piel mientras subía por mis piernas, mi cuerpo y mi cara. Sentí que los dedos de mis pies golpeaban la arena. Lo siguiente que sentí fue la planta de los pies golpeando la arena. Empujé hacia arriba con las piernas todo lo que pude. Ya tenía los brazos y las manos por encima de la cabeza. Mi primera brazada fue con ambas manos, la segunda con la derecha, seguida de la izquierda. Entonces vi una salamandra justo a mi lado. No me lo podía creer. Seguía mis movimientos mientras nos arrastrábamos por el agua. Tres brazadas y mi cara sintió la luz del sol justo por encima del agua. Luego vino el rocío de mi exhalación, reflejando la luz del sol en todas direcciones. Entonces sentí la paz del momento, una vez más como si lo hubiera hecho miles de veces antes.

"Muy bueno". Dijo Claude. Miró a Ernesto. ¿"Viste eso"?

Ernesto sacudió la cabeza como diciendo, más o menos, pero tuvo que reconocer mi salto.

"Mmm, no está mal."

"Eso estuvo muy bien", dijo Claude.

Salí nadando lo más rápido que pude. Claude me puso

la mano en la cabeza y me empujó hacia delante,
alejándome del agua.

"Eso sí que fue un salto. Bien echo". Dijo Claude.

"Gracias".

Cogí mi cámara de aire y nos dirigimos a los rápidos.
Yo tenía diez años, mi hermano once y, como he dicho
antes, Claude catorce. Su familia se había trasladado a
Forestville desde Francia hacía unos años. Hablaban
Francés en la casa y él tenía una hermana que era hermosa
y sexy.

Y sí, eso pensaba a los diez años. Su madre y su padre
eran todo lo genial que se puede ser. Su padre fumaba en
pipa y parecían leer libros todo el tiempo. Estar cerca de
ellos era como estar en una película o algo así. Eran, con
diferencia, de las personas más simpáticas y agradables con
las que se podía estar.

Nos dirigimos río arriba, donde el río se estrechaba.
Los rápidos eran perfectos a principios de primavera,
cuando el agua aún estaba revuelta pero no embarrada
como en invierno. Las reglas para un buen descenso son
sencillas. Regla número uno: no te sueltes de la cámara de
aire. Regla número dos, si pierdes tu cámara de aire, más te
vale nadar rápido e irte con ella, o se te acabará la diversión
rápidamente. No solo eso, si no tenías dinero suficiente
para comprar otra, te quedabas sin suerte para todo el
verano. Así que aguantábamos como fuera. La técnica era
importante. La idea era empezar justo antes del comienzo
de los rápidos, donde el agua estaba algo calmada. El
problema era que, en esas zonas, la arena del fondo
siempre se movía. Así que nos metíamos en el agua,
plantábamos el pie en la arena y lo movíamos para
afianzarnos. Claude, que era mayor y más fuerte, siempre

iba primero. Se metía un par de pasos en el agua y movía los pies.

¿"Cómo está la arena"? Pregunté, con la esperanza de que me diera información importante que me ayudara cuando llegara mi turno.

Dio un paso más y desapareció.

"Es perfecto", gritó.

"Vaya, gracias", dije.

Ernesto entró, movió los pies, y justo cuando iba a preguntarle cómo estaba, se fue. Ahora me tocaba a mí. Pasé mi brazo por el agujero de mí cámara de aire y lo sostuve contra mi cuerpo para asegurarme de no perderlo.

Di mi primer paso. Moví los pies y sentí cómo la arena cedía bajo mis pies hasta que estuvo bien firme. Di unos pasos más, sentí que la arena cedía y me quedé inmóvil.

¡"Yahoo, está yendo a toda velocidad"! Gritó Claude.

"Deprisa, es perfecto", gritó Ernesto.

Eso sí que era diversión. Di un paso más y el agua estaba justo por encima de mis rodillas. Coloqué el tubo a la altura de mi trasero y me puse en cuclillas hasta que el agua quedó justo debajo del tubo. Si el tubo se sumergía en el agua con mis pies aún en la arena, me daría la vuelta y me iría río abajo hacia atrás. Así que me dejé caer en el agua y levanté los pies al mismo tiempo y me puse en marcha. Corrimos los rápidos hasta que el agua fría nos obligó a salir. Claude dejó caer su cámara de aire en la arena. Yo coloqué la mía a su derecha y Ernesto colocó la suya a la izquierda de Claude. Nos tumbamos en las cámaras de aire y sentimos el cálido sol primaveral sobre nuestros fríos cuerpos. Era estupendo. Claude me apartó la cabeza y me dijo. "Buen trabajo, tío, hoy has pateado culos".

Al cabo de un rato nos aburrimos.

"Oye, ¿podemos ir río arriba? Quizá haya algo guay ahí arriba". Dije.

Claude se levantó de un salto. "Hagámoslo".

Nos levantamos.

¿"Qué pasa con nuestros cámaras de aire"? pregunté.

"Escondámoslos en los arbustos". Dijo Ernesto.

"Buena idea", dijo Claude.

"Oh, hombre, esto va a ser genial," dije.

Nos invadió una nueva sensación de excitación. Recogimos nuestros cámaras de aire y nos dirigimos a los arbustos. Incluso esconderlos era emocionante. Era como si supiéramos algo que nadie más sabía. Los escondimos, retrocedimos y miramos los arbustos.

"Se ve bien". Dijo Ernesto.

¡"Sí, vamos"! Dijo Claude. Terminó la palabra vamos, muy fuerte.

No podía esperar. Claude salió corriendo. Ernesto arrancó y yo estaba justo detrás de ellos. Era emocionante alejarse del mismo lugar en el que habíamos estado tantas veces. Siempre me había preguntado qué había más allá de los acantilados rocosos cuando el río se estrechaba y estaba a punto de descubrirlo.

"Así que esto es una aventura, ¿verdad"? Pregunté.

Todos nos detuvimos. Claude me miró y luego a Ernesto. Sonrió mientras todos nos mirábamos y dijo.

"Sí, esto es una aventura."

Podía ver el cerebro de Ernesto pensando. Su sonrisa se hizo más grande.

"Hombre, esto es emocionante". Dijo Ernesto.

"Muy bien, es tiempo para algo diferente. Vámonos a la aventura". Dijo Claude.

Salimos caminando uno al lado del otro a paso rápido. Había algo en caminar uno al lado del otro sobre la arena y las rocas que me hacía sentir como en una película. Era como si camináramos por el desierto en busca de una ciudad perdida o algo así. Podía sentir y oír la arena y las rocas al moverse y rozarse bajo mis zapatillas de tenis sin calcetines. Todo parecía diferente, más fuerte, más cerca de mis ojos. Era como si todo estuviera magnificado. El día tenía un aire nuevo y me gustó. Caminamos unos 800 metros y tuve que mirar atrás. Era como si quisiera asegurarme de que el puente seguía ahí.

Estaba, pero era pequeño. Me pareció raro. Verlo más pequeño era extraño. Veía la distancia entre nosotros y el puente y no solo el puente. Era como si mi cerebro estuviera midiendo. Era plenamente consciente de la distancia y me di cuenta de que era consciente. El sonido de Ernesto y Claude alejándose me sacó de esa observación. Me di la vuelta y los alcancé.

¿"Qué estabas mirando"? Preguntó Claude.

"El puente".

¿"El puente"? Preguntó Claude mientras arrugaba la frente.

Ernesto me miró. "Estábamos allí hace unos minutos, no te entiendo".

Claude me miró y se echó a reír. "Sí, ¿qué demonios"?

Ernesto sacudió la cabeza. "Qué bicho raro".

Claude y Ernesto se miraron y se echaron a reír. En ese preciso momento, me di cuenta de que yo sabía algo que ellos no sabían. O que me había dado cuenta de algo que ellos no. Tenía que decir algo. Me detuve, me di la vuelta y señalé.

"Ves, parece más pequeño".

Me miraron, interrogantes, pero sin saber qué decir.

Seguí adelante con mi explicación. "El puente se hizo más pequeño a medida que nos alejábamos".

¿"Qué? ¿Quieres que se haga más grande"? Dijo Ernesto.

"No, quiero decir..." Claude me interrumpió.

"Ernesto tiene razón. Eres un bicho raro".

Puso su mano en mi cabeza y me empujó hacia atrás. Como diciendo, sal de aquí, y se fue corriendo.

"Vamos, hagamos el puente realmente pequeño. Bicho raro" Gritó Ernesto y se largó.

Corrí tras ellos, pero no podía dejarlo pasar.

¿"Raro? Tú eres el raro, matas mosquitos con pedos".

Claude se detuvo y se agachó riendo. Ernesto se dio la vuelta, me detuvo con las manos y me empujó hacia atrás.

"Mentiroso, no es cierto, mentiras", me gritó Ernesto.

"Un momento", dijo Claude, ¿"de verdad matasteis mosquitos con pedos"?

"Así es", dije, "una noche." Me interrumpió Ernesto.

"No, no, estás mintiendo". Gritó Ernesto.

"No. Estaba en su cama y...." Interrumpió Ernesto.

"Eres un bicho raro", gritó Ernesto, "y un mentiroso".

"Dios mío, eso no puede ser cierto". Dijo Claude.

"Es, es verdad", añadí rápidamente. "Mató a un mosquito con un pedo".

"No, no lo hice". Gritó Ernesto y miró a Claude para exponer su caso.

"Yo presumiría si fuera tú". Dijo Claude. "Eso es tío duro, hombre."

Ernesto me miró. ¿"Oyes eso? Soy un tío duro". Me señaló la cara, casi pinchándome el ojo. "Tú eres un bicho raro y yo soy tío duro".

Me agarró el pezón y me lo retorció.

"Ay, ay, ya basta. Pedazo de mierda". Lo empujé, me di la vuelta y me llevé la mano al pezón mientras me doblaba de dolor. "Ay, hombre eso dolió"

¡"Qué bebé! ¡Eres un bicho raro y un bebé"! Dijo Ernesto.

"¡Vale, para, para"! Gritó Claude mientras intentaba parar de reír.

¿"A ver, qué pasó? Tengo que escuchar este historia".

Se inclinó hacia mí. Miré a Ernesto, que de repente se llenó de orgullo. Mi historia había explotado. No era un juego de palabras.

¿"Y qué pasó"? Preguntó Claude.

Estaba a punto de empezar mi historia cuando Ernesto intervino. "Así que estaba tumbado en mi cama...".

"Oye, oye, yo soy el que lo vio. Te tiraste un pedo como siempre".

Claude bajó la cabeza y la sacudió como si no pudiera creerlo.

Continué. "Así que él estaba en su cama en pijama, yo estaba en mi cama. Vi un mosquito volando cerca de donde él estaba. Y volaba justo al lado de su trasero".

Claude se rio un poco. "¿Y luego qué?"

"Así que me senté e iba a decir, oye ten cuidado hay..."

Hice el sonido de un pedo rugiente.

Seguí adelante. "Arrancó uno. Fue un pedo enorme y boom, el mosquito se volcó y cayó".

Claude y Ernesto se rieron mucho. Me sentí bien al verles reír con mi historia. Yo también me reí, pero me controlé para terminar la historia.

"Se lo dije, oye, acabas de matar a un mosquito con tu pedo. Me dijo: 'No puede ser'. Con una sonrisa. Le dije: 'Sí, lo cavas de matar'. Él dijo, 'no, no, ya mero'. Así que fui a buscarlo y".

Claude me interrumpió.

"Espera un momento", dijo Claude. ¿"Buscaste el mosquito"?

"Sí, y lo encontré. Estaba muerto. No se movía. Lo mató con su pedo, te lo digo".

"Qué gracioso". Dijo Claude mientras seguía riendo.

Nuestras risas finalmente se apagaron.

"Bien, vamos." Dijo Claude, "vamos".

Despegamos y mi dolor de pezones había vuelto. Unos 800 metros más adelante vimos algo grande.

¿"Qué es eso"?, preguntó Claude.

"No lo sé. Parece un coche". Dijo Ernesto.

"Espera. Hay otro allá". Dije.

Salimos corriendo. Llegamos hasta uno de ellos.

"Hombre, mira esto", dijo, Claude

¿"Por qué hay un coche aquí en el río"? Pregunté.

"No lo sé". Dijo. "Tal vez quedó atrapado en el agua durante una tormenta o algo así."

¿"Crees que alguien murió"? Pregunté.

"No lo sé". Dijo Claude.

"Oye, ¿y si hay alguien dentro"? Pregunto Ernesto.

¿"Muerto en el caro"? Pregunté.

"Oh, eso sería genial". Dijo Claude.

Lo miramos, como, ¿qué?

"Quiero decir, súper, pero no súper porque alguien haya muerto. Pero no lo creo. Este coche ha estado aquí durante años, estoy seguro". Dijo Claude.

¿"Y si hay un esqueleto dentro"? Pregunté.

Nos miramos el uno al otro.

"De ninguna manera", dijo Claude. "Quiero decir, mira esta cosa, está oxidada y todo."

Caminó hasta el lado del coche. Miró dentro como si no fuera gran cosa.

"Nada", dijo, "nada más que arena y rocas".

La puerta del conductor había desaparecido. Los asientos tampoco estaban. Ernesto entró y se sentó en la arena como si estuviera conduciendo y agarró el volante.

"Hombre, esta cosa es genial. Mira todo este cromo.

Parece casi nuevo". Dijo Ernesto.

"Sí, eso es raro". Dijo Claude.

"Mira, ahí hay otro". Dije y señalé un coche a lo lejos.

Despegamos, corrimos alrededor de un montón de árboles, bambú y arbustos. Vi un gran charco de agua justo al lado de los árboles. Me detuve y no podía creer lo profundo que era.

"Oye, ¿qué estás haciendo"? Preguntó Claude.

Miré en el agua. "Oye, hay peces ahí".

¿"En serio"?

Volvieron.

"Vaya, tienes razón. Mira eso", dijo Claude.

"Santo cielo, esos son peces grandes. Mira". Ernesto señaló.

"Son grandes. Justo ahí, ¿puedes creerlo"? Dijo Claude.

¿"Cómo acabaron aquí"? Pregunté.

Claude miró del charco al río. "Supongo que se quedaron atascados allí".

¿"Qué quieres decir"? Preguntó Ernesto.

"He visto esto antes, en National Geographic. Cuando un río se hace más pequeño, algunos peces se atascan. Se separan del río y se quedan atascados como aquí". Señaló al pez.

¿"Y qué va a pasar con ellos"? Pregunté, compadeciéndose de los peces.

"Van a morir. Cuando el agua se seque, morirán". Dijo Claude.

¿"Van a morir? ¿Cuándo el agua se seque morirán"? Antes de que nadie me contestara, dije: "Quizá podamos ayudarles".

"Les ayudaremos", dijo Ernesto. "Volvamos y pesquémoslos".

Claude y Ernesto esbozaron una sonrisa diabólica.

"Justo iba a decir eso". Dijo Claude.

¿"Pescarlos"? Pregunté.

"Sí, podemos volver más tarde, o mañana con cañas de pescar". Dijo Ernesto.

"Guay tío, nos vamos a pescar". Dijo Claude.

¿"Te los vas a comer"? Pregunté.

"Sí, por qué no. ¿Qué crees que es el Atún"? Preguntó Claude.

"Muy bien". Dijo Ernesto.

Me quedé atascado en que el pez estaba atascado y no podía superarlo. Pensé en lo horrible que sería separarse de los otros peces en el río. Quedarse atascado justo ahí y el río está justo ahí.

¿"Crees que los peces saben que el río está justo ahí"? Pregunté a Claude y señalé el río.

"No, son estúpidos, no saben nada".

¿"Cómo lo sabes"? Le pregunté.

"Porque lo sé", dijo Claude.

Sentí pena por ellos. Entonces tuve una visión de los peces arrastrándose fuera del agua y hacia el río. Uno de ellos se levantó y dijo.

"Oigan, mírame".

Los demás peces levantaron la vista, y, uno a uno, se fueron acercando al río y se detuvieron. Uno de ellos miró hacia el charco y dijo.

"Mira eso, todo este tiempo estuvimos justo ahí".

Todos miraron hacia atrás y asintieron.

Uno de ellos dijo: "Tienes razón. Está justo ahí. Deberíamos haberlo hecho hace mucho tiempo".

Una de ellas dijo: "He intentado decírtelo, pero crees que lo sabes todo".

"No te recuerdo......"

"Oye, Roberto, oye". Dijo, Claude

Salí de mi pequeña fantasía y me di cuenta de que se habían marchado y yo no lo sabía.

Claude me hizo señas. "Vente, vamos. Vamos a ver otro coche".

Despegamos y una vez más tuve que volver a mirar a los peces. Ernesto me miro mirando.

¿"Qué pasa? ¿Se hicieron más pequeño"?

Le di una mirada mal. Nos fuimos. Llegamos al otro lado de los árboles. Nos detuvimos al ver algo que nunca habíamos visto antes.

"Qué demonios". Dijo Claude.

Al otro lado de un arroyo que desembocaba en el río, había un montón de coches alineados contra la orilla del río y el arroyo. Había al menos cien coches o más. Era como si alguien los hubiera cogido y colocado uno al lado del otro como fichas de dominó. La mayoría no tenía capó ni parabrisas. Algunos tenían guardabarros, otros no y a la mayoría le faltaban las puertas. Nos miramos incrédulos.

¿"Qué crees que es esto"? Preguntó Ernesto.

"No lo sé", dijo Claude.

Claude y Ernesto miraron a su alrededor. Yo miraba a mi alrededor, pero no tenía ni idea de por qué. La cara de Claude se puso seria. La cara de Ernesto se puso seria. Mi cara se puso seria. Claude echó la cabeza hacia atrás como si se estuviera haciendo una pregunta. Ernesto echó la cabeza hacia atrás como si se estuviera haciendo una pregunta. Yo me hice una pregunta.

¿"Qué está pasando"?

"Silencio", dijo Ernesto.

Lo miré como diciendo, ¿quién te crees tú? Se llevó el dedo a los labios. La expresión de Claude se había convertido en un profundo ceño fruncido sin que me diera cuenta al principio. ¿Y ahora qué?

"Esto es raro. Suave, pero raro". Dijo Claude.

¿"Qué te parece"? Preguntó Ernesto.

"No lo sé". Dijo Claude.

Sentía mariposas en el estómago. La sensación del día había cambiado y no me gustaba.

"Vengan, vamos a averiguar. Quedémonos entre los arbustos todo lo que puédanos. Y no hagan ruido", dijo Claude y me miró y enarcó las cejas. Empezamos a caminar.

¿"Por qué tenemos que estar callados"? Pregunté.

"Simplemente, porque lo dije". Dijo Claude.

¿"Qué creen que es esto"? Pregunté.

"No lo sé. Algún tipo de lugar donde tiran los coches viejos, supongo. No lo sé". Dijo Claude.

¿"La gente tira los coches viejos"? Pregunté.

"A ver, si no sirven, que más van a hacer con ellos". Dijo Claude.

Me miró Ernesto. "Sí, ¿qué más vas a hacer con ellos?" Lo Dijo como si supiera lo que estaba diciendo.

Claude se detuvo, echó otro vistazo rápido y se puso en cuclillas. Ernesto se puso en cuclillas, yo me puse en cuclillas, pero una vez más no tenía ni idea de por qué.

Susurró Claude. "Bien, este es nuestro plan".

¿"Tenemos un plan"? Pregunté.

"Silencio, cállate y escucha". Dijo Ernesto.

"Bien, este es el plan", dijo Claude.

"Vamos a permanecer en los arbustos tanto como podamos".

Señaló los arbustos junto al arroyo. Ernesto y yo miramos. Claude continuó.

"Vamos hasta donde el arroyo es poco profundo y estrecho y luego cruzamos el arroyo". Hizo una pausa. "Ahora esto es importante. Nos metemos rápidamente entre los coches para que nadie nos vea".

¿"Crees que hay gente por aquí? No he visto a nadie".
Dije.

"Puede ver. No quiero saberlo, eso seguro".

Claude hizo una pausa y me miró. Yo lo miré sin saber
por qué. Esperé. Él esperó.

¿"Qué"? Pregunté.

¿"Quieres ver gente aquí"?

No sabía si hablaba en serio o no, así que lo miré y no
dije nada.

¿"Están listos? Vamos, con cuidado", dijo Claude.

Estaba agachado, pero se puso más o menos de pie.
Ernesto se puso a su altura. Yo me puse a su altura, pero
no quería. Nos dirigimos hacia los coches mientras
permanecíamos entre los arbustos. El sonido de las ramas
crujiendo era claro y fuerte para mí. La sensación de hojas
y escombros moviéndose bajo mis pies se hizo evidente
para mí. Una vez más era como si todo estuviera
magnificado. Ernesto rompió accidentalmente una ramita.
Claude lo miró como diciendo, qué demonios. Ernesto
puso cara de uy. Claude se dio la vuelta. Ernesto me miró
como si el fuera Claude, pero no era Claude y me estaba
mirando a mí, y yo no rompí una ramita. Al parecer,
Ernesto estaba atascado, imitando todo lo que hacía
Claude, pero esto estaba yendo demasiado lejos.

¿"Cuál es tu problema"? Dije con voz clara.

Claude se dio la vuelta al instante y me hizo callar. Yo
ya había tenido bastante.

"Aquí no hay nadie. ¿Qué pasa con ustedes"?

Me levanté y miré a mi alrededor mostrándoles que no
había nadie más que nosotros. Me sentí como el pez que
por fin se dio cuenta de que el río estaba justo ahí. Quería
acercarme al agua como el pez. Lo siguiente que recuerdo
es que no estaba al borde del agua, sino cruzando el arroyo.

Llegué al otro lado y me apoyé en uno de los coches. Los saludé con la mano. Se dejaron caer entre los arbustos. Yo estaba como, ¿qué les pasa? Vaya panda de bebitos. La cabeza de Claude salió de los arbustos con el dedo en los labios para hacerme callar. Señaló repetidamente hacia mi derecha. Levantó las dos manos e hizo un gesto como si me empujara hacia atrás. Vi movimiento por el rabillo del ojo. Quise mirar, pero me metí entre los coches y me escondí.

No sabía de qué me escondía, pero me estaba escondiendo. Repetí los gestos de Claude en mi mente. Retrocedí y me dejé caer dentro de un coche. Mi corazón latía con fuerza en mi cabeza mientras el sonido de mi respiración reverberaba en el coche metálico en el que me encontraba. Me incliné hacia delante lo suficiente para buscar a Claude y lo vi caer otra vez entre los arbustos. Sabía que eso no podía ser bueno. Me pregunté. ¿Pero qué demonios...? Esperé. No sé para qué, pero lo hice. Espera, espera, me dije. ¿Qué es eso?

¿Sonido de pasos? No, no puede ser. Si es así, quiero decir que son pasos muy enormes. ¿Será posible? Oí que un pie bajaba y golpeaba la grava. La grava cedió bajo el enorme peso. Oí el pie trasero subir, y luego un hueco. ¿Qué demonios está pasando? Oí que bajaba y golpeaba la grava. Otro hueco, ¿qué es esto? Una sombra se movió lentamente en mi línea de visión. ¿Pero qué clase de sombra es esta? Era una cabeza. ¿Pero de quién es esta cabeza? ¿Y por qué es tan grande? ¿Y por qué se mueve tan despacio? Después vino su largo cuello. Y luego vino este cuerpo de sombra que cubrió todo el coche a mi lado y en el que yo estaba. No lo puedo creer, ¿estoy muerto? Él, eso, lo que sea, caminaba a cámara lenta. Iba a preguntarme por qué, pero ¿para qué? Me sentía como en una película.

Esperé a que se diera la vuelta y me disparara. Que me lanzara un cuchillo y me diera en la yugular. Un lanzallamas, una bazuca, una granada de mano, algo. Estaba preparado para morir a manos de un monstruo. Se detuvo, se dio la vuelta y oí la ausencia de mi respiración. El ineludible sonido de mi corazón no aparecía por ninguna parte. ¿Ya estoy muerto? ¿Es esto lo que se siente al morir? ¿Te mueres y de repente estás al otro lado? ¿Sin respirar, sin que mi corazón late?

Después de todo, estoy muerto, así que ¿por qué iba a respirar? ¿Por qué iba a latir mi corazón? Pero el miedo lo sentía. ¿Esto significa que estoy vivo? Si es así, ¿no debería estar respirando?

Dio un paso hacia mí y estaba justo delante. Oí el sonido de su mano al ponerla sobre el coche. Era fuerte. Era grande. Este hombre era enorme. Su respiración era larga y profunda. Era como la respiración de un elefante. No sé cómo lo supe, pero lo supe. Juro que podía oír el latido de su corazón. Era como un gran tambor. Los espacios entre cada latido eran como una pausa que uno se tomaría para pensar en su siguiente latido. Pero yo sabía que no era así. No hacía falta pensar para que el corazón latiera. Eran los latidos de un animal enorme. Un animal que le llaman, humano, humano hombre. Su sombra y su figura se unieron cuando se agachó para mirar dentro del mismo coche en el que yo estaba. Su enorme cara descendió hasta mi línea de visión. Si no estaba muerto, estaba a punto de estarlo.

"Hola", dijo con una voz que sonaba a cámara lenta. ¿"Qué estás haciendo ahí"?

Casi no le entendía. Su voz era muy grave y sonaba como una grabadora que alguien ralentizara con la mano. Pero esto no era una grabadora y yo no estaba preparado para mi muerte. Vamos a luchar. Una lucha a muerte.

Escuché en mi cabeza. Pero aquí estaba mirando a un gigante que estaba tranquilo, relajado, casi frío. Esto no me lo esperaba, ¿y ahora qué?

¿"Te gusta este coche"? Preguntó.

Me pregunté. ¿Está pasando esto? ¿Me estoy volviendo loco? ¿Me lo estoy inventando?

"Te lo vendo barato, cero dólares. Pero eso es solo por hoy". Dijo y se rio. "Ho, ho, ho, ho."

Su risa sonaba como la de un Papá Noel gigante. Volvió el sonido de mi respiración acelerada y mis latidos acelerados. El hombre enorme sonrió. Mira el tamaño de esos dientes fue mi siguiente pensamiento.

Dijo. "Está bien, puedes salir si quieres. O puedes quedarte ahí toda la noche. Pero hace frío aquí fuera".

Entonces pensé. ¿Qué es lo siguiente que va a hacer este hombre? ¿Cantarme una canción de cuna o algo así? Espera un momento. Está intentando que salga. Eso es lo que está haciendo. ¿En qué estoy pensando? ¿Qué hay de Claude y Ernesto? Tal vez puedan salvarme. Podía verlos en mi cabeza corriendo por el arroyo. El agua salpicando sus cabezas con cada paso rápido mientras sus pies se sumergían en el agua a velocidades tan rápidas que el gigante no podía hacer nada al respecto. Conseguirían cruzar el arroyo y apuñalar al gigante en el corazón con una enorme lanza. Mientras terminaba ese pensamiento, más allá del hombro de aquel hombre, vi dos figuras que corrían en dirección opuesta. Demasiado para eso. Sentí que el corazón se me hundía aún más en el pecho.

El gigante dijo. "Está bien, tengo toda la noche".

Retrocedió y se apoyó en el coche de al lado. Cruzó las piernas y se echó hacia atrás como si se estuviera relajando. Me pregunté. ¿Qué es esto? ¿Va a esperarme asta que salga?

El gigante añado "Vi a tus amigos al otro lado del arroyo. No creo que vengan a ayudarte".

Se puso en cuclillas y se inclinó hacia mí. Pensé, esto es todo, luchar o morir. Extendió la mano. Era del tamaño de todo mi pecho.

"Hola, mi nombre es......".

Lo siguiente que supe es que estaba tumbado en un sofá o en un asiento de coche. ¿Estoy en un edificio? ¿Qué demonios? Me senté, y allí, justo delante de mí, había una mujer sentada leyendo una revista. Pensé, a lo mejor no estoy muerto. Bajó la revista y sonrió. Me preguntó.

"Bueno, ¿qué tal has dormido"?

No podía ni empezar a responder. Lo único que sabía era que nada, y me refiero a nada, era como yo pensaba que sería en caso de que algo así me ocurriera. ¿Dónde está la mazmorra, las cuerdas, las cadenas?

Gritó la mujer. ¡"Está despierto"!

Entonces pensé. Oh, no, tal vez la mazmorra y las cadenas vengan después. Miré a mi alrededor y vi que estaba en un granero o almacén, o algo así. Era un edificio grande. Había un teléfono sobre un tablón de madera encima de tres barriles de cincuenta y cinco galones. En la pared de detrás había un calendario. Pero no era un calendario cualquiera. Este calendario tenía mujeres desnudas. Era un calendario Playboy. La señora me vio mirándolo.

"Lo sé, son bonitas, ¿verdad"?

Eso sí que era raro. ¿Una mujer diciendo que las mujeres desnudas eran bonitas? Nunca había oído eso antes. La mujer miró hacia atrás.

"Bueno, ¿vienes o no"? Gritó la mujer.

Se abrió una puerta detrás del mostrador, justo al lado del calendario. El gigante entró. Mi padre entró. Sí, era mi padre. Me pregunté. ¿Cómo es posible? Después pensé.

Qué extraño ver a mi padre no solo aquí, sino justo al lado de un calendario con mujeres desnudas. Me vio mirándolo y entonces mis ojos fueron al calendario. Miró el calendario y sonrió. Entonces me di cuenta de que llevaba una pieza de coche. Me pregunté. ¿Qué? Se acercó a mí y su sonrisa se hizo más grande. Tal vez no esté enfadado, pensé. Me puso la mano en la cabeza y me preguntó.

¿"Estás bien"?

Asentí con la cabeza. El gigante también sonrió y allí estaba una vez más, él, o, o, o, de su gran risa. Mi padre se dio la vuelta y se acercó a él. ¿Qué va a pasar ahora, van a ponerse a cantar o algo así? Pero no, en lugar de eso, mi papá colocó la pieza del auto sobre el mostrador. Todavía no estaba seguro de lo que estaba pasando. Lo único que sabía era que mi padre se alegraba de que yo estuviera bien y eso era una victoria para mí. Sacó la cartera y supongo que pagó la pieza del coche. Sí, eso es lo que está pasando aquí. Acaba de comprar una pieza del coche. Entonces pensé, espera un minuto. Estaba pensando que iba a morir. Que tal vez ya estaba muerto. ¿Y mi padre compró una pieza de coche?

"Gracias, Rick," dijo mi padre. "Por la parte del coche de todos modos. No sé nada de aquel".

Me señaló. Y ahí estaba, una vez más, la risa del gigante. Luego vino el sonido de la risa de mi padre y de la señora. ¿Y qué hago yo? Hace unos minutos, estaba seguro de que iba a morir. Miré a todos y yo también me reí. Y aquí estoy, en un edificio con un gigante, mi padre, que acababa de comprar una pieza de coche, y una señora que piensa que las mujeres desnudas son bonitas. ¿Pero qué demonios?

7. PENSAMIENTOS QUE
NO PASARÁN

Salí de ese recuerdo y miré a mi alrededor para ver que seguía en el puente viejo de metal sentado en mi camión. La pregunta es, ¿qué ahora es este? Miré hacia abajo y mi pregunta fue respondida. No estaba Ernesto ni Claude. Miré el río en la distancia, donde era ancho y lento, con arbustos hasta la orilla. Algunos árboles sobresalían del río. Tengo recuerdos de aquellos días. Había un gran árbol al borde del río que se cayó al agua durante el invierno. Parte del árbol sobresalía del agua en verano.

Fue por lejos uno de nuestros lugares favoritos. Subíamos al punto más alto y nos zambullíamos en el agua. Desde las ramas más altas, podíamos ver peces y tortugas dentro y alrededor de las ramas que acababan en el agua. Un día, una nube de humo apareció por el recodo.

¿"Por qué hay humo en el agua"? Preguntó Ernesto.

"No sé", dijo Claude.

A continuación llegó el olor a marihuana. Y luego llegó el sonido de los hippies divirtiéndose. No teníamos ni idea de qué era la marihuana, para qué servía o por qué la fumaban. Una cosa es segura: con diferencia, algunas de las personas más simpáticas que te puedas encontrar.

Qué gran vida están viviendo. Nos dijo uno de ellos.

Todo el grupo sonrió y nos hizo señales de paz. Nosotros les devolvimos el gesto pensando que éramos chido.

Y entonces, se me paró el corazón.

"Oye, están desnudos", dije.

"No me digas", dijo Claude

!"Guau"! Dijo Ernesto.

¿"Saben que podemos verlos"? Pregunté.

¿"Qué eres, estúpido"? Dijo Claude, sin apartar los ojos de ellos.

"Sí, ¿qué eres, estúpido"? Ernesto repitió.

A continuación llegó un momento que nunca olvidaría. Ella me miraba y yo la miraba. En ese preciso momento, la diferencia de edad era inexistente. Por lo que pude ver, ella tenía exactamente mi edad y me sonreía directamente. Le devolví la sonrisa y entonces llegó la ola de mi vida. Antes de que pudiera pensarlo, mi mano se levantó y allí estaba yo saludando a una hermosa chica desnuda. ¿Cómo es posible? Nadie me va a creer. Ella no solo incrustó su imagen en mi cerebro, sino que también solidificó mi razón de existir. Era, la chica más guapa que había visto nunca. Era la primera vez que Ernesto y yo veíamos gente desnuda. Seguramente la primera vez que habíamos visto chicas desnudas. Para Claude, tal vez no la primera vez, pero sus ojos estaban pegados al cuerpo de carne que flotaba río abajo.

Salí de mis profundos pensamientos al verme parado fuera de mi camión. No recordaba haber salido, y, para ser sincero, me molestaba un poco. Pero aquí estaba, fuera de mi camión, mirando el agua abajo. Podía ver rocas, troncos de árboles y otros restos que el agua había arrastrado desde el norte. Sin embargo, todo lo que había en la orilla era verde. Pensé en la ironía del lugar. En lo destructiva que es el agua, y en lo vivificante que es al mismo tiempo y, en muchos sentidos, tan fuerte como débil. Mira eso, oí en mi cabeza. Todo a su paso le dará forma. Cada piedra, cada pequeña roca, cada árbol, incluso el viento le dará forma. Cae para llenar cada pequeña hondonada y se elevará en cada pequeño bache. Obligado a girar a la izquierda o a la derecha, sin embargo, con el propósito del tiempo, moverá todo a su paso.

Con esa observación, sentí un repentino cambio de humor y me perdí aún más en el desfiladero del pensamiento. Sentí físicamente como si la energía del pensamiento me retorciera el cerebro. Forzándome a un estado mental negativo. Me pregunté. ¿Es esto depresión? Si es, ¿por qué? Miré hacia abajo y vi que mis manos se agarraban a la barandilla. Había algo en agarrarme a la barandilla que me hizo preguntarme si el puente tenía algo que ver con lo que estaba sintiendo. Mientras se me ocurría esa pregunta, sentí una ligera vibración que iba de la barandilla a mis manos y subía por mis brazos. La solté y miré a mi alrededor pensando que un coche había entrado en el puente, pero no había ningún coche. Entonces, ¿de dónde procedía esa vibración? ¿Intentaba el puente comunicarse conmigo? ¿Intenta decirme algo?

¿"En qué estoy pensando"? Me oí decir.

Las cosas no dicen nada a la gente, son cosas.

Entonces, ¿por qué siento esta depresión? ¿Pasó algo malo aquí que no puedo recordar? ¿Quisas fue mi observación del agua? Más bien mi disección del agua. ¿Por qué no puedo dejar las cosas como están? ¿Por qué tengo que desmontarlo todo? Me dije que mirara a mi alrededor y dejara las cosas como estaban, que viera y disfrutara. Pero al hacerlo, algo se aferró a mí. Tiene que haber algo aquí que esté causando esto. Sentí sentimientos, emociones sin razón. Pero, ¿debe haber siempre una razón? ¿No puede ocurrir algo sin razón? ¿Es eso posible? Salí de eso y busqué mi razón. Tal vez no sea una cosa, sino todo lo que me rodea. El tiempo, el lugar, cómo son las cosas, dónde están. Pero las cosas por sí solas no pueden hacerle esto a un ser humano. ¿Qué tal un recuerdo? Pero mis recuerdos de este lugar son buenos, nada malo, así que ¿por qué me siento como me siento? Espera un momento. Quizás he entrado en una memoria de otra persona. ¿Es posible? ¿Puede un recuerdo quedar atrás, sin una imagen, sin escribirlo en papel o en estas vigas de metal? No estoy seguro, pero mientras estaba allí, sentí emociones; primero miedo, luego angustia, después sentí la soledad, una terrible soledad causada por recuerdos que no eran míos. Un recuerdo que está aquí esperando como una identidad? Una identidad que tiene vida, que espera donde fue abandonado. Qué triste, injusto para el recuerdo si me preguntas, porque no puede escapar. Está atrapado aquí esperando. ¿Esperando qué? Esperando a que alguien venga y. . .

"Espera un minuto". Esta vez lo dije en voz alta.

Está esperando a la persona que tuvo la experiencia y le

dio vida. Cuando esa persona vuelve a este mismo lugar, el recuerdo se une a su creador y le hace revivir la experiencia. ¿Te imaginas cuántos recuerdos hay aquí? No estoy seguro, pero sentí sensaciones olvidadas de recuerdos que no eran míos. ¿Por qué estos pensamientos deben inundar mi cabeza? No me gusta.

"Jesús", me dije, "déjalo estar".

Así que miré a mi alrededor como si quisiera borrar mis pensamientos o cambiar su voluntariosa dirección. Tal vez, ese sea el secreto. Mirar alrededor sin la posibilidad de pensar. Mirar y apartar la mirada antes del siguiente pensamiento. ¿Podría ser así de sencillo? En un intento de probar mi teoría, miré a mi alrededor, y si sentía algo, me volvía hacia otra cosa. Lo hice una y otra vez. Pero, como siempre, me surgió una pregunta. ¿Qué pasa con los pensamientos que no tengo? Ese es un pensamiento que no debería haber tenido. Aparté la mirada para borrar ese pensamiento y me di cuenta de que se necesitaba un pensamiento para no tener un pensamiento. Eso sí que es un problema. No es tan fácil después de todo. Ahí está, otro pensamiento. Así que una vez más miré a mi alrededor y me concentré en no concentrarme. Me dije a mí mismo que no debía quedarme en una sola cosa. ¿Cómo se hace eso? No permitirse nunca tener un pensamiento, solo una observación. Una distinción difícil de hacer, pero debo hacerlo. Y así lo hice. Y al cabo de un rato, y muy lentamente, me di cuenta. Sentí alegría y no estaba seguro de lo que sentía. ¿Cómo puede ser? Una sacudida de miedo me recorrió al darme cuenta de aquello. ¿Te lo imaginas? ¿No saber que uno está sintiendo alegría? ¿Cuál es la recompensa? ¿Cuál es la razón de vivir?

Una parte de mí me dijo que mirara a mi alrededor, así

que lo hice. Para tomarlo que era y dejar lo que no era, sin pensar, sin juzgar. Como si mis ojos y mis oídos fueran simples portales de consumo, un enchufe, un medio de entrada de imágenes y sonidos que dejar en el cerebro como reflejo. Como un espejo, incapaz de juzgar, reflejando siempre la verdad. Y por una vez vi la vida como un momento fugaz. Sentí alegría y la sentí sin distorsión, sin engaño, solo honestidad, y me gustó lo que sentí.

Miré el agua y vi la belleza en su fluidez, en su sincronía con todo lo que la rodeaba. Observé la destrucción que dejó tras de sí y vi la belleza en la vida que surgió de ella. Observé el camino que el agua había labrado y vi la belleza en su capacidad para encontrar el camino de menor resistencia. Miré todo lo que estaba al alcance de mis ojos, al alcance de mis oídos, abrí la bóveda de mi cerebro y coloqué ese momento en su lugar. Porque era un recuerdo que había que tener y no dejar atrás.

Subí a mi camión y crucé la puerta hacia mi próximo momento. Mientras lo asimilaba todo, sentí como si mi camión me condujera. ¿Esto es ser uno con todo? Si es así, me sentí genial. Salimos de una curva y vimos a una vaca con un cencerro mientras conducía al rebaño de Agnus negros a través de la carretera y hacia un campo con una casa blanca y un granero en el otro extremo. Miré la casa y sentí como si hubiera estado allí. Antes de dejar escapar mis pensamientos, me dije que apartara la mirada, pero ya era demasiado tarde. Sentí una emoción, y entonces, no supe cómo ni por qué, pero dentro de aquella casa estaba yo. Estaba de pie detrás de una mujer, de pie frente a la estufa, vestida con el atuendo tradicional de 1800. Cinco niños estaban sentados a la mesa de la cocina, justo a mi izquierda. Oí abrirse una puerta. Ella se volvió para mirarla, pero no pude ver su cara. Estaba allí, pero no estaba. Era como si su cara hubiera podido pertenecer a cualquiera, pero a nadie. Se acercó al hombre de la puerta, de quien su cara tampoco pude ver. Lo besó, se dio la vuelta y allí estaba. La cara de una mujer que juraría haber conocido, pero que no podía recordar de dónde, cuándo, ni cómo. De repente me di cuenta. Se parecía a mi chica antigravedad. Los niños llamaron a su padre. Volvió a la cocina. Se acercó a la mesa, se arrodilló, abrazó y besó a los niños. Se levantó y abrazó a la mujer por detrás mientras ella seguía cocinando.

Un coche tocó el pito y me hizo volver a donde estaba, sentado en mi camioneta, mientras la mujer de aquella cocina estaba de pie en el campo mirándome directamente. No solo era la misma mujer; era Joan Briganti, mi chica antigravedad. Y aunque sabía que era ella, la sentía diferente, se me asía extraña. El coche que toco el pito me rodeó, pasó entre nosotros, y ella desapareció.

¿"Qué demonios"? Lo dije en voz alta.

Salí de mi camioneta y corrí al campo buscándola, pero ya no estaba. Me quedé allí pensando. Me pregunté, ¿qué acaba de pasar? Un momento, ¿cómo puedo preguntarme qué acaba de pasar? Las cosas pasan o no pasan. Los pensamientos son una cosa, la realidad es otra, y no había duda de si esto sucedió o no. Esto sucedió delante de mí, no en mi cabeza. Como no quería dejar atrás ese momento, volví a mi camioneta y me quedé sentado unos segundos intentando no pensar en lo que no debía pensar. Finalmente me marché. Segundos después, por el rabillo del ojo en el espejo retrovisor, vi a un hombre caminando detrás de mí. Pisé el freno y él también se detuvo. Aparté la mirada para no verle. No tengo ni idea de por qué. Me quedé sentado mirándome los pies, el único lugar donde podía mirar sin ver a mi alrededor. Un pie en el freno y el otro en el embrague. Lo oí en mi cabeza y luego lo dije en voz alta.

"Mi pie izquierdo en el embrague, mi pie derecho en el freno."

El sonido de mi respiración por la nariz me dio una sensación de autoconciencia para la que no estaba preparado. ¿Qué me pasa? Había un hombre en mi espejo y me daba miedo mirarlo. Era el reflejo de un hombre, no el hombre. ¿Por qué tengo miedo de mirarlo? ¿Y si el espejo es un reflejo de mis pensamientos? ¿Y si todo lo que hay ahí es el reflejo y no el hombre? ¿Por qué iba a pensar eso? Ese pensamiento no me gustó. En ese momento solo había una cosa que hacer porque mirarme a los pies ya no era una opción. Como si los ojos del espejo pudieran engañarme, como si no lo hubiera hecho ya, tenía que verlo a través de los míos. Me giré y allí estaba el hombre que vi en aquella cocina. El martilleo en mi pecho comenzó cuando me di cuenta de que no solo era él quien estaba en la cocina, era yo el que estaba detrás de mí. Como si estuviera en dos lugares al mismo tiempo, me encontré mirando por la ventana trasera mientras me miraba a mí mismo mirándome a mí mismo en el camión.

¿"Por qué ocurre esto? ¿Por qué está pasando esto"? Me oí decir. A mi sorpresa, me desperté rodeado por las paredes de mi habitación.

¿"Estoy en mi recámara? ¿Qué"? Pregunté y sentí el anuario en mi pecho mientras estaba acostado en mi cama.

Me incorporé respirando rápidamente, miré a mi alrededor y me sentí fuera de lugar, o fuera de sincronía, ni siquiera estoy seguro, pero algo no iba bien.

Como si perteneciera a otro lugar, o aquí, pero no ahora. ¿Es eso posible, estar donde uno está en el momento equivocado? Y si es así, ¿por qué y cómo podría saberlo? He estado en este dormitorio cientos de veces, nada ha cambiado. Hay objetos a mi alrededor, sin cerebro, sin corazón, ni alma. Madera muerta, metales muertos, materia orgánica muerta, en una u otra fase de descomposición. Formados en objetos para satisfacer las necesidades y los deseos de la gente. Con el anuario aún apretado contra el pecho y todavía sentado en la cama, miré al suelo como para confirmar que seguía allí. No sé por qué lo hice y no quería saberlo. Me di la vuelta, me levanté y salí de mi dormitorio.

Entré en la cocina y dejé el anuario sobre la encimera. Lo abrí y vi el trozo de página que faltaba. Al instante volví a mi sueño, en aquea casa con Joan Briganti. Salí de allí e intenté encontrarle sentido a mi sueño, pero no lo conseguí. Pero entonces tuve que preguntarme. ¿Es siempre un sueño porque ocurrió mientras dormíamos?

Al día siguiente, de camino a casa desde el trabajo, volví a pensar en mi sueño. Parecía demasiado real y tenía la sensación de haberlo vivido. ¿Cómo iba a conocer el interior de aquella casa? Pero, ¿cómo es realmente el interior de esa casa? De niño, había visto esa misma casa desde ese mismo lugar en esa misma carretera. Siempre me pregunté quién vivía allí y cómo sería vivir en esa granja. Pero no es como si hubiera entrado en esa casa. ¿Cómo podría saber si lo que vi en mi sueño se parecía al interior de esa casa? No sé por qué, pero creo sinceramente que he estado en esa casa. Conozco esa cocina, la estufa, los gabinetes. Sé lo que es mirar por la ventana de esa cocina. Cuando ese pensamiento entró en mi cabeza, sentí como si los recuerdos anteriores de una vida pasada aún existieran en mi cabeza. ¿Soy la misma persona de antaño? ¿Y si soy dos entidades distintas? Roberto en aquella cocina mirando por la ventana y el Roberto de ahora mirando aquella casa desde la carretera. ¿Estoy viendo el mundo con ojos del pasado o del presente? Ese pensamiento me sacudió de vuelta a esta realidad. Aquí estoy, en mi coche, en esta supuesta autopista. Miré a mi alrededor y vi que ninguno de nosotros, los supuestos libres viajeros, íbamos viajando libre. Quité el pie del freno, aflojé y aceleré durante unos quince metros, y me detuve. Aquí estamos, miles de nosotros, encapsulados en el capullo de nuestra desaparición. Algo que llamamos automóvil. Pero, ¿era realmente un automóvil? Con eso, vino la comprensión de que no había nada de auto en este móvil. Era solo un coche.

Igual que mi sueño era solo un sueño. Pero entonces tuve que preguntarme, ¿de dónde procedía la información para mi sueño? El color de las paredes, por ejemplo. Un color que nunca he visto. Nadie pinta su casa de ese color, pero yo lo veo en mi cabeza. ¿Y la mesa? Sé a ciencia cierta que me he sentado en esa mesa. Era una mesa incómoda. Era demasiado baja para mí. No me gustaba esa mesa, pero a los niños les encantaba. ¿Qué pasa con los niños? ¿De quién son los niños? Quiero decir, ¿De quién eran? ¿Están muertos ahora? Por lo que vi, eso tuvo que ser hace, setenta, ochenta, o quisas ase cien años. ¿Es Joan Briganti la madre, y yo el padre de ellos? Y si es así, ¿no deberíamos estar muertos los dos? Vivos solo en mis sueños. Ahora tengo que preguntar, si ella está en mi sueño, ¿yo estoy en el sueño de ella? Pero ella es un sueño, ¿Cómo podría yo ser el sueño de un sueño? Y ahí voy otra vez.

Tengo la sensación de que mi vida se ha convertido en un arroyo de sueños. Un camino interminable de pensamientos que nunca parece terminar. Y en el último año, la diferencia entre un sueño y un pensamiento, casi irrelevante. ¿Pero por qué, y por qué tanto sueño? No recuerdo haber soñado así antes. ¿Y por qué mis sueños se han vuelto más vívidos a medida que se han hecho más frecuentes? No solo sueño más, sino que además no paro de pensar en mis sueños. En mis sueños veo a personas a las que nunca antes había visto, y mucho menos conocido. Unas veces, parecen más que amistosos, otras veces, queridos amigos, pero no tengo ni idea de quiénes son. En algunos casos, reconozco su alma, pero no la cáscara, su ser físico. Otras veces reconozco el cuerpo, pero no el alma, todo el tiempo creyendo saber quienes son. Preguntas y teorías inundan mi cabeza, lo que provoca confusión en todos los sentidos.

Y ahora me encuentro leyendo sobre los sueños; buscando algún tipo de verdad a las preguntas que tengo. Hay quien dice que los sueños son una prolongación de nuestra vida cotidiana. Cuando experimentamos algo, nos afecta y soñamos con ello. Eso es todo lo que son los sueños, una prolongación de nuestro día a día, un momento para reflexionar. Pero a medida que sueño más y recuerdo más, me encuentro cuestionando ese concepto. No estoy seguro de entenderlo del todo, pero creo que es al revés. Yo, la mayor parte del tiempo, solía olvidar mis sueños, pero como he dicho, no ha sido el caso últimamente. El detalle perfecto en mis sueños se ha convertido en la norma. No solo recuerdo más, sino que me resulta posible detenerme en un sueño, mirar alrededor y pensar en la esencia misma de mi existencia dentro de lo que es, y en lo que no es esto. ¿Es posible que los sueños provengan de una conciencia en un estado transitorio de evolución? Una conciencia verdaderamente desconocida para nosotros. Desencadenada por recuerdos genéticos de las llanuras siempre cambiantes de vidas lejanas. Solo para revivirlos una y otra vez hasta que el resultado es el único que debe ser y dando lugar a nuestra siguiente genética mutación. Digo esto porque las cosas que nunca he visto me resultan familiares. Lugares en los que nunca he estado, me parecen conocidos. Los olores desencadenarán emociones inesperadas desde lo más profundo de mi alma, sin saber de dónde vienen ni por qué. Y de vez en cuando, reconoceré a un perfecto extraño, sabiendo que nunca nos hemos conocido, como si fuéramos almas en transición, equivocadamente en cuerpos destinados a otro tiempo.

8. HOMBRE-HIJO

Mientras pensaba en eso, me di cuenta de que estaba entrando en mi garaje, mis preguntas en ese momento, irrelevantes. Entré en la cocina y al instante vi a un hombre sentado en mi patio trasero en una de mis tumbonas. Tenía que ser Dale, que seguía llevando la misma ropa que ayer. Salí y lo vi rodeado de botellas de cerveza con la cabeza colgando entre las piernas. Me puse delante de él sin que reaccionara. Pensé, pobre Dale, creo que le fue bastante mal.

Dije. "Podía haberme tomado el día libre". Me quedé esperando. Levantó lentamente la cabeza, pero no dijo nada.

¿"Aparentemente no ha sido buen día"? Pregunté.

Volvió a bajar la cabeza. "Estoy harto. Estoy harto", dijo, sacudiendo la cabeza.

Acerqué una silla, me senté y me abrí una cerveza.

"Sí, sé cómo te sientes", dije, exhalé y esperé una reacción.

Me dijo. ¿"De verdad sabes cómo me siento? Hombre, lo tienes hecho. Tienes tu libertad. Yo ni siquiera puedo emborracharme en mi propio patio. La zorra está fuera de control".

Pensé en lo que había dicho y le dije: ¿"No podría emborracharme en mi propio patio"? Hice una pausa y dije: "Muy gracioso", y me reí.

Dale apartó la mirada sin creerse que me estuviera riendo. ¿"Qué es tan gracioso?"

¿"No podría emborracharme en mi propio patio? ¿Me estás tomando el pelo"?

Decepcionado por el hecho de que su nuevo amigo no saltara de su pellejo para apoyarle, Dale sacudió la cabeza y miró hacia otro lado.

"Eres un hombre por el amor de Dios. No es que no pudieras. Es que no lo harías".

Con más entereza, y con una expresión como si le hubiera dado un mordisco a algo realmente desagradable, dijo entonces.

"Oh, tú no tienes que responder ante nadie. Tengo hijos, y un monstruo de esposa perra".

"Sí, en eso tienes razón. Vi cómo té trató".

"Sí, bastante embarazoso".

"Y ayer no era la primera vez que los e oído".

Bajó la cabeza entre las piernas y luego dijo.

¿"Qué más hay otra vez"?

Decidí dejar que las cosas se calmaran un poco y no dije nada durante uno o dos minutos.

"Sé que nos acabamos de conocer y sé que te has tomado unas cervezas, pero tío, esfuérzate, cógete de los huevos y no seas cobarde".

No tenía ni idea de dónde había salido eso, pero era demasiado tarde, las palabras habían salido.

"Qué jodidos, no lo puedo creer", dijo Dale.

Me reí y dije. "Mírate. Pareces un niño pequeño bebiendo a escondidas la cerveza de su padre. Mírate hombre".

"Es tu patio, es tu cerveza, y seguro que es tu mujer".

¿"Se supone que esto debe hacerme sentir mejor"?

¿"Se supone que debo hacerte sentir mejor? No lo sabía. ¿Quieres sentirte mejor? Ráscate las pelotas. Eso debería hacerte sentir mejor".

No creyendo lo que oía, se quedó con la boca abierta y dijo: "No me lo puedo creer, joder", y apartó la mirada.

Me enfadé un poco. Me levanté y caminé un poco. Me daba asco este hombre que tenía todo lo que cualquier hombre podría desear, pero no tenía las pelotas para controlar una situación, por lo demás habitual para un hombre.

En lugar de eso, se sentó en sus pelotas en mi silla de patio. Esperando que alguien lo apaciguara, un poco de lástima, un abrazo. Esperando algo que no iba a ocurrir. Volví a mirarlo y vi a un niño patético que me miraba, esperando una señal, cualquier señal de apoyo. Podía ver por qué y cómo su mujer era capaz de controlarlo. Este es un porcentaje de hombre. Este era un hombre en descomposición. Con ese pensamiento cultivándose en este cerebro mío, los pensamientos y sueños o lo que fuera de antes volvieron corriendo. Y con esto, mis propias carencias vinieron a llamar a mi puerta. Queriendo alejarme de eso, cogí un puro del bolsillo de mi camisa. Miré el puro e intenté recordar cuándo empecé a fumar, pero no pude. Qué demonios, me dije, deja de pensar tanto. Volví a meter la mano en el bolsillo, saqué otro puro y se lo tendí.

"Toma, fúmate uno". Con la esperanza que lo cogiera y se sintiera mejor. Sacudió la cabeza y miró hacia otro lado. Yo también aparté la mirada y decidí dejar que las cosas respiraran por un rato. Pero la patética situación de Dale había logrado traer de vuelta emociones sin razón. Emociones de lo que yo creía un pasado lejano. Pero por lo que yo sabía, quizás había muchas razones, y quizás no de un pasado tan lejano. Digo esto porque de vez en cuando aparecían micro flashbacks de personas y lugares en mis sueños. ¿Pero eran sueños de recuerdos, o recuerdos de sueños?

Me sentía como si estuviera otra vez en aquel puente de metal, enfrentado a los recuerdos persistentes que alguien había dejado atrás. Entonces me oí decir.

"Vamos Dale, decidiste venir aquí, en lugar de tratar con ella".

Esperé a que dijera algo, pero no oí nada. Así que continué.

"Decisiones, todos las tomamos. De algunas nos arrepentimos, de otras, más de arrepentiros. ¿Alguna vez has tomado una decisión que cambiara tu vida y no lo sabías"?

¿"De qué coño estás hablando"? Dijo Dale, irritado.

Una pregunta de él. Era la oportunidad que estaba buscando. Coloqué la silla frente a él, me senté y lo miré fijamente.

"Vale, un pequeño consejo. Tienes lo que la mayoría de la gente quiere. No la cagues. Digamos que es un poco zorra".

¿"Un poco"? Me interrumpió. ¿"De qué demonios estás hablando"?

"Hablo en serio Dale. Todo lo que hacemos día a día afectará al siguiente acontecimiento de nuestra vida".

Intentó entender lo que decía, pero no pudo.

"Es como una reacción en cadena. Tú tiras, ella te sigue, o se resiste". Pude ver que no estaba conectando.

"Esto es una mierda profunda, hombre. Solo quería emborracharme".

Pensé que estaba bromeando, le puse la mano en el hombro.

¿"Crees que se trata de emborracharse"? Le dije. ¿"Es eso lo que piensas? Incluso mientras estamos aquí sentados Dale. Esta conversación que tú y yo estamos teniendo puede llevar a que tu vida cambie, o la mía. No lo tomes a la ligera. Si algo no te parece bien, pregúntate por qué".

Se sacudió y volvió a dejar caer la cabeza entre las piernas. Vi cómo su cabeza iba y venía. Bajó aún más la cabeza. Oí que su respiración se hacía más profunda, pero no podía saber qué pasaba. Y para mi asombro, justo debajo de él, vi lágrimas en el pavimento. Su dolor era una tortura constante, y esta era su exhalación.

Dale siguió. "Ya nada se siente bien. ¡Nada, hombre! Es una gran lucha día tras día. ¡Joder!" Dale dijo mientras miraba hacia abajo.

Hizo una pausa. Pensé en decirle algo, algo para que se sintiera mejor, cuando lo oí decir.

"He intentado hacerla feliz. Lo he intentado, te lo digo hombre. No importa lo que haga, siempre está mal. Ella es como un gigante rompe de huevos".

Miró a su alrededor mientras se secaba las lágrimas y continuó. "Después de un tiempo, me di por vencido - me di por vencido hombre. Jesús, de un día para otro, no tengo ni idea de lo que voy a volver a casa. Es como la ruleta rusa o algo así. Solo quiero volver a casa y sentirme bien hombre. Eso es todo, solo quiero sentirme bien, eso es todo".

"Bueno, ¿quieres sentirte mejor? Ráscate las pelotas y toca el banjo, eso debería funcionar".

No tengo ni idea de por qué dije lo que dije, pero lo dije.

Dudó un momento, pero no pudo contener la risa. Verlo reír entre lágrimas me trajo alegría.

En ese momento, supe qué había encontrado un amigo.

No fue tan difícil, ya sabes, hacerlo reír, oí en mi cabeza.

No sé de dónde venía esa voz, pero la oí.

Después de reírse, Dale dijo. "Hijo de tu madre. Eso sí que fue gracioso. Al menos me hiciste reír esa vez".

Con eso, dejamos que las cosas fluyeran durante un rato, pero yo no había terminado, tenía que llevar el punto a casa.

"Ya sabes Dale, todo depende de las decisiones. Si no las tomas tú, lo hará ella. Lo siguiente que sabes, ella lleva los pantalones y tú la falda, ya sabes".

"Ah, jódete, Roberto. Mira, quédate con las cosas chistosas, ¿quieres?" Dijo casi rogando.

Roberto siguió adelante. "Lo digo en serio. Empieza a tomar decisiones, ahora mismo".

¿"Cómo qué"?

"No sé, cualquier cosa. Ya sabes. Espera un minuto. ¿Qué es una cosa que siempre has querido"?

Sus ojos buscaron de lado a lado y dijo: "Solo quiero sentirme bien".

"No, me refiero a algo físico, algo tangible, algo que quieras. Que te haga sentir mejor, ya sabes".

¿"Cómo qué"?

Roberto siguió con su explicación. "Vamos a hacerlo sencillo, para que puedas empezar a tomar decisiones. No tiene que ser nada grande, algo pequeño".

Dale buscó en su cabeza durante un rato. Yo lo observaba, esperando obtener una respuesta fácil.

"Quiero tu coche".

¿"Mi coche"? Eso sí que fue una sorpresa.

Vio mi reacción y dijo. "Bueno, no tu coche, pero uno parecido. Me sentí tan bien en tu coche".

Miró a su alrededor como buscando esa sensación, y dijo.

"Hijo de madre. Me sentí como un hombre. ¿Sabes"? Las lágrimas se le vinieron. Se las limpió.

Roberto dijo. "Pues ve y cómprate uno". Me miró, como diciendo, tienes que estar de broma, y al instante empezó a procesar mi idea. Después de mirarme fijamente durante demasiado tiempo, solo podía decir a Dale una cosa.

¿"Por qué me miras así? Sal y cómprate uno, al diablo con la perra".

Su expresión cambió, diciéndome que ya había aceptado la idea, pero simplemente quería oírla de mí.

¿"Dónde voy a conseguir un Roadrunner del 68"?

"Esa es una pregunta estúpida, ¿no crees? Quiero decir, piénsalo. Preguntaste, ¿dónde voy a conseguir un Roadrunner del 68"?

Mi pregunta hizo exactamente lo que debía, confundirle.

¿"Qué? ¿Qué quieres decir"? Pregunto Dale.

"En el único sitio donde puedes comprar un Roadrunner. En la tienda de Roadrunners, por el amor de Dios", nos reímos los dos.

Unas horas más tarde, seguía a Dale, que no conducía un Roadrunner de 1968, sino su R/T Challenger de 1970. En cada curva, tenía el placer de ver su perfil seguido del gran sonido del motor acelerando mientras se alejaba. Entonces me di cuenta de que nunca había visto alejarse a mi coche. Entramos en mi entrada, no en la suya, que me pareció un poco raro.

Salí de mi coche y corrí hacia la puerta del acompañante, la abrí y entré. Miré el perfecto interior negro. Miré hacia arriba y toqué el tapizado del techo, el salpicadero, las perillas.

"A eso me refiero", dije, mientras Dale seguía mi mano.

¿"Esto es a todo dar o qué"? Dijo.

Entonces, para mi sorpresa, estas palabras salieron de mi boca.

"Todo lo que tu esposa necesita ahora es una palmada en las nalgas, y un revolcón".

Y con eso, el gran momento llegó a su fin. La expresión de Dale desapareció.

¿"Qué pasa"? Dije, queriendo retractarme de lo que había dicho.

Miró por la ventana y murmuró: "Bueno, eso va a ser un poco más difícil.

Sabiendo la respuesta a mi pregunta, tuve que preguntar. ¿"Por qué"?

"No lo sé hombre". Siguió mirando por la ventana.

¿"No, sabes qué? Te lo estoy diciendo. Eso es exactamente lo que ella necesita. Eso es lo que los dos necesitan". Hice una pausa de un par de segundos. El silencio me hizo avanzar.

"Algo me dice que ha pasado tanto tiempo que los dos están tapados. Eso es, vamos a tener que llamar a un plomero".

Siguió mirando por la ventana, ignorando mi intento de humor. Finalmente, me miró y dijo.

"Lo digo en serio, ya no nos queremos".

"No me digas."

Extendió la mano y tocó el salpicadero: "No solo eso, espera a que ella vea esto".

¡"Oh, no lo creo"! Dije.

"No lo creo nada. Ella probablemente va a romper tu culo también".

¿"Qué demonios tengo yo que ver con esto"?

¿"Qué quieres decir"? Pregunto Dale, su frente se distorsionó con un profundo ceño fruncido.

¿"Sabes qué? No importa, retiro mi pregunta. Ella me da cualquier mierda y voy a tener que darle unas nalgadas. Recuérdalo".

"Por mí, de acuerdo", dijo Dale aliviado.

"Chico, eres un gatito. Vas a necesitar mucho trabajo".

Un movimiento llamó la atención de Dale, que miró hacia su casa para ver a su mujer asomada a una ventana.

"Oh chico, aquí vamos", dijo.

"Chico, eres un gatito. Vas a necesitar mucho trabajo".

Un movimiento llamó la atención de Dale, que miró hacia su casa para ver a su mujer asomada a una ventana.

"Oh chico, aquí vamos", dijo.

Pude ver su miedo y sentir su aprensión. El niño de hace unas horas había vuelto. En ese momento, su miedo se había convertido en el mío, y me pregunté, ¿en qué demonios estaba pensando? ¿Por qué me he puesto en esta situación? Esta capacidad de conectar con la gente; no tan buena idea, ahora que lo pienso. La distancia era mi punto de no ataque que había funcionado durante años, pero ahora, cerca, es donde me encontraba, demasiado cerca. He cambiado el curso de la vida de alguien, ¿y ahora qué?

Pensé que había dicho, pero no lo hice. Era solo otro pensamiento. El sonido del motor al arrancar me hizo retroceder, pero no del todo. Algo seguía aferrándose a mí.

¡"Roberto, Roberto! ¿Estás bien"? Dijo Dale mientras me veía a través de sus ojos, y no me gustó lo que vi.

"Sí, sí, estoy bien", dije, sin saber muy bien qué había pasado.

¿"En qué estabas pensando"?

¿"Cuándo"?

"Justo ahí". Señaló Dale con los ojos.

¿"Qué quieres decir con ahí"?

"Quiero decir ahí mismo, en qué estabas pensando cuando dije ahí mismo".

"No sé, nada, solo... solo cosas, ya sabes".

Miré por la ventana y decidí hacer una pausa. Pude ver en el reflejo que Dale también estaba sumido en sus pensamientos. Estaba a punto de decir algo, cualquier cosa, para alejar las cosas de mí cuando dijo.

"Lo siento. Tienes razón, no te preocupes. Yo me ocuparé de ella".

¿"Te ocuparás de ella"?

"Sí, tienes razón, no tienes nada que ver con esto".

"Bueno..." Dale me interrumpió.

"No, hombre, lo digo en serio. Yo me encargo de mi esposa".

Su intento de tranquilizarme fue admirable, pero se quedó corto. Me invadió una repentina necesidad de salir del coche. Salí y se fue.

9. ¿QUIÉN ES EL PARÁSITO?
¿QUIÉN ES EL HUÉSPED?

Las noches eran a menudo difíciles para mí. No sabía por qué. Algunas noches era una cosa, otras era otra. Una cosa con la que siempre podía contar era el miedo que precedía a una mala noche. No sé si era predisposición o premonición. Había una causa y un efecto en mi situación que hacía difícil saber qué fue primero. No es que hubiera diferencia, al final, todo era lo mismo, miedo. Más tarde ese mismo día, cuando Dale compró su coche, yo estaba luchando contra la idea de irme a la cama cuando oí que llamaban a la puerta lateral de mi garaje. Entré en el garaje para ver qué pasaba cuando oí la voz de Dale a través de la puerta lateral.

"Soy yo, tío, soy yo, déjame entrar".

Abrí la puerta. Pasó a mi lado sin decir nada. Cogió una silla, se sentó y miró al suelo. Supongo que no ha ido bien, pensé. Cogí una silla y también me senté, pero no iba a decir nada. Quería que el curso de la conversación buscara su propio camino. Esperé y esperé a que Dale dijera algo, pero nada. Esto me pasa por metiche. Ahora tengo que decir algo, algo profundo como.

¿"Tan mal así"?

"Sí, así de mal", dijo mientras se refregara las rodillas con las manos.

"Apenas se puede creer. Yo los miraba en una cita. Dos chicos divirtiéndose en tu nuevo Challenger".

Esperé. Él no dijo nada, yo no dije nada. Me quedé de pie y caminé de un lado a otro. Pensé en ello. Tenía que pensar en algo. Una idea, un ángulo para abordar esta situación. Entonces se me ocurrió otra gran idea. Como si mi mano tuviera cerebro propio, mi mano se extendió y calló en su hombro. Me oí decir.

"Necesitas unas vacaciones, mi amigo".

La expresión de Dale permaneció vacía. Pero entonces, hubo movimiento. Un movimiento muy lento. Su expresión se fundió en confusión.

¿"Qué? ¿De qué estás hablando"? Preguntó Dale.

"Ves, no lo entiendes. Esto es perfecto. Ella no quiere participar, y parece que la idea de ir a una cita contigo no está en ninguna parte dentro del reino de su imaginación, o su realidad. Así que".

Dale me detuvo con una mirada como si pretendiera insultarlo o algo así.

O tal vez la idea de que él la repugnara nunca se le había ocurrido.

Continué. "No te lo tomes como algo personal, solo lo digo, ya sabes".

115

Dale respondió. ¿"No te lo tomes como algo personal? ¿Cómo si no voy a..."? Lo interrumpí.

"No, no, no lo cojas......" Me detuve antes de terminar mi frase redundante. Aparté la mirada mientras se me ocurría mi siguiente gran idea. Miré directamente en los ojos de Dale.

"Te diré lo que necesitamos, necesitamos un par de chicas para ir....".

Me detuve al oír la palabra, chicas. Me esforcé por terminar mi pensamiento, pero Dale intervino con su siguiente pregunta.

¿"Un par de chicas"?

"Sí, un par, ya sabes, dos, estoy seguro de que podemos encontrar un par de chicas que quieran participar. Ya sabes, que quieran ir de vacaciones con nosotros".

Tras unos segundos de silencio, la confusión de Dale se disparó.

¿"Dos chicas? ¿Vacaciones? ¿Hablas en serio? ¿De qué demonios estás hablando?"

"Bueno."

Esperé. No sé por qué. Esperaba que se diera cuenta, o se levantara, o algo. No estoy seguro, pero ya debería haber sabido que no iba a conseguir nada de él, así que seguí adelante.

"Quiero decir, en realidad no tenemos que conseguir a las chicas, pero podemos hacerle creer que lo hicimos".

Sus ojos se movían de un lado a otro mientras su boca se abría lentamente. Me miró interrogante, queriendo saber adónde iba la historia. ¿Qué puedo hacer sino continuar?

"Sabes, podemos empujarla en esa dirección. Ya conoces a tu mujer".

Dale tubo que preguntar. "Entonces, ¿de verdad vamos a irnos de vacaciones?"

116

"Bueno, sí, ¿por qué no? A que darle una razón, una verdadera razón para que se ponga celosa".

Miró a su alrededor buscando algo, cualquier cosa.

Tenía que continuar. "No lo entiendes, ¿verdad? Vas a tener que tomar notas. No voy a enseñar esta mierda dos veces. Ahora pon atención. Se llama tiempo de decisión. Ella no quiere participar, y aparentemente, no pensó muy bien de nuestra compra, y ya está enojada, ¿verdad"?

Dale asintió. "Sí".

¿"Qué tan enojada"?

¡"Bastante enojada"!

"En ese caso, es tiempo de vacaciones, a la fregada, ¿Qué tanto más se puede enojar"?

El día siguiente pasó volando. Conduje hasta mi casa y vi a Christina, la mujer de Dale, esperando cerca de mi garaje. Pulsé el mando a distancia. La puerta del garaje se abrió. Bajé la ventana para saludarla, pero por su expresión me di cuenta de que perdería el tiempo. En lugar de eso, fingí una sonrisa para mí mismo.

Conduje pensando que mi mente me estaba jugando una mala pasada. Esperando que todo fuera mi imaginación. Que hubiera alguna posibilidad de que ella no estuviera allí. Miré por el retrovisor y vi cómo mis esperanzas se desvanecían ante el reflejo de aquella mujer. En ese momento, tuve que aceptar que ella estaba aquí. Venía directamente hacia mí y podía decir, por su forma de caminar, que no solo estaba aquí, sino que estaba aquí para dar guerra.

Salí de mi coche. Lo siguiente que supe fue que tenía los ojos desorbitados, los labios palpitando y la saliva volando.

¿"Qué demonios crees que estás haciendo"? Preguntó en voz alta.

¿"Qué quieres decir"? Dije, sabiendo exactamente lo que quería decir, y pensé que esta mujer está que arde.

¿"Qué quiero decir? ¿Hablas en serio"? Preguntó ella.

No solo estaba ardiendo, sino que se lanzaba directamente hacia mí. Podía sentir su aliento en mi cara y me di cuenta, mientras la miraba a los ojos, de que estaba a punto de derribar todo su ser. Ella quería guerra.

Me oí decir: "ah, sí, hablo en serio".

"Mira, no necesito a un hombre-idiota como tú entrometiéndose en mis asuntos familiares. ¿Me entiendes"?

Me señaló con el dedo a la cara. Pensé, debe estar equivocada. Tal vez piensa que está hablando con Dale o algo así. Me reagrupé y me lancé hacia adelante.

¿"Asuntos familiares? ¿Así es como lo llamas? ¿Ese caballito de un solo truco que te hiciste"?

¿"Qué"? Exhaló y bajó la cabeza ligeramente. Como si cambiar la trayectoria de su cabeza fuera a cambiar lo que obviamente salía de mi boca y entraba en sus oídos. Al parecer, una explicación estaba en orden, así que le expliqué.

"Sí, puede que hayas oído hablar de él, ya sabes, Dale. Ese hombre-hijo tuyo".

¿"Hombre-hijo-? ¿Qué demonios es eso"?

"Como si no lo supieras. Si querías otro hijo, tal vez deberías haber tenido otro. ¿Alguna vez pensaste en eso?"

"Mira", dijo, "vamos a dejar una cosa perfectamente clara, esto no es asunto tuyo. Y en cuanto al coche, guárdate tus estúpidas ideas de cabeza de mierda. ¿Me entiendes? No necesito que venga a casa con otro juguete".

¿"Ves eso? ¿Ves? Dijiste juguete, no coche, sino juguete como si fuera un niño, no un hombre, ¿y no vas a culparme por eso"?

118

"Bueno, ¿a quién diablos más voy a culpar"?

Miró mi coche, puso su mano sobre él, se apoyó en él y me lanzó una mirada sarcástica y arrogante. Como diciendo, mira en lo que me estoy apoyando.

"Te lo dije; lo del coche no fue idea mía".

Me pregunté. ¿Por qué estoy dando explicaciones a esta mujer?

¿"No fue idea tuya? ¿De verdad quieres que me crea eso"?

Puso las manos en el guardabarros y se levantó lo suficiente para sentarse en mi coche, y una vez más me dirigió la misma mirada arrogante y sarcástica.

"Bueno, quisas tienes razón, tuve un poco que ver con eso. Le recordé sobre esas cosas que cuelgan entre las piernas de un hombre, ya sabes, sus bolas, bolas de hombre, no bolas de niño, bolas de hombre. Por alguna razón, no tengo idea por qué, se olvidó de ellas. Pero no me vas a culpar por nada más".

¿"En serio"? Dijo, poniendo los ojos en blanco.

¡"Ah, sí, de verdad! Yo no soy responsable del hombre-hijo, yo no soy el que lo ha desmenuzado durante los últimos años. Astilla, astilla, astilla, lenta, pero seguramente hasta que lo convertiste en ese pedazo de papilla sin bolas, ese pequeño hombre-hijo tuyo, o como sea que lo llames".

Antes de dejarla responder, me coloqué frente a ella.

¿"Cómo le llamas? Cuando te está follando bien, ¿cómo le llamas exactamente"?

Hice una pausa para qué lo pensé. "Oh, espera un minuto, ya no follas."

Sentí mis palabras dejar mi lengua. Pude ver cómo se proyectaban en el aire al golpear a su objetivo, y vi su expresión minada por la verdad de mis palabras. Incapaz de mirarme, se dio vuelta. Dudó un segundo y se marchó. Decidí que no había terminado. La agarré del brazo y tiré de ella hacia atrás.

"Aléjate de mí, gilipollas", dijo y se apartó, pero yo la sujeté.

Le dije a la cara: ¿"Qué pasa"?

Hice una pausa y pude ver por su actitud que sabía que no esperaba una respuesta.

"Te diré cuál es el problema. Olvidaste lo que es tener un hombre, un hombre de verdad".

La acerqué a mí, y le rodeé la cintura con el brazo izquierdo. Ella se resistió, solo para sentir que mis impulsos me dominaban. Apreté él agarre. Su miedo se reveló con el golpeteo de su pecho contra el mío. Su forcejeo avivó mi rabia. Pude ver en sus ojos lo que no decía. La rodeé con los dos brazos, envolviéndola en un abrazo feroz. Podía oír y sentir su lucha mientras su aliento me rozaba la cara y el cuello. Y para mi asombro, cuando su aliento se convirtió en el mío, nuestra lucha se hizo una.

"Ya ves, ya ves. ¿Te acuerdas? ¿E? ¿Recuerdas cómo era esto? Un hombre. Eso es lo que soy, un hombre".

Le dije en voz baja, en el oído. Aflojé el agarre y me aparté lo suficiente para ver su hermosa cara. Si los ojos pudieran tocarse, y si los momentos pudieran poseerse, este momento sería mío. No podía apartar mis ojos de ella, ni los suyos de los míos. Ligero como una pluma, la cogí y la senté en mi mesa de trabajo y nos encontramos incapaces de escapar de lo que parecía un momento eterno. Nuestras caras casi se tocaban, podía sentir su aliento en mis labios y sabía que ella podía sentir el mío. Y de la nada y dentro del momento, el tiempo se presentó. Sentí como si pudiera alcanzarlo y tocarlo, agarrarlo con mi mano de la mente y establecer la velocidad a la que pasaba.

A cámara lenta nos encontramos y pude oler su calor contra mi cuerpo y mi cara. Pero la lucha dentro de mí continuaba mientras la alegría dentro de la locura me confundía aún más. Una parte de mí quería retroceder y acabar con esto. Pero no iba a irme a ninguna parte porque aquí es donde una parte de mí quiere que esté. La idea de luchar contra esta hermosa mujer volvió a mi cabeza y me desconcertó aún más, y me excitó al mismo tiempo. La confusión era mi único estado de ánimo, y me encontré una vez más diciendo lo que no estaba en mi cabeza.

Le pregunté. ¿"Recuerdas cuando Dale te levantaba así? ¿Recuerdas aquellos días"?

Me pregunté. ¿Cómo puedo decir lo que digo y sentir lo que siento? Quería que la voz que salía de mí se quedara en mi cabeza, mientras las ganas de besarla se apoderaban de mí. Pero las palabras seguían saliendo.

¿"Recuerdas cuando era un hombre y no ese pedazo de mierda sin pelotas en el que lo convertiste"?

Retrocedí y la vi caer al suelo.

"Ahora saca tu culo de mi garaje".

Escuché de lo que solo podía suponer que era esta persona dentro de mí. Sin creer lo que había pasado, la miré en el suelo. Y justo antes de que intentara recuperarse, levantó la vista con un vacío que me resultaba demasiado familiar. La confusión llenó sus ojos, seguida de la ira. Con la velocidad de una leona, pero a cámara lenta para mí, y como si nuestro momento nunca hubiera ocurrido, se levantó y se dirigió hacia la puerta. Se detuvo y se volvió hacia mí.

¿"Así que eso es lo que piensas de tu nuevo amigo? ¿Así que piensas que es un pedazo de mierda sin pelotas? Bueno, veremos cómo se siente al respecto". Se marchó.

Me oí reír y dije. "No conoces a los hombres, ¿verdad?"

Se detuvo.

¿"De verdad crees que no se lo he dicho? ¿En qué planeta estás"?

Todavía de espaldas a mí, miró a su alrededor buscando algo. Extendió la mano, cogió una botella de cerveza de un estante, se dio la vuelta y retrocedió para lanzármela. Al instante la señalé con el dedo.

"Ni se te ocurra. ¡Bájala! ¡Bájala"!

Para mi sorpresa, dejó la botella, se dio la vuelta y se fue. Y al parecer, no había terminado.

"Y por cierto, no te preocupes por tu hombre-hijo. Lo traeré de vuelta de una pieza. Alguna chica guapa puede agotarlo, pero estará de una pieza".

Se detuvo, se giró para mirarme y se dirigió de nuevo a mi cara. La saliva volaba de nuevo, los ojos desorbitados.

"Pedazo de mierda, ¿quién chingados te crees que eres de todos modos"?

"Guau, mira no más", dije, "toda caliente y excitada, las mejillas bonitas y rojas".

¡"Que te jodan"!

"Oh, eso te gustaría, ¿verdad"?

"Piensas que....". La interrumpí.

"Ya sé la respuesta a eso".

"Debes pensar que...", volví a interrumpirla.

"Verás, se lo dije a Dale, ya sabes, tu hombre hijo. Lo que tu pequeña esposa necesita es una palmada en el trasero y un revolcón, haya como decíamos en el rancho, un revolcón en el heno".

Miré a mi alrededor y dije, "o en mi garaje, para el caso".

Trató de golpearme. Le agarré de la muñeca. Me acerqué a su cara, casi besándola. Esta vez, no sentí nada más que rabia. Le dije.

"A como miro las cosas, no conoces a los hombres. Crees que los conoces, pero no. Ni siquiera conoces a tu marido".

Esperé su reacción, pero sentí como si ese momento se me hubiera escapado.

Me encontré entre las paredes del silencio, buscando profundamente en sus ojos de locura. Su labio inferior temblaba. ¿Cuánto tiempo llevo mirándola? Oí en mi cabeza. ¿Por qué hay tanto silencio? No sé si lo dije o lo dejé en mi cabeza. Sentí sus lágrimas caer sobre mi mano. ¿Lágrimas? ¿Por qué lágrimas? ¿Qué tipo de lágrimas son estas? Como si tratando de responder a mí mismas preguntas. Miré mi mano y me di cuenta del alcance de mi fuerza y supe que estaba causando algo más que dolor emocional. La solté. En silencio se fue.

Como si intentara huir de mí mismo, salí del garaje y entré en la cocina. Cogí una cerveza del refrigerador. Me apoyé en el mostrador y traté de encontrarle sentido a lo que había pasado. No importaba lo que sintiera. Repugnancia, eso es lo que sentía, una repugnancia total y absoluto conmigo mismo.

¿"Qué demonios estoy haciendo"? Esta vez oí mi voz en alto.

En mi cabeza no paraban de surgir preguntas. ¿Qué ha pasado? ¿Qué era aquello? ¿De dónde ha salido? ¿Por qué respondí así? Ni siquiera conozco a esta mujer. ¿Y a qué viene esta ira? ¿Qué demonios está pasando aquí? ¿Será que estos son a como le dicen, miedos profundos, rabia profunda o sentimientos que surgen de quién sabe de donde? ¿Es esto lo que quieren decir con una experiencia fuera de cuerpo? ¿Será que acabo de tener una? En el pasado, he tenido conversaciones con personas que no podían explicar sus sentimientos. O cómo reaccionaron ante algo. Algunos sentían como si otra persona estuviera dentro de ellos. Pero yo no lo creía. Pero ahora, tengo que preguntar, ¿será cierto? ¿Será que hay una parte de mí, de nosotros, que no conocemos? ¿Una parte de mí que acaba de salir a la superficie después de todo este tiempo? ¿Qué parte? Espera un momento. ¿Me estás tomando el pelo? ¿Una parte de mí? No hay ninguna parte de mí. Soy yo, yo soy yo, no una parte. Me dije que dejara de pensar, que dejara de intentar explicarlo todo. Entonces oí el sonido de mis pulmones al respirar y el de mi corazón al latir mientras discutía conmigo misma.

Era como la banda sonora de mi voz interior. ¿Pero por qué iba a tener mi voz interior una banda sonora? ¿Es esta supuesta banda sonora mi otra voz interior? ¿Es posible? Era el sonido de estar vivo, eso es todo. Respiramos porque estamos vivos. Lo oí, el sonido de mi respiración otra vez, seguido de mi corazón. Y ahí está de nuevo, una respiración, un latido, una respiración, un latido. No solo lo oía, sino que lo escuchaba. Era como una banda sonora. Evocaba una respuesta, como debe ser. Oí, sentí, pensé. Ahí estaba mi respuesta, mis pensamientos. Entonces volví a sentir el movimiento de entrada y salida de mi pecho. Esperé el latido, lo sentí. Esperé el sonido, era tarde. El sonido de mi corazón llegó tarde. ¿Cómo es posible y por qué? Volví a sentirlo y allí estaba de nuevo, un eco de mi corazón.

Como si estuviera a distancia, reflejándose en las paredes y volviendo hacia mí. Como si intentara hacerme consciente de que venía hacia mí y no de mí. Pero, ¿por qué y qué intenta decirme esta banda sonora? ¿Qué no estoy en sintonía conmigo mismo? ¿Es eso? ¿Pero cuándo fue la última vez que lo pensé así? Nunca. Esto no tiene sentido porque el cuerpo es una extensión del cerebro. Son uno. Mi cerebro le dice a mi corazón que lata. Tiene que haber algo más. Algo fuera de este cuerpo, fuera de esta mente, que me está diciendo que algo anda mal. Por eso lo oí desincronizado. Cuando ese pensamiento salió de mi cabeza, la respuesta se hizo muy clara. Era mi alma buscándome. No sé por qué lo supe, pero lo supe. Y ahora tengo que preguntar, ¿qué parte de mí está haciendo mi siguiente pregunta? ¿Y si hay algo más que la mente, el cuerpo y el alma? ¿Y cómo lo sabría? ¿Y si hay algo malo en mí? Algo revoloteando en mi interior. ¿Por qué rondando? Es más como persistente. ¿Pero por qué eso? ¿No es más como esconderse? Si es así, ahora tengo que preguntarme, ¿cómo puedo tener algo, o una parte de mí dentro de mí y no saberlo? ¿Es esto lo que siente la gente cuando hace algo trágico? Como esas personas que ves en las noticias que matan a alguien.

"Qué montón de mierda".

Oí el sonido de mi voz rebotar en las paredes con un ligero retraso. Pero esta vez fue la presencia de la mente y el espacio lo que vino a mí. La distancia que existía entre las paredes y yo me llamaba. ¿Por qué ocurriría eso? ¿Puede existir la distancia? ¿Cómo puede llamarme? Miré a mi alrededor tratando de encontrar respuestas a preguntas que no sabía que tenía y que no debería tener. Entonces me encontré mirándome los pies. Me di cuenta de la distancia que había entre mi cabeza y mis pies. Ahí está de nuevo, la distancia llamando.

A continuación, llegó el sonido de un latido, pero esta vez, no había duda sobre el retraso. Era como si mi alma, o esa otra parte de mí, estuviera a mi lado y pudiera oír el sonido de su existencia. Mi siguiente instinto fue mirar. Pero me detuve. Intenté desesperadamente no mirar. Pasaron los segundos y allí estaba la sensación de mi cuello retorciéndose mientras me giraba hacia mi derecha. No vi... nada. Me sonrojé y miré a mi alrededor para asegurarme de que nadie me veía. Ahí estaba otra vez, la sensación del tercero. ¿Y si hay algo en lo que estoy sintiendo? A lo que estoy pensando. ¿Y si hay una verdad tan lejana, que uno debe cuestionarse su existencia y de quién es la verdad? Una verdad profundamente arraigada en lo que yace dentro de mí. Dentro de nosotros. Algo tan profundo y tan distante, que se sienta allí en silencio esperando. Como un parásito, un monstruo, un tercero, esperando el momento perfecto para salir a la superficie. Hacer su daño a lo que sea y a quien sea, no solo a la gente que lo rodea, como hice yo, sino a la persona en la que reside, como lo hizo. Solo para volver al huésped y negar que alguna vez existió. ¿Es eso lo que estoy haciendo ahora? ¿Negarlo? ¿Y qué pasa con los demás? ¿Significa esto que todos tenemos esta cosa, este monstruo dentro? O solo algunos de nosotros. Y si es así, ¿qué es? ¿Qué lo provoca? ¿Nosotros lo creamos o él nos crea a nosotros? Y ahora tengo que preguntar, ¿quién es el huésped y quién el parásito?

10. ES TIEMPO DE VACACIONES

Dale me esperaba sentado en su nuevo coche viejo. Me acerqué al Challenger, abrí la puerta y subí. Me sentía incómodo por la discusión que había tenido con la mujer de Dale la noche anterior. Lo vi sonreír, pero seguí preguntándome si su mujer le había contado lo de la discusión y en caso afirmativo, cuánto. Dale vio que lo miraba con expresión interrogante y dijo.

"Sí, señor, está viendo la sonrisa de un hombre feliz. Tuve un gran sexo anoche".

¿"De verdad"?

"Claro que sí. Como no he tenido en años. Te diré algo amigo, deberías discutir más con ella. ¿Podemos arreglarlo"?

Los dos nos reímos, aliviando parte de la tensión, pero

yo seguía preguntándome cuánto le había contado. Dale cogió el contacto, puso el coche en marcha y arrancamos. Había una gran sensación que uno tiene cuando se va de viaje por carretera y que yo estaba deseando tener. Pero esa sensación se me había escapado por razones evidentes solo para mí. Decidí hacer frente a la tensión.

¿"Así que te lo contó"?

"Claro que sí, gracias, hombre".

"No hay problema. Estoy aquí para ayudar. Una palmada en el trasero y un revolcón en el heno. Al diablo con una manzana al día".

En cuanto las palabras salieron de mi boca, me arrepentí de haberlas dicho. Pero Dale se rio así que pensé, oye, ¿por qué no? Yo también me reí. En un intento de continuar con mi idea, Dale dijo.

"Eso es, una manzana, una manzana, ¿cómo va eso otra vez?".

"Una palmada en el trasero y un revolcón en el heno. Al diablo con una manzana al día. Creo que deberíamos hacer de eso nuestro propio anuncio de servicio público. ¿Qué te parece?"

Dale asintió con la cabeza y yo continué: "Ya sabes, para que podamos enseñar a los jóvenes cómo enfrentarse a la vida, ya sabes, a los problemas de la esposa".

"Creo que deberíamos", dijo Dale mientras reía a carcajadas y volvía a intentarlo.

"Un revolcón en el heno, y una bofetada en el trasero....ah mierda", nos reímos los dos. Dale intentó.

"Una palmada en el heno rodando en la trasera. Mientras ella se revuelca en el, el.....quien sabe".

Lo corregí: "Al diablo con una manzana al día. Una palmada en la trasera y un revolcón en el heno. Diablos, ahora estoy confundido".

Dale hizo otro intento.

"Una palmada en la trasera rodando en el heno. Mientras ella se revuelca en el heno".

Los dos nos reímos y él continuó.

"Oye, ¿qué te parece? No está mal, ¿eh? Oye, quizá deberíamos cambiarlo un poco".

Recuperé el aliento después de reírme.

"Oh tío, qué gracioso. Claro, por qué no, siempre podemos improvisar". Dije.

Nuestras risas se apagaron y hubo un momento de silencio. Decidí que era un buen momento para preguntar.

¿"Qué parte de la discusión te contó"?

"Todo".

¿"Todo"?

"Sí, ¿por qué"?

"Solo curiosidad".

Dale esbozó una sonrisa diabólica mientras se echaba a reír, pero esta vez su risa era algo reservada, y se volvió hacia mí. "Hijo de puta".

¿"Qué"?

¿"Sabes qué? Cuando terminamos. Vi sus pantalones blancos en el suelo con grasa de tu banco de trabajo. Yo estaba como mierda, el hombre no estaba bromeando".

Mi tensión se relajó al oír eso y me reí. "Te lo dije."

"Lo sé, pero no creí que fueras a hacerlo de verdad".

Miré a mi alrededor y luego otra vez a él, y dije. "No me dejó otra opción".

Dale negó con la cabeza: "Te lo dije, es dura".

"Eso que ni que".

Dale siguió moviendo lentamente la cabeza y en voz muy baja, como hablando así el mismo, y dijo.

"Ahora sé que cuando Roberto dice algo, lo dice en serio, en serio, tío".

Me tendió la mano. Me estremecí, sin saber qué estaba pasando. Frunció el ceño y dijo.

"Tío, sí que estás tenso esta mañana. ¿Qué te pasa? Venga, vamos a darnos la mano. Ya sabes, por lo de la manzana, o de la palmada en la trasera". Nos reímos.

Extendí la mano, se la estreché y le dije, "Lo siento, tío. Sí, ya sabes, no dormí bien anoche. A diferencia de ti, por supuesto, perro sabueso".

Dale sonreía de oreja a oreja. Yo también sonreí, casi como diciendo: "Estoy orgulloso de ti". Miré por la ventana para ver mi reflejo con el terreno pasando al fondo. Y sin más, la imagen del hombre que tenía delante me devolvió a la realidad, no delante de mí.

Me aparté de la ventana y miré la sinuosa carretera que tenía delante. El sonido del motor me devolvió a los días en que lo único que un hombre deseaba era el ruido del motor y el olor y el tacto de su mujer al lado. Se me dibujó una pequeña sonrisa en la cara. Casi sentí que no era mía.

Dale me miró, sonrió y preguntó: ¿"De qué va esa sonrisa"?

Miré la palanca de cambios y luego a Dale.

"Vamos, hagamos gritar a este bebé".

Dale frunció el ceño, señalé la palanca de cambios y dije. "Vamos, coge segunda. Quiero oírlo gritar".

Dale miró la palanca de cambios: ¿"Segunda"?

"Así es, segunda".

"Pero estoy en cuarta".

¿"Y qué tiene que ver eso con mi tía"?

Dale se rió y preguntó. ¿"Con tu tía"?

"Olvídate. Sigue".

Dale miró a su alrededor pensando. "Bien, aquí vamos".

Pregunté. "Bien, ¿aquí vamos"?

¿"Qué"?

"No tienes que anunciarlo. Simplemente hazlo. ¡Rápido! Agarra la segunda".

Redujo la velocidad al entrar en una curva, agarró la palanca de cambios, metió segunda y pisó a fondo el acelerador. El motor chilló como un puma.

Grité: ¡"Tercera, tercera"!

Agarró la tercera y sus instintos tomaron el mando.

Al salir de la curva, metió la cuarta y aflojó al llegar a otra curva. Me reí y disfruté del viaje.

¡"Eso es, eso es! ¿Lo ves? A eso me refiero. Somos hombres, malditos hombres. Bueno, también somos perros, pero hombres, y los hombres tienen que tomar el control. ¿Entiendes lo que digo"?

¿"Quieres decir que somos hombres perros"?

"Eso, es cierto amigo. Hombres perros, y las mujeres les gusta cuando tomamos control. Igual como tomates control de tu coche aquí ahora. !Control baby"!

"Bueno", dijo Dale y se detuvo un segundo. "Te diré algo. Ella tenía el control anoche. Y te diré algo más. Eso no me molestó".

Lo miré como diciendo: "No puedo creer que acabo oír".

Dale hizo una cara y dijo: ¿"Qué"?

"Eso es diferente. Es otro tipo de control. No podemos hacer una mierda al respecto. Somos genéticamente incapaces. Mueven las pompis y estamos como bebé, bebé. Vale, me rindo. Esa es la parte perruna en nosotros. No podemos hacer nada de eso".

¡"Eso seguro"!, dijo Dale y asintió con la cabeza.

El sonido del motor calmó todo y los dos nos tomamos un respiro. Miré por la ventana y allí estaba de nuevo el reflejo del hombre que no estaba donde estaba. Volví a sentir un desasosiego cuando el reflejo me interrogó.

Suspiré. Dale me oyó, pero no dijo nada.

Aproximadamente un minuto después, la duración del silencio hizo que Dale dijera algo.

"Qué tranquilo se ha puesto aquí".

Me volví hacia él, sonreí sin motivo y le dije: "Sí, claro que sí". Volví a mirar a mi alrededor mientras mis pensamientos me hacían retroceder.

¿"Pero no es increíble, Dale? Si no hacemos algo que solíamos hacer siempre, si dejamos de hacerlo, sea lo que sea, lo olvidamos. Lo perdemos". Hizo una pausa de uno o dos segundos.

"Es como si fuera otra persona. Ese, Dale, o ese Roberto... era...otra persona en otra vida. ¿Me entiendes? Es como, ¿de quién era esa vida o de quién es esta vida"?

Dale fingió saber a qué me refería.

"Sí, sí, sé lo que quieres decir".

Continué. "No puedes perderte; ¿sabes? Eres el único que tienes".

Me detuve unos segundos al sentir emociones inexplicables. Me las sacudí y dije.

¡"Tienes que recuperar al viejo Dale"!

Podía ver a Dale pensando. Sus ojos iban y venían. Como si fuera a preguntar algo, pero no supiera cómo. Decidió preguntar.

¿"Y tú? ¿Te has perdido alguna vez? ¿O una parte de ti"?

Lo miré preguntando.

Continuó. "Ya sabes, como dijiste". Esperé.

"Sabes, hace un rato. Dijiste que no podía perderme".

Mi expresión pasó de duda, a incredulidad.

¡"Jesucristo"! Grité.

Dale echó la cabeza hacia atrás. ¿"Qué"?

Continué. "Escúchanos. ¿Qué demonios es esto?

Parecemos un puñado de viejas. Maldita sea, detente, voy a vomitar, te digo detente que voy a vomitar".

Los dos nos reímos, Dale no sabía muy bien por qué, pero se rio igualmente. La conversación se desvaneció con el sonido del ronroneo del motor que nos dio una sensación de relajación. Después de unos minutos, Dale no pudo soportar el silencio.

¿"Entonces"?

"Entonces ¿qué"?

"Bueno, ¿Algún tiempo te has perdido"?

"Oh, ¿todavía quieres que responda a eso"?

"Sí, vamos hombre. Sabes mucho de mi mierda".

"Bueno, pero hay un montón de mierda."

¡"Ay como eres"! Dale suplicó.

"Bueno, la mierda lo hay".

Dale continuó. ¿"Y las mujeres? En todo el tiempo desde que te mudaste allí, no he visto a ninguna mujer. ¿Qué está pasando"?

Volví a mirar por la ventana y pensé en cómo responderle sin contestar. Me pregunté: ¿tengo elección? ¿Cómo respondo a algo que no sé? ¿Cómo respondo sin admitir que no sé? Dale me miraba pensando que en cualquier momento diría algo, pero yo seguía pensando en qué no decir.

¡"Oye, oye"! Dale dijo.

Continué con mis pensamientos como si no hubiera nadie alrededor.

"Hay, ola Roberto. ¿Qué tal"? Dale preguntó.

"Oye, ¿estás bien"?

Salí de mis pensamientos para ver a Dale mirándome. ¿"Qué, qué? Oh, sí, sí, estoy bien, estoy bien".

Fingí una pequeña sonrisa y me volví de nuevo hacia la ventana.

"Sabes Dale, pase lo que pase, tienes suerte de tenerla,

con imperfecciones y todo, tienes suerte de tenerla".

Sentí su expresión interrogante. Me giré para mirarlo. "Lo sé, lo sé. Un poco confuso, ¿verdad"? Aparté la mirada. "Tienes suerte de tenerla".

¿"Qué estás......."? Dale empezó a decir.

Lo interrumpí: "Lo sé, tanto por lo de la manzana, y lo de darle un revolcado y lo de más".

¿"Qué quieres decir"? Pregunto Dale.

"Nada. Solo, ya sabes, nunca se sabe".

¿"Nunca se sabe qué"?

"Vida......nunca se sabe con la vida".

Esperé a que dijera algo, pero no oí nada, así que continué.

¿"Cómo es eso de que unos días se gana y otros se pierde? El problema de la vida es que algunos días sientes que estás ganando.... sin saber que estás perdiendo. Un pequeño problema, la vida es así de complicada".

Hice una pausa; no tengo ni idea de por qué. Quizá para procesar mis pensamientos, no estoy seguro. Continué.

"Justo cuando crees que lo tienes todo resuelto, se desata la mierda. Y quiero decir suelta".

"Así que....¿perdiste a alguien o qué"?

"No, bueno, todos perdemos a alguien en algún momento, y a todos en otro".

La intensidad de mis palabras me sorprendieron. Lo miré deseando que mis palabras fueran un poco más bonitas, más suaves, o algo así. Pero Dale estaba demasiado ocupado procesando, así que no importaba.

Continué. "Es la mierda de la vida. Eso es todo lo que es, la mierda de la vida, ¿sabes? Aunque estaría bien, ¿no"?

¿"Qué, qué estaría bien"? Preguntó Dale.

"Saber.....saber cuando....ah no importa. ¿Sabes qué?

Antes tocaba la guitarra, hace mucho tiempo. Hablemos de eso".

¿"Tocabas la guitará"?

"Sí, incluso teníamos una banda. Anthony Villa y yo. En quinto grado. ¿Puedes creerlo"?

"Vaya, qué suave".

"Al principio éramos solo nosotros dos y luego Frank....ah, Dios, no recuerdo su apellido. Era nuestro bajista, pero no tenía bajo".

¿"Qué quieres decir"?

"Éramos la única banda del mundo con un bajista sin bajo".

¿"No tenía un bajo"?

"No".

"Entonces, ¿"qué lo hizo bajista"?

Dale se rio y puso cara como preguntar, ¿qué?

"Sí, ¿verdad"? Dije. ¿"A quién se lo habría ocurrido cuestionar eso"?

Se rio Dale y dijo. "Dios mío, qué gracioso".

"Pobre Frank, su padre no lo dejaba comprarse un bajo. Y era su propio dinero".

"¿Hablas en serio?"

"Sí, tan serio como que su padre era un gilipollas. Te lo digo".

"Eso es seguro". Dijo Dale.

Continué. "Podría haber sido un contendiente, podría haber sido alguien......".

"Marlon Brando, en la película, On the Waterfront." Dijo Dale.

"Eso que ni que."

¿"Crees que podrían haber sido famosos? ¿Así de buenos eran"?

"Teníamos un bajista sin bajo, Dale, ¿qué te parece"?

Los dos nos reímos.

"Eso es más gracioso que la mierda". Dijo Dale y me miró queriendo más de la historia.

"La banda se disolvió. El bajista sin bajo dejó de tocar su no-bajo. Anthony dejó de tocar su batería. Fue triste. Pero yo seguí tocando durante años. Es algo que echo de menos. No sé qué pasó. Simplemente, dejé de tocar y...."

Me detuve, miré hacia otro lado, pensé en Anthony, y en Frank, y sentí un cambio de humor. Miré a Dale y suspiré, aparté la mirada y fingí no haber perdido el hilo. O que no sabía qué decir, pero ninguna de las dos cosas eran ciertas. Sabía exactamente lo que era. Era triste. Para cambiar un poco de tema, seguí en una dirección diferente. Un día en, déjame ver, creo que estaba en segundo año de escuela secundaria. Este amigo mío, Mills, se acercó a mí en el pasillo. Él solía pensar que era ese tipo en el programa,
Then Came Bronson. Ya sabes, ese viejo programa de televisión en los años setenta".

"Oh, sí, lo recuerdo". Dijo Dale.

"Así que se me acercó con su gorro negro bajado hasta por encima de las cejas. Con su guitarra atada a la espalda. Se paró a medio metro y me miró. Yo estaba hablando con alguien, así que seguí hablando y de repente oí. '¿Quieres comprar mi guitarra?' No me lo podía creer. Lo dijo como si no fuera gran cosa. Era su guitarra. Así que dije, ¿qué? '¿Quieres comprar mi guitarra?' Y me dio su guitarra. Así que le dije, ¿hablas en serio? Me miró y no dijo nada. Así que toco unos acordes, la afino un poco y digo claro, ¿cuánto? Veinte dólares. ¿Le dije, estás loco? Entonces oigo: 'Doce dólares y cincuenta centavos'".

Dale se rio y dijo: ¿"Doce dólares y cincuenta centavos?".

"Mi pregunta exactamente. ¿Cómo diablos se le ocurrió

136

eso? Podría haber dicho quince dólares o catorce dólares, pero no, doce dólares y cincuenta centavos. Así que estoy como, sí, tela compro, seguro. Hombre, yo estaba emocionado. Durante todos esos años tuve una guitarra que mi madre compró para mi hermano Ernesto cuando yo tenía diez años. Qué pedazo de mierda era esa cosa. Así que saqué mi cartera y le di doce dólares. Hurgué en mi bolsillo. Me detuve y lo miré. Me miró como, ¿qué? Le dije, ¿realmente necesitas cincuenta centavos? Sin pensarlo, me dijo tranquilamente: 'sí'".

"Saqué un montón de monedas y empecé a dejar caer monedas de un centavo, de diez y de cinco centavos. Quiero decir, este es un amigo que conozco desde que estábamos en sexto grado. ¿Sabes a qué me refiero? Solíamos regalarnos barras de chocolate, revistas, discos de vinilo y todo tipo de cosas. Pero él tenía que quedarse con los cincuenta centavos".

Miré a Dale queriendo oírle decir, qué idiota. En vez de eso, oí, "Guau".

"Sí, guau. Pero de todos modos, era un buen amigo. Recuerdo que le di la última moneda. Su mano se cerró como una trampilla y se largó".

Dejé de hablar mientras me venían a la cabeza los acontecimientos de aquel día y sentía la emoción de tener una guitarra nueva.

"Te lo digo, llegué a casa después de la escuela e instalé cuerdas nuevas que tenía desde dios, sabe cuánto tiempo. Conecté mi nueva guitarra a mi pequeño amplificador y esa cosa sonaba como una guitarra de verdad, no como un estúpido juguete. ¿Me entiendes"?

"Seguro", dijo Dale.

"Estaba muy feliz. Pasó una semana y allí estaba yo en el pasillo de la escuela, y Mills se me acercó y me ofreció dinero. ¿Sabes que tanto"?

¿"Cuánto"? Preguntó Dale.

"Sí, doce dólares y cincuenta centavos".

¿"No, apoco"?

"Sí, ¿te lo imaginas? Miré su mano y pensé: ¿Qué demonios? Me dijo: 'Toma, quiero mi guitarra de vuelta'. ¿De qué... de qué estás hablando? 'Quiero mi guitarra'. Entonces le dije: Me vendiste tu guitarra, ahora es mía. 'Bueno, cambié de opinión'".

Dejé de hablar por unos segundos mientras pensaba en eso. Continué.

"En realidad Mills estaba pensando que podía usar mi dinero para"... Pare un segundo, miré a Dale y esperé.

¿"Para qué quería el dinero"? Dale finalmente preguntó.

"Para comprar hierba. ¿Puedes creerlo"?

"Oh, qué chistoso", dijo Dale.

"Sí, ¿y cómo lo supe? Bueno, me enteré más tarde de que el hermano mayor de uno de mis amigos vendía estas bolsitas de hierba, ¿por qué tanto?, adivina cuánto".

"Doce dólares......". Dijo Dale y se rió.

"Así es. Entonces, le dije. ¿Cómo estaba la hierba? ¿'Hierba? ¿Qué hierba'? ¿Cuál será, Mills? Tú sabes lo que quiero decir. No nomas eso. Ya le puse cuerdas nuevas a mi guitarra. ¿Crees que soy una casa de empeños? Retiró la mano. Se dio la vuelta y se fue. Tío, me sentí como una mierda. Sentí pena por él. ¿Pero qué se le va a hacer"?

"Hombre, eso es una mierda divertida". Dijo Dale.

¿"Y sabes qué"?

¿"Qué"?

"Ni siquiera sé dónde está esa guitarra ahora mismo. ¿Cómo puede ser? No sé dónde está esa guitarra ahora mismo. No me acuerdo".

"Bueno, ya sabes cómo es eso", dijo Dale, "crecemos y

138

olvidamos nuestra mierda de niños. Porque eso es todo lo que era, mierda. Solíamos pensar que era importante, pero la mayor parte era solo mierda".

"Sí, pero esa guitarra era muy importante para mí. Escribí muchas canciones con ella".

¿"Sabías escribir canciones"?

"Sí, no podía permitirme clases de guitarra. En mi casa, tenía que pagar por cada pequeña cosa. No como mis amigos, cuyos padres les pagaban las guitarras, las clases de guitarra y todo lo demás. Así que me inventaba mis propias canciones. Era más barato. No lo veía como escribir canciones. Lo veía más barato. ¿Me entiendes"?

"Eso está muy bien, tío".

"Sí, supongo, pero creo que tienes razón. Solo eran cosas de niños. Probablemente, regalé esa guitarra o quién sabe qué. Aunque echo de menos esos días. Pero como dijiste, crecemos".

"Sí, claro que sí". Dijo Dale.

Entonces dije. "Mierda adulta. Eso es lo que tenemos ahora. Mierda como el trabajo y mierda como las facturas y mierda y más mierda".

Coloqué la mano derecha con la palma hacia arriba delante de mí. Hice lo mismo con la mano izquierda.

"Mierda de niño. Aquí a la izquierda". Levanté mi mano izquierda sobre mi cabeza, "mucho más divertido". Dije.

"De cualquier manera, sigue siendo mierda". Dijo Dale e hizo una cara como si realmente oliera mierda.

Dije."La mierda de la vida. Oye, deberíamos hacer de eso un anuncio público. Cuidado con la mierda de la vida. Rápido, corre, es la mierda de la vida".

Dije y los dos nos reímos. Me volví otra vez hacia la ventana y me detuve unos segundos. Seguí adelante.

"Simplemente dejé de jugar. Ahora miro atrás y ni

siquiera me siento yo. No se siente como mi vida".

Miré a Dale. "Es como si fuera alguien que yo conocía. ¿Me entiendes? Pero ni siquiera estoy seguro de eso. Es como si ese fuera un intruso... y este soy yo. O ese era yo y yo soy el intruso, no estoy muy seguro".

"Guau, eso es raro. ¿Hablas en serio"?

"Sí, ¿no te sientes así? Ya sabes, cuando miras atrás en tu vida. Cuando eras joven".

"Yo....yo no pienso en ello".

¿"No piensas en ello"?

Dale negó con la cabeza.

¿"En absoluto"? Pregunté manteniendo la boca abierta. Como si manteniendo la boca abierta pudiera enfatizar la palabra "absoluto".

"Supongo que no. Quiero decir que intento no hacerlo".

Lo miré sin creer. Dale se encogió de hombros como diciendo, no sé qué decirte.

"Eso no está bien. Eso... no... está... bien"".

Dije en voz baja. No tengo idea por qué me puse en esa voz baja, pero lo hice.

Dale cuestionó sus propias palabras y dijo. "Bueno, supongo que a veces sí. A veces pienso en ello".

Me miró asintiendo, como si asintiendo fuera a darle la razón o a creerle, pero no fue así, así que seguí adelante.

"Como dije, solo hay un, Dale, ¡uno"! Levanté el dedo índice. Dale se quedó pensativo. Yo seguí.

"Por eso me aferro a mi coche. Es yo. Me recuerda quién era, quién soy. ¿Sabes"? Miré a Dale y le di una breve pausa para procesarlo.

"Totalmente. Tienes razón. Tienes razón". Dijo Dale, "Ahora me subo a mi nuevo coche, y cambia todo mi día.

Me siento mejor, me siento como un hombre".

Dale hizo una mueca, adoptó un carácter raro y cambió la voz. "Una vez más me rasco las pelotas, y me siento bien por ello".

Nos reímos. "Me alegro de que digas eso, hombre. Mierda, estaba a punto de vomitar otra vez".

"Aquí está", dijo Dale y señaló el hotel.

Paramos en el aparcamiento. En cuanto salimos, señalé por encima de la cabeza de Dale. Dale se volvió para mirar. Salí corriendo y grité.

"Es la mierda de la vida, ¡corre!" Corrí hacia el vestíbulo del hotel y esperé a que Dale me alcanzara.

Unos minutos más tarde entramos en nuestra habitación y al instante decidimos ir a nadar. Entramos en la zona de la piscina con nuestros pantalones cortos y vimos a dos mujeres en el jacuzzi. A Dale casi se le salen los ojos de las órbitas y dijo.

"Bueno, mira aquí. Anoche tuve el mejor sexo en años y ahora mira aquí. ¿Es mi cumpleaños o qué"?

Sonreí de oreja a oreja, ¿"si no es tuyo? Debe ser mío; guau míralas".

Dimos una vuelta completa y nos detuvimos en el jacuzzi. Dale lleno de confianza debido a su gran experiencia sexual de la noche anterior, dijo. ¿"Cómo está el agua"?

Una de las mujeres nos miró e inclinó la cabeza como para estudiarnos. Completó su observación y dijo. "Seguro que habéis tomado el camino más largo hasta aquí".

Las dos mujeres se miraron y se echaron a reír. Dale decidió una vez más ser el hombre clave y respondió.

"Bueno, no queríamos perdernos nada, así que decidimos tomar la ruta panorámica, y vaya si fue panorámica".

Lo miré con expresión de incredulidad. Dale me ignoró y preguntó: "Entonces, ¿cómo está la agua?".

La misma señora de nombre Darlene respondió. "Muy caliente, como nos gusta".

La otra señora se rio y dijo. "Muy, muy caliente, tal vez quieras dar otra vuelta".

Se miraron y esta vez se rieron a carcajadas. Nos miramos y pensamos, guau, guapa y divertida.

Dale volvió a ponerse en cabeza. ¿"Otra vuelta? Ah, vamos, no seas así. ¿Podemos acompañarlas"?

Darlene levantó la vista. Sus ojos se movieron de un lado a otro como si pensara en ello. Se puso el dedo índice bajo la barbilla. "Claro, si das otra vuelta".

Dale frunció el ceño, sin creérselo. ¿"Otra vuelta"?

Dale me miró. Decidí mantenerme al margen. Dale miró a Darlene. "No eres seria, ¿verdad"?

"Oh, por favor, lo disfrutamos mucho". Darlene dibujó un gran círculo en el aire con el dedo y añadió. "Vamos, por favor, una vuelta más. Ustedes fingir que son supermodelos. Largas zancadas, solo para nosotras. ¿Una vuelta más? Por favor."

¿"Cómo decir que no a eso"?, dijo Dale y se largó.

¿"Hablas en serio"? Pregunté.

Dale miró por encima del hombro. ¿"Qué parte de que dos hermosas mujeres nos pidan que hagamos una vuelta para ellas no entiendes"?

Miré a las señoras mientras ambas señalaban a Dale. Como diciendo, vete. Así que me puse en marcha y lo alcancé. De vez en cuando las mirábamos, sonreíamos y saludábamos.

"Nos gusta, nos gusta", dijo Darlene, "así se ase, perfecto", dijo Brenda.

Llegamos a la recta final, Dale realmente se pavoneó dejándome atrás. Llegó al jacuzzi y las chicas aplaudieron.

"Eso sí que es portarse bien", dijo Darlene.

"Gracias, gracias", dijo Dale mientras se inclinaba. "Tengo que admitir que me sentí un poco raro".

"Y raro que nos gustara", dijo Brenda.

¿"Podemos unirnos ahora"? Preguntó Dale.

"Sí, por supuesto".

"Genial", Dale entró en el jacuzzi.

Acerqué una silla y me senté junto al jacuzzi. Las chicas no se lo podían creer.

¿"Cuál es el problema? ¿Asustado de un par de chicas maduras"? Preguntó Brenda.

"Eh, eh, maduras quisas tú", dijo Darlene.

Dale dijo rápidamente. "Es un maniático de la limpieza. Cree que el agua no está bastante limpia para él. Yo, sin embargo, creo que está lo suficiente sucia". Todos se ríen.

Dale continuó: "De hecho. Creo que tenemos que ensuciarla un poco más". Me miró. "Ven aquí, nena".

Sacudí la cabeza y dije: "no, no quiero sopa humana para mí. No gracias, me sentaré aquí a mirar".

"Así que", dijo Brenda, "eres de los que miran, ¿eh"?

"No exactamente". Miré a Dale y señalé con la barbilla. "Por cierto, el sucio de allí es Dale, yo soy Roberto".

"Roberto, bueno", dijo Brenda y miró a Darlene.

"Deberíamos haberlo sabido. Ahora que lo pienso, creo que nunca estado en el jacuzzi con un Roberto". Me miró esperando una respuesta.

Darlene también me miró, "son los limpios, que resultan ser, los sucios".

Las chicas se rieron. Darlene susurró al oído de Brenda. ¡"Dios mío"! Dijo Brenda.

Dale y yo nos miramos interrogantes.

"Imagínate, El Señor Limpio". Susurró Darlene y se apartó del oído de Brenda para ver su respuesta.

Los ojos de Brenda se movían de un lado a otro mientras pensaba en lo que había oído. Apretó los labios y mantuvo la boca cerrada: "Bueno, me vendría bien un poco de eso".

"Sí, podrías. Ahora mismo, de hecho". Dijo Darlene.

"Cállate", dijo Brenda llevándose el dedo a los labios.

Dale me miró como preguntando, ¿qué está pasando? Las miró y dijo, "ah, ¿hola? Elvis Presley no ha abandonado el edificio. Todavía estamos aquí. ¿Qué estáis susurrando"?

Le dije. "No preguntes. No quieres saberlo, créeme".

Darlene dijo rápidamente: "Así es, demasiado sucio para ti, señor, Limpio".

Dale miró de un lado a otro de las chicas a mí, tratando de entenderlo. Levantó la mano como para detenerlo todo y dijo. "Vale, vale, déjame empezar otra vez, así que, como ya sabes, yo soy Dale, él es Roberto, y tú eres". Miró a Darlene.

"Darlene, limpia Darlene".

Brenda la empujó y le dijo. "Vete de aquí limpia Darlene."

Miró a Dale. "Soy Brenda, solo Brenda. Ni sucia, ni limpia, ni nada, solo Brenda".

Dijo Dale. ¿"Solo Brenda? Es un nombre gracioso. No me imagino ir por la vida con un nombre como solo Dale".

"Mejor que el sucio Dale". Dijo Brenda. Todos nos reímos.

"Sucio Dale, me gusta. Suena como una película de western". Dije y todos volvimos a reír.

Brenda me miró con cara triste. "Vamos, entra. Nos estás haciendo sentir incómodos".

Darlene le dio un golpecito a Brenda bajo el agua. Brenda le dio a Darlene una mirada, "¿para qué era eso"? Finalmente, comprendió lo que Darlene intentaba decirle y dijo.

"No importa. Quédate fuera, no querremos que entraras aquí y filtraras nuestra agua con tu pureza, tu limpieza".

Las chicas se rieron y chocaron sus copas de vino. Dale también se rio y preguntó. ¿"Qué clase de vino están bebéis"?

"Chardonnay, vino de chica buena", dijo Darlene.

"Sí, vino de niña buena". Añadió Brenda, metió la mano en el agua y sacó una botella de tequila.

Se rieron a carcajadas.

"De hecho, querida". Brenda destapó la botella, "permíteme un buen vino, querida".

"Vaya", dije, sin creérmelo.

"A eso me refiero". Dijo Dale y me miró. ¿"Lo ves? Ves, lo que quiero decir. Nunca podría hacer eso con mi esposa."

Las chicas miraron a su alrededor como diciendo: ¿escuchaste eso?

"Chico, eres suave." Dijo Brenda.

¿"Por qué"? Dale miró a su alrededor.

Mis ojos iban de un lado a otro y tomé la rápida decisión de poner fin al misterio. "Oh bueno, supongo que ibas a averiguarlo tarde o temprano".

¿"Averiguar qué"? Preguntó Dale.

"Que estás casado". Dijo, Darlene.

"Casado, ¿quién dijo que estaba casado"?

"Tú, quien más. Jesús, nosotros somos las borrachas, pero tal vez no somos las únicas".

"Oh, quise decir ex esposa." Dijo Dale, como si nada.

Darlene negó lentamente con la cabeza. "Demasiado tarde amigo, la cagaste. Y ahora que todos estamos siendo honestos".

"¡Sinceramente! No estoy casado".

"Como quieras". Lo apartó con un gesto de la mano y continuó. ¿"Brenda está aquí? También casada. Así que ahí tienes".

Brenda arrugó la frente mientras rebuscaba en su cerebro, sin dar crédito. "Oh, genial".

¿"A quién le importa"? Dijo, Darlene. "Probablemente, vas a estar casada con él por el resto de tu vida. Miseria y todo. Entonces, ¿cuál es el problema"?

Brenda miró a Dale. ¿"Mira no más, para qué so las amigas"?

Brenda me miró con una expresión como diciendo, sí, tú. Miró a, Darlene. ¿"Algo más que quieras decirles?"

Brenda bebió un trago de tequila, y, una vez más, miró a Darlene y exclamó: "Gracias".

Brenda me miró. "Bien, tomen, necesitan una inyección. Toma, Sr. Limpio".

Me tendió la botella. Miré la botella y dudé.

"Dios mío, ¿hablas en serio"? Preguntó Brenda, y insistió. "Vamos, no te preocupes. ¡Es tequila, cualquier germen en esta botella está muerto. Muertos, entiéndelo. No pueden hacerte nada". Dijo, Brenda, y miró a Darlene como pidiendo ayuda. Darlene fingió una sonrisa, pero no dijo nada. Brenda se volvió entonces hacia mí y añadió. ¡"Muertos! ¿Lo entiendes? ¡Muertos"!

Darlene inclinó la cabeza hacia Brenda y sus ojos la siguieron. "De alguna manera, no creo que eso vaya a cambiar las cosas. ¿Gérmenes muertos tocando sus labios? No lo creo".

"No es eso", dije. ¿"Tequila caliente? Enfriada lo entiendo, pero".

Brenda, ya molesta, no podía creer lo que estaba oyendo. Su ceja izquierda se levantó como si estuviera en piloto automático. "Pobrecito, lo siento. ¿En qué estaría pensando? Deja que pida un envío especial para....".

"No importa", la interrumpí. "Toma, dámelo". Cogí la botella, le di un trago y se la entregué a Dale.

Dale dio un trago. "Vaya, eso es lo que yo llamo un chupito". Le pasó la botella a Brenda y le preguntó. "Entonces, ¿estás casada"?

Miré a Dale y le pregunté: ¿"De verdad? ¿De verdad quieres hablar de eso"?

¿"Qué"? Preguntó, Dale y miró a su alrededor como preguntando cuál es el problema. ¿"Pensé que todos estábamos siendo honestos aquí"?

Antes de que Brenda pudiera contestar, Darlene añadió rápidamente.

"Sí, está casada y es miserable".

Brenda puso cara de absoluta decepción. "Sí, casada y.... casada. ¿Qué puedo decir"?

Darlene, que ya lo había oído todo antes, decidió que ya estaba harta. "Está casada y cansada de él. Cansada, cansada, cansada de él. Eso es lo que dice todo el tiempo, pero no quiere dejarlo. Esa es mi chica".

Intenté averiguar qué estaba pasando y, para mi sorpresa, me oí a mí misma decir a Brenda.

"Entonces, ¿de qué estás cansada? Quiero decir ahora que ha sacado el tema".

Brenda respondió con calma. "De mi marido. Siempre está haciendo lo mismo. Viendo el partido, limpiando su coche, arreglando el garaje, rascándose el culo. Ya sabes, el tipo de cosas que hacen todos los hombres".

Miró a Dale y luego a mí y dijo. "Como ustedes, seguramente. Ya saben, quiero decir que son hombres y con los hombres es un sin fin de arañazos, de los huevos y el culo, ¿verdad"?

Dale y yo nos miramos al darnos cuenta de que nos habían atacado. Fruncí el ceño ante el giro de los acontecimientos.

Le hice un gesto a Dale diciéndole que lo dejara estar, que no dijera nada.

Darlene dirigió su atención a Dale. "Déjame preguntarte algo". Miró a Brenda como diciendo, allá vamos, ¿estás preparada para esto? Brenda hizo una mueca como diciendo, adelante.

Darlene se volvió hacia Dale. "Cuando llegas a casa después de un duro día de trabajo. Y tu mujer está toda arreglada para ti. Ya sabes, ¿para darte un poco de amor por tu duro trabajo y todo eso? ¿Todavía se te para"?

Sin pensarlo, Dale preguntó. ¿"Después de un duro día de trabajo? ¿Me tomas el pelo? Tengo suerte si puedo apuntar recto y mear en el retrete. ¿De qué estás hablando"?

Me reí pensando que era una de las cosas más graciosas que Dale había dicho nunca. Las chicas me miraron como preguntándome, ¿qué tiene tanta gracia?

Le dije. ¿"Qué? ¿No te pareció gracioso? Vamos".

Dale levantó la mano abierta y me detuvo. Continuó.

¿"De qué estás hablando? Quiero decir de verdad. ¿Sabes lo que es alimentar a tres niños, además de a tu mujer y a ti mismo? ¿Y mantener un techo sobre nuestras cabezas"?

Miró a su alrededor con la esperanza de obtener alguna imputación, pero no consiguió nada. Cogió la botella de Brenda y bebió un trago doble. Miró el agua y su cabeza empezó a moverse de un lado a otro.

"Trabajo, trabajo, trabajo. La misma mierda de siempre. Día tras día". Miró a las chicas. "¿De verdad crees que no estoy cansado de hacer las mismas cosas de las que hablas"?

Dale me miró como preguntando, ¿no es cierto? Asentí con precaución. Miró a las chicas y esperó a que dijeran algo.

¿"Qué, no vas a decir nada"?

Darlene apretó los labios, ladeó la cabeza y le dirigió una expresión de no sé qué decirte. No podía creer el giro que había tomado la conversación. Pensaba en la ilusión que me hacía este viaje, ¿y ahora? Todo esto me resultaba demasiado familiar y me traía a la memoria sentimientos que no tenía ni idea de dónde venían.

"Oh, no, otra vez esto no". Dije, y me recosté en la tumbona, y cerré los ojos esperando que todo desapareciera.

¿"Qué? ¿Cómo que otra vez no"? Preguntó Dale.

"Sí, ¿cómo que otra vez no"? Preguntó Brenda.

"Anda, échate una siesta, Sr. Limpio", dijo, Darlene. "Oye, deberías haber limpiado esa tumbona antes de tumbarte en ella, ¿no crees? Piensa en toda esa gente que se ha tumbado en esa misma tumbona. Te estás tumbando en esa tumbona cubierta de piel, Sr. Limpio. Piense en eso. Células de piel sucia humana justo ahí".

"Jesucristo, no lo asustes", dijo Brenda. "Déjalo dormir. Eh, espera un momento. Quizá él Sr. Limpio piense que somos aburridos y por eso duerme".

¿"Por qué estás acostado Roberto"? Preguntó Dale, y se levantó para mirarme.

Yo tenía los ojos cerrados, pero sabía que estaba de pie. Podía oír cómo caía el agua a medida que su cuerpo salía del agua. Inhalé un poco de este supuesto aire de vacaciones y allí estaba el cielo a mis ojos cerrados. No estaba muy seguro de si era azul, gris o qué. Para ser sincero, no quería saberlo. Estiré la cabeza hacia atrás y sentí que las correas de plástico cedían bajo el peso de mi cabeza. No sé por qué lo noté, pero lo noté.

"Oye, oye, Roberto". Dijo Dale. Miró a las chicas. No sé cómo yo lo sabía, pero lo sabía.

"Vale, esto se está volviendo un poco insultante. ¿Qué está pasando aquí"? Preguntó, Darlene.

"Creo que somos aburridos, ¿no es así Sr. Limpio? ¿Es eso lo que pasa aquí"? Preguntó Brenda.

"Oye, Roberto, ¿te estás quedando dormido"? Preguntó Dale.

Podía sentir que Dale me miraba. Entonces lo oí justo antes de que lo dijera. "No puedo creerlo. Me estás avergonzando, tío. ¿Qué te pasa"?

Apreté los ojos cerrados esperando que esto no estuviera pasando.

"Oh, acabo de verlo moverse, no está durmiendo." Dijo Dale.

Oí mis pensamientos, aquí estamos de vacaciones con dos mujeres guapísimas en un jacuzzi y ¿de qué estamos hablando? Tonterías, nada más que tonterías a la antigua. Todo aquello de lo que habíamos venido a huir. Volví a cerrar los ojos ya cerrados y me sumí en lo que solo podía suponer que era un sueño profundo. Permanecí tumbado durante lo que me pareció un minuto más o menos y sentí como si algo hubiera cambiado. Sentí una especie de transición. Como si el tiempo hubiera saltado por encima de mí mientras estaba allí tumbado. Me di cuenta de que mi nada había durado un periodo de tiempo del que no tenía ni idea.

Un momento, el silencio, ¿dónde se fue el silencio? No oí nada, y hay una gran diferencia entre nada y silencio. Es la ausencia de todo. Casi abro los ojos otra vez. Allí estaba otra vez esa sensación de transición; dentro y fuera de algo, o fuera y dentro de algo. No estaba seguro de qué era, pero lo era. ¿Es otro de esos momentos fuera de lugar, fuera de secuencia? En el pasado, me había preguntado si esto era posible, pero no podía decir si lo era o no. Esta vez voy a salir. Después de todo, si está fuera de secuencia, está fuera de secuencia. ¿Qué voy a hacer? Cuando esté listo, abriré los ojos, y por muy espantosa que haya sido esa conversación, fingiré no fingir.

Abrí los ojos ya abiertos para encontrarme otra vez en mi cocina. Sabía dónde estaba, pero ¿cuándo es otra historia? Sentí una repentina corriente de aprensión, miedo y dios sabe qué más. Miré a mi alrededor y me pregunté todo lo que había pasado y todo lo que no. ¿Era un recuerdo, un sueño o un pensamiento? ¿Nos fuimos Dale y yo de vacaciones? No, no nos fuimos. Planeábamos ir, pero no fuimos. ¿Pero por qué no? Espera un momento. ¿Cómo podría recordar unas vacaciones a las que no fuimos? ¿Estaba proyectando? ¿Pensando en cómo habría sido ir de vacaciones? ¿Por qué iba a hacer eso? ¿Y si nos fuimos y lo olvidé? Pero, ¿por qué iba a olvidarlo?

Mi siguiente pensamiento fue este. "No hay duda de que necesito una cerveza". Oí mi voz en alta. Me dirigí hacia el refrigerador y me di cuenta de que ya tenía una cerveza en la mano.

¿"Qué demonios"? Una vez más lo oí en voz alta.

Di un paso atrás para apoyarme en el mostrador, y allí contra el mostrador, es donde ya estaba. Me hice preguntas.

¿Acabo de tener un recuerdo predispuesto de algo que estaba a punto de suceder? ¿O era una acción ya realizada?

¿Tuve un flashback retrospectivo de algo que no había

vivido? ¿O ya lo había vivido y lo repetí?

Paré con las preguntas y intenté dar sentido a lo que sentía. Oh, sí, asco, eso es lo que siento, asco total y absoluto conmigo mismo, pero ¿por qué? Oh, sí, ahora sé dónde, y ahora sé cuándo estoy. Después de la discusión con Christina, la mujer de Dale. Una cosa es segura, la discusión con Christina sucedió. No se puede olvidar. Todavía puedo olerla y siento su calor contra mi cuerpo y mi cara. Y aquí es donde he estado. ¿He estado aquí en mi cocina todo el tiempo? ¿Cómo es posible? Me miré la mano y veo que sus lágrimas siguen pegadas a la piel de mi mano. Me invadió una abrumadora sensación de ansiedad.

"Tengo que salir de mi cabeza".

Lo oí en voz alta mientras mi voz rebotaba en las paredes que me contenían donde no quería estar. Miré a mi alrededor rogando por una salida y vi él, Owl Café mirándome. Allí estaba, mi anuario sobre el mostrador, saludándome, guiándome hacia mi próximo destino.

11. NO HEMOS ESTADO EN NINGÚN LUGAR
DONDE NO HEMOS ESTADO ANTES

Me acerqué a mi anuario, lo miré y mi mano buscó el teléfono de la pared. ¿Por qué no? A qué salir de este lugar. Marqué el número del Owl Café: oí cómo sonaba. Sonaba a unas seiscientas millas de distancia y yo podía oírlo sonar aquí mismo. Guau, eso es raro cuando se piensa en ello. ¿Lo estoy oyendo sonar en el otro extremo? ¿Por qué harías sonar el teléfono a seiscientas millas de distancia solo para enviarme el sonido de vuelta a mí? ¿O es que la compañía telefónica hace que suene como si estuviera sonando en el otro extremo cuando está sonando aquí mismo, en el sur de California? Espera un minuto, ¿por qué hacer eso? Tal vez es mi teléfono aquí en mi mano que está haciendo ese sonido de teléfono lejano. Oh, no importa,

¿cuál es la diferencia? Se sentía como si estuviera sonando a seiscientas millas de distancia, y eso es lo que importa. ¿Y si alguien contesta? ¿Qué voy a decir? Empecé a colgar cuando oí a una señora decir.

"Hola, Owl Café. ¿Puedo ayudarle"?

Sentí pánico y me oí respirar rápidamente.

¡"Hola! ¡Hola, Loco pendejo, hijo de tu madre"! Colgó.

Oí, el clic, seguido del silencio. En este caso, no había duda de dónde procedía el silencio, estaba aquí mismo. No lo había inventado la compañía telefónica y desde luego, no procedía de aquel lugar lejano a unas seiscientas millas de distancia. Estaba aquí mismo, dentro del perímetro de esta ausencia. Me acerqué el teléfono a la oreja mientras esperaba. No sé por qué. Como si aferrarme a él me mantuviera en el Owl Café un poco más. Podía sentir los latidos de mi corazón en un pequeño espacio entre el teléfono y mi oreja. Sentía como si los latidos de mi corazón chispearan desde mi oreja hasta el auricular. Como un radar de mí ahora; me mantenía donde estaba, y no donde quería estar. Mi mundo se hizo más pequeño, y definitivamente más evidente. Después de todo, no se puede escapar de todo.

Miré ligeramente a mi izquierda y vi mi brazo pegado a mi cuerpo. Vi mi mano unida a mi brazo, y mi mano agarrando el teléfono, mientras lo empujaba contra mi oreja. Parecían entidades separadas. Como si esa cosa atrapada dentro de mi cráneo la hubiera hecho crecer como extensiones para comunicarse con el mundo exterior. Vaya, eso es raro ahora que lo pienso. ¿A mi cerebro le crecieron extensiones porque estaba atrapado? No lo sé. Vi que mi mano seguía agarrando el teléfono mientras mi brazo alejaba mi mano de mi cabeza y la acercaba a la pared. Mi brazo movía mi mano. Escuché el sonido del teléfono cuando quedó apoyado en el soporte de teléfono de la pared. El desasosiego era ahora la sensación que me invadía mientras el miedo se abría paso hacia la superficie desde las profundidades de este cuerpo mío. Busqué mi salida, cogí el anuario y entré en mi dormitorio.

Podía ver la luz del día tras la persiana de la ventana. ¿Pero qué tipo de luz? ¿Era la luz del sol de la mañana? ¿Era la luz del mediodía, o la de la tarde? Una cosa es segura, el miedo que sentía era definitivamente nocturno. Pero esta vez el miedo era diferente. Era como antes, cuando creía oírme respirar a mi lado. Como si el miedo fuera una entidad separada. Justo aquí, entre estas paredes.

Incapaz de controlar mis instintos, miré a mi alrededor sin querer ver el miedo. Definitivamente, no quería enfrentarme a él. Mientras recorría la habitación, sentí una pequeña vibración procedente de mi mano izquierda. Miré hacia abajo y allí estaba, mi escape llamándome, mi anuario. Me senté en la cama y lo abrí para ver el trozo que sobresalía de la página que faltaba. Esta no era la escapatoria que buscaba. Pasé las páginas hacia mi chica antigravedad. Y allí estaba tan guapa como siempre, por fin mi escapatoria.

Me di la vuelta, me tumbé en la cama y consumí su belleza mientras su imagen se proyectaba fuera de la página y en el portal de mi cerebro. Unos minutos después, sentí que me desvanecía. Y entonces, desde las profundidades de lo que solo podía suponer que era mi cerebro, apareció el sonido de mi viejo camión. Abrí los ojos y a lo lejos, más allá de mi anuario, se acercaba a mí. Mi viejo y hermoso camión. Confundido, pero complacido, no pude hacer otra cosa más que esperar. Volví a abrir los ojos y me encontré conduciendo, y en medio de ese rústico y viejo olor que solo podía pertenecer a mi camión. Miré por la ventana lateral y a lo lejos estaba la casa blanca y el granero que había visto antes. Como para enmarcarlo con la ventana de mi camión, me detuve. Desde el reino de un recuerdo lejano, una pintura de ese momento exacto se reveló en el lienzo de mi cerebro. Las grietas de la pintura revelaban su antigüedad. La pintura descolorida y los trazos de las manos recordaban a su creador. Era como un viejo amigo de quién sabe dónde y cuánto tiempo atrás. Lo único que podía hacer era mirar entre los ojos de ese amigo.

A cada segundo mi amigo se acercaba más para transmitirme lo que yo no podía ver. Podía sentir aquel cuadro a como se envuelve alrededor de mi cuerpo. En medio de una profunda inhalación de ese maravilloso olor, allí estaba yo, otra vez en aquella cocina de la casa blanca. En la quietud del sonido, floté justo por encima del suelo. Como si mi visión pudiera viajar, todo se movía hacia mí mientras giraba para mirarlo todo.

La intensidad de esta realidad, casi demasiado para soportar, imposible de comprender. Cada pequeña cosa era visible para mí. Como las alas de una mosca inmóvil tumbada de lado en el alféizar de la ventana. Un grano de sal sin explicar como termino solo. No solo nada se me escapaba, sino que todo me buscaba. El más mínimo detalle era la única opción a mi alcance. Podía leer la letra más pequeña de las latas y botellas de especias a través de la puerta del armario parcialmente abierta. Una burbuja en el aceite me confundía, ¿cómo podía ser? Sabiendo que esto no solo era raro, sino que rara vez se veía, mi vista se amplió. Atrapado entre las paredes del recipiente de cristal y no en el aceite, estaba el secreto que la burbuja intentaba ocultarme. Podía oler y saborear la comida que estaba cocinando. Ella, Joan Briganti, su reflejo en la ventana tendría que aceptar como suyo mientras me situaba detrás de ella.

Me pregunté, ¿soy yo el hombre de mi sueño? Entonces me di cuenta de que estaba congelada. No se movía en absoluto. Me di la vuelta y vi a los niños sentados a la mesa tan quietos como las paredes que los rodeaban. Un golpe fue el primer sonido que oí. Me giré para ver el sonido y fuera de la ventana del fregadero de la cocina, con los nudillos pegados al cristal, había un anciano de pelo blanco vestido con un mono vaquero. Volví a oír golpes, esta vez desde otra dirección. Me di la vuelta y allí estaba otra vez en mi camión, y allí estaba de pie, junto al capó de mi camión, el hombre que estaba fuera de la ventana de la cocina.

"Tío, esa debe de ser muy buena", dijo en voz alta con un marcado acento sureño.

Incrédulo, y como si supiera que iba a acercarse a mí, no pude hacer otra cosa que esperar a que completara el momento. Lo hizo y se paró frente a la ventanilla del conductor.

"Jesús, ¿cómo se llama?"

No tenía ni idea de quién era ese hombre, ni de qué hablaba, ni cómo había llegado hasta aquí. Continuó.

"Ya sabes, la chica, la chica de tu sueño."

¿La chica de mi sueño?, dije en mi mente. ¿Cómo sabe eso? Entonces él estaba en mi sueño. ¿Y ahora está aquí? No, eso no puede ser.

Siguió, "me miras como si estuviera caminando sobre..."

Retrocedió para mostrarme sus pies. Y dijo.

"Mira, no estoy caminando sobre el agua ni flotando ni nada. Ya ves, mis pies están firmemente en el suelo allí joven".

Pensé en mí flotando en esa cocina. ¿Es posible que él también lo sepa? Se inclinó hacia mí y sonrió de oreja a oreja.

¿"Qué, no tiene nombre"?

"Lo siento.....". Empecé a decir.

¿"Por qué lo sientes"?

"Ah...". Me interpuso.

"No puedes arrepentirte si no has hecho nada y no has dicho nada".

Miré hacia la parte trasera de mi camión y luego hacia la delantera. Como si quisiera mostrarme los dos lados de su cara. Pero ¿por qué y por qué pienso eso? Volvió a mirarme.

"Vale, solo para que no pienses que estoy loco o algo así. ¿Había una chica en tu sueño?" Entrecerró los ojos mientras me miraba a los ojos.

"Había, ¿Verdad"? Dijo el hombre.

Miré a mi alrededor pensando en cómo iba a explicar esto. Se echó a reír.

"Lo siento. No quería asustarte. Me imaginé que una chica era lo único capaz de inducir esa expresión. Si sabes lo que quiero decir. Y por lo que estoy viendo. Usted, joven, y toda la humanidad, es y será siempre capaz de lo que estoy viendo, confusión. Así que no te lo tomes como algo personal, sí, confuso, eres mi amigo".

Mientras trataba de procesar lo que dijo. Me di cuenta de que no voy a procesar nada, así que dije.

"Tienes razón, ah, debo haberme equivocado de camino y creo que estoy confundido y perdido".

Sacudió la cabeza y torció el cuerpo de un lado a otro para acentuar su lenguaje corporal de decepción.

"No, no joven, verá, la mayoría de la gente se da cuenta de que se ha perdido a unas siete u ocho vueltas de donde usted está. No mucha gente viene tan lejos para perderse".

Se detuvo y esperó a que yo dijera algo, pero no tenía nada que decir. Siguió adelante. "Cuando dije confundido, quise decir confundido, no perdido. Buscar algo no significa que estés perdido".

Se inclinó hacia mí mientras se clavaba en mis ojos.

Como si tratando de tomar los pensamientos que no quiero dar. Seguido adelante.

"Mira, déjame ponértelo más fácil. ¿Cuál es la razón por estar aquí? ¿Eso es bastante simple, ¿no"?

"Ah, no está...." Me interrumpió.

"Verás, has llegado demasiado lejos para estar perdido. Estás aquí por una razón".

Pregunte. ¿"Qué quiere decir"? Se rio.

"Aquí". Miró hacia abajo y señaló con las dos manos a sus pies.

Me asomé por la ventana y le miré los pies. Continuó.

"Aquí, justo aquí, debes estar aquí por una razón."

Dije lo único que se me ocurrió. "Supongo que sí".

Se echó a reír otra vez y dijo: "Sí, sí, creo que así lo es, y así lo somos, mijo".

Miró más allá de mí y vio el anuario en el asiento. ¿"Esa es la razón"?

No dije nada.

"Es eso, ¿no"? Preguntó el señor.

Miré el anuario y respiré hondo respondiendo a su pregunta.

"Vamos, joven, sal de ese camión antes de que te perdamos. Algo me dice que tu viaje es largo".

No estaba seguro de si había abierto la puerta, o si lo había hecho él, lo único que sabía era que la puerta estaba abierta. Se dio la vuelta y caminó hacia el borde de la carretera. Esperé unos segundos y lo observé mientras miraba hacia el valle. Salí y caminé hasta el borde del camino de tierra. Miré hacia abajo y al otro lado del valle y no podía creer que estuviera viendo la casa blanca y el granero a lo lejos.

Una vez más me hice una pregunta que no podía

responder. ¿Cómo es posible? En silencio me quedé, en silencio nos quedamos los dos. Al cabo de un minuto más o menos, con el rabillo del ojo, me di cuenta de que me estaba observando. Se volvió lentamente hacia el valle hasta llegar a la casa y el granero y se quedó mirándolos. Su cabeza empezó a moverse lentamente arriba y abajo mientras se sumía en sus pensamientos. Unos segundos después dijo: "Sí, he estado aquí desde antes de que yo naciera."

Lo miré de manera interrogante. Él siguió mirando la casa. ¿Desde antes de que él naciera? Me dije, pero dudé si lo tenía en la cabeza o lo decía en voz alta.

Tras unos segundos, me miró y dijo: "en un sueño". Volvió a mirar la casa y dijo.

"Soñamos antes de nacer", hizo una pausa. "Sí, he estado aquí desde antes de nacer. Y algo me dice que incluso antes".

Sonreí, sin saber por qué.

"Creo que no hemos estado en ningún sitio, que no hemos estado antes."

Una vez más, hice lo único que podía, nada. ¿Qué podía decir después de oír eso? Me di cuenta de que había placer en mí nada, así que no dije nada.

"Bueno, adelante", dijo.

Lo miré preguntando.

"Vamos, coge tu libro. Ya has despertado mi curiosidad".

Caminé de regreso a mi camión, metí la mano y agarré el anuario mientras él se acercaba al capó. Cerré la puerta. Me volví hacia él mientras él echaba la mano hacia atrás y sacaba un pañuelo del bolsillo trasero. Había una paz en sus movimientos que me cautivó y relajó. Eran acciones familiares, aunque oscuras, como un recuerdo que aún no tenía. O lo había tenido y olvidado, pero no estaba seguro de tenerlo para olvidarlo. Como si la distancia entre nosotros no hubiera existido, no recordaba haberme acercado a él. Pero debo haberlo hecho porque a su lado es donde me encontraba. Y ahí está otra vez, la distancia llamándome. Coloqué el anuario sobre el capó. Podía sentir su presencia irradiando a mi lado. Abrí el anuario.

Siguió hablando con acento sureño. "Espera un minuto joven, déjame ver eso".

Extendió la mano, lo cerró y miró la cubierta durante unos segundos. Su mano se estiró lentamente y frotó con los dedos el año grabado en la cubierta.

"Noventa y setenta y dos, hace mucho, no hace tanto cuando lo piensas realmente. Podría ir en cualquier dirección. Si no piensas en ello. Si sabes lo que quiero decir".

Me encontré riendo por dentro, pensando en lo acertado que estaba.

"Sí, joven, sigue adelante".

Sin pensarlo, abrí mi anuario a la página de la ferretería ACE. El señor ranchero se inclinó para verlo más de cerca. Su mano se alargó lentamente y tocó suavemente la foto con los dedos mientras mi chica Antigravedad volvía a mirar al hombre que tenía delante.

"Mírala. Es una belleza, ¿verdad"?

"Sí, seguro que lo es".

"Ahora ella es otra de las razones de tu viaje. Eso, ahora lo sé".

Me miró mientras yo miraba la foto. No sé por qué, pero me pareció como si fue yo el que dijo sus palabras. Lo miré para asegurarme que era él y no yo quien decía las palabras cuando lo vi decir.

"Pero algo me dice que hay más. Dime que no tengo razón".

Lo único que podía hacer era respirar. Los dos nos volvimos hacia la imagen de innegable belleza mientras avanzábamos los segundos que nos esperaban. Segundos para llenarnos de la alegría que ella se había encargado de compartir con nosotros. Nuestra expresión se convirtió en una de plenitud, impulsada por el sabor de nuestros ojos. Su cabeza comenzó a moverse de lado a lado y dijo.

"Mírala. Hmm, sí, recuerdo los días en que era joven como tú. No te haces mayor aquí, ¿sabes"?

Se señaló el pecho. "Ahora, sé que parezco viejo y todo eso". Se miró a sí mismo. ¿"Pero por dentro? Lo siento igual". Me miró. ¿"Si no fuera por estos viejos huesos? ¿Esta carne vieja? Volvería a ser joven".

Se rió. Me uní a la risa.

"Vamos a empezar desde el principio joven".

Se rió. Me uní a la risa.

"Vamos a empezar desde el principio, joven".

Volví a la primera página y al instante ambos vimos el trozo de la página que faltaba. Sentí un tremendo impulso de apartarme de él, pero algo me contuvo.

"Bueno, bueno, bueno, ¿qué tenemos aquí"?

Le miré y sentí como si él ya lo supiera. Había algo en sus acciones, en el movimiento de su boca y de sus ojos, que parecía una ocurrencia tardía. Era como si estuviera pensando las palabras, escritas en el papel de su mente, para ser leídas por aquellos que miren adentro de sus ojos. Estiró la mano y frotó con los dedos el pedazo de página que sobresalía.

"Creo que esta es la otra razón por la que estás aquí. ¿Dime qué no"?

Antes de que pudiera contestar, y con sus ojos clavados

en los míos, alargó la otra mano y me quitó el anuario de las manos. Me pregunté. Un momento, no recuerdo haberlo sacado del capó.

Levantó el anuario abierto y lo sostuvo con las páginas hacia mí como si quisiera mostrarme lo que ya sabía. Lo cerró y lo volvió a abrir. Pero esta vez fueron las páginas vacías del final del libro las que me devolvieron la mirada.

Con acento sureño dijo."Busca lo que ya sabes y el engaño te encontrará. La respuesta está en tu verdad joven. No es tan difícil".

¿"Qué? ¿De qué está hablando"? Le quité el libro.

Me preguntó. ¿"Qué te pasa? ¿Tienes miedo de lo que puedas encontrar"?

Lo oí decir, con la boca perfectamente inmóvil. Siguió. "Uno se encuentra al final del viaje joven. No hay nada más que encontrar. Ya no puedes volver atrás. Ya es hora. La vida te espera".

Antes de darme cuenta, mi preciado anuario estaba otra vez en sus manos. Como tentándome a seguirle. Con mirada firme como una roca, retrocedió lentamente. No pude hacer otra cosa que mirarle y preguntarme por qué lo hacía, qué pretendía. Allí estaba yo, otra vez en mi cabeza. Y a través de mis ojos, me vi decir las palabras como si fuera él.

El señor continuó. ¿"Por qué, por qué estás ahí de pie? El silencio del miedo no puede ayudarte ahora. ¡La vida te espera"!

El movimiento se me escapaba por más que lo intentaba. Segundos perfectamente quietos, minutos en ninguna parte, y sabiendo que él ya lo sabía, caminó otra vez hacia mí, sabiendo que no se había alejado, y dijo. "Pongamos fin a esto, ¿de acuerdo? Déjame ayudarte".

Extendió la mano y cogió el anuario que yo creía que

tenía en las manos. Lo abrió por las páginas en blanco y lo levantó para mostrármelo como si yo no lo hubiera sabido. Eran páginas en blanco, pensamientos no escritos por los que no nos atreveríamos. Agarró una de las páginas, la arrancó y se la tiró por encima de la cabeza, y pregunto.

¿"Quieres que la verdad desaparezca"?

Agarró otra hoja en blanco, la arrancó y se la volvió a tirar por la cabeza, y preguntó.

¿"Qué hay de la gente en tus sueños? Ya sabes, los que quieres ignorar, pero ellos no quieren ignorarte a ti. ¿Recuerdas? ¿Sueños de los planos siempre cambiantes en un estado transitorio de evolución? Una forma elegante de decir, no puedo dejar de soñar con mi pasado. ¿A quién intentas engañar? ¿Quiénes son estas personas? Ah, eso no importa. ¿Por qué están en tus sueños y no en tu vida? Ahí tienes una pregunta".

¿"Cómo he...."? Empecé a decir, pero me detuve. Cogió otra página y la arrancó. El sonido del papel rasgado me catapultó de aquella pesadilla a la siguiente. Yo, apoyado en el cabecero de mi cama. Sin ninguna confusión sobre dónde estaba, y sabiendo que no había dormido, me volví hacia el exacto lugar del anuario en el suelo. Sabía exactamente cómo había llegado a donde estaba. Me levanté de la cama y me tiré al suelo. Me acerqué y me arrodillé. Lo miré. Esperé mi sensación de comodidad, mi sensación de familiaridad, pero no sentí nada. Lo agarré y, por primera vez, no sentí nada.

¿"Nada? ¿Cómo puede ser"? Lo dije en voz alta.

Cerré los ojos y esperé a que mis recuerdos se sucedieran como antes, pero fue el anciano el que me vino a la mente. ¿Quién es este hombre? ¿Por qué está en mi cabeza? ¿Es él quien me quita la sensación de familiaridad y calidez? Lo dejé a un lado y traté de visualizar las imágenes que había apreciado durante tanto tiempo, pero era como si nunca hubieran existido. Ni un pensamiento, ni una visión, ni un solo sentimiento.

¿"Cómo es posible? No me lo puedo creer. Vamos, vamos, dame algo", dije en voz alta. Miré a mi alrededor en busca de razones, y no podía empezar a explicar cómo o por qué me veía a mí mismo desde arriba. Era como si estuviera suplicando mi anuario. Había algo patético en ello, de lo que era difícil escapar. Tuve que lidiar con lo que estaba pasando.

¿"Estoy hablando con un libro? ¿Qué me pasa? ¿Espero que me responda"?

Oí el sonido de mi voz y no me gustó. Y ahora, estoy hablando sola. ¿Por qué? Son pensamientos, no conversaciones. ¿Es posible que me esté volviendo loco? Miré hacia abajo a esta cosa llamada mi cuerpo y lo vi como lo que era. Un objeto como los objetos que me rodean, en descomposición, sí, eso es lo que son y eso es lo que soy. ¿Cómo llamé a Dale, un hombre en descomposición? Sí, eso es lo que dije, y eso es lo que soy, un hombre en descomposición.

Qué cosa tan terrible decirle a alguien. Pero espera un momento. ¿Lo dije o lo pensé? Esperemos que no lo haya dicho. ¿Qué voy a hacer ahora? ¿Sentarme aquí en el suelo y hablar con esta cosa? Miré a mi alrededor como si esperara que lo que me rodeaba me ayudara a decidirme. Pero los objetos que me rodeaban no me aportaban nada. Cuando ese pensamiento salió de mi cabeza, la vergüenza se apoderó de mí. Yo, un organismo vivo, estaba sentado esperando la respuesta de un organismo muerto.

"Muy bien Sr. Decisor". Me oí claramente.

Oh sí, ahora recuerdo esa conversación con Dale. Vaya,

¿a quién engaño ahora? Palabra por palabra, escuché la conversación en mi cabeza y me sentí abrumado por mi hipocresía. Ni siquiera puedo enfrentar la verdad que está dentro de este libro. Espera, ¿de qué estoy hablando? Aquí no hay verdad. Es solo un trozo de una página perdida. El resto son páginas en blanco al final del libro. Entonces, ¿qué estoy tratando de hacer? ¿Justificar mi incapacidad para tomar una decisión? ¿Una decisión sobre qué?

"Decisiones", ¿qué le dije a Dale? "Algunas, las lamentamos, de hecho, la mayoría". Me oí decirlo.

Ahora viene mi siguiente pregunta, ¿me arrepentiré? Debería preguntarme, ¿me arrepiento de no haber tomado la decisión? La decisión de ocuparme de esta página perdida.

¿"Quieres que se sepa la verdad"? Oí decir al anciano.

¿Cómo podría saber el resultado de una decisión no tomada? Pero supongo que si no tomo una decisión, es una decisión tomada. Una acción no realizada es una acción. ¿Cómo escapar de eso? Supongo que mientras estoy aquí sentado sin hacer nada, estoy haciendo algo. No importa que no lo mire, lo miro. ¿Cuánto tiempo llevo mirando ese trozo de las páginas perdidas? ¿Cuándo me fijé en él por primera vez? ¿Y por qué ahora llevo este anuario a todas partes? ¿Cuándo empezó esto? ¿Y por qué me resulta familiar? Como si ya hubiera hecho esto muchas veces. ¿Estoy repitiendo esta escena, este episodio una y otra vez? Espera un momento. ¿No debería preguntarme si estoy reviviendo esto una y otra vez?

¿"Cómo y por qué sería eso"? Esta vez, lo oí en voz alta.

Salí de allí y me encontré de pie en la cocina con mi preciado anuario sobre el mostrador.

Desde mi perspectivo, parecía que estaba desplegando las alas de un pájaro. No sé por qué me vino eso a la

166

mente. No entiendo por qué tengo visiones así. Pero, otra vez, ¿qué hay que entender excepto todo? Lo único que sabía en ese momento es que el trozo de la página que faltaba sobresalía hacia arriba. Mi cabeza se llenó de preguntas, pensamientos y sentimientos que no podía empezar a procesar. Me di cuenta de que me estaba observando. Esta persona, esta cosa, esto que sea lo que soy, sostenía mi anuario abierto. Y ahí voy otra vez, hablando de mí como si fuera otra persona. ¿Por qué? ¿Y por qué preguntar por qué? Cuanto más profundizo en mis pensamientos, más quiero saber. Lo más que sé, en realmente lo menos sé. Y ahí está el enigma, mi círculo vicioso. ¿Y todo esto por una página perdida? Pasé las páginas a mi chica antigravedad frente a la ferretería ACE. Y sin esfuerzo, hice para lo que había hecho una vez, quizá dos antes. No procesar su belleza. La disfruté sin pregunta. Y durante uno o dos segundos, sentí que mi mente se relajaba. Como si las arrugas de mi cerebro se estuvieran planchando. Pero no por mucho tiempo, porque fue un intento inútil de acción echa por un hombre incapaz de aceptar las cosas tal como son.

Mi siguiente imagen se desarrolló desde una parte de mi cerebro que sabía que existía, pero que no había visitado de esta perspectiva. Fue como mirar desde fuera y verme a mí mismo mirándome desde fuera. Una parte de mí había abierto su puerta y ahora no tengo elección. La imagen era la del anciano con mono vaquero. Pasó las páginas de mi anuario una a una hasta que llegó a la primera página en blanco al final del anuario. Se detuvo y lo miró durante unos segundos. Luego volvió a pasar las páginas hasta la página que faltaba al principio. Vuelve a pasar las páginas una a una hasta la primera página en blanco del final y se detiene. La miró durante unos segundos e hizo lo mismo una y otra vez. Empezó a volver al principio y se detuvo a mitad de camino. Giró la cabeza y me miró. Me quedé inmóvil como si no lo estuviera.

Con sus ojos fijos en los míos, volvió a pasar las páginas hasta llegar a la página en blanco del final. Con los ojos siguiendo fijos en mí, extendió la mano y palpó la página en blanco con los dedos. Como si estuviera palpando la página con mi chica antigravedad, pero se trataba de una página en blanco. Aparté la mirada de la imagen que tenía en la cabeza y me vi sosteniendo el anuario. En ese preciso momento, supe qué estaba mirando a través de sus ojos y no de los míos. Y ahí estaba otra vez esa sensación de separación.

Y entonces, un pensamiento tardío vino a continuación. Mi mano ya estaba en la primera página en blanco, moviéndose de derecha a izquierda, sintiendo lo que no estaba allí. Era como si las imágenes de mi cabeza dictaran mis acciones físicas. ¿Es esto una repetición de algún tipo? ¿Es eso lo que está pasando? Y si es así, ¿por qué? Entonces me di cuenta de que mi mundo físico, mis acciones físicas, se habían fusionado con las imágenes en movimiento de mi cabeza. Se habían convertido en una sola cosa.

Como si mi mano tuviera mente propia, se movió lentamente hacia la esquina inferior derecha de la página. La detuve y estaba a punto de mover la mano hacia atrás, cuando escuché al ranchero con su acento sureño.

"Nadie viene tan lejos para perderse. La vida espera, ya no puedes volver atrás".

Miré a mi alrededor para ver de dónde venía su voz, pero no estaba por ninguna parte. Miré hacia la ventana de la cocina por si acaso estaba fuera, solo para ver lo que ya sabía. De todos modos, me acerqué a la ventana para asegurarme. Me asomé para ver dónde había estado siempre. No estoy en la granja, en la casa blanca. Estoy en mi cocina, aquí en casa. Otra vez oí aquella voz sureña.

"Busca lo que ya sabes y el engaño te encontrará. No pienses en lo que no es, piensa en lo que es".

No solo lo oí, sino que escuché su mensaje. Estoy aquí, en casa, en mi cocina. Miré hacia abajo y vi mis pies exactamente donde siempre habían estado. No solo había permanecido en el mismo sitio, sino que no me había acercado a la ventana. No solo eso, mi mano nunca había abandonado la página en blanco. Entonces, ¿por qué busqué al ranchero? No lo entiendo. ¿Lo busqué o pensé en buscarlo? ¿Fueron mis acciones o no?

"Deja de hacer preguntas, Jesús. Tómate un respiro". Oí mi voz en alto.

Dejé de pensar y tomé aire. Ahí estaba, el sonido de mis pulmones respirando. Ahí estaba, mi corazón latiendo. Me quedé escuchando el sonido de la vida. A continuación llegó una paz, una aceptación, un silencio del que nunca escaparía. Miré hacia abajo y vi mi mano en la esquina inferior derecha de la página. Lo sentí. Tan real como que no era, sentí la indentación de pensamientos de alguien, de las memorias alguien dejo atrás. Estoy sintiendo los pensamientos de alguien, ausente de su cuerpo físico. Ausente de su voz, ausente de su escritura.

Pero no necesitaba su escritura. Ver es esperar intención. Tocar es sentir la esencia misma de sus pensamientos. Fue una conexión más real que cualquier otra que haya sentido. Era telepática, directa, sin obstrucciones. No había fotos, ni imágenes, ni nada escrito, pero sentí su necesidad de transmitir, la honestidad de su vacío, que yo también sentía, pero no tenía ni idea de por qué. Me invadió una tremenda necesidad de escapar. Aparté la mano de la página, me di la vuelta y empecé a alejarme.

"Ya no puedes volver atrás. La vida espera, ¡la vida espera"! Oí al señor sureño.

Después de oír eso, me volví para mirar el anuario. Sentí el apretón de su mano en mi hombro, asegurándome que ya era hora. Abrí el cajón del mostrador, metí la mano y cogí un lápiz. Volví a sentirlo como un eco. Como si ya lo hubiera hecho antes. Sabía exactamente dónde estaba el lápiz. Sé que esta es mi casa, pero nunca encuentro nada, y mucho menos un lápiz. Pero ahí estaba en mi mano. Coloqué la mina del lápiz de lado, sobre las indentaciones que me hablaban.

Volví a sentir la fuerza de su agarre en mi hombro. Y para mi sorpresa, me di la vuelta y lancé el lápiz. Lo vi a cámara lenta, girando de punta a punta en el aire. Lo vi golpear la pared, primero la mina, y explotar con el impacto de mi fuerza. Aun a cámara lenta, vi cómo su energía cinética lo lanzaba desde la pared hasta el suelo. Esperé a que dejara de moverse. Y allí estaba otra vez en su voz sureña.

"Eso está mejor. Ya ves, no necesitas un lápiz, la verdad ha existido entre tú mismo desde el principio".

Exhalé un aliento tomado hace desde quién sabe qué tiempo. No sé cómo lo supe, pero lo supe. Puse mis dedos en las indentaciones. Sentí que su mano abandonaba mi hombro. Entonces sentí esa pequeña chispa entre mis dedos y la página, mientras revelaba lo que ya avía de saber.

Descanse en paz.
Mi amada Joan Briganti, mi única, mi destino, mi único amor. Te echo de Menos.

El suelo golpeó mis rodillas. Negándome a creer, vi

cómo el suelo se alejaba a toda prisa. Cogí las llaves del coche, cogí el anuario y salí corriendo de la cocina al garaje. Entré en mi coche y accioné el mando a distancia de la puerta del garaje. Caminé asía atrás y me detuve. Me miré a mí mismo, pero no tenía idea por qué. Podía sentir el movimiento de mi pecho al ritmo de mi respiración acelerada. Pero en lugar de oír el sonido de mi respiración, oí el sonido de la lluvia golpeando el techo de mi coche. Mi siguiente revelación vino de un momento que solo podía suponer que era de mí ahora. No de mi pasado, y definitivamente, no un pensamiento reciclado. No parecía un eco. Una ráfaga de miedo vino a continuación, seguida del sonido de mi voz preguntando.

¿"Qué estoy haciendo? ¿Adónde voy"? Oí mi voz claritamente.

Miré por encima del hombro y vi la lluvia que caía y que parecía existir solo en la luminosidad de la farola. Tener un pensamiento así me pareció extraño. Una vez más, no era un eco. Volví a concentrarme para ver la casa de Dale a través de la lluvia radiante al fondo, al otro lado de la calle. Las preguntas empezaron a alinearse en mi cabeza. Como si mi mano no fuera mía, sacó la palanca de cambios de la marcha atrás a la primera y arranqué.

12. UNA DIMENSIÓN
QUE SE ME HABÍA ESCAPADO

Entrando y saliendo de lo que solo podía suponer que era un estado de conciencia, me he dado cuenta de que no recuerdo cómo he llegado a donde estoy. Ni por qué me encuentro mirando una foto en blanco y negro del Owl Café. Entonces me di cuenta de que estaba mirando mi anuario mientras estaba en el volante de mi coche. ¿A qué debo este placer, o será que sigo en algún estado alternativo de lo que es esto?

Encontrarse en un lugar familiar en el que nunca he estado, se sentía extraño. Volver a un lugar en el que nunca he estado, se sentía como el extraño dentro. Me he acostumbrado tanto a él, que reconocerme es a menudo lo normal. No sé por qué, ni cómo lo sé, pero lo sé. Como mirar a través de lente de un cerebro restringido, y como si el ancla al mundo se hubiera desvanecido, de ahora en adelante, solo la verdad será mi salvavidas hacia lo que hay más allá de este portal de mi cerebro. Todo es real, y, sin embargo, todo no lo es, no es que no lo sea, es que lo es.

Levanté la vista, y más allá de la imagen en blanco y negro, vi la imagen en color del Owl Café justo delante de mí. Y entonces, una conclusión a la realización de lo que de otro modo sería obvio. Como en la vida real, y en todas las cosas ante mí, una dimensión que se me había escapado, la tercera, justo aquí delante de mí. No un anuario, no una foto, no en papel, este mi querido amigo es el real, escuché, de donde no sé. Y luego, un recuerdo del viaje que no me llevó a donde estaba. Lo digo porque hoy en día se ha convertido en un proceso de eliminación. Recuerdo conducir en una noche de infinitas posibilidades, no había ningún lugar que mis pensamientos no me llevaran. Después de muchas horas, miré por la ventana lateral y todo a mi alrededor estaba perfectamente inmóvil. ¿Cómo es posible? Mi velocímetro marcaba ochenta y cinco millas por hora.

Sin embargo, todo lo que veo, no debería, segundos, minutos de donde estoy en este momento, sin embargo, lo veo. Sin saber lo que estaba pasando, mi cabeza se llenó de pensamientos. Uno de ellos es que mis pensamientos se prolongaban demasiado, a pesar de mis esfuerzos por hacerlos avanzar. ¿Cómo puede atascarse el cerebro? ¿O es que mis pensamientos simplemente coinciden con la velocidad de lo que sucede a mi alrededor? El mundo físico. El mundo quieto, que no va a ninguna parte, en el que las fuerzas del momento dictan a las limitaciones de aquel, no en mi mundo. ¿Es esto realmente lo que ocurre?

Al fin y al cabo, es el cerebro el que dicta al cuerpo. La acción es una ocurrencia posterior, el efecto es la causa, el proceso es el medio. ¿Es posible que exista algún tipo de separación entre el pensamiento y la acción, y por eso me cuestiono la velocidad de lo que ocurre a mi alrededor? ¿Es posible que me encuentre en una instantánea de un acontecimiento pasado? Miré por la ventana lateral y vi las rayas en la acera, esperando exactamente donde las habían dejado. Como para darme un punto de referencia sobre dónde expiraron los segundos, dónde está el pensamiento y dónde deberían estar el pasado y el futuro. ¿Hay algún tipo de ruptura en la secuencia de los acontecimientos? ¿Es un pensamiento fuera de lugar? Si es así, el pensamiento lineal existe. Es extraño cuando se piensa en ello, pero ¿existe realmente el pensamiento lineal? ¿Cómo lo sé? Al fin y al cabo, la secuencia en la que todo sucede constituye el linaje. La pregunta es, ¿en qué punto? ¿Son pensamientos distantes que he dejado atrás? Y si es así, ¿por qué ahora y no entonces, y es este el primero, el segundo o el tercero? ¿Se trata de un pensamiento no tenido?

¿"Un pensamiento no tenido"? Me oí decirlo en voz alta.

¿Cómo podría saberlo? ¿Te imaginas todos los pensamientos no tenidos? Todas las acciones no realizadas. Distancias no recorridas, segundos no dejados, destinos que no encontraré. A ninguna parte iré donde no he ido. ¿Es posible que esté en una realidad de mi creación? Y si es así, ¿no está una realidad cuestionando a la otra? Si es así, ¿no estoy cuestionando dos realidades, la de ahora, la de entonces, desde donde no me encuentro? Y si es así, ¿soy yo el tercero, el observador, mirando lo que viene?

Cuando eso salió de mi cabeza, supe la respuesta a mis preguntas y no me gustó lo que concluí. En este punto, con

174

todo lo que no ha quedado atrás, solo una conclusión era posible. El que hace las preguntas, soy yo, el tercero. A partir de este momento, nada, y quiero decir nada, se me escapará, o yo a eso, por la inevitabilidad que yace en algún lugar entre aquí y entre mí, he llegado a conocerla demasiado bien. Mudo en este punto nunca lo sabré.

13. LO VACÍO

Mientras la lluvia se intensificaba en una fría noche de febrero. Margaret, una profesora de escuela secundaria retirada, decidió conducir hasta la ciudad en busca de un vagabundo. Lo había visto caminando por la autopista ese mismo día y no podía quitárselo de la mente. El sonido de la lluvia sobre su furgoneta Volkswagen de mil novecientos sesenta y seis la hace pensar en una conversación que tuvo antes con su amiga Susan, que se retira el año que viene.

"Dos años Susan, dos años de aburrimiento absoluto. ¿Por qué la gente lo llama retiración? Es más como encarcelamiento por defecto. Realmente necesitas pensar en esto".

Susan sonrió pensando que su amiga estaba siendo un poco melodramática. Margaret vio su sonrisa y decidió que tenía que dejar claro su punto de vista.

"En serio, Susan, te lo digo en serio, todo el día me encuentro pensando, ¿qué he hecho yo para merecer esto? ¿Y por qué tantos buscan el día en que se encontrarán tras las rejas de la retiración? No lo entiendo".

Margaret salió de sus pensamientos y se recordó a sí misma que estaba conduciendo. Pero los recuerdos de los días que había dejado atrás seguían llegando. Era maravilloso ver crecer a los niños. Cada día era diferente, siempre cambiante. Y ahora, lo único que parece cambiar son estos días cada vez más largos. Arrugó la frente cuando le vino a la mente el siguiente pensamiento y se oyó a sí misma decir.

"No recuerdo que los días fueran tan largos, ni tampoco las noches. ¿Qué demonios está pasando aquí de todos modos"?

Cruzó la colina desde el norte de la ciudad por la autopista 101 para ver las luces de Cloverdale. Había vivido en esta pequeña ciudad del norte de California toda su vida adulta. Y ahora, incluso las luces parecían diferentes, más bonitas, pensó. ¿Cómo puede ser que el único regalo a este encarcelamiento sean las muchas cosas que se me habían escapado, mientras enseñaba, a pesar de su innegable presencia? Y pensar que de todas las cosas gloriosas que la vida tiene para dar, un vagabundo es un regalo que esta ciudad ha llegado a conocer demasiado bien, para mi sorpresa.

No podía creerlo la primera vez que se fijó en él. Una avalancha de preguntas la invadió mientras lo observaba desde el otro lado de la calle. Se preguntó, ¿Cómo es posible? ¿Por qué no lo he visto antes? ¿Dónde duerme este hombre? ¿Qué come? ¿Quién es? ¿Por qué no me dijeron de esto? Salió de sus pensamientos para ver la lluvia golpeando su parabrisas, lo que le hizo pensar en lo siguiente. ¿Qué puede hacer este pobre hombre en una noche como esta? Yo te lo diré. Estar a merced de lo que venga, eso es. No puedo creerlo; este hombre se va a congelar aquí afuera. Y pensar que bajé la temperatura de mi calefacción en casa. Pensé que estaba demasiado caliente. No me lo puedo creer. Miró a su alrededor en busca del hombre mientras entraba al pueblito por la calle principal. Volvió a ver por primera vez lo que siempre había tenido delante. Un pueblo desierto, ni un solo coche circulando por Main Street, ni un solo coche aparcado en Main Street.

"Esto es raro". Se dijo a sí misma y continuó con sus pensamientos.

Silencio, nada más que silencio a excepción del sonido o la lluvia, y el único ser vivo en esta ciudad, yo. ¿Cómo puede un lugar ser tan diferente en cuestión de horas? ¿Cuándo fue la última vez que estuve en la ciudad tan tarde? Años, años y años, ¿cómo puede ser? ¿Qué está pasando? Otra vez. Esa estúpida pregunta sigue apareciendo en mi cabeza. ¿Qué está pasando? Tal vez pueda escribir una canción country sobre esto o algo así. Quiero decir, mira este lugar. ¿Te imaginas si los extraterrestres se cruzaran con nosotros ahora? ¿Qué pensarían? Yo sé lo que pensaría, larguémonos de aquí. No solo eso, probablemente pensarían, ¿por qué está esa señora en esa furgoneta parada en el único semáforo de la ciudad cuando no hay nadie más en la ciudad? ¿Qué está haciendo? Bueno, pensándolo bien, ni siquiera sabrían lo que es una furgoneta, ¿verdad? Lo más probable es que se preguntaran, ¿por qué está esa señora en esa caja metálica? Una caja metálica que no va a ninguna parte. Por supuesto, la siguiente pregunta sería, ¿tiene algo que ver esa luz con que esté ahí sentada? Y si es así, ¿cómo puede una luz tener tanto poder sobre una forma de vida inteligente? Mejor que eso, ¿qué está haciendo ella aquí en una noche como esta? Te diré lo que estoy haciendo, pequeño marciano. Un momento, ¿y si el extraterrestre fueran de Júpiter? ¿Cómo llamas a un extraterrestre de Júpiter? Se dio cuenta de lo ridículo de sus pensamientos y volvió a preguntarse. ¿Qué estoy haciendo aquí? Levantó la vista y dijo.

"Estoy buscando al hombre que ha provocado este pequeño suceso, eso es".

Las preguntas se sucedían. ¿Qué es esto exactamente? ¿Es culpa lo que siento? ¿Es la culpa una de esas cosas que han estado delante de mí y no lo sabía? ¿No la sentía? ¿Es posible que una persona de mi edad no sienta culpa? ¿Es por eso que estoy aquí? Por la culpa que me abrumó al ver que mi mano empujaba esa palanquita a fuego lento, creyendo que estaba caliente en casa. Así que ahora tengo que preguntarme, ¿estoy haciendo esto por él, o por mí? Continuó con su auto interrogatorio. Sí, creo que es culpa, y supongo que la culpa tiene voz. Debe, porque ahora oigo la voz de la culpa, imagínate. Esa voz no puede ser mía. Porque sigue preguntando, ¿qué está pasando? Y no solo eso, es implacable. Si fuera mía, la habría apagado. Pero si no es mía, ¿de quién es? ¿De Marte? Quién sabe, pero si es de Marte, entonces ese pequeño extraterrestre verde me ha traído el regalo de la culpa. Muchas gracias. Me ha mirado directamente a los ojos y esa vocecita de extraterrestre pregunta ahora.

¿"Qué te da derecho a todas las comodidades de la vida"? Oyó su voz alta y clara. Margaret siguió preguntándose.

Un momento. Si es de Marte, el planeta rojo, ¿por qué

es verde? No importa, Marte, Júpiter, rojo o verde, ¿cuál es la diferencia? Espera un momento. ¿Puede que me esté tratando de decir algo? Rojo, verde, luz roja, luz verde.

Miró el semáforo y dijo. ¿"Por qué está rojo este semáforo"?

Siguió con sus pensamientos. ¿Esta luz me está castigando? Porque estoy haciendo esto por mí y no por este pobre hombre. Me estoy dando la satisfacción de intentarlo, pero no de comprometerme. Así puedo decir, bueno, lo intenté. ¿Qué puedo decir? Conduje hasta la ciudad por él. Las tres millas, bajo la lluvia. Y no pude encontrarlo. Así que ahora me voy a casa y me meto en esa cama caliente.

"Oh, me odio. ¿Qué pasa con esta estúpida luz"?

Miró a su alrededor y no vio ni un solo coche a la vista, pero vio un montón de algo delante del viejo teatro en ruinas que había a su izquierda.

"Dios mío, debe ser él".

Miró el semáforo, "al diablo", y giró a la izquierda hacia el teatro. Se detuvo ante el cine y vio un montón de algo contra las puertas tapiadas. Aparcó y salió. Abrió la puerta lateral de la furgoneta, cogió la manta y el termo y se acercó al montón.

¿"Hola? ¡Hola! Tengo una manta y comida para ti".

Quitó con cuidado algunos periódicos y una manta sucia y vio un par de pies. Miró hacia el extremo opuesto y quitó la manta. Vio un montón de pelo que le cubría casi por completo la cara. Su aliento era visible en la fría noche de febrero. Abrió parcialmente los ojos.

"Oh, gracias a Dios que estás vivo. Debes estar congelándote".

Se arrodilló a su lado y le tendió la manta. Abrió el

termo y vertió sopa en la tapa. Cogió la cuchara y al sumergirla en la sopa, le vinieron a la mente recuerdos de cuando iba a pescar con su padre. Se alejó de eso y se centró en la tarea que tenía entre manos.

"Toma, tienes que comer algo".

Extendió el brazo para darle de comer y se dio cuenta de que no podía hacerlo si estaba tumbado. Sentó la tapa.

"Aquí, siéntate."

Lo agarró del brazo, tiró de él y lo hizo girar lo suficiente como para apoyarle contra la pared.

"Ya está, con eso debería bastar". El hombre miró hacia abajo todo el tiempo.

Cogí la manta y volvió a ponérsela encima. Ella se la colocó alrededor del cuello, con cuidado. Cogió la sopa, tomó una cucharada y se la acercó a la boca. Abrió la boca temblorosa, pero la vibración de la cuchara contra sus dientes derramó la mayor parte de la sopa.

"Oh, no, aquí, déjame".

Metió la mano en el bolsillo de su abrigo, sacó una servilleta y le quitó la sopa de la barba y la boca.

"Aquí, vamos a intentarlo otra vez."

Ajena a lo que la rodeaba, un coche de policía se acercó y los iluminó con un foco. Vio la cara detrás del pelo y tuvo la impresión de conocerle. Apartó rápidamente la mirada, pero ya era demasiado tarde. Ella sintió su corazón y su alma suplicantes con su corazón ahora consciente. Fue una fracción de segundo que le duraría toda la vida. Las preguntas inundaron su mente. ¿Puede ser que conozca a este hombre, o son emociones paternales? Emociones que se había negado a sí misma por una carrera que iba y venía. Y ahora, su corazón vacío buscaba algo. Sumida en profundos pensamientos, y lejos de donde estaba, oyó a un hombre decir:

"Hola, Margaret".

Sobresaltada, retrocedió, dejó caer la sopa y la cuchara y levantó la vista.

¿"Estás bien"? Preguntó.

El policía extendió la mano para ayudarla.

"Me asustaste, por el amor de Dios. Deberías haber dicho algo antes de cernirte así sobre mí".

"Creí que me habías visto llegar".

"Lo hice, pero...".

"No puedo creer que estés aquí sola. En medio de la noche, Margaret. Tienes que tener cuidado, vamos".

"Oh, es inofensivo".

"Aquí, déjame ayudarte a levantarte".

Volvió a agacharse para ayudarla a levantarse.

"No, no, está bien, estoy bien. Necesito alimentar a este pobre hombre".

"¿Necesitas alimentarlo? Sabes Margaret, no son tan inofensivos como la mayoría de la gente piensa. Tienes que tener cuidado".

"Lo sé, es solo que, no podía dejar de pensar, ¿sabes? Hace tanto frío aquí fuera, es tan injusto".

Miró al vagabundo e hizo una mueca como diciendo, da igual.

"No sé si es injusto. La mayoría de estos tipos son drogadictos, ya sabes. Borrachos, perdedores".

Pensó en lo fácil que sería marcharse después de oír aquello. El vagabundo miró al policía con expresión interrogante. Luego miró a Margaret y volvió a bajar la mirada. El impacto de esa expresión solidificó lo que ella había llegado a saber recientemente. Que había estado ausente durante demasiado tiempo. Miró a Paul, el policía, que hace unos años era uno de sus alumnos.

¿"Borrachos, perdedores"?

"Oh, vamos Paul. No seas así. Algunos de nosotros

simplemente no somos tan afortunados. Tienes un buen padre y una madre maravillosa".

Se volvió hacia el hombre sentado en el cemento frío, apoyado en la pared y con los ojos fijos en el suelo.

"Dios sabe qué circunstancias llevaron a este pobre hombre...". Se detuvo al sentir agua golpeándole la cabeza y levantó la vista. Era la lluvia que goteaba por el cielo de la entrada del teatro. Sacudió la cabeza con incredulidad y dijo:

"A esto. A esto, ¿te lo imaginas, Paul"?

Estuvo a punto de mirar a Paul, pero sabía que no iba a contestar. En lugar de eso, miró a su alrededor y trató de imaginar que estaría aquí toda la noche. Paul la observó y se dio cuenta de la intensidad de la reacción de Margaret. Se preguntó: ¿Qué le pasa? ¿Por qué mira así a su alrededor? Miró en la misma dirección en un intento de ver lo que ella estaba viendo, pero no vio nada más que una noche fría y lluviosa. Sacudió la cabeza y dijo.

"Si quieres, puedo decirte más o menos lo que lo trajo a esto, pero no creo que lo quieras oír".

"Piénsalo Paul, este hombre era el hijo pequeño de alguien. Igual que tu hijo pequeño lo es para ti".

Paul pensó en esa misma posibilidad, pero rápidamente rechazó esa premisa y dijo.

"Sí, sí, qué puedo decir, más que..., ¿mi hijo? Imposible. Deja este hombre, estará bien. Tienes que irte a casa Margaret."

Al volverse hacia su coche, se fijó en la manta limpia y se detuvo a mirarla.

¿"Le trajiste una manta? Ojalá mi mujer fuera la mitad de amable".

Margaret continuó con su observación.

"Esto, esto es terrible. No puedo creer que... dejemos

que un humano sufra así. Debe haber algo que puédanos hacer".

"Estos vagos no quieren ser ayudados. Deja la comida y la manta, y vete a casa. Está acostumbrado a esto, estará bien, te lo digo".

Toda villa de rodillas, Margaret miró a Paul y luego al hombre. "No sé....".

¿"No sabes qué? Ha estado aquí durante años Margaret. Quiero decir, ¡vamos! Ya lo sabes".

Sacudió la cabeza. "Tengo que irme".

Se giró y caminó hacia la patrulla. Margaret lo miró como para confirmar que realmente se iba.

¿"Paul"?

Paul abrió la puerta de la patrulla. "Sí".

¿"Qué te ha pasado"?

¿"Qué quieres decir"?

Margaret se volvió hacia el vagabundo. ¿"Qué ha pasado"?

Molestado por la pregunta, Paul vaciló.

"Ah, ¿puedes reducirlo un poco"?

Esperó, pero no oyó nada, lo que le molestó aún más. Volvió a mirar a su alrededor y sintió la lluvia en la cabeza y la cara.

Paul siguió adelante. ¿"Qué me pasó? Esa pregunta me puede llevarme una semana Margaret. Hace frío aquí fuera".

Margaret no quiso o no pudo oírle. Continuó mirando al hombre y preguntando. ¿"Qué ha pasado? No lo entiendo".

¿"Qué"? Preguntó Paul, sin querer saberlo.

"No importa". Dijo Margaret, casi no terminó la palabra, importa.

Paul entró a la patrulla. Ella miró para verlo en el coche. Se preguntó si realmente se iba. Oyó la patrulla retirarse.

"Oh, Dios mío". Dijo Margaret en voz alta.

Miró al vagabundo como preguntándole si sé lo podía creer. Despúes oyó el ruido de la patrulla arrancar.

Miró para ver las luces traseras reflejándose en la calle lluviosa y en la baqueta. Y, por primera vez, se fijó en el reflejo más brillante de la línea central de la calle. Salió de sí misma y no podía creer que Paul, uno de su pasado alumnos favoritos, la hubiera abandonado en mitad de la noche con ese pobre hombre. No saber es una cosa, pero saber y marcharse es otra. Se le viene a la cabeza la imagen de ella delante de la clase con Paul mirándola. ¿Qué podría haber hecho de otra manera? ¿He fallado, Paul? ¿En qué me he equivocado? ¿Y el resto de mis alumnos? ¿Les he dado las herramientas para sentir lo que yo estoy sintiendo ahora mismo? Empatía, empatía. ¿Es mucho pedir? Y entonces, una avalancha de su vida pasó por su cabeza como una vieja película de historia del mundo. Pero en lugar del mundo, esta película era de ella. Estaba frente a un panel de jueces que veían cómo su vida se proyectaba en la pared. A medida que los años se desenredan hasta el punto en el que ella se encontraba fuera del cine, la película se rompe y la cola de la película golpea el proyector una y otra vez. Y entonces, un pensamiento dentro de otro pensamiento. Se preguntó, esto no puede ser el final. Miró a su alrededor en busca de respuestas, pero no importa en qué dirección miraba, todo lo que ve es la proyección cuadrada y vacía de su vida. El miedo recorre su cuerpo mientras se pregunta: ¿es esta mi vida de ahora? ¿Una película rota? Fotogramas en blanco proyectados en un espacio vacío. Salió de su pensamiento interior dentro de un pensamiento para oírse decir.

¿"Eso es todo lo que hay"?

Se da la vuelta a ver panel de jueces mirando más allá de ella y pregunta: ¿"Qué están mirando?" Se da la vuelta para ver la proyección vacía en la pared mientras el sonido de la película golpeando el proyector se hace más fuerte y prolongado. Ve que el carrete no está vacío. Señala.

"Miren, hay más, hay más".

Los jueces siguen mirando más allá de ella, a los marcos vacíos en la pared. Uno de ellos se pone de pie, la mira directamente y pregunta: "Bueno, ¿valió la pena?".

La pregunta la asusta y la saca de sus pensamientos para encontrarse otra vez frente al cine. El sonido de la lluvia, ahora más fuerte que nunca. Levantó la vista hacia el letrero del cine, más allá de un tubo de neón roto rebosante de agua que colgaba de un cable largo y delgado. En un susurro, escuchó al juez en su cabeza.

"¿Valió la pena?"

"Dios mío, espero que sí". Lo dijo en voz alta, pero fue un susurro que la calle oyó. Sin dejar de mirar más allá del neón roto, giró a la izquierda y vio miles de gotas de lluvia cayendo a través de la farola. A lo lejos, pequeñas luces brillantes relucían como diamantes prendidos en la ladera. Volvió a mirar a su alrededor para ver el oscuro teatro y no pudo evitar comparar su posición con los brillantes diamantes de la colina. Recuerdos del teatro de antaño la invadieron.

El teatro todo iluminado, vibrante, la gente comprando entradas. Su mente se hundió en el pozo de los pensamientos olvidados. Un recuerdo lejano se hizo presente. Era como la escena de una película que había visto hacía tiempo, pero que había olvidado, o una escena de una vida anterior que no había tenido.

Una madre y su hijo llegan en una vieja ranchera y aparcan delante del cine. La puerta del acompañante se abre de golpe. Un niño sale, cierra la puerta de golpe y echa a correr hacia el cine.

Con la esperanza de pararlo, la madre le grita: "Eh".

El niño se detiene y mira vacilante a su madre. Ella le dice: "ven aquí".

El chico pone cara de decir, oh no, y vuelve al coche. Ella se acerca al lado del pasajero. Se asoma por la ventana abierta, le coge la cara con las dos manos y le besa en la mejilla izquierda. El sonido del beso lo hace mirar a su alrededor para ver si alguien lo está mirando. Intenta apartarse, pero ella no lo suelta. "Vamos, solo un besito más".

El chico vuelve a mirar a su alrededor, no ve a nadie y dice vacilante: "vale".

Le hace cosquillas con una mano y tira de él hacia ella con la otra. Le da otro sonoro beso. Se ríen mientras él se inclina y la abraza. La suelta y empieza a darse la vuelta, pero ella se agarra a su brazo. Finalmente, él se separa. Corre hacia la taquilla. Ella ve a su guapo hijo comprar el billete. Muy contento, se gira y ve a su madre sonriendo. Saluda con la mano, se da la vuelta y entra.

Margaret salió de sus pensamientos. Miró a su alrededor y no podía creer que no solo se hubiera puesto de pie, sino que se hubiera subido al bordillo. La idea de que el tiempo pasara sin que ella lo supiera la perturbaba. Haber subido al bordillo y no recordar haberlo hecho, la perturbaba aún más. Pero se acordó de la razón por la que estaba donde estaba. Se dio la vuelta para mirar al vagabundo, pero en su lugar vio el espacio vacío donde antes estaba sentado.

"Oh, Dios mío, ¿a dónde fue"?

Miró a su alrededor buscándolo, pero al igual que con la
película rota, el espacio vacío se reveló como nunca. Vacío
alrededor, escuchó en su cabeza y pensó en esa misma idea
y en lo extraño que le parecía. Pero, ¿por qué? ¿Tiene algún
sentido lo que siento? Quiero decir, he visto espacio vacío
antes, pero nunca lo vi como tal. He visto películas
romperse muchas veces, pero nunca vi los fotogramas
vacíos como fotogramas vacíos. Lo veía como una película
rota.

Ahora que lo pienso, ni siquiera lo había pensado. Si
buscamos algo y no lo encontramos, lo vemos como no
encontrado. Si no vemos a nadie, lo vemos como que no
hay nadie. O no pensamos en ello. No lo vemos como un
espacio vacío. Ver el espacio vacío significaría que vemos la
nada. Entonces, ¿por qué veo la nada, el vacío? ¿Qué es
esto? ¿Qué me pasa? Parece que hoy en día soy virgen para
todo tipo de cosas. No lo entiendo. Salió de su
pensamiento y miró hacia atrás como para comprobar que
el vagabundo, efectivamente, se había ido y vio la manta y
el termo en el suelo.

"No me lo creo, cómo puede...".

Se detuvo no solo de completar la frase, sino de decirla
en voz alta. Volvió a mirar a su alrededor para ver una calle
vacía en una ciudad vacía. Entonces se vio a sí misma
desde la tercera perspectiva. De pie, sola, casi a oscuras,
bajo la lluvia, como una señora loca, una vagabunda.

Una anciana, de pie, frente a un viejo teatro muerto.
Sintió una sensación de pánico y se oyó a sí misma decir.

"Dios mío, esto debe ser lo que está sintiendo este
hombre, este solo hombre".

Se volvió otra vez hacia el teatro para ver su manta y su

termo. Regresó, los miró y los vio como seres vivos. Como si la estuvieran mirando. Como si preguntaran: ¿Qué hacemos aquí?

Paul y el vagabundo la habían rechazado. Eso la hizo sentir patética. Y ahora que está mirando hacia abajo en su manta y termo, francamente ridícula. Pero su vieja conciencia volvió en línea. Oh, bueno, me han pasado cosas peores, así qué se le va a hacer a uno si no seguir adelante. Cogió la manta, la dobló y la colocó contra la pared junto al montón de cosas. Recogió el termo, lo volvió a poner la tapa, cogió la cuchara y también las colocó contra la pared.

Se volvió hacia la calle para enfrentarse al gran mundo del rechazo. Pero una sonrisa se dibujó en su cara al ver lo único que nunca parecía decepcionarla. Lo único que nunca parecía cambiar, pasara lo que pasara. Y por eso y solo por eso, una de sus cosas favoritas con diferencia: su furgoneta. Con esa imagen en la cabeza, las cosas no iban del todo mal. Siguió pensando.

Así que vi el espacio vacío como espacio vacío. ¿Cuál es el problema? Una cosa es segura, no soy virgen al espacio vacío, y definitivamente no soy virgen al rechazo. Eso ya lo olvidé hace mucho tiempo. Así que lo único que puedo hacer es centrarme en lo bueno de la vida. Y sí, lo bueno, lo acepto cualquier día, cualquier noche, llueva o haga sol, haya coches, o no haya coches en la calle. Así que aquí estoy, la loca solitaria, frente a nadie. Delante de nada, en medio del vacío, pero con una sonrisa clara y presente, porque esta es mi hermosa furgoneta.

Volvió a su furgoneta y abrió la puerta. Hizo una pausa como para marcar el momento. Miró hacia la torre del teatro e intentó recordar cuándo había cerrado, pero no pudo. Un sentimiento de inseguridad se apoderó de ella y se preguntó: ¿estoy cometiendo un error al intentar salvar a este hombre? La lluvia que se deslizaba por su cara la sacó de ese estado y volvió a mirar a su alrededor para asimilarlo todo. Por esta vez, se dijo a sí misma, en voz alta.

"Estaré ausente para nada, estaré ausente para nadie, y en el momento siempre estaré, como el momento anterior a mí. Y sí, pensamientos, sentimientos y todo, incluso el vacío, me llevaré conmigo, porque ya no seré insignificante".

14. ANOCHECER AL AMANECER
AMANECER AL ANOCHECER

Después de que Paul y el vagabundo la rechazaran, Margaret llegó a casa, se aseó y se metió en la cama. Un sinfín de pensamientos sobre el vagabundo y su vida actual la invadieron en todo momento. Al día siguiente, se levantó, comió un desayuno rápido y demasiadas tazas de café, y siguió su camino. Su búsqueda había comenzado otra vez. Esta vez, el rechazo no era una opción. Ha llegado un nuevo día, se dijo. ¿Y el fracaso? Un resultado inalcanzable para los demás. Se acerca un nuevo comienzo y este día, mi querido amigo sin hogar, es tu segundo cumpleaños.

Más decidida que nunca, su compromiso de ayudarlo se hacía más fuerte cada hora que pasaba, mientras el sol

191

empezaba a ocultarse tras un día de búsqueda. Es hora de volver a casa, lo dijo una de sus voces interiores. Su otra voz le dijo que no hiciera caso y que girara a la derecha por otro estrecho camino de tierra. Después de innumerables giros y vueltas, el sonido de la autopista 101, casi demasiado lejos para oírlo. Dio unas cuantas vueltas más y vio algo tirado a la izquierda del camino. Condujo hasta allí y vio su manta tendida. Inmóvil, sin vida, se dijo a sí misma y se preguntó, ¿por qué iba a pensar eso? ¿Es otro momento de vacío como el de anoche dónde lo vi todo diferente? Entonces tengo que preguntar: una voz la interrumpió, olvídate, no importa. Esto significa una cosa, está en algún lugar cerca, eso es todo lo que significa. Ese pobre hombre probablemente no tiene ni idea de que se le cayó. Su otra voz le dice, tal vez una parte de él quiere ayuda y esta es su manera dé...

"Dios mío, debe ser eso". Dijo en voz alta.

Aparca, sale y coge la manta. Le quita el polvo, la dobla y se la mete bajo el brazo. Vio un sendero que bajaba por la colina. Pensó que debía de estar por allí. Oyó la voz de Paul en su cabeza: "Margaret, no son tan inofensivos como la mayoría de la gente cree". La dejó de lado y se adentró unos pasos en el bosque, se dio cuenta de la densidad de los arbustos y se detuvo. Volvió a meter la manta en la furgoneta, la cerró con llave, se adentró en el bosque y se detuvo otra vez. Se dio la vuelta y miró la furgoneta como si quisiera asegurarse de que seguía allí. Como si fuera una amiga que la estuviera esperando. Desde que compró su furgoneta, no puede alejarse de ella sin volverse para asegurarse de que sigue ahí. Sentía alegría, pero no sabía por qué. Pensó en una parada de camiones en Arizona hace muchos años. Salió de su furgoneta, dio unos pasos, se detuvo y se volvió para mirarla. Y un poco más allá de su furgoneta, vio a un camionero hacer exactamente lo mismo. Él también la vio. Se sonrieron y siguieron su camino, sabiendo exactamente lo que sentían por su amiga sobre ruedas. Salió de ese pensamiento y suspiró al ver el cielo azul intenso hacia el este.

Pensó en lo hermoso que era y en que toda esa belleza significaba que el final de su día estaba cerca. Miró hacia el oeste y vio que el sol se ponía. Del amanecer al anochecer, pensó. La profesora que había en ella pensó en las dos palabras y en lo raro que era utilizarlas alternativamente. Del amanecer al anochecer, del anochecer al amanecer, y que era apropiado usarlas así. Estoy presenciando el comienzo de la noche y el final del día, escuchó en su cabeza mientras sonreía.

Se dijo a sí misma que mirara a su alrededor con verdadero detalle. Para asimilarlo todo como lo hizo anoche cuando estaba sola en medio del vacío. Pero hoy, el vacío no está en ninguna parte. Porque es belleza, nada más que belleza absoluta, lo que está al alcance de mis ojos. Ella lo asimiló todo, dobló la imagen de su mente y la guardó en su lugar especial. Llevaré conmigo este preciso momento, vaya donde vaya. Y con eso, la emoción llenó cada una de sus células, y comenzó a bajar la colina.

Un minuto después, más o menos, oyó voces y se detuvo a escuchar. Pero no oyó nada y pensó que su imaginación debía de estar sacando lo mejor de ella. Unos pasos más tarde, una voz surgió de la nada. Se detuvo. Esta vez, no había duda porque quien hablaba, seguía hablando. La mayoría de la gente en ese momento se habría asustado, pero Margaret sintió un rayo de energía. Escuchó y fijó la dirección de la voz. Se acuclilló bajo los arbustos para mirar a través de ellos. Vio lo que parecía ser un pequeño edificio abandonado de algún tipo. La hiedra y los arbustos lo habían cubierto, por lo que era difícil saber de qué se trataba. Una cosa era segura, la madre naturaleza estaba trabajando duro para recuperarlo. Rodeada por la naturaleza, se oyó a sí misma decir: "Tal vez, solo tal vez, ella me está recuperándose también".

Ese pequeño pensamiento y lo que significaba, le produjo un poco de miedo. Se dijo a sí misma que debía concentrarse, y se preguntó. ¿Son voces o una sola voz? Escuchó durante unos segundos más. Intentó separar las voces, pero no pudo. Las voces se detienen. Su curiosidad, ahora imposible de controlar, dio unos pasos más y la voz comenzó. Se detuvo. Buscó un camino más fácil para llegar al edificio, pero todo estaba cubierto de maleza. Sorteó árboles caídos, robles venenosos, zarzamoras y plantas que no sabía que existían. El sonido de las voces se hacía más fuerte a medida que se acercaba. De vez en cuando se detenía a escuchar. Pero no podía distinguir lo que decían. Finalmente, pasó un enorme muro de arbustos y enredaderas y allí estaba. No podía creer que el edificio estuviera completamente dominado por la naturaleza.

Con su cerebro ahora reconfigurado, no pudo evitarlo y las preguntas no cesaron. ¿Qué es este lugar? ¿Es una casa, una cabaña? ¿Cómo encontró este hombre este lugar? ¿Qué lo trajo hasta aquí? ¿Creció en este pueblo entre nosotros? ¿Es posible que este hombre en algún tiempo haya sido uno de nuestros pares? ¿Un miembro contribuyente de nuestra pequeña sociedad? ¿Y de alguna manera se desvaneció en esto? ¿Estoy en lo cierto? ¿Uno no te despiertas un día y te encuentras en este lugar? ¿Que no tienes que evolucionar hacia esto?

Tal vez se despertó un día en algún estado mental alternativo y no tiene idea, por lo que para él, no hay evolución. ¿Y si en un momento de nuestras vidas, nos pasa a todos? Un momento, ¿y si nos pasa a todos al mismo tiempo y cada mañana estamos en una realidad distinta? ¿Cómo lo sabríamos? ¿Y si de vez en cuando algo sale mal y uno de nosotros, o unos cuantos se quedan atrás? Un momento, ¿y si él es el único que se adelanta y todos nos quedamos atrás? ¿Y si él es la norma y todos andamos por ahí creyéndonos sofisticados pensadores profundos? En su realidad, nos está mirando pensando, qué panda de imbéciles, de locos. ¿Quién soy yo para decirlo? Por lo que sé, es un genio y tiene acceso a partes del cerebro que ni siquiera podemos empezar a entender. Tal vez tiene la capacidad de acceder a recuerdos futuros, y ha visto el resultado del experimento humano.

Después de ver eso, dijo, los dejo. Con todo eso en la cabeza, estoy segura de que debió de decir: mejor pasar el rato, relajarme y dejar que la gente me dé de comer. Ha alcanzado la felicidad total y aquí estoy yo intentando quitárselo. Quiero decir, mira esto. Él vive aquí donde es tranquilo, hermoso, tiene comida gratis, y vivienda gratis. ¿Dónde nos apuntamos? Pero es peligroso aquí. ¿Qué pasa en caso de un accidente grave? Nadie lo sabría durante días, si acaso. Un momento. ¿Y si el estado mental es un accidente? ¿O una serie de accidentes que resultaron en lo que somos? Y aquí estamos los llamados sofisticados pensadores profundos tomándose el crédito por la inteligencia.

Cuando todo el tiempo somos un accidente a punto de ocurrir. Espera un minuto más. ¿A quién quiero engañar? ¿Estoy tratando de convencerme a mí misma? ¿Es eso lo que estoy haciendo? ¿Estoy demasiado cerca del fuego, oh digamos, a él, ahora quiero correr? Se dijo a sí misma que dejara de pensar. Miró a su alrededor y se dio cuenta de que el crepúsculo estaba a punto de desaparecer. Para encontrarse casi en total oscuridad aquí fuera. Esto la hizo pensar que ya podría haber despertado en una realidad diferente.

Quiero decir, mira dónde estoy. Algunos discutirían ese punto. Si yo lo pienso, seguro que otros lo harían. Pero aquí no hay nadie más que yo y este hombre, que no tiene ni idea de que estoy aquí. ¿Y si se asomara y me viera aquí? ¿No pensaría que yo soy la loca? Después de todo, soy yo quien está fuera de lugar. ¿Cómo lo dicen? Una planta fuera de lugar es una mala hierba. Bueno, ahora mismo, yo soy la mala hierba. Lo que nos lleva a esto otra vez. ¿Qué pasa si no hay nada malo con este hombre? ¿Y si el problema soy yo? Cuando le dije a Paul que dondequiera que iba, allí estaba él, Paul dijo, ¿estás segura de que no es al revés? Allá donde va él, ahí estás tú. Si soy la única que percibe un problema, yo soy el problema, ¿qué no?

Quiero decir que nadie en la ciudad piensa que este hombre tiene un problema, sin embargo, aquí estoy. Tratando de resolver un problema, que ni siquiera puede ser un problema. De la forma en que estoy pensando ahora, incluso yo tendría un problema conmigo. Y eso, a ella le pareció gracioso y se rió en voz baja, su sonrisa más fuerte que su risa.

"Dios mío, tengo que irme", susurró para sí misma.

Se abrió paso a través de más enredaderas, más arbustos, y vio una puerta parcialmente abierta. Pero completamente tapada por los arbustos. Las voces continuaban como si ella fuera invisible y completamente

196

silenciosa, pero ella sabía que no era así. ¿Qué está pasando aquí? Podría estar observándome ahorita mismo y yo sin saberlo. Miró a su alrededor para asegurarse de que no era el caso. Vaya, se dijo, incluso con tan poca luz, este lugar es como un jardín del Edén. Pero en este jardín, Adán está hablando solo. Sonrió mientras reprimía su pequeña risa. Unos pasos más y habrá llegado. Levantó una enorme enredadera con la mano izquierda, pero no pudo levantarla lo suficiente como para pasar por debajo. Se puso de rodillas, se arrastró por debajo y finalmente llegó a la puerta. Se quedó sentada unos segundos y pensó en dónde se encontraba. Qué diferente es un lugar de otro y qué diferente es un momento de otro. ¿Cómo puede ser que la gente esté haciendo cosas normales en este momento? ¿Como cenar, ir a un partido de béisbol o lo que sea? Mientras este hombre sobrevive aquí fuera, solo, en su normalidad. ¿En realmente, estamos conectados? ¿Cómo dicen?

Puso la mano izquierda en la puerta y la derecha en la pared. Se inclinó y se le erizó la piel cuando la voz se dirigió hacia ella. Una ligera vibración avanzó a través de la oscuridad, pasó junto a ella y salió por la pequeña abertura. Era como un ente que corría más allá de ella y se adentraba en la naturaleza. Volvió a salir mientras visualizaba su voz corriendo por la naturaleza salvaje. Oyó a Paul en su cabeza. "Tienes que tener cuidado, Margaret".

La voz del vagabundo se detuvo. Como si fuera capaz de escuchar sus pensamientos. La reacción natural habría sido retroceder, pero para Margaret, esa no era una opción. Dudó un segundo. Se recompuso y se inclinó hacia la pequeña abertura. Vio una oscuridad total y completa. Intentó respirar más despacio. Al cabo de unos segundos,

197

su respiración se calmó. Sus ojos se adaptaron a la poca luz y su visión se movió así adentro. Era como si su vista pudiera viajar, arañando la oscuridad con la capacidad de detenerse y mirar a su alrededor.

Al darse cuenta de eso, ella se preguntó: ¿Qué está pasando aquí? ¿Es otra de mis primeras? Su otra voz interior le dijo que continuara. Y justo allí, lo que parecía estar a su alcance, quieto como la oscuridad que le rodeaba, en la esquina más alejada del cuarto, estaba el hombre que una vez fue invisible. ¿Cómo es posible? ¿Cómo puede uno no ver un segundo y segundos después verlo todo? Allí estaba él y allí estaba ella mirándolo. La pregunta es si él la está mirando a ella. Y si es así, las preguntas que debe tener. Pero hacia adelante es donde se fue su visión.

Y de la nada surgió este pensamiento, ¿es este el mismo hombre? Su corazón ahora latía con fuerza, su respiración más fuerte que nunca, si tan solo pudiera dejar de respirar. Si pudiera ser invisible, no sentiría este miedo. Como si pasara de una emoción a otra, a continuación vino la sensación de lo que ella solo podía suponer que era la sensación de uno. No estaba segura de lo que estaba pasando, pero esto, se dijo, nunca lo había sentido. Era, como si estuviera en la cabeza de él, entre las paredes de la vida de este pobre hombre. Sentía sus paredes de dolor, sus paredes de angustia, sus paredes de miedo. Y con esas paredes venía un peso enorme. Pero, ¿qué peso es este? Se preguntó ella.

¿Es arrepentimiento? ¿Es eso lo que siento? ¿Estoy sintiendo su arrepentimiento? Si es así, ¿cómo puede alguien tener tanto arrepentimiento? Y entonces vino la calma, una sensación de seguridad, una garantía que le decía que era el mismo hombre. Sintió como si hablaron.

¿Cómo puede ser? Se preguntó. Tal vez mis pensamientos de antes tenían razón. Puede que él tenga acceso a partes de su cerebro que nosotros no tenemos. Supongo que yo también tenga ese acceso, porque realmente siento como si habláramos el indescriptible lenguaje del pensamiento. A continuación sintió su belleza. ¿Cómo puedo sentir su belleza? No solo eso, ¿cómo puedo saber cuál es su belleza? La bondad fue su siguiente proyección, seguida de una profunda soledad. En medio de una respiración corta y profunda, salió de eso para sentir que sus ojos lagrimeaban. ¿Por qué estoy tan emocionada por este hombre? ¿Son sus sentimientos o los míos? ¿Y por qué siento y pienso de forma tan diferente hoy en día? ¿Es un estado mental alternativo? ¿O algo mucho más simple? Lentamente, sacó la cabeza por la abertura y miró detrás de ella para asegurarse de que estaba sola.

"Hola, Sra. Himes".

La voz salió de la abertura, pasó por delante de ella y se adentró en la naturaleza. Con el cerebro cayendo. Se dijo a sí misma: Margaret Himes, ese es mi nombre. Esa soy yo. ¿Cómo puede ser? .... Casi se le erizó la piel, pero su confusión no se lo permitió. Era como si su cerebro no pudiera comunicarse con su cuerpo para expresar el miedo. Su cuerpo no respondía. ¿Estoy dañada? ¿Es eso lo que está pasando? Pero la lógica de su cerebro le preguntaba: ¿por qué expresar miedo si no hay nadie ni motivos para temer?

Tal vez sea eso. Este avanzado estado mental me está diciendo, ¿por qué malgastar mi aliento expresando miedo? Eso debe significar algo, ¿verdad? Debe haber alguna lógica en esta confusión, en esta locura en la que me he metido. Pero aquí no hay locura. Solo un hombre hablando,

¿verdad? Si decido que no hay locura, no la hay. La capacidad de elegir, de aceptar o negar es donde estoy. ¿Estoy eligiendo no sentir nada? Ahí está otra vez, nada. ¿Estoy eligiendo mi realidad? ¿Podría ser tan sencillo? Como si se hubiera ido y hubiera vuelto para utilizar los segundos que no había gastado. Se preguntó, ¿cuánto tiempo paso, mientras estuve pensando? Todo ese pensamiento en tan poco tiempo. ¿Cómo es posible? ¿Y todo ese pensamiento solo para alimentar mi curiosidad? Porque ahora, como hace un segundo, no puedo apartar la mirada. Y eso definitivamente no es una elección.

Esperó a que ella terminara sus pensamientos. Y entonces, el sonido de la voz de él, llegó arrastrándose otra vez por la abertura. Sus palabras irreconocibles, murmurando, diciendo algo, pero quién sabe qué. Ella se inclinó hacia atrás. Su visión se amplió como antes. Y allí estaba él, de pie contra la esquina, pero esta vez con la cabeza gacha. Y entonces llegó esa sensación de familiaridad. Esa misma sensación que tuvo en el teatro cuando Paul los iluminó con la luz. Se dijo a sí misma: Lo recuerdo bien. Sentí como si lo conociera. Cuando la luz le dio en la cara, en lugar de apartar la mirada, sus ojos vinieron a mí como palabras habladas.

Pero sentí más que palabras. Transmitía pensamiento, emoción. Este hombre tiene un recuerdo de mí y yo de él. La pregunta es, ¿por qué se me escapa este recuerdo? Tener algo grabado en mi cabeza y no poder recuperarlo, es algo que me da miedo. ¿Por qué sucedería eso? ¿Estamos inacabados? ¿Somos un trabajo en progreso? Se detuvo y se dijo. Aquí estoy otra vez, preguntando lo que no debía preguntar. Se recuperó y se vio a ella misma, como si estuviera a unos metros de distancia. Allí estaba de rodillas, apoyada en una puerta entreabierta que daba a una casa completamente oscura.

Pero no era ella la que se miraba a sí misma. Era un cuerpo, una cara, pero sin cara, simplemente una entidad. Se dio cuenta del resultado de su proceso de pensar y no lo cuestionó, lo aceptó como normal. No sabía por qué, pero lo hizo. Seguro que la entidad preguntaría: ¿qué hace esa mujer aquí? ¿No tiene nada mejor que hacer? ¿Qué le pasa? Como si discutiera consigo misma, tenía que preguntarse, ¿me pasa algo? Quiero decir, mírame.

Estoy aquí, Dios sabe dónde, de manos y rodillas en medio de esta jungla cubierta de maleza. ¿Tratando de hacer qué exactamente? No solo eso, escuché a un perfecto extraño decir mi nombre. Alguien a quien nunca había visto hasta hace apenas un día. Sin embargo, aquí estoy fresca como un pepino, tratando de justificar las palabras pronunciadas por alguien a quien nunca he conocido. Intentando convencerme de que podría haber conocido a ese hombre. ¿Por qué una mujer lógica como yo se permitiría entrar en ese terreno? Una arena donde todo es posible. Pero, otra vez, todo es posible, en un momento u otro. Si tenemos recuerdos genéticos, entonces no hay problema. ¿Quién sabe dónde o cuándo podríamos habernos conocido? ¿Hace millones de años en África, en él Serénete, o en una cueva?

Qué romántica de mi parte. Quiero decir, piénsalo, señorita lógica. Dijo, Hola Señorita Himes. ¿Hace millones de años? No lo creo. ¿Cuál habría sido mi nombre hace un millón de años? Probablemente, un gruñido o algo así. En otro día, habría pensado que mis pensamientos eran una locura. A hora, no sé por qué, pero no tan locos, bueno, un poco. Y ahora tengo que arrastrarme para salir de esto. Sí, arrastrarme, en rodillas y manos. En este momento sí se siente como si fuera, hace un millón de años.

¿Qué pasaría si caminara hacia la carretera y no hubiera ninguna carretera? ¿Si mirara hacia el valle, hacia el pueblo, y no hubiera pueblo? Dios mío, entonces no hubiera mi furgoneta. Eso sí que sería una locura. ¿Cuándo fue la última vez que me arrastré de todos modos? No tengo ni idea. ¿Por qué me parece raro? Bueno, supongo que debería, quiero decir realmente. Miró a su alrededor y se dijo en voz baza: "Tengo que salir de aquí". De rodillas y totalmente rodeada de arbustos y hiedra, ella llegó a la conclusión de que no había espacio para dar la vuelta.

Haré como si estuviera en mi furgoneta y pondré la marcha atrás. Empezó a arrastrarse hacia atrás y se preguntó: ¿es así como se siente mi furgoneta cuando doy marcha atrás? Se detuvo y evaluó sus acciones y sus pensamientos sobre las sensaciones que podría tener su furgoneta. Tal vez, solo tal vez, la enfermedad mental es contagiosa. Puede que me haya acercado demasiado a él. Se rió un poco y dijo: "Espero que no".

Dejó a un lado esos pensamientos y sin vacilar, como si fuera su furgoneta, se arrastró hacia atrás a través de los arbustos y la hiedra. Logró atravesarlos, giró sobre sí misma y gateó como un bebé. Se detuvo y volvió a mirar a su alrededor.

"Dios mío, qué estoy haciendo, hay mucho espacio para estar de pie. ¿Qué estoy haciendo"?

Se puso de pie, miró hacia atrás y se dio cuenta de que podría haberse parado unos cuantos metros más atrás. Y allí estaba, otra vez, la sensación de ridículo. Se sacudió las hojas y la tierra de los pantalones y decidió no mirar a su alrededor y dejar de pensar. El hecho de que esté en mi cabeza no significa que tenga que procesarlo. Unos pasos más adelante, el sonido de su hombre murmurando llegó hasta ella. Se detuvo a escuchar. Esta vez pudo discernir parte de su conversación. Lo oyó decir.

¿"Después de un duro día de trabajo? Tengo suerte si puedo apuntar recto y mear en el retrete".

Olvidando no pensar, y no procesar, se dijo a sí misma, en voz alta. ¿"Qué está diciendo? ¿Algo sobre apuntar directamente al retrete"? Giró el oído en su dirección y oyó.

¿"De qué estás hablando? Quiero decir de verdad. ¿Sabes lo que es alimentar a tres niños, además de a tu mujer y a ti mismo? ¿Y mantener un techo sobre tu cabeza"? Margaret trato de figurar lo que estaba diciendo.

¿"Está hablando de niños y una esposa? Dios mío, probablemente no tengan ni idea de dónde está". Una vez más lo dijo en voz alta. Dio unos pasos más, se detuvo y volvió a escucharlo."Sí, mi nombre es Dan, Dan Fisher, hombre de Arlington Heights."

"La misma mierda de siempre. Estoy cansado. Y harto. Harto, harto, harto. Justo como dijiste, una interminable bola y rasca culos. Así que aquí estamos de vacaciones".

Margaret no lo podía creer. "Ese pobre hombre, cree que está de vacaciones".

Esta vez escuchó su voz en voz alta. Siguió pensando en voz alta. "Estoy hablando conmigo misma en voz alta. ¿Lo que tiene él, yo creo que es contiguo"?

La voz continuó. "Le dije, por favor no, le rogué, por favor, no te vayas".

Olvidándose de respirar, Margaret tomo saliva, suspiró y escuchó la clara voz en la quietud de su crepúsculo.

"Le dije, por favor no, le rogué, por favor, no te vayas".

La angustia de sus palabras, demasiado cerca de casa. Los recuerdos de las veces que algún idiota pomposo la rechazó volvieron a ella. Desgraciados, buenos para nada. Se atrapó a sí misma infligida memoria, y se dijo que parara. No tengo ni idea de lo que este hombre está hablando y aquí voy pensando en cosas que no tienen nada que ver con esto. Subió ella la colina. Subió a su preciosa furgoneta y se sentó en silencio. Volvió a pensar en lo diferente que es un momento de otro. Ahora, no como antes, tengo la huella permanente de su voz diciendo mi nombre. Y de él rogándole a alguien que no se fuera. Qué triste. ¿Es este el bucle mental que no me dejará dormir en toda la noche? ¿Y si este hombre nació así? ¿Y si la única diferencia entre él y el resto de nosotros, es que él verbaliza sus pensamientos? Como acabo de hacer yo. Si todos oyeran mis bucles atascados en la cabeza, y mi despotricar sobre los idiotas de mi pasado, ¿no pensarían que estoy loca? ¿Son imperfecciones o algo más? Por lo que sé, este hombre tuvo un accidente y se dañó el cerebro.

O se adelantó a la manada, a nosotros, como pensé antes. En vez de saltar, debería decir evolucionar. Quizás el cableado de la madre naturaleza se estropeó. Accidentalmente, se saltó una mutación y no llegó hasta el final. Y ahora está atrapado en un estado de transición. Si es así, ¿una transición hacia qué? ¿A un mejor yo, o a un peor yo? ¿Cómo podríamos saberlo? Margaret salió de ese pensamiento, extendió la mano, introdujo la llave en el contacto y se detuvo con la mano agarrando la llave. Había algo en este momento que le decía que era un momento que cambiaría su vida. Y una vez más, se perdió en sus pensamientos.

Después de todo, lo he encontrado. En ese proceso, he cuestionado mi cordura y la cordura de la vida misma. He cuestionado si fue elección, accidente, mutación o perspectiva. Creo que está loco, puede que él piense que estoy loca. Negar todo lo que rechazamos justificaría dónde nos encontramos, quiénes somos y quiénes no somos. Demasiado para que algunos lo acepten, por lo que diverge en la única existencia posible, en un mundo sin concesiones en el que la gente rechaza, acepta o niega. Un mundo en el que la humanidad ha divagado en un remolino de opciones justificadas por quienes miran hacia otro lado. Se trata de una decisión que no hay que tomar, sino que hay que tener.

15. REUNIÓN DE CLOVERDALE

Vagabundo Roberto, empujaba su bicicleta por un tramo de carretera en Cloverdale en el norte de California. Se detuvo ante la calle Primera, a la altura del río Ruso, y permaneció allí un par de minutos mientras su cerebro daba vueltas. Había algo en los puentes que lo molestaba. Eran estructuras anormales que lo confundían. Unían dos terrenos que la naturaleza no quería que estuvieran juntos. Cruzar el puente significaba ir contra las fuerzas de la naturaleza. En este caso, era el agua la que había dividido la tierra. Se quedaba de pie ante un puente durante horas, perdiéndose en incesantes preguntas y pensamientos que no le llevaban más allá de donde estaba. Se vio a sí mismo en uno de sus pensamientos en un coche, un Roadrunner en algún lugar de San Francisco. Miró por la ventana para ver los enormes edificios a lo lejos. Miró el indicador de gasolina y decidió que era hora de repostar, salió de la autopista y entró en una gasolinera. Salió y se estiró, dándose cuenta de que llevaba en la carretera más tiempo del que pensaba. Miró a su alrededor y respiró profundamente el aire del norte de California. Pensó en lo agradable que era no tener que masticar el aire antes de inhalar y soltó una pequeña carcajada. Un jugo de naranja bien frío estaría bien ahora mismo, pensó. Entró en la gasolinera y se dirigió al refrigerador. Cogió un jugo de naranja, se dio la vuelta y casi chocó con un hombre, que estaba muy excitó en verlo.

"Hola, ¿cómo estás"? Preguntó el hombre.

Roberto intentó recordar quién era ese hombre, pero no pudo y dijo lo único que pudo, y eso fue nada.

¿"Me recuerdas"? Preguntó el hombre.

Los ojos de Roberto tartamudeaban mientras intentaba procesarlo.

"No estoy seguro".

"Sí, fuimos juntos a la escuela". Extendió los brazos como diciendo mírame.

Roberto buscó en su memoria. El hombre continuó.

"Sí, mi nombre es Dan, Dan Fisher, hombre de Arlington Heights".

Roberto oyó Arlington Heights y pensó: ¿de qué está hablando ese hombre?

¿"Arlington Heights"? Preguntó Roberto.

"Sí hombre, sí, Arlington Heights, escuela secundaria. ¿Recuerdas? Tu nombre es, Dios, no puedo recordarlo. Espera, espera, no me lo digas, es....". No pudo recordar.

El vagabundo Roberto salió de su profundo episodio y se encontró en medio del puente. Miró el agua que había debajo. El sonido del agua parecía fuerte. De repente, un coche pasó detrás de él. Le invadió la confusión. Se preguntó en voz alta: ¿"por qué el sonido del agua se hizo más fuerte y luego se desvaneció"?

Miró hacía el sonido justo a tiempo para ver cómo el coche cruzaba el puente. Miró al agua y luego al coche y trató de encontrarle sentido, pero no pudo. Había algo en el coche que cruzaba el puente que le decía que se pusiera en marcha. Unos pasos después, el sonido del agua volvió a llamar su atención y se detuvo. Esta vez, pensó que el sonido del agua era ruido blanco. ¿Qué hace ese ruido? ¿Vendrá de los refrigeradores? Salió de ese estado y entró al de la gasolinera.

"Arlington Heights, te lo estoy diciendo." Dijo el hombre.

Roberto no pudo soportarlo y lo rodeó. El hombre lo agarró por el brazo.

¿"De verdad? ¿No te acuerdas"?

Roberto miró la mano del hombre que le agarra el brazo. El hombre le soltó el brazo y dijo.

"Lo siento tío, lo siento. Ah, de verdad tío, ¿no te acuerdas de mí?"

Roberto se volvió y lo miró fijamente. "Me estás confundiendo con otra persona. No sé qué decirte". Y se marchó.

El hombre no podía creerlo y no podía dejarlo pasar. ¿"Cómo puede ser"?

Roberto se acercó al cajero. Mientras dejaba el jugo en el mostrador, el hombre se le acercó. La confusión empezó a apoderarse de él mientras su respiración se intensificaba. El sonido del agua se hizo más fuerte, sacándolo de la gasolinera para encontrarse parado en la carretera. Vagabundo Roberto miró a su alrededor y no podía creerlo. Vio pasar un coche a su lado. Se volvió para mirar el agua, pero no había agua. Estaba más allá del puente. Alguien le dijo: ¿"Vas a echar gasolina"?

Miró a su alrededor en busca de la persona que hablaba, pero en lugar de ver a una persona, vio los viñedos junto a la carretera.

"Señor, señor, ¿quiere gasolina"? Dijo la cajera.

El sonido de su voz lo devolvió a la gasolinera y sintió el martilleo en el pecho.

"No, solamente el jugo". Dijo Roberto.

Ella miró su coche junto a los surtidores e hizo una expresión interrogante como preguntando, ¿estás seguro y dijo.

"Bien, serán dos dólares y cincuenta centavos".

Sacó su cartera. El señor, Dan, todavía cercas de él, lo observó, mientras Roberto abría su cartera. Dan dio un paso hacia él tratando ver su cartera. Roberto apretó la cartera contra su pecho y preguntó.

¿"Qué estás haciendo"?

"Nada", dijo el hombre y dio un paso atrás. Continuo en voz baja. "Es que... no me lo creo".

La cajera los miró como si preguntar, ¿qué está pasando? Roberto sacó tres dólares, los puso sobre el mostrador y se marchó.

"Eh, espera, déjame que te dé el cambio".

"Quédatelo". Roberto se marchó.

La cajera miró a Dan e inclinó la cabeza.

Dan dijo rápidamente: "Juro que conozco a ese hombre".

¿"Y que más, a ver"? Levantó las cejas.

"Dijo que no me conoce".

Los ojos de la cajera iban de un lado a otro y negó con la cabeza. "No te imaginas las veces que he oído eso".

"No, lo digo en serio, realmente lo conozco. Fui a la escuela secundaria con él".

"Y sí, yo también lo digo en serio, No te imaginas las veces que he oído eso".

Roberto miró por encima del hombro mientras caminaba hacia su coche. Dan lo observaba a través de la ventana. El sonido de los pasos de Roberto y la autopista se hacía más fuerte a cada paso. Se acercó a la puerta de su coche. Lo miró y se quedó inmóvil. El sonido de un coche al pasar, lo sacó de aquello y lo llevó a donde estaba, de pie, en el arcén de la carretera, junto a los viñedos. Miró a su alrededor buscando al hombre. Miró a su alrededor buscando al hombre.

¿"Qué demonios"? Se oyó a sí mismo decir.

El sonido de la autopista y de los coches tocando los bocinazos lo sacó de ese estado y lo volvió a la gasolinera. Miró por encima del hombro y vio un coche acercarse a un surtidor. La sensación de querer escapar lo dominó. Rápidamente, se metió en el coche, lo encendió y arrancó. Le invadió una sensación de seguridad, como si estuviera escapando. Giró a la derecha en la calle. El semáforo se puso en rojo. Se detuvo. Miró hacia abajo y vio que su pierna izquierda temblaba descontroladamente, presa del pánico. Se preguntó: ¿Por qué? ¿Por qué siento esto? ¿Quién es este hombre? ¿Por qué alguien que no conozco pensaría que sí? Miró por el retrovisor y vio a Dan salir corriendo de la tienda en dirección a los surtidores de gasolina. Las manos de Roberto empezaron a temblar. Más preguntas invadieron su cerebro. Se oyó a sí mismo decir.

¿"Este hombre me está siguiendo? ¿Arlington Heights? ¿Por qué alguien....."?

Dejó de hablar cuando su cerebro le dijo que el semáforo seguía en rojo y que mirara el velocímetro. Lo miró y lo vio en cero. Miró a su alrededor en busca de policías y no vio ni uno solo a la vista. Se dio a la fuga. Dan corrió hasta su coche, se subió y le preguntó a su mujer: ¿"ves ese coche"?

Señaló el Roadrunner de Roberto. Su mujer se inclinó hacia el parabrisas y dijo: "Sí".

¿"Recuerdas quién conducía ese coche"?

Ella lo miró: ¿"Los Dukes De Hazzard"?

En referencia a un programa de televisión

El RoadRunner gritó mientras Roberto conducía por la rampa de acceso.

Dan puso los ojos en blanco. ¡"No! Me refiero a alguien que conocíamos".

¿"Alguien qué conocíamos"?

"Sí".

Hizo una cara tratando de entenderlo. "Yo, no lo sé. Dame una pista".

¿"Recuerdas a ese tipo que hacía carreras con su coche"?

Ella levantó la vista pensando.

"Había tres o cuatro de ellos y una chica. ¿Te acuerdas de esa chica? Ah, ella tenía el Mustang. Solían salir".

Su esposa dijo. "Oh, sí, ¿cómo se llamaba? Era linda. Siempre andaba con esos tipos".

"Sí, sí, ella". Dan sonrió.

"Ah, ¿Roberto"? Dijo su esposa y sonrió.

Dan se iluminó, "Sí, Roberto". Y señaló la rampa de entrada como si Roberto todavía estuviera allí. "Ese era él".

Ella miró hacia la rampa de entrada. ¿"Sigue manejando el mismo coche"?

"Sí", dijo Dan. Y cambió de expresión. ¿"Qué hay de malo en eso"?

Ella puso cara de no creerle. ¿"En San Francisco"?

"Sí. Me dijo que no me conocía. ¿Te lo puedes creer? Dijo que no me conocía".

"Bueno, tal vez no te conoce. O no se acuerda de ti. No es como si hubiéramos salido o algo así".

"Bueno, en realidad si salimos un par de veces".

¿"Deberás"? Preguntó ella.

"Sí, salimos en fiestas algunas veces".

¿"Dónde estaba yo"?

"No lo sé, quiero decir, no recuerdo todo". Dan tuvo una retrospectiva de él saliendo a escondidas sin ella.

Ella dijo. "Tal vez no es el mismo".

"Oh, ¿como no? El mismo coche, el mismo tipo".

"Ah, ¿el mismo coche, no el mismo tipo"?

Roberto miró su velocímetro y lo vio a ochenta millas por hora. El corazón le latía con fuerza y las manos le temblaban. Intentó abrir su zumo de naranja y derramó la mayor parte sobre su regazo. La confusión lo envolvió mientras volvía a poner en marcha su cerebro en busca de cualquier cosa que pudiera aportarle algún parecido con aquel hombre.

En lugar de eso, miró a su alrededor para verse a sí mismo, empujando su bicicleta por la carretera, rodeado de viñedos y con el sol poniéndose en el horizonte. Se miró a sí mismo en busca del zumo de naranja derramado y en su lugar vio el tinte anaranjado del sol poniente, cubriendo todo su cuerpo de vagabundo.

Preguntó: ¿"por qué tanta naranja"?

Miró al frente y vio el sol posado en la carretera. No se lo podía creer.

¿"Por qué el sol está tocando la carretera? ¿Por qué hace eso"? Lo dijo en voz alta. El paso del tiempo se le escapó mientras el sol se hundía tras el horizonte.

¿"Qué ha pasado? ¿Adónde se ha ido el sol"?

Preguntas y más preguntas se apoderaron de él. Incapaz de procesarlas, la parálisis se apoderó de él.

Sin que Roberto lo supiera, se estaba celebrando una reunión de antiguos alumnos en la casa victoriana de al lado. La gente comía, bebía y bailaba al ritmo de música de los setenta. Una pancarta colgaba del balcón. "Reunión de la promoción de 1976". Uno de los hombres, Henry, miró por encima del seto. Vio a Roberto de pie a un lado de la carretera con las manos agarrando el manillar de su bicicleta. Henry se preguntó:

¿Qué hace este hombre ahí parado? No estaba seguro de si el hombre se movía, así que se inclinó sobre el seto para verlo más de cerca. Un recuerdo se agolpa en la cabeza de Henry. Era mil novecientos setenta y seis. Henry y su amigo Tom le pagaron a un hombre vagabundo, que les comprara cerveza la noche antes de ir a la universidad. Como si estuviera en la intersección de ahora y entonces, Henry se preguntó, ¿cómo puede ser? Eso fue hace treinta y cinco años y él ya era viejo entonces. ¿Cómo es posible que hoy esté vivo? Una sonrisa apareció en su cara cuando las paredes de duda se desaparecieron. Henry miró hacia la fiesta y gritó.

"Oye, oye, mira a este tipo".

Unas cuantas personas se acercaron al seto. Henry señaló a Roberto.

¿"Lo recuerdas"? Miró a su alrededor esperando que lo reconocieran. ¿"Te acuerdas? Solía a comprarlos cerveza".

Mike, que era amigo de Henry, trató de procesar la imagen de un hombre olvidado hace mucho tiempo.

"Tienes que estar bromeando". Dijo Mike.

Tom, con la boca abierta, dijo. "No puede ser, tío. No puede ser él".

"Sí, es él. ¿Te acuerdas Tom?" Preguntó Henry, Tom lo miró interrogante. Henry añadió.

¿"Recuerdas la noche de graduación? Nos compró cerveza".

La expresión distorsionada de Tom le dijo a Henry que no se acordaba. Linda Southern, que solía ser animadora, corrió hacia el seto para averiguar a qué se debía el alboroto. Intentó mirar por encima del seto, pero no era lo bastante alta. Cogió una silla y se subió a ella mientras todos señalaban a Roberto.

¿"Quién es"? Preguntó Linda.

Henry contestó rápidamente. "Ese es el tipo que solía comprarnos cerveza, tío. ¿Te acuerdas"?

¿"El tipo que solía comprarnos cerveza"? Repitió Linda en voz baja. Pero no recordaba a ninguno de los tipos que les compraban cerveza, y mucho menos a uno en concreto.

Henry la miró. "Sí, ¿te acuerdas"?

El rostro de Linda se distorsionó tratando de recordar.

"Recuerdas el vagabundo. Siempre fue muy simpático". Henry miró a Dave, otro de sus compañeros que también intentaba recordar.

Linda finalmente tuvo un recuerdo de él. "Dios mío. Ya me acuerdo. ¿Crees que es el mismo tipo"?

Dave miró a Roberto y luego a Linda y dijo. "No lo sé. Creo que sí, tal vez".

Miró a su alrededor esperando que alguien lo recordara. "Hola chicos, ¿recuerdan de aquel vagabundo que solía a comprarnos cerveza? ¿Hace mucho tiempo"?

Más gente se puso en pie y miraron por encima del seto. Melinda, otra de sus animadoras, miró a Roberto. Su nariz se arrugó cuando le vino un recuerdo.

"Mierda, no puedo creerlo".

Jerry, uno de sus amigos, no tenía ni idea, ni le

importaba si era el mismo tipo. Se inclinó sobre el seto y gritó.

"Oyes, oyes, ¿te acuerdas de nosotros"?

Henry miró a Jerry y comenzó a gritar. "Solías comprarnos cerveza, tío. Oye tío."

Dave miró a su alrededor y se fijó en Tom.

¿"Cómo se llamaba? ¿Lo recuerdas"?

"Yo... no me acuerdo".

"No creo que sea el mismo tipo". Dijo Linda y miró a su alrededor. "Oye, llama a Debbie. Ella ha estado aquí todos estos años, lo sabrá. ¡Debbie, Debbie!" Gritó Linda.

Roberto se quedó inmóvil y no oyó absolutamente nada.

Debbie se acercó a ellos. ¿"Qué está pasando"?

Todos señalan por encima del seto.

"Echa un vistazo a ese tipo". Dijo Linda.

Debbie se puso de puntillas y miró por encima del seto. "Ya le eché un vistazo a ese tipo. ¿Y ahora qué"?

Linda sonrió mientras miraba a Debbie. Debbie le devolvió la mirada con un poco de confusión. Linda se tapó la boca intentando no reírse.

¿"Qué es tan gracioso"? Preguntó Debbie.

Linda miró a Jerry y le dijo: ¿"No es graciosa"?

Jerry ignoró a Linda y preguntó a Debbie.

¿"Es el mismo tipo que solía comprarnos cerveza"?

"Ahora compro mi propia cerveza, idiotas. ¿Cómo voy a saberlo"?

Henry se acercó a Debbie y le dijo.

"Bueno, has estado aquí todos estos años".

¿"Y"? Preguntó Debbie. Hizo una pausa esperando una respuesta.

"Y, ¿qué pasa contigo"? Dijo Jerry. "Solo estamos haciendo una pregunta".

"No, estás haciendo una pregunta estúpida".

Hubo un momento de silencio total. Dave miró a su alrededor, frustrado.

"Jesús, sigues siendo una zorra después de todos estos años".

Linda se rio y abrazó a Debbie. Giró a los de más. "Mírala. ¿No te encanta? Sigue siendo nuestra Debbie zorra".

Besó a Debbie en la mejilla. Debbie sonrió y extendió los brazos como diciendo, tómalo o déjalo. Miró al grupo y dijo.

"Bueno, ¿qué quieren de mí? Quiero decir, de verdad".

Henry sintió que se le escapaba la emoción, pero se aferró a una pequeña esperanza.

¿"Ha habido un vagabundo en la ciudad todos estos años"?

Debbie suspiró y ladeó la cabeza. "Vale, si te hace sentir mejor, sí".

Tom, que estaba detrás de Debbie dijo. "Todos los pueblos tienen un vago, ni modo, que vamos a decir".

Todos lo miraron.

Tom continuó. ¿"Cómo sabemos que es el mismo tipo, quiero decir realmente"?

Henry miró a su alrededor mientras intentaba recordar su nombre. "Oh, sé su nombre, lo sé. Ah, ah, maldita sea lo tenía justo aquí". Se señaló la cabeza.

Todos intentaron recordar. La cara de Henry se iluminó: "George, eso es, era George, es George". Miró por encima del seto. "Hola, George. ¡Oye"!

¡"Eso es!" Dijo Dave y también miró por encima del seto. ¡"Eh, George!"

Roberto vio movimiento a su derecha, pero permaneció

216

inmóvil. Dave levantó su cerveza hacia Roberto. "Oye hombre, ¿quieres una cerveza"?

"Chicos, ya basta". Gritó Melinda.

"Sí, hombre, ¿qué tal un trago"? Dijo Henry.

Roberto volvió los ojos hacia el movimiento, pero su cara permaneció fija. La gente le señalaba. Sus bocas se movían. Podía ver sus gritos silenciosos mientras levantaban cervezas y bebidas.

Debbie miró a su alrededor sin creérselo.

"Oh, sí que son muy inteligentes. Se nota que han crecido".

"Vamos George, tómate una cerveza". Gritó Mike.

Un grupo de gente gritó y ofreció cerveza a Roberto. Debbie decidió que era hora de intervenir.

¡"Oigan, oigan, déjenlo en paz, déjenlo en paz"! Debbie gritó.

"Apenas lo puedes creer, parece que estábamos en la escuela". Dijo Melinda.

A Roberto le tronaron los oídos y los gritos de todo el mundo se le agolparon en la cabeza. Arrancó tan rápido como pudo.

"Oye, ¿a dónde vas"? - Colectivamente.

"Vamos George, vente con nosotros". Todos dijeron.

"Eh, vuelve, necesitamos cerveza". Gritaron algunos más.

La cabeza le latía con fuerza y le costaba respirar. El sonido se hizo más fuerte en lugar de desvanecerse. Miró hacia atrás para ver si lo seguían. Tropezó y cayó sobre su bicicleta. Se desenredó, levantó la bicicleta y se puso en marcha. Giró a la derecha en la bifurcación. Buscó un lugar donde esconderse. Vio un granero y un pequeño cobertizo junto a la casa donde se celebraba la reunión. Corrió a la parte trasera del cobertizo.

Dejó caer la bicicleta, se puso en cuclillas y se apoyó en el cobertizo. Permaneció allí unos minutos y se acomodó. Podía oír la música alta y a la gente hablando al otro lado de cerco. Al cabo de un rato, se arrastró hasta el cerco. Miró entre los piquetes y los vio hablando, bailando y bebiendo. Algo le intrigaba de aquella gente. No estaba seguro de lo que era, pero no podía dejar de observarlos. Entonces pensó: Un momento, les gusta la misma música que a mí. La música lo rejuveneció. Me encanta esta música, escuchó en su cabeza. Pero algo más le llamaba, pero no podía precisarlo. Volvió a su bicicleta y sacó su anuario. Volvió a la valla y lo abrió. Se dirigió a las fotos del último curso como si supiera exactamente dónde estaba esa página. Se colocó junto al anuario para que la luz del otro iluminara las fotos.

"Aquí mero, aquí mero". Roberto lo dijo en voz alta. Escuchó el sonido de su voz clara. Se dio la vuelta y pensó en lo diferente que sonaba su voz. Oyó el sonido de su respiración. Cerró los ojos y se dijo a sí mismo que se calmara.

¡"Debbie! Debbie MacCann, ven aquí". Oyó desde el otro lado.

Colocó el anuario de forma que pudiera ver los nombres. Señaló los nombres. Su corazón volvió a latir con fuerza. ¿Qué demonios me pasa? Escuchó su voz interior, que le sonaba aún más rara. Bajó el anuario y pensó en su voz interior. Se dijo a sí mismo que no la oyera, que se dejara llevar.

Volvió a levantar el anuario y sus ojos se pusieron a trabajar.

"Debbie MacCann, ahí está". En voz baza.

Miró a través del cerco y vio a una señora hablando con otra. Miró las etiquetas con sus nombres. Su cerebro se acercó y vio a Debbie MacCann y Linda Southern. Buscó a Linda y encontró una foto de las dos juntas como animadoras. Era como viajar en el tiempo, pensó. Un segundo eran jóvenes, al siguiente, no tanto, pero tenían buen aspecto, pensó. Le gustaba lo que veía. A medida que avanzaba la noche, Roberto oía nombres, y la emoción no cesaba cada vez que los encontraba en el anuario. No se lo podía creer. ¿Cómo demonios podía estar pasando esto? No podía dejar de mirarlos y escucharlos. Al cabo de un par de horas, el sonido del otro lado se desvaneció y él también, sumiéndose en un profundo sueño.

Tres de los chicos que pensaban que era George, se acercaron al lado del cobertizo y se aliviaron. Terminaron y comenzaron a alejarse cuando Tom dijo, "Espera, espera, ¿qué es eso"?

Se detuvieron y escucharon.

"Eso suena como ronquidos, amigo", dijo Dave.

"Tal vez alguien se desmayó", dijo Henry.

"Vamos a ver", dijo Tom.

Se dirigieron a la parte trasera del cobertizo y vieron a Roberto durmiendo junto al cerco.

"Oh, tío, mira esto", dijo Henry.

Dave se acercó a Roberto y lo miró. "Mira esto, míralo nomas".

Tom se inclinó para verlo más de cerca. "Amigo, te dije que no era él. Este tipo es demasiado joven. Míralo".

"Oh, vamos", dijo Henry y se acercó a Roberto. "Es él. Y me refiero a George, tío".

"Despiértalo, hombre." Dijo Dave.

Tom sacó un mechero y lo bajó justo al lado de la cara de Roberto. "Ves, este tipo es demasiado joven, te lo digo".

Tom cogió un palo y golpeó a Roberto en las costillas.

"Oye, oye, George, despierta, despierta hombre. Necesitamos cerveza tío". Tom le dio un golpecito en la cabeza. Roberto instantáneamente agarró el palo y se lo quitó. Saltaron hacia atrás.

"Oh, mierda." Dijo Tom.

"Joder, mierda, ¿has visto eso"? Preguntó Henry y se rió de Tom. Dave también se rio.

Sorprendido por Roberto, Tom no le quitó los ojos de encima. Roberto mantuvo el palo levantado entre él y Tom para protegerse.

Dave se llevó el dedo índice a los labios y dijo. "Callados", miró a Roberto. "No pasa nada. No vamos a hacerte daño, relájate".

"Oye, ¿quieres invitarnos a una cerveza"? Preguntó Henry.

"Cállate, ese no es el mismo George", le dijo Tom.

"Sí, lo es. Tello digo, es George". Dijo, Henry.

Dave sonrió a Roberto contento de verlo y dijo. "Es el borracho George. Nuestro vago está vivo y se llevó tu palo tío". Se rieron.

"Sí, ese. Se llevó tu puto palo". Henry le dijo a Tom. Miró a Roberto: ¿"Qué eres, un vago ninja"? Se rieron aún más fuerte.

"Jesús, nos has dado un susto de muerte, tío. Quienquiera que seas". Dijo Tom.

Henry miró a Tom e hizo una mueca. "Cállate hombre. Esto es Drunk-George. Te guste o no".

Roberto permaneció en silencio. No podía creer que los tres hombres que tenía delante le resultaran familiares. Pero, ¿por qué y cómo era posible?

Dave, que estaba más borracho de lo que pensaba, se inclinó y casi se cae sobre Roberto. Puso la mano contra la valla y recuperó la compostura. "Ay, lo siento George."

Tom sacudió la cabeza. "Bien, bien echo, ese, así se hace".

Dave se rio un poco y dijo: "Órale, George. Di algo. ¿Por qué no hablas con nosotros? ¿Por qué? A ver hombre. Di una cosita para nosotros".

Tom agarró a Dave y lo alejó de Roberto. "No es George, maldita sea. Te lo estoy diciendo".

Tom le quitó el palo a Roberto y lo tiró a un lado. Lo agarró por la camisa y lo sacudió. "Díselo. Vamos, díselo. ¿Cómo te llamas? Maldito vago".

Henry y Dave agarraron a Tom y lo apartaron de Roberto.

¡"Guao, párale, aguanta, Tom, suéltalo, suéltalo, tío"! Los dos gritaron.

Dave puso sus manos en el pecho de Tom y lo empujó hacia atrás. "Tómalo con calma, hombre".

Roberto los reconoció y dijo suavemente. ¡"Tom"!

Los tres se quedaron paralizados. Tom lo miró. Apartó a Dave y a Henry y se acercó a Roberto.

¿"Qué? ¿Qué has dicho"?

Roberto dijo. "Tom".

Henry se echó a reír, pero no estaba seguro de haberle oído bien.

"A ver, a ver, mierda. ¿Qué dijo"?

Dave sacudió lentamente la cabeza mientras miraba a Roberto. Miró a Tom. "Te lo dije, mano. Te lo dije, claro que sí. Es Drunk-George tío".

La expresión de incredulidad de Tom cambió a una de enfado y gritó. "Mierda de toro. Oyó a alguien decir mi nombre antes".

Roberto levantó la mano y señaló a Henry. "Henry", miró a Dave. "Dave".

Henry siempre pensó que era Borracho George. Pero se sorprendió tanto como Tom y Dave al oírlo.

"Santo cielo. Es él. Realmente es él, hombre".

Tom se relajó. Miró a Dave y a Henry. "Dios mío. ¿Puede ser? ¿Es posible? No me lo creo".

La expresión de Tom cambió otra vez de asombro a profunda reflexión y confusión. Miró a Roberto.

"No puede ser. ¿En qué estoy pensando? Este no puede ser el mismo tipo".

Agarró a Roberto. Henry agarró a Tom por detrás, y tiró de él y gritó. "Oye, Oye, ¿qué estás haciendo"?

¿"Cuál es tu problema"? Preguntó Dave.

Tom se zafó del agarre de Henry. Se puso de rodillas. Agarró a Roberto y colocó la cara entre los piquetes.

Henry y Dave le gritaron a Tom. "Hora le. Párale, párale". "Tom, tranquilo con él", gritó Dave.

Tom se inclinó hacia la cara de Roberto y le gritó: "Mira a través de la valla. Mira a través de la valla maldita sea".

Henry empezó a tirar de Tom, Tom se volvió hacia él. ¡"No me toques"! Miró a Dave.

"Ni se te ocurra".

Los dos se congelaron y dejaron que las cosas siguieran su curso. Tom se volvió hacia Roberto y una vez más se inclinó hacia su cara. Miró a través de los piquetes y buscó durante un par de segundos. Miró a Roberto y dijo. "Vale, ¿quién es la chica del vestido naranja"?

Roberto intentó enfocar, pero no pudo identificar la cara. Tom lo sacudió intentando que respondiera.

¡"Vamos! ¡Venga! ¿Quién es ella? ¿Te acuerdas? Solías comprarnos cerveza a los dos. Sabía exactamente dónde encontrarte cada vez que necesitábamos cerveza".

Roberto permaneció en silencio. Tom continuó. "Ya ves. Ya lo ves. Es una mierda. Eso es todo lo que es, una puta mierda".

¿"En serio"? Preguntó Henry y estiró la mano hacia Tom para quitárselo de encima, Tom apartó las manos. Henry se dio cuenta de que Tom estaba fuera de control. "Tío, no te creo. ¿Por qué estás tan enojado"?

"Porque odio a los mentirosos, por eso estoy enojado".

¿"Sobre qué está mintiendo? Quiero decir, si escuchó nuestros nombres antes, ¿cómo los recordaría? ¿Los escribió o qué"?

"Margo". Dijo Roberto.

Henry y Dave volvieron a quedarse paralizados. Dave se tapó la boca con la mano. Luego levantó ambas manos y se las puso encima de la cabeza y giró lentamente. Se detuvo frente a Tom y dijo: "¡Oh, mierda! Ahí está, tío. Ahí está, es él. Lo has oído. Lo has oído, joder".

Henry se irguió y le dijo a Tom. "Lo sabía, lo sabía, joder. Suéltalo. Suéltalo, joder"

Dave, que seguía doblado de risa, se levantó. Se dio la vuelta y miró a Tom.

"Joder, 'ay hombre. Te jodió... otra vez".

Ninja George tomó tu palo y luego te jodió otra vez".

Henry seguía mirando a Roberto sin pestañear.

"Nuestro Jorge el Borracho está vivo, aquí con nosotros hombre".

Roberto volvió a mirar a través de la valla. "Sheri."

¿"Qué carajo"? Dijo Tom.

Los tres miraron a través de la valla.

"Bueno, que me parta un rayo". Dijo Tom.

Henry levantó las manos por encima de la cabeza como si acabara de marcar un gol. Las mantuvo levantadas unos segundos y las bajó. Se agarró el pelo y tiró hacia arriba, y dojo. "Dios mío".

Tom agarró a Roberto por la chaqueta, lo hizo girar y tiró de él para ponerlo en pie. Retrocedió y lo miró de pies a cabeza. Le puso las dos manos delante. Roberto se estremeció.

"Está bien, está bien hombre." Dijo Tom. Lo agarró por los hombros, tiró de él y lo envolvió con sus brazos. "Lo siento tío, lo siento de verdad".

Los tres le dieron un abrazo en grupo. Tom retrocedió y lo miró. "Vamos George, vamos a tomar unas cervezas".

"Muy bien". Dijo Dave, "esta vez te vamos a traer unas cervezas. ¿Qué te parece George"?

Henry lo asimiló todo con una enorme sonrisa. Como congelado en una esfera del tiempo, Tom no podía apartar los ojos de Roberto. Sintió lágrimas de alegría y se arrepintió de sus actos. Miró a Henry y le dijo: "Lo siento, lo siento mucho".

Henry le puso la mano en el hombro. "Está bien, está bien hombre, estamos bien, estamos malditamente bien".

Lo siguiente que Roberto sintió fue una enorme sonrisa pegada a su cara y sus nalgas sobre una cómoda silla. Algo que no había sentido en quién sabe cuánto tiempo. Como si no se lo creyera, alargó la mano y palpó su sonrisa con las yemas de los dedos. Un rápido flashback de él sonriendo con alguien pasó por su cabeza, pero no pudo ver la cara. Su sonrisa se desvaneció.

Tom vio su expresión. ¿"Estás bien"?

Roberto se volvió lentamente hacia él mientras recuperaba la sonrisa. "Así mero", dijo Tom.

¿"Tiene hambre"? Preguntó una de las chicas.

"Los vagos siempre tienen hambre". Dijo Jerry, algunas personas se rieron. Tom miró mal a Jerry.

Henry también lo miró mal. "No le llames, vago. Se llama George, ¡George! ¿Lo entiendes?"

Jerry hizo una cara como diciendo, que importa, y se marchó.

!"Vamos, vamos"! Dijo Dave. "Vamos a darle algo de comida, comida por el amor de Dios."

Un par de chicas fueron a buscarle comida. Tom les tendió un puro.

"Toma, hagamos lo que los hombres hacen mejor. Fumemos un puro, tú y yo. Vamos George."

Roberto oyó "lo que mejor hacen los hombres" y en el fondo de su cabeza resonó un eco.

"Quiero decir que son hombres y con los hombres es un sin fin de arañazos, de los huevos y el culo, ¿verdad"?

Se despertó y vio el puro que Tom le tendía. Le vino otro recuerdo. Estaba sentado en un garaje fumándose un puro con un anuario en el regazo.

¿"Qué pasa"? Preguntó Tom.

"Quizá no fume". Dijo Melinda.

"Sabe que no es bueno para uno". Añadió Kathy.

"Apenas se puede creer. Dame un respiro". Tom les lanzó una mirada.

Roberto salió de su flashback. Vio el puro delante de él. Dudó, miró a su alrededor como para ver dónde estaba, y no vio más que caras amistosas, y su sonrisa volvió.

"Eso es, eso es". Dijo Tom, y miró a su alrededor como diciendo, te lo dije. Tom puso el puro en la mano de Roberto.

"Ese es mi chico". Dijo Tom.

Sacó un encendedor del bolsillo. Roberto se llevó lentamente el puro a la boca. Tom encendió el mechero, lo acercó al puro y observó cómo Roberto le daba caladas como un experto. Tom apartó el encendedor y lo observó con absoluta alegría. Roberto se quitó el puro de la boca. Lo miró e hizo una expresión como diciendo, no está mal. Tom alargó la mano y apretó el hombro de Roberto.

"La vida es buena. ¿Verdad George"?

Henry observó desde la distancia y pensó en lo diferente que eran las cosas desde hacía unos minutos. Roberto fumaba, sonreía y estudiaba las caras. En su mente lúcida, nada se le escapaba. Comparó la mayoría de las caras con las del anuario de su cabeza. Un rápido destello de miedo se apoderó de él. Su voz interior le preguntó:

¿Dónde está mi bicicleta? Miró a su alrededor pensando que lo había dicho en voz alta. Nadie respondió, lo que le dijo que se lo había quedado en la cabeza. Miró la valla que había a unos metros. La idea de estar al otro lado lo confundió. Parecían dos mundos separados. Se preguntó, ¿cómo es posible que estuviera al otro lado, solo? Y ahora, aquí estoy con toda esta gente amable. Fumando un puro con un hombre que hace unos minutos me estaba gritando. ¿Fue hace unos minutos? Parecen horas, quizá días. Intentó organizar sus pensamientos, pero no pudo. Procesó lo que pudo y rechazó lo que no pudo. Durante todo ese tiempo dio una calada a su puro y mantuvo su sonrisa. Pensó en su preciado anuario. Las ganas de mirarlo, casi insoportables. La idea de ver todas esas caras que había visto en su anuario lo confundía, y le producía alegría.

"Aquí tienes, George". Linda le puso un plato de comida en el regazo. "Espero que te gusten las costillas".

Todos esperaron su respuesta. Bajó la vista al plato y se le dibujó una enorme sonrisa. Todos rieron. Cogió el tenedor y comió. Disfruta de este momento, escuchó desde un lugar muy dentro de su cabeza. Un lugar que en el pasado le producía dolor. Pero esta noche sintió alegría. Todo va bien, volvió a oír esa voz. Masticó, sonrió, masticó y sonrió más. Una mujer dentro de una ventana abierta en el segundo piso le llamó la atención. También la reconoció, Cathy es su nombre. Su conversación con alguien por teléfono, antes fuera de su alcance, estaba ahora a su alcance.

"Entonces, ¿cómo está el clima en el buen viejo sur de California?" Preguntó Cathy. Hizo una pausa.

"De verdad, eso es genial. Oye, ¿sabes qué? ¿Recuerdas a ese tipo que compraba cerveza a to dos"? Hizo una pausa.

"Sí, sí ese tipo. No te lo vas a creer".

Roberto volvió a salir por esa ventana con un sentimiento de aceptación, de pertenencia entre amigos. Este era su anuario en la piel. Dio el salto entre fantasía y realidad, como había esperado hacerlo muchas veces antes, y ni siquiera se dio cuenta. Estos eran los amigos que había llegado a conocer demasiado bien.

16. VAMPIROS CHUPADORES DE ENERGÍA

Margaret estaba en la sala de espera del Departamento de Policía de Cloverdale. Estaba mirando las fotos de dos policías que perdieron la vida en acto de servicio. Leyó la placa que había debajo de una de las fotos y se quedó pensativa. Paul entró y se detuvo a unos pasos de ella. Como profesora, siempre les había dicho que era mejor leer que no leer. La esperó, la observó y se preguntó qué estaría pensando en esa cabeza. La mayor sorpresa de ella, fue no recordar la muerte de uno de estos hombres. Ocurrió hace unos años y ella no tenía ni idea. Se preguntaba cómo o por qué nuestro estado de presencia era tan diferente de una persona a otra, o de una etapa de nuestra vida a otra. ¿Cuál es la causa? ¿Fue la edad, o un acontecimiento en nuestras vidas lo que nos cambió? ¿Qué nos hizo abrir los ojos, o cerrarlos en aras de la supervivencia? O, más bien, algo tan simple como que no nos importa. Y se preguntaba: ¿cuál era mi estado de ánimo para que no me importará? ¿Qué hace falta para estar presente, para estar en el momento? ¿Cómo se consigue ese tipo de conciencia? ¿En la que uno no tiene que forzar, a poner atención a lo que tiene en frente de uno? Eso debe ser maravilloso, sereno, uno, con uno. ¿Serlo? Quisas, pero en este punto de vida, tal vez nunca lo sepa. No es como si hubiera llegado a la pubertad ayer, así que ¿por qué he tardado tanto?

"Hola, Margaret". Dijo Paul.

Se dio la vuelta y se encontró sin aliento. "Oh, hola Paul".

¿"En qué estabas pensando"?

"Oh, no creo que quieras saberlo". Se volvió hacia la foto.

"Oh, siento discrepar."

"Bueno, si lo quieres saber. Estaba pensando que no llegué a la pubertad ayer".

"Tienes razón, no quiero saber".

"Te lo dije", dijo Margaret sin apartar los ojos de la foto.

Preguntó Paul. "¿Así que mirar la foto de este tipo te hizo pensar eso"?

¿"Cuánto tiempo llevas ahí, Paul"?

"Oh, unos diez minutos".

Ella lo miró sin creer y volvió a mirar la foto.

"En realidad acabo de entrar. Estás sin aliento. ¿Qué pasa"?

¿"Cómo sabes que estoy sin aliento"? Preguntó Margaret.

"Puedo oírte y ver tu respiración. No es tan complicado".

"Sí, supongo que tienes razón. A veces me olvido de respirar. Ya sabes, cuando me pongo a pensar profundamente. Probablemente, tú también lo haces, solo que no te das cuenta".

Hubo una pausa que lo sorprendió. Lo miró casi como para asegurarse de que seguía allí. Se volvió hacia la foto.

"Esto no fue hace tanto tiempo. ¿Qué trágico es esto?"

Paul pensó en el policía que Margaret estaba tan empeñada en justificar su ignorancia sobre su trágica muerte.

"Sí, eso seguro". Paul finalmente dijo.

¿"Por qué has tardado tanto"?

¿"Qué quieres decir"? Dijo Paul.

"No es tan complicado, ¿recuerdas"?

Frunció el ceño, sin saber a qué se refería. Ella continuó.

"Mi pregunta Paul....no era tan compli..".

Paul la interrumpió.

"Tienes razón, es que me acuerdo de este tipo". Señaló a la foto.

¿"En serio? Aún estabas en la escuela cuando esto sucedió".

"Sí, estuve en la escuela, y este tipo me paró un par de veces".

¿"Qué quieres decir"?

"Me paró cuando tenía mi Cámaro".

¿"De veras"?

"Sí, claro que sí, unas cuantas veces de hecho". Señaló la inscripción de la placa bajo la foto.

"Se olvidaron de escribir que era un gilipollas".

Margaret giró completamente para mirarle.

¡"Paul"!

¿"Qué"?

"Al pobre hombre le dispararon. Está muerto".

Ladeó la cabeza: "Sí...y...probablemente le disparó alguien con quien se portó como un gilipollas".

"Paul, no te creo."

"Bueno, no sé qué decirte. Excepto que todo el mundo por aquí también pensaba que era un, ya sabes qué".

"Sí, pero...." Paul la interrumpió.

"Oh, vamos Margaret, solo porque el tipo esté muerto no significa que no fuera un gilipollas."

Margaret no sabía cómo responder. Paul se agarró el cinturón con las dos manos y se balanceó de un lado a otro como diciendo, ¿y ahora qué?

¿"En qué puedo ayudarte"? Preguntó Paul.

Su expresión era de decepción con Paul.

"Vamos Margaret. ¿Quieres decirme que no tienes ni una sola persona en ese profundo cerebro tuyo que fuera gilipollas en vida y siguiera siéndolo muerto"?

"Bueno....quizás uno".

Paul le echó una mirada.

Margaret encogió de hombros y dijo. "Vale, dos". Miró la foto, como diciendo, lo siento. Miró a Paul.

¿"Recuerdas al vagabundo"?

"Sí."

¿"Qué sabes de él"?

"No mucho, ¿por qué"?

"Como sabes, he estado alimentándolo, y..."

¿"Qué ha pasado"?

"Nada."

"Vamos, ¿qué ha pasado? Podemos salir a buscarlo horita mismo".

Ella descruzó los brazos y dijo. "No ha pasado nada Paul, este hombre no ha hecho nada".

¿"Entonces qué está pasando"?

"Ah, él sabe mi nombre".

Paul buscó en su cabeza algo que se le hubiera pasado por alto, y preguntó. ¿"Sabe tu nombre"?

"Sí".

"Margaret, yo también sé tu nombre. ¿Cuál es el problema"?

Ella lo ignoró y preguntó. ¿"Tienes idea de quién es"?

"No, pero volvamos a que sepa tu nombre".

"Bueno, nunca le he dicho mi nombre".

"Bueno", dijo Paul, imitándola. ¿"Estás segura"?

Margaret hizo una cara.

"Lo siento", dijo Paul, "debió oírnos la otra noche, ¿recuerdas? Yo... dije, hola Margaret".

"No Paul, no Margaret. Dijo, Señora. Himes. Hola, Sra. Himes. Como si me conociera".

"Hm, debe conocerte de alguna parte. ¿Quizás leyó sobre ti en el periódico o algo así"?

¿"Periódico"? ¿Cuál? ¿El Wall Street Journal"?

Paul le dio una mirada.

"Dispénsame, solo bromeaba". Ella esperó a que él dijera algo. Él esperó a que ella continuara.

¿"Puedes ayudarme a averiguar quién es"?

"Supongo, pero ¿por qué"?

"Solo quiero saber. Bueno, también quiero saber cómo sabe mi nombre, pero eso lo averiguaré más tarde".

Paul fingió una sonrisa e inclinó la cabeza como diciendo, ¿en serio?

Dijo: "Podemos, podemos resolverlo, Margaret".

"Claro, si tienes tiempo".

"Horita tengo tiempo. Vamos a ver qué encontramos".

Abrió la puerta. Pasaron al pasillo y entraron a una oficina.

Paul señaló la silla frente al escritorio. Margaret se sentó mientras Paul caminaba detrás del escritorio y se sentaba. Margaret miró a su alrededor, observando la decoración de su oficina.

"Esto es bonito Paul".

Paul asintió y dijo. "Me aseguraré de decírselo a mi mujer".

"Oh, ¿así que ella hizo esto"?

"Sí, sin duda. Bien, vamos a buscar a cualquier persona desaparecida, remontándonos. ¿Hasta dónde quieres llegar"?

Se conectó a su computadora. Margaret levantó la vista pensativa y dijo: "No lo sé. ¿Qué te parece"?

"Oyes, espera un minuto. ¿Quizás era uno de tus estudiantes"?

"No, ya lo había pensado. Revisé los anuarios y no está en ninguno".

¿"Y cómo lo sabes? Podría estar delante de su madre y ella no lo reconocería".

"Créeme, yo sí lo reconocería".

La ceja izquierda de Paul se alzó, interrogándola, y dijo. "Si tú lo dices. ¿Cuánto tiempo ha estado este hombre en la ciudad"?

Admitir que se fijó en él por primera vez hace solo unas semanas la avergonzaría. Así que levantó la vista y miró a su alrededor como si estuviera pensando en su pregunta. Paul reconoció lo que él llamaría, la expresión de nada.

"Sabes Margaret, no es tan complicado. ¿En qué estabas pensando?"

¿"Qué quieres decir"?

233

"Cuando estabas mirando a tu alrededor. ¿En qué estabas pensando"? Señaló con la barbilla.

"Nada." Dijo Margaret intentando averiguar cuánto había revelado, tratando de no revelar.

Paul preguntó: ¿"Nada? Bueno, eso ha llevado un rato. ¿Vamos a dar vueltas aquí"? Señaló hacia la sala de espera. "Ya sabes, como hicimos antes en la sala de espera".

Frunció el ceño preguntando.

"Sabes". Se detuvo y sacudió la cabeza para restablecerse. "No importa, ¿qué tan atrás quieres mirar"?

"Ah, bueno, me retiré hace dos años y él ya estaba aquí". Lo miró directamente a los ojos intentando transmitirle la verdad. La cabeza de Paul subía y bajaba lentamente.

"Hm, déjame ver, déjame ver, me gradué hace ocho años y él ya estaba aquí".

La miró cuestionando, esperando obtener alguna respuesta, pero no obtuvo nada. "Dios mío. A estado aquí..". Apartó la mirada pensando. ¿"Es el mismo tipo todos estos años"?

"No lo sé. Quiero decir". La voz de Margaret se apagó.

Arrugó la frente Paul y empezó a tapiar en el teclado. "Retrocedamos diez años y veamos qué pasa".

"De acuerdo".

Paul levantó la mano por encima de la cabeza con el dedo índice apuntando hacia abajo y se detuvo. Margaret le miró el dedo. Luego lo miró cuestionando.

Paul hizo una mueca y dijo. "Es más divertido así".

"Quieres decir más diversión".

"Eso también".

Dejó caer el dedo sobre la tecla, ENTER. La computadora emitió un sonido y se puso a trabajar.

Paul la miró, "ves, más divertido, como dije".

Margaret sintió una pequeña sonrisa, mientras sus ojos se deleitaban con el niño que solía conocer. Se le llenaron los ojos de lágrimas.

Paul la vio llorar y le preguntó: ¿"Qué, qué ha pasado"?

Ella negó con la cabeza mientras su sonrisa crecía y le señalaba.

"Ese es el chico que solía conocer."

¿"Chico"?

"Lo digo en el buen sentido, Paul. Nunca pierdas eso".

Los dos sonrieron y esperaron a que la computadora hiciera lo suyo. Margaret miró a su alrededor. Paul metió la mano en el escritorio y sacó una carpeta. Lo abrió y lo hojeo. Por el rabillo del ojo, vio que ella lo miraba. La miró cuestionando.

"Sabes Paul, es muy agradable haber sido tu profesora, y verte aquí".

¿"Qué quieres decir"?

"Quiero decir, todo crecido y un policía. Tu madre debe estar orgullosa".

Se sintió un poco incómodo, miró su carpeta y dijo: "Supongo".

¿"Supones? Seguro que tu madre está orgullosa. Sé que lo estoy".

La miró con el ceño fruncido.

"Bueno, ya sabes, siendo tu profesora y todo eso".

Paul sonrió y se quedó pensativo. Hubo una larga pausa. Margaret puso las manos sobre el regazo y miró a su alrededor con los ojos. Y luego dijo. "Por supuesto, me gustaría que hubieras sido un mejor estudiante, pero.....".

La detuvo con la mirada.

"Oh, quiero decir que eras un buen estudiante, pero ¿sabes"?

¿"Sé qué"?

"Tus notas, tus notas podrían haber sido un poco mejores".

Paul se sintió como en la escuela y decidió no responder. En lugar de eso, ladeó la cabeza, como diciendo, ¿en serio? Luego vino su expresión de absoluto aburrimiento.

Inconsciente de su expresión, Margaret continuó diciendo algo. Dios sabe qué, porque Paul ya se había marchado. Era como volver a su clase. Sus palabras se entrelazaban indistinguibles unas de otras. Margaret vio por fin su expresión y dejó de hablar. Esta vez fue ella la que se sintió como si estuviera otra vez en el colegio. Entró en una espiral de recuerdos, preguntas, pensamientos y todo lo que su cerebro conseguía procesar. Salió de eso y se encontró mirando fijamente a Paul. No podía recordar por qué, pero esto parecía un buen tiroteo a la antigua usanza, pero en lugar de una pelea, esto era una batalla de mirada. Paul, firme como una roca, le devolvió la mirada con su expresión de aburrimiento. Ella se preguntaba, ¿qué está haciendo? ¿Qué está intentando decir? Ah, ya lo entiendo. Está tratando de insultar mi enseñanza.

¿Y todo esto porque dije que sus notas podrían haber sido mejores? Qué bebé. Está tratando de vengarse de mí diciendo que yo era una profesora aburrida, pero yo sé mejor. Tiene que estar actuando. Está haciendo esto para molestarme. ¿Cuánto tiempo va a seguir así? Empezó a cuestionarse a sí misma. ¿De verdad era tan aburrida? ¿O tal vez ese era su estado de ánimo natural a mi enseñanza? ¿Y sí, y si yo induje esto? No lo creo. Se lo tiene que estar poniendo. Margaret señaló con la barbilla y preguntó.

"Esa era tu expresión favorita, ¿no"?

Paul fingió bostezar, estiró los brazos y se apartó ligeramente de ella. Agachó la cabeza y dijo.

"No sé si es mi expresión habitual. Quiero decir que no es como si tuviera que ir a ella. Quiero decir, una vez que empezaste a hablar, eso fue todo, todo simplemente.....".

Las cejas de Margaret se alzaron y sus ojos se abrieron de par en par. Se inclinó hacia él, impidiéndole terminar la frase. Con total incredulidad, le dijo: ¿"Que estás diciendo"?

La computadora emitió un pitido. Miró al monitor y dijo: "Salvado por la campana, literalmente". La miró, "como en la escuela".

Giró lentamente la cabeza hacia el monitor, pero sin dejar de mirarla. Sus ojos se volvieron hacia el monitor. Ella empezó a decir algo, pero él levantó la mano y la detuvo sin apartar los ojos del monitor. Dijo. "Rondas terminadas, una vez que suene la campana, se acabó."

Margaret repitió muchas de sus experiencias en su cabeza de la clase y se preguntó si Paul tenía razón. Y con esa pregunta se precipitaron muchas otras. ¿Cuántos alumnos se sentían como Paul? ¿Tan aburrida era? ¿Quieres decirme que todas esas veces que pensé que me miraban con asombro? En realidad estaban pensando, ¿cuándo se va a callar? ¿Es muy larga o qué? ¿Y esas veces que vi su expresión ante algo profundo que dije? Tal vez eran expresiones de "qué hambre tengo". O, no veo la hora de largarme de aquí. ¿Qué he hecho? El sonido de la voz de Paul la sacó su diapositiva mental.

"Oh, chico".

¿"Qué"?

"Veamos qué tenemos aquí".

Giró el monitor para mostrarle la lista de nombres que parecía interminable. Suspiró y dijo.

"Teniendo en cuenta que mis notas no eran tan buenas y todo eso, haz lo que quieras".

Se levantó y señaló su asiento, indicándole que se hiciera cargo.

"Bueno, ¿qué hago"?

Paul se cruzó de brazos. "Oh, ¿así que ahora necesitas un poco de ayuda de Paul, el de las malas notas? ¿Es eso"?

"Paul, no dije que tuvieras mal...".

La apartó con la mano y se sentó. Volvió a girar el monitor hacia él. Ella se acercó para ver mejor.

Cogió el ratón y dijo.

"Desplázate hacia abajo, aquí, así. ¿Lo ves? Puedes ver todo esto". Señaló con el dedo. "Cualquiera que tenga fotos tendrá la foto. Si no ves una foto, es porque no la tiene".

Se volvió del monitor a Paul con una expresión robótica e inexpresiva y dijo.

"Gracias....".

"Quiero decir...". Paul comenzó decir.

"Entiendo". Dijo Margaret.

Paul sintió una sensación invadir su cuerpo. Se preguntó: ¿He ido demasiado lejos con lo del aburrimiento? ¿He sido irrespetuoso?

¡"Lo tengo, Paul! De verdad que sí".

Intercambiaron una rápida mirada. Él se levantó. Se acercó a la puerta, agarró el pomo y se detuvo al oírla decir.

"Solo para que lo sepas. No dije que tus notas fueran malas. Y para que sepas otra cosa, siempre fuiste uno de mis favoritos".

Salió y la puerta se cerró. Ella sintió un tremendo vacío, mientras pensaba en lo que él había dicho. Pero su otra voz vino a salvarla.

Un momento, ¿yo tengo la culpa de todo esto? Había veces que sabía que estaban aburridos, ¿en qué estoy pensando? Recordaba mirar todas esas caras inexpresivas y pensar, oh no, otra vez no. Ni un día más con estos vampiros pre púberes, chupadores de energía. Menos mal que solo chupaban eso, si no, estaría muerta. Este asunto de la baja energía siempre era indicativo del resto de su día, monótono, aburrido y poco inspirador. Había algo en la psique humana que la desconcertaba. Recordaba haber pensado que eran como ovejas que se siguen unas a otras por el acantilado. Pero en este caso, esas ovejas no tenían energía para saltar.

Todos se sentaban allí, mirando en la misma dirección, a mí. Con sus cerebros masticando una astilla de mi energía. Y digo una astilla porque a veces era todo lo que me dejaban. Saltar del acantilado habría sido más emocionante, ¿pero esto? Por favor. ¿Cómo puede ser que todos los alumnos, el mismo día, actuaran como si no hubieran desayunado? Como si todos hubieran leído el mismo libro, en ese momento, y todos estuvieran en la misma página. ¿Cómo puede ser? No puede haber sido todo culpa mía, ¿verdad? Quiero decir, yo también soy humano y necesito inspiración. Ellos también necesitaban dar un poco. Esos vampiros egoístas, comer mocos chupadores de energía. Inspiró hondo cuando sintió que tenía razón. Una pequeña sonrisa apareció en ella mientras exhalaba ese profundo aliento.

17. ATRAPADO EN UN BUCLE

Roberto llegó a la escuela secundaria de Cloverdale con el corazón y el alma de un chico de diecisiete años. Estaba emocionado y no podía esperar. A medida que se acercaba sus ojos presentes lo vieron tal como era y pensó: "Esperaba que fuera mucho más grande, más alto". Subió las escaleras hasta las puertas dobles de cristal y se detuvo. Miró el pomo de latón de la puerta derecha. Extendió la mano y se detuvo justo al lado del pomo. Un recuerdo de él empujando ese mismo pomo surgió y se detuvo. Era como si el recuerdo lo estuviera esperando. La imagen de aquel momento exacto rondaba en su cabeza esperando. Retiró la mano. Se preguntó: ¿Qué acaba de pasar? ¿Algo me dice que no entre? La voz del señor sureño le dijo: "Adelante, la vida te espera".

Empujó la puerta, entró, y el recuerdo se reprodujo y se unió a sus acciones. Se detuvo. Su recuerdo continuó sin él y desapareció en el aire.

¿"Qué demonios"? Se oyó a sí mismo decirlo.

Bajó la mirada para verse ya dentro del edificio. El sonido de la puerta cerrándose detrás de él lo sacó de ese estado y lo llevó al olor de ese lugar querido. Tuvo la sensación de que todo iba a salir bien. Miró los brillantes suelos de madera y pensó en lo bonito que eran. Dio unos pasos más y se detuvo. Cambió el peso del cuerpo de un pie a otro, sintiendo cómo cedía el suelo de madera. Tenía elasticidad, como un suelo de goma, con la belleza de la madera. Pensó en lo bien que se sentía mientras sus ojos le pedían que mirara a su alrededor.

"No puedo creer que esté aquí". Lo dijo en voz alta.

Recorrió el cuarto de techos altos y paredes beige. El mostrador está ahí, pensó, pero la vitrina de trofeos de la derecha le llamó lo atención. Estuvo a punto de girarse hacia ella, pero se obligó a no hacerlo. Se acercó al mostrador, lo miró y lo tocó con las dos manos.

"Hacía años que no veía esto". Susurró para sí mismo.

Vio una campanilla a su derecha. Tocó el timbre. Unos segundos después, se acercó una señora de treinta y tantos años.

"Hola, me llamo Jill, ¿en qué puedo ayudarle"?

"Ah, sí,", colocó el anuario sobre el mostrador.

"Este anuario es del año anterior en que me convertí en estudiante de primer año aquí".

Ella preguntó. ¿"Puedo verlo"?

"Seguro"

Hizo girar el anuario.

¿"Así que estoy de vuelta en la ciudad, y pensé si podían

tener algún anuario de cuando yo estaba en la escuela que pueda comprar? No encuentro el mío".

Jill Abrió el anuario, pasó un par de páginas y dijo. "Mira nomas". Hojeó más páginas.

"Oh, vaya. ¿Adónde está usted"?

"Oh, no estoy en este. Empecé mi primer año en 1973".

"Oh, lo siento, sí lo dijo."

Ella miró más allá de él y por las ventanas delanteras. "Oh, Dios mío, ahí va."

Se giró para ver una furgoneta Volkswagen en la señal de stop.

"Me encanta su furgoneta. Es tan guay".

La miró cuestionando.

"Señora Himes. ¿Se acuerda de ella"?

Roberto sintió que el corazón se le acelera y no pudo entender la pregunta.

"Oh, lo siento. Ni siquiera sé si usted estaba aquí cuando". Hizo una pausa, ¿"sabe qué"? Hojeó algunas páginas. "Déjame ver....".

Roberto siento un poco molesto, y dijo: ¿"puede preguntarle a alguien por mi anuario? Tengo prisa".

"Oh, lo siento. Sí, sí, claro. Entonces, quieres mirar un anuario de cuando ibas a la escuela aquí, ¿verdad"?

Roberto se dijo a sí mismo que debía concentrarse. Había algo en ser interrogado, que lo confundía. "Ah, sí. Bueno, quiero comprar uno. ¿Quizás les sobró uno"?

"Bueno, nosotros" Pausó "Ellos" Pausó otra vez. "Quisas tengan alguno, pero". Pausó otra vez más.

Se inclinó hacia él y le susurró. "Sabes que aquí son muy estrictos con este tipo de cosas".

Miró a su alrededor para asegurarse de que no había nadie.

"Llevo aquí alrededor de un año. Y, supongo que su edificio de almacenamiento se quemó hace unos años".

Volvió a mirar a su alrededor y le hizo un gesto para que se acercara. Susurró.

"Supongo que uno de sus brillantes estudiantes lo quemó. ¿Te lo imaginas"?

Sacó un papel y lo colocó sobre el mostrador.

¿"Te lo imaginas"? Ella negó con la cabeza.

Roberto miró el papel.

"Oh, ¿puedes escribirme tu nombre"?

La miró interrogante.

"Tengo que asegurarme de que fue a la escuela aquí antes de mostrarle algo. Como si usted fuera a mentir sobre haber ido a la escuela aquí, quiero decir de verdad".

Jill hizo una mueca mientras negaba con la cabeza. Roberto escribió su nombre. Jill cogió el papel y se marchó. Miró por encima del hombro y lo vio mirándola. Sonrió y dijo.

"Vuelvo enseguida".

Le dedicó una pequeña sonrisa. Ella cruzó la puerta. Entonces oyó el sonido de la ausencia de pensamiento. Se preguntó si eso era posible. Un rápido flashback de él de pie en un puente haciendo esa misma pregunta volvió a él. Intentó recordar dónde estaba ese puente, pero no pudo, y con eso respondió a la pregunta. Supongo que no. Se quedó en silencio en un lugar que no había visto desde que era un niño. Miró a su alrededor. ¿Cómo es posible que estuviera aquí, hace tantos años? ¿Cómo es posible que ahora respire el mismo aire? Que haya pisado este mismo suelo. Que vea ahora lo que veía hace tanto tiempo. Este silencio seguro que no lo recuerdo. Pero están de vacaciones, así que ¿qué espero? Debería haber silencio. A mí me gusta. Este silencio es lo que hace posible aceptar todo lo que tengo ante mí. Es como una hoja en blanco esperando a ser escrita. Se apartó del mostrador y oyó el chirrido del viejo suelo de madera. El sonido que reverberaba en las paredes le dio la presencia del ser, y de la distancia del espacio. Como si sus oídos midieran la distancia entre él y las paredes. Las mismas paredes que hacían este espacio tan ruidoso durante las clases. Se preguntó, ¿qué es lo que crea ambiente? ¿Son las paredes? ¿Y los objetos que ocupaban el espacio dentro de la estructura? Le dan carácter al espacio, le dan ambiente. Dejó de pensar para observar mejor. ¿Ha cambiado en algo? Todo lo que siento me dice que no. Entonces, ¿qué tiene este ambiente del espacio que me intriga y a la vez me desconcierta? El silencio volvió a ocupar su cerebro, y con eso llegó la respuesta. "El humano". Se oyó, y siguió. "El humano tiene que experimentar el espacio para que tenga ambiente y, por tanto, exista."

El recuerdo de la llamada telefónica que hizo al Owl Café hace un par de años se repitió en su cabeza. Recordó haber pensado en lo extraño que era escuchar el sonido de otro lugar. Y ahora, aquí me encuentro en ese otro lugar, y ahora no solo oigo el sonido, sino que veo el sonido de ese otro lugar.

Se dijo en voz baja: "Parece como si estuviera viajando de tiempo. Se siente raro, pero chido".

Miró a su derecha y vio una vitrina de trofeos. Se acercó a ella. Allí estaban, algunas de las personas de su anuario, dentro de la vitrina. Uno de sus amigos de la infancia, Larry Walsh, lo estaba mirando desde dentro de la vitrina. Roberto sonrió y pensó en una vez que fue a casa de Larry en mil novecientos setenta y seis. Un recuerdo que solo podía desencadenar el lugar donde se encontraba.

Roberto llamó a la puerta principal. La puerta se abrió, el señor y la señora Walsh estaban de pie en la puerta.

"Hola, ¿está Larry en casa"? Preguntó Roberto.

"Hola, Roberto, pasa". Dijo el Sr. Walsh.

Roberto entró y pasó junto a ellos. Se volvió para mirarlos pensando que iban a decir algo, pero dijeron nada. En su lugar, hubo una larga pausa incómoda.

¿"Está Larry en casa"? Otra vez preguntó Roberto.

El Sr. Walsh señaló con la mano abierta y dijo: "Por favor, por aquí".

Lo condujeron al comedor. El señor Walsh señaló el lado izquierdo de la mesa.

"Aquí, siéntate Roberto".

¿"Quieres limonada"? Preguntó la Sra. Walsh.

"Ah, no, gracias, estoy bien". Dijo, Roberto.

Se sentó. El Sr. Walsh se sentó frente a él mientras la Sra. Walsh lo miraba y decía.

"Traeré un poco de agua".

¿"Cómo va todo"? Preguntó el Sr. Walsh.

"Bien".

Hubo unos largos segundos de silencio. Roberto se sintió un poco incómodo.

El Sr. Walsh continuó. "Ah, Larry no ha estado en casa desde hace un par de días."

¿"Dónde está? He estado intentando llamar y".

"Lo sé, lo siento". Dijo el señor Walsh y apartó la mirada, avergonzado por no haber contestado el teléfono. Roberto dirigió su atención a la señora Walsh que servía agua de algo que nunca había visto en la vida real, una jarra de cristal.

"Gracias". Dijo Roberto.

El Sr. Walsh miró a su mujer mientras llenaba su vaso y otro para ella. Se miraron y fingieron una pequeña sonrisa. El Sr. Walsh se volvió hacia Roberto.

"Ah, queremos preguntarte algo".

La señora Walsh se sentó, miró directamente a los ojos de Roberto y preguntó.

¿"Sabes si Larry se droga? Queremos que nos lo digas, por favor. No sabemos qué hacer".

El Señor Walsh lo miró como diciendo: más despacio. Roberto frunció el ceño ante la pregunta. Sus ojos iban de un lado a otro y dijo.

¿"Drogas? ¿Qué los hace pensar que usa drogas"?

La señora Walsh empezó a decir algo, pero su marido la detuvo. La agarró suavemente del brazo. Intercambiaron una mirada. El Sr. Walsh continuó. "No ha vuelto a ser el mismo".

Cerró la boca al completar la palabra "mismo" y apretó los labios. Sus fosas nasales se movían hacia dentro y hacia fuera. A la Sra. Walsh se le saltaron las lágrimas. El Sr. Walsh la consoló. Continuó. ¿"Has notado algo diferente en Larry"?

Roberto vaciló. "Bueno.......".

Señor Walsh lo interrumpió. "Mira, creemos que se droga. Actúa diferente".

Martin, el hermano de quince años de Larry, entró.

"Hola Roberto, ¿qué pasa"?

"Oye, ¿qué estás haciendo"?

Sus padres le lanzaron una mirada, Martin salió sin contestar y desapareció en el pasillo. El señor Walsh lo observó alejarse como para asegurarse de que se había ido.

El Sr. Walsh, siguió. "No sabemos qué hacer. Creo que se está drogando o algo así. ¿Ha pasado algo? Cualquier cosa que" Roberto intervino.

"Hace tiempo que no va a los entrenamientos".

¿"No va a los entrenamientos"? Preguntó el Sr. Walsh.

"No, por eso vine a"... Roberto se detuvo.

El Señor Walsh se levantó, salió y se dirigió al pasillo. Unos segundos después una puerta se cerró de golpe. Roberto bebió un trago de agua y miró a su alrededor sabiendo que la señora Walsh lo estaba mirando.

La Señora Walsh se inclinó hacia él. "Lo siento. Ya no sabemos qué hacer".

Los gritos del Señor. Walsh sonaban de fondo. Roberto miró a su alrededor y vio una casa limpia y meticulosa. Todo exactamente donde debía estar. Parecía una de esas casas que salen en la televisión o en una revista. Se fijó en las cortinas que cubrían toda la pared trasera de la sala. La Sra. Walsh lo estudió y vio su joven mente trabajando.

"Esa ventana está gigante". Dijo Roberto.

La Sra. Walsh miró las cortinas. El Sr. Walsh entró al verlos mirando a la pared trasera y se sentó.

"Lo siento", dijo el Sr. Walsh.

"Está bien". Dijo Roberto, pero con la intención de no decir nada.

El Sr. Walsh suspiró, hizo una pausa de unos segundos y preguntó: ¿"cuánto tiempo ha faltado a los entrenamientos"?

Roberto no sabía qué decir. Pensó que si decía algo, iba a meter a Larry en problemas. Debería haberme quedado en casa. Están esperando a que diga algo.

"Ah, bueno, empezó a faltar de vez en cuando".

En cuanto la última palabra salió de su boca, supo que le seguiría otra pregunta.

¿"Cuánto tiempo hace de eso"? Preguntó el Sr. Walsh.

"Ah, solía entrenar todos los días. Incluso después de

los entrenamientos del equipo, practicábamos juntos.
Quería mejorar. Y así, jugábamos uno contra uno. Estaba
mejorando".

Los labios del Sr. Walsh se tensaron. Miró a su mujer y
luego a la mesa como si buscara un blanco para su mirada.
Su mano izquierda frotaba el mantel mientras su nariz se
dilataba con cada inspiración profunda.

¿"Hace cuánto Roberto"?

¿"Hace cuánto qué"?

¿"Cuándo empezó a faltar a los entrenamientos"?

Una simple pregunta, Roberto se dijo a sí mismo y
escuchó a su abuelo en su mente. Una pregunta sencilla
recibe una respuesta sencilla, recuérdalo.

"Empezó a faltar un día aquí y otro allá".

¿"Cuánto hace de eso"?

"Ah, ¿tres semanas, o más, tal vez"?

El Sr. Walsh sacudió la cabeza pensando que no podía
creer lo que estaba oyendo. Giró la cabeza hacia el pasillo y
miró al suelo. Se levantó y salió al pasillo. El sonido del
portazo fue más fuerte que la primera vez. Roberto volvió
a mirar las grandes cortinas. La señora Walsh miró las
cortinas y se preguntó por qué lo intrigaban tanto, pero no
preguntó. En cambio, como si pasara página, preguntó.

¿"Cómo está tu familia"?

¿"Mi familia? Bien".

¿"Bien"?

"Sí, bien". Dijo Roberto.

Hubo un minuto de silencio mientras Roberto se dijo al
mismo: Tengo que ver esa ventana. El Sr. Walsh entró. Se
colocó detrás de su silla y apoyó las manos en el respaldo.
Miró hacia abajo durante unos segundos. Agarró el
respaldo de la silla con las dos manos como si fuera a
levantarla. Soltó la silla, caminó a su alrededor y se sentó.
Miró a Roberto a los ojos y le preguntó.

¿"Tres semanas"?

Roberto vaciló, y no podía creer la posición en la que se encontraba. Por fin dijo, "Sí, supongo".

El Sr. Walsh golpeó la mesa con el dedo índice mientras miraba a Roberto. Los ojos de Roberto iban y venían de la Sra. Walsh al Sr. Walsh.

"Roberto, necesitamos saber... ¿Crees que el...? Quiero decir, ¿Sabes si"?

Roberto estaba a punto de decir algo cuando oyó que alguien caminaba hacia ellos por el pasillo. Martin pasó junto a ellos sin decir palabra. El Sr. Walsh no podía creer lo que estaba viendo y lo siguió a través de la puerta y la ventana principal. Sacudió la cabeza y miró a Roberto.

Como diciendo cualquier cosa; Roberto dijo: "Si yo fuera ustedes, miraría en su recámara".

Totalmente sorprendidos, el Sr. Walsh y su esposa se miraron. ¿"Qué quieres decir"? Preguntó el Sr. Walsh.

Roberto no podía creer que tuviera que explicar esto. "Me refiero a mirar en su recámara para ver lo que hay".

Eso debería bastar, pensó Roberto. En cambio, escuchó al Sr. Walsh decir.

"Tiene una cerradura en su puerta".

A Roberto nunca se le había ocurrido tener una cerradura en la puerta de su recámara. Y entonces lo oyó.

"Dijo que quería su privacidad".

Roberto creció con seis hermanos, escuchó privacidad y pensó, ¿qué demonios es eso? Echó un rápido vistazo a su alrededor mientras se preguntaba, ¿quiénes son estas personas? Entonces dijo.

¿"Si le dijera a mi padre que quiero mi privacidad? Las cosas se pondrían feas".

Se miraron unos a otros, interrogándose sin saber a qué se refería Roberto. El Sr. Walsh respondió.

¿"Que quieres decir, las cosas feas"?

Roberto se inclinó hacia ellos, no creyéndolo y por fin preguntó. ¿"Tienen llave"?

Se miraron unos a los otros y dijo.

"No tenemos llave". Intentó no encogerse de hombros, pero era demasiado tarde.

"No tienes a......". Roberto se detuvo.

Su cara se distorsionó, intentando comprender lo que estaba pasando. El Sr. Walsh miró a su mujer como diciendo: ayúdame. En ese momento, Roberto supo con quién estaba tratando. Su sensación de ser interrogado lo abandonó y dijo.

"Solo entra ahí, yo lo haría. Mira a través de sus cajones y todo".

La Sra. Walsh trató de procesar la idea, pero se sintió incómoda. Se levantó y se dirigió a la cocina. Roberto la vio acercarse al fr"gadero. Apoyó las manos en la encimera y miró por la ventana. Roberto se inclinó hacia el Sr. Walsh dando a entender que estaba a punto de susurrar. Luego dirigió una rápida mirada a la Sra. Walsh y otra vez al Sr. Walsh. Era su forma de decirle a ella: "Puede que no quieras oír esto". El Sr. Walsh se inclinó hacia él y pensó, finalmente, estoy a punto de obtener información útil.

¿"Tienen un desarmador"? Preguntó Roberto. Esperó. Sus ojos iban de un lado a otro mientras pasaban los segundos. ¿Puede ser, se preguntó Roberto, que no tenga un desarmador? El señor Walsh suspiró, se dio la vuelta y negó con la cabeza. No me lo puedo creer, pensó Roberto. El Sr. Walsh se levantó, entró en la cocina y se detuvo. ¿Qué diablos está haciendo? Se preguntó Roberto. El Sr. Walsh levantó la vista como si estuviera mirando a Dios y volvió a la encimera.

Abrió un cajón y cogió un cuchillo. Se lo enseñó a Roberto. Roberto asintió. Como si no pasara nada, la señora Walsh siguió mirando por la ventana. Roberto señaló hacia el pasillo con la cabeza. Salió hacia la recámara de Larry. El Sr. Walsh lo siguió. Roberto se acercó a la puerta de la recámara y se detuvo. Miró al Sr. Walsh para ver la duda en sus ojos. Roberto le quitó el cuchillo. Lo introdujo entre el tope y la jamba de la puerta. Agarró el pomo y empujó con el hombro la puerta. Empujó más fuerte y la puerta se abrió. El Sr. Walsh no podía creer lo fácil que había sido. Roberto entró a la recámara y se volvió para ver al Sr. Walsh de pie justo al otro lado de la puerta. Roberto señaló el cajón inferior de la cómoda. El Sr. Walsh entró por fin, miró el cajón y dudó.

"Justo ahí, es todo suyo". Roberto tenía que decirlo.

Lo rodeó y se dirigió a la puerta principal. Para su sorpresa, la señora Walsh esperaba en la puerta. Lo miró con ganas de decirle algo, pero no dijo nada. Abrió la puerta, Roberto sonrió y salió.

¡"Ah, señor, señor"! Roberto escuchó. Se sobresaltó al ver la foto de Larry en la vitrina de trofeos.

¡"Hola, señor"! Dijo Jill.

Se giró para verla inclinada sobre el mostrador hacia él.

"Oh, lo siento", dijo y volvió al mostrador. "Lo siento, como que me perdí allí con todos estos recuerdos".

"Está bien, ah, me temo que nosotros, bueno, ellos no tenemos ningún registro de que hayas asistido a la escuela aquí".

Mientras esto ocurría, dos mujeres de mediana edad entraron en una oficina. Se sentaron y miraron un monitor en blanco y negro con vídeo en directo del mostrador. La Sra. Johnson, una de las mujeres, se inclinó hacia el monitor para verlo mejor y dijo.

"No fue a la escuela aquí".

La Sra. Nuevo, la otra señora, observó con ojos soñadores y rápidamente respondió. "Creo que sí, es muy guapo".

De vuelta en el mostrador, Roberto se centró en Jill y dijo. "Eso es imposible".

Se dio la vuelta y señaló la foto de Larry Walsh en la vitrina de trofeos.

¿"Ves a ese tipo de ahí? Larry, Larry Walsh, fui a esta escuela con él. Sus padres me preguntaron una vez si se drogaba y........".

Jill lo interrumpió.

"Oh, oh, no me malinterpretes. Usted...." Miró a su alrededor para asegurarse de que nadie la escuchaba. Se inclinó sobre el mostrador y susurró: "Estas personas no son exactamente las estrellas más brillantes del cielo, si sabes a lo que me refiero".

Las señoras de la oficina se quedaron heladas y vomitaron veneno al oír lo que decía. Se miraron unas a otras.

"Bueno, esa pequeña zorra. ¿Has oído eso?" Dijo la Sra. Johnson.

Miraron al monitor para ver a Jill mirando otra vez a su alrededor y dijo.

"Todos se parecen. Creo que todos son primos de todos, ¿me entiendes"?

Se tapó la boca para dirigir su voz directamente a él. "Probablemente, es bueno que te hayas escapado. No te pareces en nada a ellos y..".

Jill oyó abrirse la puerta detrás de ella. Miró por encima del hombro. La señora Johnson entró por la puerta y se dirigió hacia ella con una expresión que le decía que estaba en problemas. Se acercó al mostrador. Miró a Jill a los ojos

252

y se detuvo lo suficiente para verla tragar saliva.

"Yo le ayudo", dijo la Sra. Johnson. "Tú ve atrás y haz algo".

Se fue. La señora Johnson la observó durante unos segundos. Miró a Roberto.

¿"En qué puedo ayudarle"?

Jill se detuvo en la puerta y miró a Roberto.

La Sra. Johnson continuó. "Aparentemente, ¿fuiste a la escuela aquí"?

Con la espalda de la señora Johnson a ella. Jill levantó y extendió el brazo izquierdo, como si estuviera sujetando un palo o algo así. Se llevó la mano derecha a la cintura e hizo como si tocara el banjo. Su cabeza se inclinaba de izquierda a derecha una y otra vez, como diciendo, ¿adivinas lo que estoy haciendo? Roberto intentó no mirar, pero sus ojos iban y venían de la Sra. Johnson a Jill. La Sra. Johnson se fijó en sus ojos y miró hacia atrás para ver qué pasaba. Jill dejó de fingir que tocaba el banjo e hizo una mueca, como diciendo, oh, bueno, y se marchó. Roberto perdió la concentración y tuvo que reagruparse.

"Ah, fui a la escuela aquí de mil novecientos setenta y tres a mil novecientos setenta y seis".

La señora Johnson miró el anuario que había sobre el mostrador.

"Esto es del año antes de empezar aquí". Dijo Roberto.

"Hmm, revisé nuestros registros, Sr. Tenna, ¿es así"?

"Sí."

¿"Ha cambiado su nombre, tal vez su madre se volvió a casar y.....".

"No, no, he tenido el mismo nombre toda mi vida".

"Bueno, me temo que no tenemos constancia de que asistieras a la escuela aquí".

A Roberto se le aceleró el corazón. ¿"Cómo puede ser"?

"No estoy segura. Llevo aquí cuarenta años. Créeme, si ocurre en Cloverdale, lo sé. Todo el mundo sabe asunto de todos. Así son las cosas por aquí".

Ella esperó a que él dijera algo, pero en su lugar, las palabras de Jill resonaron en su cabeza. "Todos se parecen. Creo que todos son primos de todos, ¿me entiendes"?

Le hirvió la sangre y apartó la mirada intentando ocultar su expresión. La desesperación de Roberto se reveló no solo en su cara y su cuerpo, sino también en la señora Johnson. Ella apartó la mirada pensando que podría haberse perdido algo, pero luego pensó, no hay manera. Lo miró para ver a un hombre desperado escarbando en la memoria. Sintió pena por él. Miró a su alrededor intentando darle tiempo. Entonces pensó que tal vez no se tomó su foto.

¿"Le hicieron foto cuando estuvo aquí, Sr. Tenna"?

Esperó, sin saber si la había oído.

"Ah, bueno, déjame preguntarte, ¿quién fue tu profesor de matemáticas de primer año"?

Roberto oyó claramente la pregunta, pero la confusión lo había invadido. Miró a su alrededor como si buscara pruebas de que estaba aquí. Cogió su anuario y retrocedió lentamente.

¿"Sr. Tenna? ¡Sr. Tenna! ¿Quién era tu profesor de matemáticas de primer año"?

Roberto retrocedió mientras le venían a la cabeza recuerdos del Sr. Walton, el matemático murmurador. Oyó al Sr. Walton gritar:

¡"Fuera, fuera de mi clase"!

Roberto bajó la mirada y sacudió la cabeza intentando que el recuerdo se detuviera. Levantó la vista y allí estaba, justo detrás del mostrador, la señora Johnson, en blanco y negro como en las fotos de su anuario. Miró a su alrededor y se dio cuenta de que ella era lo único en blanco y negro. Se preguntó cómo podía ser. La Sra. Johnson repitió la pregunta una y otra vez.

¿"Quién fue su profesor de matemáticas de primer año? ¿Quién fue su profesor de matemáticas, Sr. Tenna"?

La puerta detrás de ella se abrió. El Sr. Walton en blanco y negro estaba de pie en el umbral, completamente inmóvil. Tenía el pelo empapado, le goteaba agua en el ojo derecho, por la cara y la patilla. Parecía falso, como un robot. Entró, se detuvo, se volvió hacia la puerta y la cerró. Volvió a girar, miró a Roberto y ladeó la cabeza como diciendo: "Adivina quién soy". Sonrió satisfecho y se acercó al mostrador. La señora Johnson y el señor Walton se miraron y sonrieron como dos robots. El señor Walton se volvió hacia Roberto y le gritó: ¡"Fuera, fuera de mi clase"!

Volvieron a mirarse y, al unísono, gritaron: ¿"Quién era su profesor de matemáticas, el primer año, señor Tenna"?

Se echaron en carcajadas. Dejaron de reír y gritaron: ¡"Fuera, fuera de mi clase"!

Alternando las frases de unos y otros, continuaron: ¿"Quién era su profesor de matemáticas el primer año, Sr. Tenna"? ¡"Fuera, fuera de mi clase"! Una y otra vez.

Roberto, con el corazón palpitante, retrocedió y acabó contra la puerta principal. Los gritos cesaron. La verdadera Sra. Johnson no podía creer lo que estaba viendo.

¿"Se encuentra bien, Sr. Tenna? ¿Puedo comprobarlo otra vez si quiere"?

Roberto intentó dar un paso atrás. Su pie chocó contra la puerta. Se dio la vuelta.

Miró el pomo y lo vio en blanco y negro. Miró más allá del pomo y vio sus zapatos y pantalones a todo color. Todo lo demás estaba en blanco y negro. Un recuerdo se disparó y se vio a sí mismo en su garaje mirando su anuario. Salió de su recuerdo para verlo todo en blanco y negro. Miró otra vez al mostrador y ahora, Mark Bennett estaba de pie entre el Sr. Walton y la Sra. Johnson. Levantó la mano como si sostuviera una pistola. Apuntó al señor Walton. El cuerpo de Mark se volvió hacia Roberto, pero siguió apuntando al Sr. Walton.

Dijo, ¿"Le disparo? ¿Sí? ¿Le disparo"?

Apuntó con la pistola a Roberto, apretó el gatillo y los tres cayeron en un caótico episodio de risa. Dejaron de reír. Mark dijo.

"Que alguien me pase la ensalada de patatas".

Los tres estallaron en carcajadas. Roberto se dio la vuelta y miró hacia la puerta. Empezó a abrir, pero las risas cesaron. Volvió a darse la vuelta y Mark y el señor Walton se habían ido. Los labios de la Sra. Johnson se movían, pero para Roberto, el silencio era su único estado de mente. Antes de darse cuenta, ya estaba afuera, bajando las escaleras. Sus oídos se agitaron y se oyó a sí mismo decir.

¿"Por qué estoy aquí"? Lo oía una y otra vez. ¿"Por qué estoy aquí? ¿Por qué estoy aquí"?

Otra voz en su cabeza le preguntó: ¿"Por qué estoy oyendo esto? ¿De dónde viene esto"?

Convencido de que lo perseguían, se dio la vuelta y vio el frente de la escuela creciendo con cada paso que daba hacia atrás. Elevándose sobre él como un rascacielos. Tropezó y cayó de espaldas. El sonido y los latidos de su corazón resonaron en su cabeza. Se levantó, dio otro paso, tropezó y volvió a caer sobre su bicicleta.

¿"De quién es esta bicicleta"? Preguntó Roberto mientras la confusión lo invadía por todas partes.

¿"Dónde estoy"? Se oyó a sí mismo.

¿"Por qué estás aquí"? Esta vez no estaba seguro de dónde venía esa voz.

¿"Qué es este lugar"? Realmente quería saber.

¿"Escuela secundaria de, Cloverdale"? ¿Por qué estoy aquí? No lo entiendo. Su voz era alta y clara.

Se desenreda de la bicicleta, se puso de pie, mira más allá de las puertas de cristal de la escuela y preguntó.

"¿Quiénes son esas señoras? ¿Por qué me miran?"

Detrás de las puertas, estaba la señora Johnson y la señora Nuevo, que ya rondaban la cincuentena, lo miraban mientras él las miraba a ellas. Roberto cerró los ojos, se agarró la cabeza con las dos manos y se agachó casi hasta el suelo. Se oyó decir.

"Dios mío, Dios mío. Otra vez, otra vez".

El fuerte zumbido en su cabeza casi le perfora el cráneo, cayó al suelo otra vez. Rodó sobre su espalda, abrió los ojos a un cielo azul y sintió una sensación de calma. El zumbido de su cabeza se desvaneció. El latido de su corazón se calmó. Una sensación de comodidad y familiaridad, olvidado hacía mucho tiempo invadió cada una de sus células. Se sentó, miró a su alrededor y trató de recordar por qué y cómo había llegado, donde estaba. Miró su bicicleta, por fin, algo que reconoció. Se levantó y volvió a mirar a su alrededor. Cogió su bicicleta y se alejó de las dos únicas personas que le habían conocido a lo largo de los años.

"Pobre hombre, ¿recuerdas la primera vez que vino?" Preguntó Sra. Johnson.

"Sí, sí lo recuerdo", dijo Sra. Nuevo. "Tan guapo que era. No más piensa, ese hombre era el hijo pequeño de alguien. El orgullo que debieron sentir el día que nació".

La Sra. Johnson la miró: "Creo que dijiste algo así hace tantos años".

"¿Yo dije eso"?

"Creo que sí", dijo la señora Johnson y trató de recordar cuánto tiempo hace de eso y preguntó. "Eso fue hace unos quince años, ¿no?

La cara de la Sra. Nuevo sé distorsión al pensar en cuánto tiempo había pasado. ¿"Tanto tiempo ha pasado"?

"Sí, por lo menos. Da bastante miedo, ¿no"?

"No lo entiendo, ¿por qué pensaría que fue a la escuela aquí cuando no fue aquí"?

"En verdad, no lo sé. Tú y yo hemos tenido esta conversación casi cada vez que aparece a lo largo de los años". Dijo la Sra. Johnson.

Y como siempre, la Sra. Nuevo siguió adelante.

"Sí, lo sé, pero aún no sabemos por qué. Quiero decir, ¿por qué no volver a donde realmente fue a la escuela"?

Para Roberto, no había duda de dónde había ido a la escuela. Hace quince años, llegó a, Cloverdale en busca de respuestas. Pero las respuestas que encontró eran de un mundo en el que él no existía. A un mundo que lo rechazaba. Cada pocas semanas caía en uno de sus episodios esquizofrénicos. Volvía a la Escuela Secundaria de Cloverdale como si fuera la primera vez. Siempre tratando de cambiar el resultado de los acontecimientos que nunca podría aceptar. Fue después de uno de estos episodios cuando Margaret lo vio en la choza y él la llamó por su nombre: "Hola, Mis Himes". Había visto su foto en su precioso anuario. Y a lo largo de los años, no solo la había visto por la ciudad, sino que había tenido conversaciones con ella en su cabeza. Para él, ella era una extraña familiar a quien nunca había conocido.

18. OÍDOS MUDOS

Paul y Margaret salieron de la comisaría. Hicieron una
búsqueda de personas desaparecidas que resultó en nada.
Pensó en el acalorado intercambio que habían tenido antes,
sobre todo, sus notas. Aquella conversación lo hizo
sentirse como si aún estuviera en la escuela. Era como si el
acto de la discusión, oírla en voz alta, penetrara las paredes
del tiempo. Él siempre la había respetado y siempre se
había esforzado por sacar mejores notas. Oírla decir que
sus notas podrían haber sido mejores, no era algo tan malo.
Como en el pasado, esto lo haría esforzarse más. ¿Por qué
se enfadó tanto con ella? La idea de fingir que era una
profesora aburrida para insultarla la preocupaba. Ya
debería haberlo superado, se dijo a sí mismo. Todas esas
emociones inmaduras siguen en mí. Reaccioné como el

niño que solía ser y que, en cierto modo, siempre seré. Después de todo, aquí estaba una mujer que solo quería el bien para mí y para los demás. Una mujer que intentaba ayudar a este vagabundo, y yo me enfadé por algo tan insignificante. Estaba arrepentido y se dijo a sí mismo que lo tuviera en cuenta.

"Bueno, tal vez se nos ocurra algo. ¿Estuvo en el teatro otra vez?" Preguntó Paul.

"No, ah". Ella se contuvo de terminar la frase.

Paul le dirigió una expresión firme. "Dime, vamos, no hagamos esto".

"Bueno,..he estado viéndolo...."

Paul frunció el ceño.

"No sé qué decirte, sigo encontrándome con él, Paul. Vaya, donde vaya, ahí está".

Paul puso los ojos en blanco: ¿"Seguro que no es al revés"?

¿"Qué quieres decir"?

"Dondequiera que va él, allí estás tú".

¿"Estás diciendo que yo..."?

Paul levantó la mano para detenerla. Se recordó a sí mismo que debía ser respetuoso. "Solo estoy bromeando", sonrió.

Pero era demasiado tarde, su expresión cambió a una de autoexamen, y pensó que él podía tener razón. ¿Soy una acosadora y no lo sé? Después de todo, era yo la que estaba de rodillas en el bosque. Arrastrándome bajo los arbustos para verlo. Paul esperó a que ella dijera algo mientras miraba hacia otro lado, pensativa. Se dijo a sí mismo una vez más, sé respetuoso, después de todo, ella dijo que yo era uno de sus alumnos favoritos.

"Oh, ¿a quién le importa"? Ella decidió ponerlo todo

ahí fuera. "Sigo viéndolo a un par de millas al norte de la ciudad, en la carretera. Hay un camino de tierra no muy lejos de donde lo veo, así que pensé que podría estar por ay. Ya sabes, así que...".

Paul la interrumpió. "No lo creo".

"Lo sé, lo sé, Paul, pero estoy retirada. Necesito algo que hacer. De verdad, no soy una acosadora".

¿"Una acosadora? ¿Quién ha dicho que seas una acosadora"?

Sus ojos iban y venían en busca de una salida. "Nadie, es solo lo que acabas de decir acerca de mí estar en todas partes que él y no de la otra manera."

"Bueno, no quería insinuar eso. Pero sabes Margaret, cuando la gente se retara y se aburre, hacen voluntariado en la biblioteca o algo así. No van en busca de vagabundos raros".

Vio una verdadera expresión de preocupación en Paul, que la hizo detenerse. Su siguiente pensamiento fue: "Espera a que se entere de dónde he estado". Él la miraba. Ella miró a su alrededor y decidió una vez más, oh, qué demonios.

"Así que de todos modos, fui allí, y, veo esta vieja casa, o, choza, y oí a un par de personas hablando. Así que me imaginé que debía estar hablando con alguien... así que..."

La interrumpió. "A ver si lo he entendido. No oíste a un bicho raro, sino a dos o tres bichos raros. Y pensaste, oye, tengo una gran idea, vamos a ver qué pasa".

El recuerdo de su padre diciéndole algo parecido cuando era adolescente se repitió en su cabeza. Como si lo dijera su padre, las palabras de Paul le entraron por un oído y le salieron por el otro. Salió de ese pensamiento para ver a Paul mirándola y por primera vez se dio cuenta de lo alto

261

que era. Apartó la mirada. Paul, una vez más, pensó que no quería ser irrespetuoso. Dejó que las cosas se detuvieran un momento.

Margaret pensó en lo diferente que era pensar en su experiencia en comparación con hablar de ella con alguien. Había algo en oírlo en voz alta que la hizo pensar que Paul podía tener razón. Después de todo, era yo quien estaba en el medio de lo que es nada y todo al mismo. En el bosque como una loca. Cuando salí de ahí, ya estaba oscuro y la temperatura era lo suficiente baja como para ser peligrosa. Si algo me hubiera pasado, Dios sabe cuánto tiempo habrían tardado en encontrarme o encontrar mi cuerpo. ¿Será este el siguiente círculo vicioso en mi cabeza? El final alternativo para un resultado por lo demás bueno. Lo que me hizo recordar que los eventos de ese día no me habían abandonado ni un segundo.

Paul la observó y no podía esperar a escuchar el resto de la historia. Por la longitud de sus pensamientos profundos, debía ser una historia fantástica, pensó. Margaret exhaló un profundo y largo suspiro. Paul pensó que esa respiración profunda tuvo que ser de ayer porque no recordaba ella tomara esa respiración profunda.

"Entonces". Margaret se detuvo para autoeditarse con el fin de evitar su respuesta paternal. Una vez más pensó, oh, al diablo con eso, is continuo. "De todos modos, cuando me acerqué, miré a través de una puerta de entrada entreabierta. Y allí estaba. Y quiero decir, allí estaba. Hablando solo, consigo mismo".

Ella le dirigió a Paul una expresión como si preguntara: ¿puedes creerlo? Miró hacia otro lado y pensó en lo dañado que estaba el pobre hombre. Él negó con la cabeza, esperó el tiempo que creyó que sería respetuoso y dijo lo que había que decir.

"Pero Margaret, eso es lo que hacen los locos".

Ella lo miró.

Continuó Paul: "Hablan solos".

Se preguntó: ¿Quiero escuchar esto? Pero su preocupación por ella lo mantuvo donde estaba.

Paul pensó. "Vamos a relajar un poco las cosas".

"Entonces, ¿qué hicieron después? ¿Se tomaron una cerveza? ¿Sé fumaron un porro, qué"?

Estaba tan absorta en la repetición de los eventos de aquel día que no oyó nada y siguió mirando hacia otro lado. Paul notó su falta de respuesta. Se preguntó si había sobrepasado los límites con sus comentarios impertinentes.

Margaret continuó como si no hubiera dicho nada. "Era la primera vez que oía su voz. Pensé que sabía cómo sonaría, pero...".

Ella se detuvo pensando que él iba a decir algo, pero en su lugar, vio que Paul tenía curiosidad por ver a dónde iba esto. Continuó. "Nosotros, como animales sociales, pensamos o presumimos de saber cómo debe sonar alguien. Sin siquiera pensarlo. Son todas esas interacciones humanas de nuestro pasado las que lo hacen posible. Es una suposición predispuesta sobre cómo debe sonar una cara. Y la mayoría de las veces tenemos razón". Se detuvo y bajó la mirada mientras su imagen se reproducía en su cabeza. Levantó lentamente la vista y continuó. "Hay algo en nuestras caras que las delata, pero en este caso...". Negó con la cabeza. La curiosidad de Paul se apoderó de él y desencadenó un recuerdo.

¿"Dónde está esto exactamente"?

Por fin, pensó Margaret, y respondió rápidamente.

"Sobre la colina en el lado norte de la ciudad. Un par de kilómetros más o menos por el otro lado".

¿"Antes o después del arroyo"?

"Pasado, ¿por qué"?

¿"Sabes qué? Hace unos meses, estaba trabajando en un proyecto. Estaba volviendo a mirar casos sin resolver. ¿Recuerdas ese coche que fue encontrado hace mucho tiempo por ahí por donde dices"?

"No lo sé, tal vez, creo que sí".

"Sí, eso fue hace unos trece, catorce, tal vez quince años. Y nunca encontraron al conductor".

Lo miró como diciendo: ¿De verdad?

Paul sintió un repentino arrebato de excitación y dijo. "¿Sabes qué? Déjame ver qué se me ocurre. Luego te llamo".

Margaret lo miró y volvió a pensar en lo mayor que era y en cómo se habían cambiado los papeles. Se sentía como la adolescente a la que siempre había que decirle que tuviera cuidado.

"Reconozco esa mirada". Dijo Paul. "Me voy." Se alejó.

"Gracias, Paul."

"De nada". Se dio la vuelta. "Te diría que tuvieras cuidado, pero reconozco los oídos mudas cuando las veo".

19. ES UN BICHO RARO

Después de que le dijeron a Roberto en su primera visita a la Escuela Secundaria de Cloverdale que no tenían registro de su asistencia, Roberto se derrumbó. Cuando la Sra. Johnson le preguntó quién era su profesor de matemáticas de primer año, ya era demasiado tarde. La puerta se había abierto a un mundo alternativo. Lo veía todo en blanco y negro dentro de un mundo de color verdadero. Era el epicentro de dos mundos que chocaban, catapultándole a una realidad creada por él mismo. Salió corriendo del edificio, se cayó por las escaleras y sobre su espalda. La Sra. Johnson y la Sra. Nuevo salieron corriendo a ayudarle. Las vio como si lo estuvieran atacando. La paranoia se apoderó de cada una de sus células. Se levantó y caminó hacia atrás para no perder de vista a la Sra. Johnson, la Sra. Nuevo, mientras el edificio de la escuela se hacía más y más alto a cada paso. Ellos, incluido el edificio, se habían convertido en sus enemigos, los interruptores de su mundo.

Se dio la vuelta y echó a correr. Logró salir del recinto escolar y bajar a la calle. Entró en su coche, cerró las puertas y se deslizó por el asiento, escondiéndose de las dos mujeres que lo perseguían. El sonido de su corazón era tan fuerte que pensó que no era posible que viniera de él. Se preguntó cómo era posible. Tiene que venir de fuera, de algo mucho más grande que yo. Quizá me he dejado la radio encendido. Cogió el radio, giró el mando y no podía creer lo que había hecho. ¿En qué estoy pensando? El coche ni siquiera está encendido. ¿Cómo puede estar encendida el radio? Se palpó el pecho y se lo dijo en voz alta.

"Es mi corazón, es el latido de mi propio corazón latiendo tan fuerte que resuena en mi cabeza. Este es mi sonido".

La idea de que el Sr. Walton lo encontrara le rondó por la cabeza. Más pánico se apoderó de él.

¿"Dónde están mis llaves? ¿Dónde están mis llaves"?

Buscó en su bolsillo y nada. Miró el contacto y nada. Miró entre sus piernas y allí estaban. Las cogió, encendió el coche y arrancó. Giró a la derecha en Main Street. Miró por el retrovisor y vio que el edificio de la escuela de Cloverdale se hacía más pequeño. Miró el anuario que tenía a su lado en el asiento del copiloto. Lo abrió con una mano y hojeó las páginas. Vio la ferretería Ace a su izquierda. Roberto miró la ferretería pasar por delante. Dio media vuelta y aparcó delante. Cogió su anuario, salió y miró hacia la tienda. La puerta del coche permanece abierta. Colocó el anuario en el techo del coche. Miró la foto en blanco y negro de la ferretería Ace con su chica antigravedad delante. Luego miró la tienda que tenía delante.

¿"Ahora no puedes decirme que no, este retrato no es donde estoy? Me pregunto si ella estará aquí". Dijo en voz alta.

Su oído se amortiguó ligeramente.

Un zumbido lejano se presentó. Se hizo más fuerte a medida que comparaba la imagen con la tienda. Miró a su alrededor para ver de dónde procedía el zumbido.

¿"Por qué hice eso"? Dijo Roberto mientras seguía mirando a su alrededor. "Está en mi cabeza. Pero, ¿lo sé con certeza"?

Volvió a mirar el anuario, lo cogió y se dirigió hacia su coche. El zumbido se hizo más fuerte a medida que se acercaba a la tienda.

¿"Por qué está pasando esto"? Se oyó a sí mismo decir en voz alta.

Se detuvo; el zumbido se estabilizó.

¿"El zumbido viene de la tienda"? Pensó en su pregunta y se sintió ridículo. Miró a su alrededor intentando aclarar su mente. Vio la puerta de su coche abierta de par en par.

¿"Qué demonios? ¿Quién abrió mi puerta"?

Retrocedió, cerró la puerta del coche y miró a su alrededor en busca de la persona que había abierto la puerta.

"Hijos de puta". Dijo mientras se quedaba parado unos segundos.

Se dio cuenta de que el zumbido en su cabeza se había desvanecido. Se dirigió a la tienda. El zumbido volvió a hacerse más fuerte a medida que su oído se amortiguaba. Era como si el mundo exterior se apagara. Se detuvo, miró la foto y luego la tienda. Desafiante, se acercó a la puerta de cristal. Su reflejo le devolvió la mirada. ¿"Quién demonios"?

El zumbido en su cabeza era ahora casi insoportable. Su oído estaba completamente mudo. El sonido del mundo que lo rodeaba era completamente silencioso. Extendió la mano y tocó la puerta de cristal como si quisiera tocar su imagen en el reflejo.

¿"Realmente soy yo? Espera un momento. Tal vez la señora de la escuela no me reconoció porque me veo tan diferente. ¿Cómo podría"?

La gente de la tienda lo vio hablando solo con una expresión de total confusión.

"Tal vez no te tomaron la foto". Oyó decir a la Sra. Johnson.

Se dio la vuelta esperando verla, pero no estaba allí. Se volvió hacia la puerta.

"No tenemos constancia de que asistiera a la escuela aquí. Sr. Tenna. ¡Sr. Tenna"! Oyó por detrás. Se dio la vuelta y no había nadie. Se volvió hacia la tienda y al instante oyó.

"Sr. Tenna, ¿se encuentra bien"?

Esta vez sintió rabia. Se dio la vuelta y no había nadie.

¡"Fuera, fuera, fuera de aquí, vamos"! El Sr. Walton gritó.

Se volvió hacia la puerta para ver su imagen hablando con la voz del señor Walton.

¿"Fui tu profesor de matemáticas de primer año? ¿Dime, dime? ¿Lo fui"?

La gente de la tienda retrocede.

El reflejo de Roberto atravesó el cristal y casi le arrebató el anuario. Intentó golpear su propio reflejo. Falló, giró y cayó acabando con la cara contra el cristal. Como tantas otras veces, su mente enfocó una placa en el interior del cristal y leyó lo que ya sabía.

"En memoria de nuestra hija, Joan Briganti".

Eso era todo lo que su mente le permitía leer. Su oído se apagaba y encendía una y otra vez. El zumbido en su cabeza pulsaba, haciéndose más fuerte con cada pulsación. Gritó intentando salir de su cabeza. Los que estaban dentro no podían creer lo que estaban viendo. Un par de ellos corrieron hacia él para ayudarle. Pero para Roberto, eran la señora Johnson, el señor Walton y Mark Bennett que venían hacia él. Retrocedió sobre sus manos y rodillas. Se levantó. La puerta se abrió. Retrocedió con los ojos desorbitados.

"Señor, ¿se encuentra bien"? Preguntó uno de ellos.

"Señor, ¿podemos ayudarle"? Preguntó otra persona.

Roberto retrocedió y oyó lo que no se decía.

"Señor, señor, ¿quién era su profesor de matemáticas de primer año"?

"No fuiste a la escuela aquí".

"Menos mal que te escapaste, no te pareces en nada a ellos"

"Aléjate, aléjate", gritó Roberto, mientras seguía retrocediendo.

"No puedes dar marcha atrás ahora. La vida te espera". Roberto escuchó al hombre mayor sureño con un mono de mezclilla.

Ya contra su coche, abrió de un tirón la puerta del pasajero, subió, cerró la puerta con llave, se colocó en el lado del conductor y arrancó. Miró por el retrovisor y vio a la señora Johnson, la señora Nuevo, el señor, Walton y Mark corriendo tras él.

Unas horas más tarde, Roberto no recordaba haber conducido adonde estaba. Se sentó en su coche frente al Café del Búho. Lo asaltaron las preguntas, pero las rechazó. Colocó el anuario sobre el volante. Miró una foto en blanco y negro del, Owl Café y luego el Owl Café de enfrente. Se preguntó, ¿cuánto tiempo llevo aquí? Le vino a la mente la idea de que Amanda estaba al otro lado de la calle. Salió y cruzó la calle corriendo. Una vez más su oído comenzó a apagarse. A medida que se acercaba al, Owl Café, su oído empezó a fallar, de forma intermitente. Llegó a la puerta principal y se detuvo. Se dijo: No tengo por qué entrar, ¿verdad? Podría irme fácilmente y todo iría bien. Respiró hondo y contuvo la respiración unos segundos. Exhaló y abrió la puerta a la vista y el sonido de un lugar antes lejano. Una chica de unos veinte años que estaba en el mostrador levantó la vista cuando se abrió la puerta. Roberto se quedó unos segundos con la puerta abierta.

"Hola, ¿serás solo uste"? Ella preguntó.

Roberto no pudo decir nada.

¿"Puedo ayudarle"?

Sus ojos fueron más allá de ella en busca de Amanda.

"Señor, ¿puedo ayudarle"?

La miró y dijo: "ah...". Se acercó lentamente a ella, miró la etiqueta con su nombre y vio a Cindy.

"Esa soy yo, Cindy". Dijo sonriendo, casi riendo.

Preguntó finalmente Roberto. "Ah, ¿Está Amanda trabajando"?

Antes de que pudiera contestar, Roberto miró más allá de ella, hacia el comedor.

¿"Amanda"? Preguntó ella.

"Sí, Amanda". Volvió a dirigir sus intensos ojos hacia ella. "Me gustaría sentarme en sección de Amanda". Volvió a mirar más allá de ella.

Cindy siguió su mirada para ver qué estaba mirando. "Señor, no tenemos una Amanda aquí".

¿"Estás segura"?

"Sí, aquí solo somos siete". Miró por encima de su hombro y gritó. ¡"Judy"!

270

"Sí." Respondió Judy gritando.

¿"Conoces a alguien que trabaje aquí llamada Amanda"?

"No, ¿quién pregunta"?

Dijo la treintañera de pelo largo y negro. Miró a Roberto. Se acercó rápidamente.

"Oh, hola, soy Judy." Dijo coqueteando.

¿Cindy y Judy? Se preguntó Roberto en su cabeza. Había algo en esos dos nombres juntos que desencadenaba una emoción desatada. Salió de eso para encontrar sus ojos yendo y viniendo de Judy a Cindy.

¿"Entonces no hay ninguna Amanda aquí"? Preguntó Roberto.

"No, pero te diré qué. Seré Amanda si quieres". Dijo Judy.

Cindy la apartó y le dijo: "Sé seria, por favor".

"Lo digo en serio."

Cindy se rio, "Dios mío". Miró a Roberto. "Lo siento, ella siempre es así. Aquí no hay ninguna Amanda".

"Por favor, no te disculpes por mí...". Sonó un timbre. Judy se detuvo y miró al cocinero. "Chico, tu sincronización apesta", miró a Roberto.

"Ahorita vuelvo, no se vaya", se marchó. Unos pasos más tarde se dio la vuelta y caminó hacia atrás y le sonrió.

Roberto y Cindy se miraron. Hubo un incómodo momento de silencio mientras Cindy mantuvo lo que pensó que era una sonrisa real. Volvió a mirar más allá de ella, hacia el comedor. Su oído empezó a amortiguarse.

¿"No, pero te diré qué. Seré Amanda si quieres". Dijo Judy.

Cindy la apartó y le dijo: "Sé seria, por favor".

"Lo digo en serio."

Cindy se rio, "Dios mío". Miró a Roberto. "Lo siento, ella siempre es así. Aquí no hay ninguna Amanda".

"Por favor, no te disculpes por mí...". Sonó un timbre. Judy se detuvo y miró al cocinero. "Chico, tu sincronización apesta", miró a Roberto Le gustaría sentarse de todos modos"?

La cabeza de Roberto empezó a moverse lentamente de un lado a otro. "Seme ase que no, estoy bien".

Volvió a mirar más allá de ella con la esperanza de ver a otra camarera, pero solo vio a Judy en la línea de cocineros. La confusión, la ansiedad y la falta de aliento se apoderaron de él cuando la realidad del momento empezó a formularse.

"Es una payasa, no la tome en serio".

La miró, vio que movía la boca, pero no oyó nada. Volvió a mirar más allá de ella.

"Pero, es muy divertido trabajar con ella, ¿sabes? En realidad es". Cindy dejó de hablar al ver el vacío de su expresión.

Cindy se fijó en sus ojos, mientras el sonido de su respiración acelerada se colaba en su cabeza. ¿Qué está mirando?, oyó en su cabeza y miró detrás de ella para ver lo que ya sabía. Se dio la vuelta y lo vio retroceder. Pensó, ¿le pasa algo?

¿"No, pero te diré qué. Seré Amanda si quieres". Dijo Judy.

Cindy la apartó y le dijo: "Sé seria, por favor".

"Lo digo en serio."

Cindy se rio, "Dios mío". Miró a Roberto. "Lo siento, ella siempre es así. Aquí no hay ninguna Amanda".

"Por favor, no te disculpes por mí...".

Sonó un timbre. Judy se detuvo y miró al cocinero. "Chico, tu sincronización apesta".

Judy miró a Roberto y le preguntó: ¿"Ya se va señor"?

En lugar de oír eso, Roberto oyó: ¿"Señor, se encuentra bien"? Se dio la vuelta para salir, y vio su reflejo en la

272

puerta de cristal. Dudó un segundo, abrió la puerta y salió.

Judy corrió hacia Cindy.

¿"Qué pasó, lo corriste"? Preguntó Cindy.

¿"Echarlo? ¡No"!

Roberto caminó tan rápido como pudo, se detuvo y se quedó paralizado al escuchar una voz distante pero familiar.

¿"Puedes esperar? No cuelgues", escuchó que Amanda decía.

Cindy intentó explicarle a Judy lo que había pasado.

"No dejaba de mirar hacia atrás", señaló hacia el comedor. "Y él...tenía una mirada extraña..." Se detuvo y miró por la ventana para ver a Roberto mirando hacia abajo como si estuviera viendo algo.

¿"Ahí, ahí lo ves? ¿No te parece raro"? Preguntó Cindy.

"El hombre está mirando hacia abajo. ¿Qué tiene de raro eso"?

"Bueno, no solo eso, parecía confundido o algo así".

¿"Confundido? Si hay alguien confundido por aquí, cariño, eres tú. En serio", dijo Judy.

Para Roberto, no poder aceptar lo que no era, no le dejo opción.

¿"Puedes esperar? No cuelgues, vuelvo enseguida", escuchó y vio que Amanda decía. Como si estuviera hablando por teléfono con ella.

Salió de eso, y se vio parado en un estacionamiento vacío.

La voz de Amanda le preguntó: ¿"Dónde se supone que debes estar"?

Volvió a mirar hacia el Owl Café y vio que estaba cerrado, con las luces apagadas y sin nadie adentro. Cindy y Judy estaban adentro mirándolo.

"Ahí, ahí, ¿ves eso? A eso me refiero". Cindy dijo.

"Oye, oye, ¿sabes qué"? Dijo el cocinero mientras miraba más allá de ellas juera las ventanas.

Judy y Cindy lo miraron. "Oye, oye, ¿sabes qué, qué"? Dijo Judy imitándolo.

¿"Qué quiere ese tipo"? Preguntó el cocinero.

"No quiere nada". Dijo Judy imitándolo una vez más.

Cindy lo miró. "Me estaba buscando a mí. A la señorita perfecta", dijo Judy.

Cindy le lanzó otra mirada como diciendo, sí, claro, y la apartó de un empujón. Miró a al cocinero.

"Estaba buscando a Amanda. Dijo que ella trabaja aquí".

"Sí, sí, eso es. Ayer preguntó lo mismo". Dijo el cocinero.

Cindy puso cara de no creérselo y dijo. "¿Estás seguro?"

"¿Qué, crees que invento estas cosas? Es un bicho raro".

20. PUEDES VOLVER A UN LUGAR EN QUE NUNCA HAS ESTADO

Roberto se despertó en mitad de la noche sentado en su coche con el anuario una vez más sobre el volante. Miró al otro lado de la calle y vio el Owl Café, con su neón brillando tan bonito como siempre. Miró la foto en blanco y negro de Cloverdale Licor en el anuario y se le dibujó una sonrisa. Colocó el anuario en el asiento de al lado.
Encendió el coche y giró a la derecha por Main Street en dirección opuesta al Owl Café. Un minuto después, a lo lejos, vio el neón de la Licorería Cloverdale y casi pudo oír cómo le llamaba a su destino. Nada se me escapará ni yo a él oyó en su cabeza mientras el reflejo de las farolas en su brillante capó se dirigía hacia él, hacia el parabrisas y por encima de su cabeza.

"Esto es absolutamente hermoso".

Se inclinó sobre el volante y miró a través del reflejo de la farola en el parabrisas para ver la farola real cuando las dos imágenes se unieron y pasaron por encima de su cabeza. Sacudió la cabeza mientras la idea de las dos imágenes se unieran causándole preguntas. Se dijo a sí mismo que esta noche era un momento para la alegría y no para dejarse desentrañar por la belleza de la física de la luz. Redujo la velocidad mientras conducía hacia la licorería de Cloverdale.

¡"Vaya! Mira eso". Dijo al ver los brillantes colores de neón del letrero de Cloverdale Licor sobre su capó. Se detuvo y miró el letrero.

Empezó a reproducirse un recuerdo, pero la imagen del letrero real lo sacó de eso. Miró a su alrededor como preguntándose qué era aquello. Pero la imagen de su capó lo devolvió a donde estaba. Soltó el embrague y giró hacia el callejón que separaba la licorería de la tienda de muebles de al lado. Se detuvo entre los dos edificios y miró a su alrededor. Parecía un túnel. Estaba rodeado de paredes de ladrillo y el sonido del motor reverberaba en ellas. Se repitió otro recuerdo. Estaba sentado en su RoadRunner mientras Joan Brigante se sentaba en su Mustang justo detrás de él en ese mismo callejón de ladrillo.

Joan siempre iba la primera. Su Mustang ralentí como un Poni en la línea de salida. Tenía una resonancia profunda que hacía imposible no hacer el Mustang gritar. Ella hundió su pie en el acelerador y allí estaba, su Mustang gritando como un león de montaña. Cuando su motor estaba en ralentí, el RoadRunner chillaba, llenando cada centímetro cuadrado de ese espacio reverberante de ladrillo. Era el sonido de la potencia, el sonido de la excitación y una de sus cosas favoritas.

Salió de ese recuerdo y volvió a mirar a su alrededor y no podía creer que fuera tan hermoso como hace tantos años. Se preguntó, ¿cómo voy a saber que esto no es mil novecientos setenta y seis? No lo sabría, esto es exactamente como era entonces. Una enorme sonrisa se dibujó en su cara. Soltó el embrague y entró en el aparcamiento que había detrás del edificio. Al girar a la derecha, un recuerdo de hace mucho tiempo y sus acciones de ahora se unieron. Sin pensarlo y como si lo hubiera hecho ayer, aparcó en el lugar exacto donde lo había hecho hace tantos años. Miró a su izquierda, al lugar exacto donde se hizo la foto de los dos Georges en el anuario.

"Esto no ha cambiado en absoluto". Escuchó su voz en voz alta.

Cogió el anuario. Lo abrió y miró la foto del borracho George junto al otro George. La cabeza de Roberto empezó a moverse de un lado a otro, aceptando todo lo que era y todo lo que no era. ¿"Esto es increíble"?

Como si saliera de un sueño, o de un pensamiento, o de lo que fuera aquello, se dio cuenta de que estaba inmóvil. Se miró a sí mismo y se preguntó: ¿por cuánto tiempo y por qué haría yo eso? Y ahora tengo que preguntarme, ¿dejé realmente de moverme o es que creo que dejé de moverme? Entonces, ¿cuál es la diferencia? Miró hacia el lugar donde se había hecho la foto de los dos Jorges y se inclinó hacia atrás para obtener una visión general. El marco de la ventana de su coche había enmarcado aquel lugar como si fuera un cuadro. Pensó, parece bidimensional. Levantó el anuario y lo colocó a la derecha de la ventana.

Se dijo. "Mira, mira esto. Dos fotos al mismo tiempo del mismo sitio pero con muchos años de diferencia".

Bajó el anuario y giró a su derecha. Miró hacía el letrero de neón. Y allí estaba, sobresaliendo de la esquina derecha del edificio. La farola por la que habían discutido tantas veces hacía tantos años. A Roberto le pareció una farola adosada a un edificio. Le pareció raro.

"Es la misma luz, no puedo creer que siga ahí". Escuchó su voz dentro de los confines de su coche y pensó que sonaba un poco diferente.

Había algo en decirlo en voz alta que le molestaba. Era como si oyera al Roberto de ayer y no al Roberto de ahora. Se preguntó: ¿mi voz sigue siendo la misma? ¿Es la voz de Pat Daily la misma? ¿Y la voz de Cathy o la de Anthony? Era un recuerdo de tres amigos que se le había presentado y no estaba preparado para eso.

Esperó la alegría, pero en su lugar, un rápido flash de miedo lo sacudió. Le vino a la mente el pensamiento de no saber dónde estaban sus amigos en ese preciso momento. Se preguntó cómo era posible haber estado tan cerca de ellos y no saber dónde estaban en ese momento.

"No es una farola si no está en la calle". Escuchó claramente decir a Cathy. Puso una cara como diciendo, vamos, ¿en serio?

Anthony dijo, "es una combinación luz de farola y de edificio, ¿de acuerdo"?

A Pat le daba igual, "¿a quién coño le importa? Es una puta luz, vamos".

Al instante, se reprodujo la noche de mil novecientos setenta y seis. Oyó a Pat decir: ¿"a esto le llamas Rock n Roll"?.

Expulsó la cinta e introdujo "Steppenwolf".

Roberto sale de sus recuerdos y se ve sonriendo por el retrovisor. Miró hacia abajo y se vio sosteniendo una cinta de ocho pistas. Y desde un lugar, que solo las palabras sabrían, "será mejor que no pongas esa mierda de discoteca".

No estaba seguro de quién lo había dicho, pero lo había oído. Metió la cinta y Born on The Bayou llenó el espacio a su alrededor. Y esta vez, la alegría volvió a estar a su lado. Cerró los ojos, se echó hacia atrás y oyó a los tres decir: "esto sí que es música". En medio de un momento eterno, una voz de antes cantó junto con la cinta. La voz se detuvo. Unos fuertes golpes hicieron que Roberto volverá a donde no estaba.

"Oye, ¿mi vos no está mal, verdad, Roberto?" Dijo la voz.

Sorprendido, pero presente, Roberto no tuvo más remedio que ver lo que tenía delante.

¿"Cómo puede ser"? Tuvo que preguntar Roberto.

"Hombre, ¿qué pasa hombre"? Preguntó la voz.

Roberto se quedó mirando y pensó: ¿es Jorge de verdad?

¡"Vamos, Roberto! ¿Por qué me miras así? Vamos, baja la ventana hombre".

Como para confirmar dónde estaba, Roberto miró más allá del capó de su coche. Y sí, allí estaba, la pared de ladrillo frente a la que estaba seguro de haber aparcado. Vio el letrero de neón pegado a esa pared, y la farola por la que habían discutido. Eran cosas de antaño que no están vivas. Cosas que no caminan, ni hablan, ni respiran. Allí, inmóviles como deben estar. ¿Pero los vivos? ¿Hablándome? ¿Cómo puede ser? Miró su salpicadero para ver su billete de admisión para el concierto Day on The Green. Estiró la mano y la tocó.

Se dijo, un momento. Era un concierto al que no habíamos ido antes de aquella noche de mil novecientos

279

setenta y seis. Pero esta no es esa noche, así que aquí está como debe ser. Entonces, ¿qué está pasando aquí? Volvió a mirar por la ventana y esta vez vio su propio reflejo en la ventana, pero oyó.

"Jesucristo, Roberto, uno pensaría que vio un fantasma o algo así hombre. Vamos baja la ventana".

Dijo Jorge y agachó la cabeza no creyendo. Esperó unos segundos y dijo. ¿"Y qué? ¿Nos vamos a mirar por la ventana toda la noche o qué"?

"Born on the Bayou", terminó, y Bad Moon Rising, comenzó a tocar.

"Oye, oye, he estado practicando esta, mira, mira".

Roberto, inseguro, poco en poco, despacito, empezó a bajar la ventana. George empezó a cantar. Con cada vuelta, el sonido de su canto se hacía más fuerte, su inolvidable olor inevitable, su imagen más revelable de la innegable verdad que se veía al otro lado de la ventana. Jorge dejó de cantar cuando el claro imagen de Roberto por fin se hizo visible. Se inclinó y miró más allá de Roberto.

"Oye, ¿dónde está Cathy"?

No creyéndolo, Roberto preguntó, ¿"Jorge"?

¿"Qué pasa? ¿Qué pasa, tío"?

"Jesús", dijo Roberto, "estás exactamente igual".

¿"Igual? ¿Igual a qué"?

Miró a Roberto en los ojos y esperó a que respondiera, pero oyó nada. Echó un vistazo al interior del coche. Dio unos pasos atrás. Los ojos de Roberto se fijaron en aquella imagen que no podía creer que estuviera allí.

¿"Por qué me miras así"? Preguntó Jorge.

Se quedó con la boca abierta después de terminar la palabra así. Esperaba una respuesta. Retrocedió un poco más y miró el coche de Roberto de punta a punta.

"Oye, ¿dónde está el camión de tu padre? ¿Eh? Dime, ¿cómo está tu papá"?

Dio un paso adelante, se inclinó nuevamente hacia el interior del auto y miró a su alrededor.

¿"Dónde diablos está Pat? ¿Dónde? ¿Y Anthony, dónde está? Hoy, ¿todavía están en la banda"?

La incapacidad de Roberto para responder irritó al hombre que no debía estar aquí.

¿"Qué pasa, tío? ¿Qué pasa"?

Buena pregunta, pensó Roberto.

"Oye, oye, ya sé, ¿quieres que te invite a una cerveza?" Dijo Jorge mientras intentaba volver a la rutina.

"Ah, ah....." Dijo Roberto.

"¿Ah, ah? ¿Eso es todo? ¿Es todo lo que tienes"? Preguntó Jorge con cara, entre exigente y confusa.

Jorge bebió un largo trago de su cerveza. Se limpió la boca con la manga y su cara se convirtió en la del viejo Jorge que intentaba agradar. "Está bien, no pasa nada, tío".

Jorge se dio la vuelta, dio un par de pasos, se detuvo y volvió.

"Olvídate, olvídate...." Dijo Jorge, e hizo un gesto con la mano como borrando todo.

"No te preocupes hombre. Yo pago. No te preocupes. Puedes pagarme más tarde. Toma, agarra mi cerveza. Horita vuelvo, tío".

Le entregó la cerveza a Roberto y se fue. Se detuvo, dudó unos segundos y volvió. Tragó el exceso de saliva, se limpió la boca y se aclaró la garganta. Se inclinó acial coche.

"Ten cuidado, hay policías alrededor."

Señaló a su alrededor. Levantó la cabeza hacia atrás, se irguió, miró por encima del coche y susurró.

"La costa está despejada."

Se alejó y una vez más se detuvo. Se rio y se volvió para mirarle. "Pequeño gamberro".

Roberto sonrió sin saber por qué. Había algo en que le llamaran gamberro que lo hacía sentirse bien. Jorge le señaló, se dio la vuelta y entró en el callejón. Roberto miró la cerveza que tenía en la mano y pensó, ¿qué voy a hacer con esto? Miró a su alrededor en busca de policías para asegurarse de que la costa estaba libre. Miró detrás del asiento del copiloto y dejó la cerveza en el suelo. Cogió una toalla pequeña del asiento trasero y la colocó con cuidado alrededor de la cerveza para que no se volcara. Se echó hacia atrás e intentó relajarse. Sacudió la cabeza como para recomponer el momento. El sonido de su inhalación y exhalación del aire a su alrededor se hizo evidente.

Cerró los ojos y visualizó el aire que entraba por su nariz, llegaba a sus pulmones y volvía a salir. Se preguntó. ¿Es aire nuevo el que estoy respirando? Si es, ¿qué lo hace nuevo? ¿O es aire viejo, y, si lo es, dónde ha estado? ¿He respirado este aire antes? Un momento, ¿el aliento de quién estoy respirando? Y como siempre, las preguntas se sucedían. Pero esta vez había algo diferente.

En hecho, realmente vio la lista de preguntas en su cabeza, hacerse vida y cada vez más larga. Las preguntas se distorsionaban y se convertían en personas. Cada una con su propia lista de preguntas en su propio cerebro. Y en ese cerebro, otro cerebro diminuto con su lista, y así sucesivamente. La fila interminable de personas y cerebros diminutos ahora frente a un restaurante popular. Se preguntó: ¿dónde estoy? Miró el cartel, pero fue incapaz de leerlo. Era una especie de código o algo así. Se dio la vuelta para preguntar a la persona que tenía detrás si sabía leer el cartel y vio una expresión de interrogación en su cara. Roberto miró a la persona que tenía detrás y vio a todos con esa misma expresión. No puedo hacer una pregunta, una pregunta. ¿Qué me pasa?

Pero estas son personas. Sí, gente con nada más que preguntas. Miró a su alrededor y más allá de la persona que tenía detrás vio que la cola se extendía por toda la manzana y doblaba la esquina. La idea de responder a todas esas preguntas le agotó. Se preguntó por qué todas esas preguntas y por qué en forma de personas. Abrió los ojos y allí estaba, otra vez, en su coche.

¿"Qué demonios"?

Se dijo a sí mismo, escucha la música. Unos segundos después, la música se detuvo. Estiró la mano para volver a ponerla en marcha, pero no había cinta en el reproductor.

¿"Qué estoy haciendo"? Dijo en voz alta y retiró la mano. Se sentía avergonzado. Miró a su alrededor para asegurarse de que nadie lo veía. La sensación de estar atrapado en su coche se apoderó de él.

¿"Es claustrofobia lo que siento"?

Oyó su voz como si viniera de fuera del coche. Sus ojos miraron a su alrededor, pero su cabeza no se movió. Era como si sus ojos tomaran decisiones por sí solos. Se dio cuenta de que sentía que sus ojos se movían y eso lo asustó. Agarró la manija de la puerta y tiró de ella con gran fuerza. Empujó la puerta con el hombro. La puerta se abrió completamente y volvió a girar. La detuvo con la mano izquierda, la mantuvo abierta y salió. Estaba erguido, con el cuello estirado hacia arriba. Era como si se presentara ante sí mismo. Miró a su alrededor, cuestionándose todo lo que veía. Se preguntó, ¿es posible preguntarse, cuándo es esto? Es una locura, es el tipo de cosas que te preguntas cuando estás viendo una película o leyendo un artículo o un libro.

"Estoy aquí, ahora mismo. ¿Qué demonios"?

Lo dijo en voz alta. Miró por encima del hombro para ver el callejón entre los dos edificios. Fue como un detonante, una llamada a la acción, lo sintió, lo supo, y no hizo la pregunta que había que hacer. ¿Dónde diablos está Jorge? Se dirigió hacia la licorería. Se detuvo y miró hacia su coche. Esa buena sensación que siempre sentía al hacerlo, se le escapó. Empezó a preguntarse por qué, pero se lo quitó de la cabeza y entró en el callejón. El sonido de sus pasos reverberando en las paredes le hizo sentir la presencia del espacio y el tiempo. Como siempre ocurría cuando las acciones emprendidas volvían a él. Y por razones que no podía explicar, estas reverberaciones eran diferentes. Parecían reflejos perdidos de hace mucho tiempo, atrapados en los confines de este espacio de ladrillos. Este pensamiento lo hizo detenerse. Fue su mente la que sintió a continuación. ¿Qué es lo que siento? ¿Es un reflejo de mi propia mente? ¿Es la presencia de la mente dejada atrás? Debe ser eso. Es por eso que se siente diferente. ¿Es eso posible? ¿Sentir algo con una mente de hace mucho tiempo? Lo siguiente que supo fue que salía del callejón. Giró a la izquierda hacia el frente de la licorería. Se detuvo y miró la fachada de la tienda. ¿Cómo es posible que no haya cambiado?

Se acercó a la puerta, extendió la mano, agarró el pomo y tiró para abrirla. Sintió un pequeño retraso. Era como si uno o dos segundos se hubieran detenido demasiado. Lo sintió y pensó: tal vez no debería entrar en este edificio. Le pareció extraño. Lo dejó de lado, entró y se detuvo. Esperó una emoción. Una respuesta a él mirando a su alrededor para ver la vieja tienda de su infancia, pero no sintió nada. Lo dejó de lado y buscó a Jorge.

¿"Puedo ayudarle"? Preguntó el cajero.

¿"Miraron a Jorge entrar aquí? Venía hacia aquí hace un rato".

¿"Jorge? ¿Quién es Jorge? Nadie ha entrado en suficiente tiempo".

Roberto lo oyó y pensó, ¿cómo es posible? Miró más allá del cajero a un hombre mayor sentado detrás contra la pared. Entrecerró los ojos mientras miraba a Roberto.

Roberto miró al cajero. ¿"Así que no ha venido nadie hace unos minutos"?

"No, ha estado muy lento esta noche".

"Eso es un poco raro". Dijo Roberto e hizo otra rápida mirada alrededor. "Oh, bueno, supongo que se fue a otro lugar".

Se quedó parado unos segundos de más.

¿"Puedo ofrecerle algo"? Preguntó al cajero.

"Ah, no, gracias".

Roberto levantó las cejas, fingió una sonrisa y al instante se preguntó por qué, ¿por qué sonreír? Se dirigió a la puerta.

Un reflejo se dirigió hacia él, pero fue instantáneo, sin demora. Su mirada lo captó en la ventana delantera. Se detuvo para ver cómo el cajero le decía algo al anciano. El cajero dejó de hablar en quanto se dio cuenta de que lo observaban. Miró a Roberto con expresión cuestionando. Roberto frunció el ceño, quería preguntar qué están diciendo, pero un recuerdo le viene de una cajera preguntando. ¿"Va a comprar gasolina"? La sensación de querer escapar le llegó. Empujó la puerta y salió rápidamente. Roberto miró asía dentro por la ventana a ver al anciano de pie observando a alejarse. Roberto pensó, ¿por qué me miraría? ¿Por qué me miraría alejarse? ¿Conozco a ese hombre? A lo mejor me parezco a alguien que conoce o algo así. Atravesó el callejón, pero esta vez no hubo reverberaciones ni vacilaciones. Se acercó a su coche. Se dio la vuelta y se quedó parado un momento.

Se dijo. ¿"Dónde diablos está? ¡Jesucristo"! Se apoyó en su coche y esperó.

Se sintió un poco ridículo. ¿"Qué demonios me pasa? No puede ser Jorge".

Miró a su alrededor para asegurarse. Miró hacia abajo y pensó durante unos segundos.

"Espera un minuto, espera un maldito minuto." Lo dijo en voz baja.

Metió la mano en el bolsillo, cogió las llaves, abrió el coche y subió. Buscó la cerveza detrás del asiento del pasajero, no había nada.

¿"Cómo puede ser"? Se dijo.

Se negó a aceptarlo.

Alargó la mano más allá del asiento del pasajero. Metió la mano entre la puerta y el asiento. Encontró la palanca, tiró de ella y el asiento del pasajero se liberó. Lo empujó hacia delante. Miró detrás y no vio absolutamente nada.

¿"Qué demonios está pasando aquí"? Oyó en su cabeza.

Rechazando lo que sus ojos no veían, se inclinó detrás del asiento para ver mejor, y, una vez más, no había cerveza. Palpó debajo del asiento.

"Por si acaso", se oyó decir y no encontró nada. Con el rabillo del ojo, vio la pequeña toalla en el asiento trasero. Se volvió hacia ella.

"Maldita sea, no me lo puedo creer". Otra vez en su mente se oyó.

Se giró hacia la parte delantera de su coche. Hacer una pausa fue lo único que se le ocurrió. Le llegó el sonido de su respiración acelerada.

¿"Por qué estoy sin aliento"? Se preguntó.

Volvió a mirar a su alrededor sin saber por qué. Había

algo en mirar a su alrededor que le daba tiempo, pero se preguntó: ¿tiempo para qué? Pensó en Jorge cantando al otro lado de la ventana. La ventana de alguna manera le facilitaba cuestionar, aceptar o negar. Era casi como mirar un cuadro o ver una película, pero entonces, bajó la ventana y la realidad vino a llamar a un amigo. Jorge no solo estaba cantando, sino que su olor llegaba hasta él. No solo eso, George le había entregado su cerveza.

"Un momento", se dijo. "Tal vez, puse la cerveza detrás de mi asiento. No, estoy seguro de que la puse detrás del asiento del pasajero. Recuerdo haber colocado la toalla alrededor de...". Dejó de hablar. Volvió a mirar la toalla en el asiento trasero.

"Tal vez no coloqué la toalla....". Se detuvo de terminar ese pensamiento.

Se bajó. Giró para mirar hacia su coche. Preguntó. ¿"Y si no está la cerveza? ¿Entonces qué"?

Echó un rápido vistazo a su alrededor. "No puedo creer que realmente esté pensando que Jorge estaba aquí".

Señaló al suelo con las dos manos: "Aquí mismo".

Se arrodilló junto a su coche. Extendió lentamente la mano derecha. Agarró la palanca del asiento conductor, tiró y el asiento se soltó. Le sobrevino un ligero mareo. Oyó el sonido de su respiración acelerada. Empujó el asiento hacia delante. Metió la mano en el coche y se detuvo. Como si sus ojos interrogaran a su cerebro, oyó: ¿Qué hay en esta imagen que no entiendes? La palabra imagen se repitió muchas veces.

¿"Qué demonios"?

Con la mano suspendida y todavía sobre las rodillas, un silencio ensordecedor llegó llamando a un amigo. Sabiendo ya lo que no quería saber, metió la mano para confirmar lo que no había. Como las respiraciones cortas y rápidas que se hacen antes de llorar, Roberto tomó la suyas, pero en esta noche implacable, sus lágrimas no estaban por ninguna parte. Retiró la mano y se levantó lentamente. Cerró los ojos, echó la cabeza hacia atrás, y como siempre, llueva o haga sol, el sonido de la lluvia le trajo alegría. Y como siempre, lloviera o no, sintió la lluvia en la cara. Y como siempre, abrió los ojos para ver la foto de donde estaba, en el anuario abierto que tenía en las manos. Cerró el anuario y se lo guardó bajo el brazo. Recogió su bicicleta, y como había hecho tantas veces antes, se dio la vuelta para ver cómo la noche ya no pretender. Y como lo había hecho tantas veces antes, lentamente levantó su mano para saludar, pero en esa noche implacable, a nadie allí, ya no pudo saludar.

21. DEMASIADO INTELIGENTE PARA TUS PANTALONES

Margaret estaba en comisaría esperando a Paul. Se dijo a sí misma que no debía mirar las fotos de los dos policías fallecidos que había en la pared. Y ahora que se le pasó por la cabeza, ¿no merecen estos hombres unos minutos de mi tiempo? Sin que ella lo supiera, Paul entró en la sala de espera y la vio mirando las fotos. Se dijo que debía ser respetuoso y se obligó a esperar. Los pensamientos de Margaret continuaron hacia su destino. Si sus familiares estuvieran aquí, ellos quisieran que los mirara, que leyera sobre ellos, ¿verdad? Que sintiera, aunque solo fuera una fracción de lo que ellos sienten. Entonces, ¿por qué intento ignorarlos?

"Hola Margaret". Paul finalmente la interrumpió.

"Oh, hola, Paul, y gracias".

¿"Por qué"?

"No quieres saberlo".

"Te tomaré la palabra esta vez teniendo en cuenta lo que dijiste la última vez".

"Hmm, de verdad. ¿Qué dije"? Preguntó Margaret.

"No quieres saberlo", dijo Paul, apretó los labios e hizo un rápido gesto con la cabeza puntuando su frase.

¿"De verdad? ¿Qué he dicho exactamente para justificar esa expresión"?

Paul pensó si debía responder y disidió decirle "Ah, déjame pensar, ¿algo sobre que no llegaste a la pubertad ayer"?

Levantó la vista tratando de recordar. "Oh, sí... desafortunadamente hace mucho tiempo que pasó eso".

"Bueno", dijo Paul, "no hablemos de eso".

"Feliz de no hacerlo". Dijo, Margaret.

Paul le dirigió una mirada que terminó en una pequeña sonrisa. Le indicó el camino hacia la puerta con la mano izquierda y le dijo.

"Entra, entra, por favor." Mientras abría la puerta.

"Gracias".

"De nada".

Cuando entró en el pasillo, Paul la rodeó y le abrió paso.

Ella observó su paso alegre. Abrió la puerta de su oficina.

"Aquí mismo, por favor, entre", dijo Paul, sonando como el presentador de un concurso.

Ella miró su sonrisa implacable mientras pasaba junto a él hacia la oficina. Paul cerró la puerta y la vio mirando, sonriendo y frunciendo el ceño al mismo tiempo.

¿"Qué pasa"?, preguntó Paul.

¿"Lo que sea que estés bebiendo? Yo quiero dos".

¿"Qué quieres decir"?

"No importa. Quiero dos".

Deslizó una silla por la oficina y la acercó al escritorio.

La miró. Su sonrisa aumentó. Esperó a que se sentara, pero Margaret no supo qué responderle. Paul acolchó la silla como si tuviera un cojín que necesitara mullirse y dijo.

"Aquí, por favor siéntate aquí".

La sonrisa de Margaret empezó a desvanecerse ante la inusual cortesía y dijo: "gracias, Paul".

Ella no le quitó ojo mientras él rodeaba el escritorio y se sentaba. Giró el monitor para mostrarle un mapa.

Ella frunce el ceño y pregunta. ¿"Qué son todas esas X"?

Señaló un punto en el mapa. ¿"Es aquí donde lo viste"?

Se inclinó hacia el monitor. ¿"Es ese el arroyo de ahí"? Señaló.

"Sí, ese es el arroyo".

"Bueno, en ese caso, sí, justo ahí, es donde lo vi".

"Sabes Margaret, no puedo creer que bajaras allí. Eso de ahí son arbustos bastante densos. ¿Pero sabes qué? Bien por ti, eso significa que eres bastante dura".

Margaret no podía creer lo que estaba oyendo.

Paul miró el monitor y señaló varias equis.

"Se trata de delitos o incidentes sin resolver. Los registramos en este mapa. Te sorprendería saber con qué frecuencia los delitos están conectados geográficamente".

"Qué gran idea". Dijo Margaret.

"Por ejemplo, dijo Paul. Echemos un vistazo a este de aquí".

Hizo clic en la "X" cerca de la choza. Apareció un informe.

"Así que, ahí está. Es el accidente del que te dije". Se paró a pensar. "Hace quince años. ¿Te lo puedes creer?" La miró. Margaret estaba en un estado de incredulidad, pero por todas las razones equivocadas.

"Este mapa es increíble". Dijo Margaret, sin oír una palabra de lo que avía dicho Paul. Levantó la vista para ver su sonrisita. "Conozco esa sonrisita. ¿Qué pasa"?

La cabeza de Paul empezó a moverse lentamente arriba y abajo mientras procesaba su cumplido, del que ella no tenía ni idea.

"Bueno, cuando creé este mapa el año pasado..". Ella lo interrumpió.

¿"Tú creaste este mapa"? Sus cejas se alzaron.

"Sí....Volví a nuestros registros y encontré todo lo que estaba pendiente e imputé estos incidentes en mi mapa".

Se volvió del mapa a él, asombrada, y otra vez al mapa. Su mano se levantó lentamente de su regazo y se movió por el espacio entre su cuerpo y el monitor, flotando como un helicóptero en el aire. Su dedo índice se convirtió lentamente en un puntero.

¿"Este mapa es idea tuya"?

"Sí, este mapa es idea mía". Dijo Paul y colocó una hoja de papel delante de ella. "Así que como puedes ver", señaló un punto en la página.

Margaret se inclinó para ver mejor.

"El conductor nunca fue encontrado. Era del sur de California. Un lugar llamado Arlington Heights".

Se apartó del escritorio y la miró. Como preguntando, ¿qué te parece? Paul esperaba oír, buen trabajo, pero en lugar de eso oyó.

¿"Estás seguro de que este mapa es idea tuya"? Preguntó ella y vio que su sonrisa se desvanecía. Sus fosas nasales se movieron por su repentina respiración acelerada.

"Sabes Margaret, eso es insultante."

"No, no, quiero decir, qué gran idea". Ladeó la cabeza al terminar la palabra idea.

"Sí, claro". Dijo Paul.

"Sí, verdad, lo digo en serio. Es una gran idea". Dijo Margaret, y miró a su alrededor en un intento de corregir su comportamiento. Miró el monitor y luego el papel que él le puso delante.

¿"Alguien denunció su desaparición"?

Señaló un punto concreto del informe. - "No".

Su dedo se movió hacia otro punto del informe.

"Familiar más cercano". - "Desconocido".

"Nadie denunció su desaparición, aparentemente".

"Qué triste". Dijo Margaret.

Se miraron el uno al otro. Paul asintió con la cabeza.

Margaret no podía esperar a saberlo. ¿"Cómo se llama"?

Señaló un punto en el monitor. - "Roberto Tenna."

¿"Roberto Tenna? ¿Tenemos una foto"? Pregunto Margaret.

"No, no sé por qué. Bueno, probablemente sea porque el caso es muy antiguo. Ni siquiera teníamos computadoras hace quince años".

Apartó la mirada pensando en que hace quince años no había computadoras.

¿"Y la foto de su licencia de conducir"? Preguntó Margaret.

"No hay licencia de conducir en el archivo. No estoy seguro de por qué, pero si su licencia había expirado, sobre todo por un largo tiempo, el nuevo sistema probablemente no lo habría recogido. Quiero decir, supongo. Una foto no nos ayudaría en nada".

Margaret lo miró preguntando. Paul respondió.

"Porque no tenemos ni idea de cómo es este tipo en realidad." Dijo Paul.

¿"Me quieres decir por qué"? Margaret se paró de hablar, y pensó. "Se supongo que tienes razón. Entonces, ¿cómo sabemos que es"?

"Bueno, en este momento, no lo sabemos. El informe completo estará aquí más tarde".

Le dirigió otra mirada preguntando.

"Está en el almacén".

"Oh".

Apartó la mirada pensando y luego volvió a ella.

¿"Sabes una cosa? Si tuviéramos una de sus huellas". Hizo una pausa. Apartó la mirada y rápidamente volvió a mirarla.

¿"Todavía le das comida en ese termo"?

"Sí, sí, to dos los días, ¿por qué"?

¿"Tienes uno contigo? ¿Uno nuevo? Ya sabes, ¿uno que hayas recogido recientemente"?

"Sí, acabo de recoger uno, hace un rato".

"Entonces, ¿lo recogiste del teatro"?

"No, ya casi no va al teatro".

"Bueno, espero poder tomar una impresión y la analizaré más tarde", dijo Paul.

"Vale", dijo Margaret y miró a su alrededor pensando en lo genial que será saber quién es este hombre.

Paul miró su mapa en la computadora. Pensó en cómo hace unos días estaba dispuesto a alejarse de todo esto. Y de hecho, lo hizo cuando vio a Margaret y al vagabundo en el teatro. Y ahora, no solo ha podido poner en práctica su idea del mapa, sino que esto es, con diferencia, lo único interesante de su trabajo policial. Salió de ese pensamiento para ver a Margaret, en un estado similar al de un zombi.

Sus ojos congelados en el monitor de la computadora, pero sin ver lo que había en él. Como si mirara a través de él. Se preguntó qué estaría pensando. Ella le miró.

"Sabes Paul, por primera vez en muchos años, me siento como una pasajera. Un cambio con el que estoy bien, por alguna razón. No estoy segura por qué, o si eso es algo bueno".

Paul empezó a decir algo, Margaret lo interrumpió como anticipándose a su pregunta, y dijo. "Lo sé, lo sé, es bueno dejar a veces. Dejar que otra persona tome el control de vez en cuando. Quiero decir que no habría pensado en eso".

¿"No pesantes en qué"?

"La huella digital....y el mapa". Dijo Margaret.

Dijo Paul con naturalidad. "Es lo que hago".

La observó mientras ella apartaba la mirada y volvía a sumirse en sus pensamientos. Una sensación de ardor la hizo ver que su intento de disculpa dejaba mucho que desear. Paul abrió la boca para decir algo cuando Margaret volvió a interrumpirle.

"Sabes Paul. Mis intenciones no eran de insultarte antes. Lo sabes, ¿verdad"?

Paul no dijo nada, dejó caer el dedo índice sobre el escritorio y lo golpeó repetidamente. Ella le miró la mano. Se detuvo.

Margaret añadió. "Es que es tan alta tecnología, ya sabes, esa es la parte que no entendía".

"Olvídalo". Le dedicó una sonrisa burlona.

Ella levantó las manos como diciendo: "Lo he intentado".

Un día después, Paul estaba sentado en su escritorio mirando el informe tras haber comprobado las huellas del termo.

Llamaron a la puerta. "Adelante".

La puerta se abrió. Una cadete vestida con un uniforme bien planchado y el pelo recogido en un moño acompañó a Margaret a su oficina.

"Pasa, pasa".

Margaret entró y miró el informe.

"Siéntate". Dijo Paul.

Miró más allá de Margaret, al cadete que seguía en la puerta, con cara de emoción.

"Gracias, Linda, eso es todo". Linda sonrió y cerró la puerta.

"Tengo buenas noticias". Dijo Paul.

¿Deberás? No puedo esperar.

"Si es nuestro hombre.".

¿"Así que lleva aquí quince años"?

Paul asintió y dijo: ¿"Te lo puedes creer? Lleva aquí desde que yo estaba en sexto curso. Dios mío".

Margaret intentó visualizar a Paul como un niño de sexto curso jugando con sus amigos. Paul continuó y la sacó de ese pensamiento.

"Lo sé, quiero decir, todavía estoy tratando de envolver mi cabeza alrededor de eso. Quiero decir... ¿Quién lo hubiera pensado? En realidad, me avergüenza admitir que ni siquiera pensé en él, hasta esa noche en el teatro". Hizo una pausa esperando que Margaret dijera algo.

Paul continuo. "También sé otra cosa". Ladeó la cabeza y enarcó las cejas.

Margaret no pudo esperar mientras fruncía el ceño y dijo: ¿"Qué"?

"Este tipo estaba en una institución mental y...".

Margaret lo interrumpió. ¿"Una institución mental"?

"Sí, ¿ves lo que quiero decir"?

¿"Ves lo que quiero decir, qué"? Pregunto Margaret, mientras sus ojos iban de un lado a otro.

"Te dije que este tipo podría ser peligroso. ¿Recuerdas"?

"Bueno, si es tan peligroso, ¿por qué lo soltarían? Quiero decir, obviamente, este hombre no era una amenaza para nadie. No más míralo".

"Ah, bueno", comenzó Paul a decir, pero se detuvo para que ella preguntara. ¿Qué, qué?

"No lo soltaron". Dijo Paul y se inclinó hacia ella. "Escapó, se desapareció".

Frunció el ceño y decidió no decir nada.

"Y supongo que nadie de la institución denunció su desaparición", dijo Paul.

"Técnicamente, no hizo nada ilegal. No tenía antecedentes de ningún tipo, así que no lo buscaron. Y, supongo, que por eso no apareció en nuestra búsqueda de personas desaparecidas."

Esperó a que ella dijera algo, pero no obtuvo respuesta. Paul continuó. "Ahora conoces la verdadera definición de caer por las rendijas".

Margaret tuvo que decir algo. "Bueno, supongo que eso es bueno. Quiero decir que al menos no es... un criminal".

¿"Margaret"? Paul dijo, sonando paternal.

"Sí Paul".

"No tenemos ni idea de lo que este tipo es capaz. Quiero decir". Paul paró para pensar. Siguió. "Piénsalo. No tenemos ni idea de lo que este tipo ha estado haciendo durante quince años." Se detuvo, creyendo eso debería poner fin a esto.

Margaret se insertó. "En realidad, sí lo sabemos. Lleva quince años comiendo de los cubos de basura". Hizo una mueca mientras esa imagen pasaba por su cabeza.

Y continuó. "Y, ustedes, y por ustedes quiero decir ustedes policías, habrían sabido si él había hecho algo criminal y,". Paul la detuvo con la mirada.

"Mira", dijo Paul, "la gente hace todo tipo de mierdas que no sabemos, ¿vale? Solo porque seamos la policía no significa que lo sepamos todo".

"Eso si es verdad" Ella apartó la mirada.

¿"Has terminado? Margaret". Dijo Paul, otra vez sonando como su padre.

Margaret suspiró.

Paul y negó con la cabeza. Miró el informe. Su dedo índice se posó en la página y se movió en busca de algo. Se detuvo: "Oye, quizá podamos hablar con el médico que lo trató. Está justo aquí, Dr. Culpa".

Margaret miró el informe. Paul deslizó el dedo hasta otro punto y se detuvo.

"Aquí está el número de teléfono de la instalación. ¿Tal vez todavía sigue ahí"?

Cogió el teléfono y marcó el número.

"Hola, ¿puedo hablar con el Dr. Culpa, por favor"? Paul escuchó.

"Oh, de verdad, ¿tiene su información de contacto? Soy del Departamento de Policía de Cloverdale y necesitamos información sobre uno de sus pacientes". Escuchó.

"Eso sería perfecto". Le dio el número de teléfono de la policía de Cloverdale.

"Lo estoy deseando, gracias. De nada". Colgó.

¿"Qué está pasando"? Preguntó Margaret.

"Ya no trabaja allí, pero le van a dar nuestro número de teléfono, así que espero que llame".

"Esperemos que sí", dijo Margaret. "Tal vez se haya retirado".

"Han pasado quince años. Así que es lo más probable". Dijo Paul.

Margaret pensó en el paso del tiempo y en lo duro que era que pensaran en uno como retirado. La vida de retirado era algo en lo que no había pensado mucho. Hacer lo que quisiera, cuando quisiera, era un concepto que escapaba a su comprensión. Margaret era como una adolescente con esteroides. Tenía los conocimientos de una eterna buscadora de la verdad, la necesidad de ayudar y enseñar a los demás, unida a la implacable sensación de que todo nunca era suficiente. Poco sabía que su vida como maestra nunca le permitiría ese estilo de vida y que la mantendría siempre en su camino de maestra para siempre.

22. BIGFOOT ES REAL
Estúpidos idiotas

Era mil novecientos setenta y cuatro. Mark Bennett, Cathy Crittendon, Roberto y algunos otros estaban en los pasillos de la escuela de Cloverdale. Las puertas dobles se abrieron de golpe al ver entrar a Bob Mills, que se detuvo para asegurarse de que todos lo miraran. El mástil de su guitarra sobresalía por encima de su hombro mientras colgaba de su espalda con la correa cruzando su pecho. Su larga melena le colgaba hasta la mitad de la espalda. Se agarró los enormes auriculares que colgaban de su cuello, los levantó por encima de su gorro negro y se los colocó perfectamente sobre las orejas.

El pasillo estaba ahora en un silencio completo. Todo el mundo se preguntaba qué demonios estaba pasando. Mills se llevó la mano a la enorme pletina de ocho pistas que colgaba de su cuello. Aquella cosa era del tamaño de un refrigerador. Todos lo siguieron con la mirada. Mills estaba en su mejor momento. Introdujo la cinta lentamente. Las luces del ocho pistas se encendieron. Feel Like Making Love, una canción de la banda, Bad Company, explotó en sus auriculares catapultando su ego a la arena de las leyendas del rock. Se paseó por el pasillo como si fuera una escena de una película de Hollywood.

Mark lo siguió. ¿"Qué demonios? Sabía que estaba loco, pero no tan loco así".

¿"Sabías algo de esto"? Le preguntó Roberto a Mark.

¡"Diablos, no! Ni siquiera sé lo que es eso".

Cathy no pudo hacer otra cosa que arrugar la nariz como hacía siempre que olía algo estropeado.

¿"Qué demonios está haciendo"? Preguntó.

"Quién diablos sabe". Dijo Mark.

¿"Está escuchando música"? Preguntó Roberto.

¡"Si lo es, es música de mierda! Te lo garantizo. Qué friki". Dijo Pat.

"Oh, Dios mío." Fue todo lo que Steve pudo decir.

¿"Cómo está alimentando ese ocho pistas"? Preguntó Roberto.

"Mierda de murciélago si me preguntas". Dijo Mark.

Cathy, a quien no le gustaba Mills, dijo: "Se cree muy guay".

Todos se miraron mientras intentaban comprender el artilugio de Mills. La música de sus auriculares subía de volumen a medida que se acercaba a ellos.

"Qué idea más estúpida". Dijo Mark.

"Me gusta. No sé cómo lo hizo, pero me gusta". Dijo Roberto.

Mills miró por el rabillo del ojo y vio que lo miraban

mientras pasaba junto a ellos. El cerebro de Mill exploto en una fantasía sacada de las revistas de Hollywood. En su mente, todas las chicas de aquel pasillo lo deseaban. Dio media vuelta y esta vez volvió bailando hacia ellos. Sus expresiones de asombro solidificaron su fantasía de estrella de Hollywood. Vio la expresión de Cathy y pensó: debe de quererme de verdad. Ella es la afortunada, se dijo. Se volvió directamente hacia ella. Le cantó la letra directamente a ella. Cathy oyó su voz desafinada con la música de sus auriculares de fondo. Mills se oyó a sí mismo en un tono perfecto. Los ojos de Cathy se vidriaron en total confusión. Su cuerpo se congeló mientras sus emociones respondían de una manera que no podía ni empezar a explicar.

Mills se acercó más, levantó los brazos por encima de la cabeza y se frotó contra ella palpitando al ritmo de la música. Cathy sintió que su corazón se aceleraba, que su cuerpo se sobrecalentaba por razones que esperaba que nadie supiera. Mills oía la música a todo volumen; Cathy oía su voz desafinada. Mills tenía el control total. Le tocó la nariz con la suya y se dijo: "Es toda mía". Le cantó: "Tengo ganas de hacerte el amor", totalmente desafinado.

Su sexualidad salió disparada de sus ojos y se clavó en los de ella. Cathy, ahora incapaz de apartar la mirada. Mills echó un rápido vistazo a su alrededor para verlos a todos en trance. Le lanzó un beso, giró sobre sí mismo y se alejó bailando en busca de su próxima víctima.

¿"Qué carajo"? Dijo Pat.

"Dios mío". Dijo Cathy y se tocó la cara para notar cómo le subía la temperatura.

Roberto la miró: "Creo que te tenía a ti".

Cathy le dio un puñetazo en el hombro: ¿"Hablas en serio"?

302

"Yo también lo vi", dijo Mark. "Te tenía hombre, realmente te tenía".

"De ninguna manera." Dijo Cathy, "Es tan asqueroso".

A lo lejos, Mills tenía a su siguiente víctima contra la pared.

Roberto miró a Mark. "Me encanta esa idea, tío".

¿"De qué demonios estás hablando? Mierda de gato si me preguntas".

Mike Davidson y su hermano Joe se acercaron a Mark.

"Entonces, ¿qué pasa con este pueblo fantasma del que hemos estado oyendo hablar?" Preguntó Mike.

¿"Qué pasa? ¿Porqué preguntas"? Dijo Mark.

¿"Dónde está"?

"Nunca lo sabrás".

¿"Por qué no"? Pregunto Mike.

Joe se inclinó hacia Mark: "Porque no existe".

"No en ese cerebro de guisante tuyo, eso seguro. No hay suficiente espacio, tío". Dijo Mark y se rio un poco, al igual que Roberto.

Joe dio un paso hacia Mark. "Tú sabes y yo sé que es mentira".

Mark sonrió: "Sí, tío, nos lo hemos inventado", y se dio la vuelta ignorando a Joe y Mike.

Mike ladeó la cabeza mientras miraba la nuca de Mark. "Vamos Mark, ¿dónde está"?

Mark miró a Mike. "Espera, ¿no acaba de decir tu hermano que no existía, que era una gilipollez"?

¿"Para qué quieren saberlo"? Preguntó Roberto.

"Queremos verlo. ¿Por qué más"? Dijo Mike, con una expresión más suave.

"Estás loco, hombre". Dijo Mark.

¿"Por qué? ¿Por qué estamos locos"? Preguntó Joe.

"Porque da mucho miedo, por eso", dijo Roberto.

Joe se rió, "acojonante, vamos tío".

¿"Qué es lo que da tanto miedo"? Preguntó Mike.

La expresión de Mark se volvió seria, "porque está embrujado, por eso".

"Mentira. ¿Esto es como tu historia de BigFoot"? Preguntó Joe mientras echaba la cabeza hacia atrás.

Mark se volvió directamente hacia él con el ceño profundamente fruncido, y dijo. "¿una historia de mierda? ¿No crees en Bigfoot"?

Joe sonrió satisfecho y miró a los demás como diciendo, ¿te lo puedes creer? ¡"Ah, no"! Levantó las cejas.

¿"Qué clase de idiota eres? Bigfoot es real hombre". Dijo Mark y se fue.

"Vale, vale, Bigfoot es real. Vamos hombre", dijo Joe.

Mark se detuvo y dio media vuelta.

Cathy miró a Joe, interrogante.

¿"Qué"? Preguntó Joe.

"Mira, fuimos a ese viaje". Ella dudó. Todos esperaron. "Y fue raro, eso que ni que".

Toby, que también fue a la excursión de Bigfoot dijo. ¿"Raro, espeluznante y aterrador, Dios mío"?

¿"Qué daba tanto miedo"? Preguntó Mike con cara agria.

Cathy dijo: "Toby tiene razón. No sé si era Bigfoot, pero fuera lo que fuera, cuando oímos aquel grito.....todos saltamos en el camión, y me refiero a dentro de la cabina del camión. Todos nosotros, había como diez de nosotros y todos saltamos dentro. Nadie quería quedarse fuera". Cathy reprodujo el evento en su cabeza.

Mike esperó. Miró a su alrededor y otra vez a Cathy, y pregunto. ¿"Entonces"?

Cathy salió de su memoria. "Entonces ¿qué, qué?"

Joe preguntó. ¿"Qué pasó"?

Cathy y, Toby miraron a Joe como preguntar, ¿no estabas escuchando?

¿"Eso es todo, el grito"? Preguntó Mike y miró a Joe como diciendo, ¿te lo puedes creer?

"Sí, eso es, el grito, el chillido fuerte, casi eterno que...." Cathy se detuvo. Miró más allá de Mike como los acontecimientos se reprodujeron en su cabeza otra vez.

Joe, Mike, todos miraban como el miedo aparecía en la cara de Cathy.

"Fue tan raro". Dijo Cathy en voz baja mientras seguía mirando más allá de ellos. "Como nada que hayamos escuchado antes".

Se volvió para mirar al grupo y se fijó en Toby y Judy, que estaban uno al lado del otra. Las dos asintieron con la cabeza.

Cathy continuó. "Era como si algo estuviera gritando por su vida, pero, pero quién sabe qué y".

Toby no pudo esperar y saltó dentro. "Y era tan fuerte y, ay Dios mío, sonaba como, no sé, pero me dolían los oídos y resonaba por todas partes, Dios mío". Se detuvo, sacudió la cabeza y volvió a enfocar la vista. Como si estuviera saliendo de la experiencia. Todos la miraron fijamente. ¿"Tengo razón"? Cathy y Judy asintieron.

Judy añadió. "Estaba tan asustada que me quedé helada y empecé a temblar tanto que no podía ni hablar".

Mike estaba impaciente por escuchar el resto de la historia.

Cathy continuó. "Y de repente...todo se detuvo".

¿"Qué quieres decir"? Preguntó Mike.

"Bueno, primero", hizo una pausa, tragó saliva y continuó. "Oímos el fuerte chillido". Hizo una mueca como si lo hubiera vuelto a oír.

"Dios mío, todos mirábamos alrededor confundidos. No sabíamos qué hacer. Nos miramos unos a otros, y Dios mío, casi estábamos luchando entrar la cabina del camión".

Miró al grupo y vio que esperaban más. "El grito chirriante siguió y siguió, como para siempre". Hizo una pausa.

"Finalmente, se detuvo y", miró otra vez más allá de Joe y Mike, como si estuviera otra vez en el bosque. Tenía los ojos grandes y la boca ligeramente abierta.

"Y todo, y quiero decir todo, los pájaros, el viento, todo....paró"

Cathy siguió mirando más allá de ellos, como si estuviera mirando algo. Joe echó un rápido vistazo por encima del hombro para asegurarse y se volvió rápidamente hacia ella.

"Hubo un silencio total", susurró Cathy.

¿"Qué"? Preguntó Joe.

"Había un completo silencio....en el bosque".

Volvió a centrarse en Joe y lo vio mirándola a los ojos. Ella le preguntó. ¿"Sabes lo raro que es eso? Quiero decir, ¿nunca has oído un silencio total en el bosque? ¿Nunca"?

Joe repite la escena en su cabeza.

Mark también revivió el recuerdo, pero en su versión, las cosas eran un poco diferentes. Un par de semanas antes de esto, Mark y Roberto le dijeron a un grupo de amigos que habían visto a Bigfoot, y como dijo Mark.

"Nos dio un susto de muerte. Te lo digo, medía a menos de tres metros y medio".

Al principio no le creyeron, pero la habilidad de Mark para contar una gran historia no les dejó otra opción. Finalmente, Mark y Roberto tenían suficientes participantes para emprender su aventura con Bigfoot. Unos días después, todos se subieron a la camioneta Dodge Power-wagon de Mark, con tracción a las cuatro ruedas. O, como

306

Mark la llamaba, "PowerWagon". Era una camioneta para no tomarse a la ligera. Era más bien como un "Monster Truck", elevado y con neumáticos enormes. Este camión podía pasar por encima de grandes rocas, troncos, lo que estuviera en su camino, incluyendo un río. Tenía un parachoques delantero que se extendía un par de pies más allá del capó. El parachoques tenía, lo que llamaban, un protector completo. Era de dos pies de altura hecha de tubo de dos pulgadas de diámetro. Envolvía la esquina delantera del camión para mayor protección. Usted podría embestir a través de la maleza, árboles caídos, o lo que sea.

Durante la temporada de caza de venado, Mark y su padre la usaban para atar venados muertos en ella. Era como una vitrina de trofeos. No hay nada como una Power-Wagon acercándose a ti en la autopista con ciervos muertos mirándote fijamente. El parachoques tenía un cabrestante lo suficientemente fuerte como para levantar ese camión de cualquier situación. Un río, un arroyo, un barranco o el barro de toda la vida. Este camión tenía dos tanques de gasolina y un enorme tanque auxiliar de propano.

Si te quedabas sin gasolina, accionabas un interruptor en el salpicadero y este camión podía funcionar con propano durante días. Y por supuesto, estaba él porta rifles de triple pila contra la ventana trasera. Encima había un rifle Winchester de treinta, treinta. En segundo lugar, había un treinta cero seis Mauser. En la parte inferior, estratégicamente colocada, siempre al alcance de la mano, había una escopeta del calibre doce, cargada con perdigones de dos ceros. (Double Aught Buck Shot.) Por supuesto. Todos se subieron a la parte trasera de la "PowerWagon" y condujeron hacia el norte por la autopista

101 durante unas siete millas. Mark giró a la izquierda por un camino de tierra.

Rodean una colina y bordean el río de los Rusos. Un kilómetro y medio después, Mark giró por otro camino de tierra, atravesó un grupo de árboles y se detuvo junto al río. Mark y Roberto se bajaron.

"Vale", dijo Mark, "vamos a cruzar el río en camioneta, así que agárrense".

¿"Qué tan hondo está"? Preguntó alguien.

"Lo suficiente hondo", dijo Mark con una sonrisita.

Judy y Cathy captaron su sonrisa y no les gustó lo que vieron. Mark se inclinó hacia ellas y dijo qué, sin decirlo. En aquel momento, bastaba con una expresión. Las chicas no dijeron nada.

Volvieron a entrar. Mark buscó el contacto y se detuvo. "Oh, hombre, nos olvidamos de bloquear el eje delantero".

¡"Mierda"! Dijo Roberto.

Saltaron. Cada uno caminó hacia su neumático delantero perspectivo; se inclinó y giró el cubo de bloqueo del eje. Volvieron a subirse.

"Bueno, aquí vamos". Gritó Mark.

"Espera un momento". Dijo, Cathy, se puso de pie y se inclinó por el lado del conductor hacia la ventana de Mark.

¿"Y si está demasiado profundo"?

"No te preocupes, esta cosa es como un submarino, ¡estamos bien! Siéntate antes de que te dejemos aquí".

Pat, que estaba sentado atrás, se levantó al ver algo arriba río. "Eh, espera, espera, ¿qué es eso"? Señaló.

Todos miraron. Mark sabía exactamente lo que estaba preguntando. Lo único que intentaba ocultarles. Abrió su puerta, salió, pero permaneció de pie en el escalón lateral del camión. Miró a Pat, y luego en la dirección que señalaba, y dijo: "eso es un puente".

¿"Un puente? ¿Qué clase de puente es ese"? Preguntó Pat.

Mark lo miró.

"Eso es lo que se llamaría un puente colgante. Para peatones. ¿Por qué tantas preguntas"?

Pat lo ignoró.

¿"Qué es un puente colgante"? Preguntó Toby.

Mark extendió el brazo hacia el puente. Su dedo índice salió como si lo estuviera disparando.

"Eso, eso de ahí es un puente colgante. Ahora vamos, tenemos que irnos".

"Espera un momento. ¿Qué quieres decir con colgado"? Preguntó Judy.

Mark se bajó y caminó hacia el grupo.

"Nombre, ¿qué crees que es esto, un tour en un parque estatal o algo así? ¿Qué soy yo, un guía turístico"?

Todos lo miraron y esperaron. Judy ladeó la cabeza, pidiéndole explicaciones.

"Vale, tío, menuda panda de bebés". Dijo Mark.

Roberto se bajó y volvió al grupo para ayudar a Mark. Mark lo miró, asintió y dijo: "Yo me encargo".

Roberto le lanzó una mirada como preguntando: ¿estás seguro?

"De acuerdo", dijo Mark, miró a Judy y luego al puente y señaló.

¿"Ves cómo hay dos cables gruesos que vienen del otro lado del río"? Todos miraron.

Pat se inclinó hacia el puente. "Oh, sí, ya lo veo". Miró a todo alrededor como preguntando, ¿lo miran?

Todos vieron los dos gruesos cables. "Ah, sí, ya lo veo", dijeron varias personas.

Mark continuó. "Ya sé que no se ven en nuestro lado del río debido a los árboles. Pero esos dos cables se extienden desde la otra orilla del río hasta este lado, detrás de esos árboles. Y, si miras de cerca, puedes ver cables más pequeños colgando de los cables grandes que sujetan las tablas sobre las que caminas. Todos esos cables, colgando, quiere decir que es un puente colgante". Mark puntualizó "puente colgante" con una larga inclinación de cabeza hacia abajo.

Judy corrigió a Mark. "Creo que eso lo convierte en un puente suspendido. Si lo miras bien". Mark la cortó.

"Tocino y huevos, huevos y tocino. ¿Cuál es la diferencia, Judy"?

Mark miró al puente y extendió los dos brazos con las palmas hacia arriba como si estuviera presentando el puente. Con voz alta y firme, dijo:

"Míralo, está colgando". Mark la miró, torció ligeramente la cabeza y enarcó las cejas.

¿"Por qué estás enfadado"? Preguntó Judy.

¿"Sueno enfadado"?

Judy frunció el ceño, miró a Toby y a Cathy, que miraron a Mark y asintieron diciéndole a Mark que ella tenía razón.

Mark bajó la mirada. Se reagrupó y los miró.

"Lo siento, tienes razón. No quería parecer así. Es solo que, ya sabes, se está haciendo tarde". Miró al sol y otra vez al grupo.

"Lo último y digo lo último - que quieres hacer. ¿En la oscuridad"? Hizo una pausa, "es encontrarte cara a cara con Bigfoot. En la oscuridad, créeme".

"Eh, ¿qué es eso"? Alguien preguntó.

Todos miraron a Anthony para verlo señalar río abajo. Se giraron para ver una caja metálica que colgaba de un cable que también se extendía de un lado a otro del río. La cara de Mark se sonrojó y miró hacia abajo sin creerse lo

310

que estaba pasando. Roberto vio la decepción de Mark y tomó control.

"Bueno", miró a Judy. "Odio decírtelo Judy, pero eso es", hizo una pausa, "un coche colgante. Así es como lo llaman por aquí". Roberto hizo una cara tratando de burlarse de ella.

¿"Por qué todo está colgando por aquí"? Alguien preguntó.

Judy hizo una mueca. "Eso es un teleférico, eso es lo que es, quiero decir que has oído hablar de un teleférico, ¿verdad"?

Se volvió de Roberto a Mark, que seguía mirando hacia abajo. Ella esperó. Mark sintió su mirada y finalmente la miró y dijo.

"Entonces, ¿por qué no es un coche de suspensión Judy? Ya sabes. Solo pregunto".

¿"De verdad, Mark"? Judy enarcar las cejas y torció ligeramente la cabeza para imitar su expresión anterior.

Mark sonrió como diciendo "da igual". Miró a todo el mundo.

¿"Hemos terminado aquí"? Esperó. ¿"Qué? ¿No más preguntas"?

Se limpió la boca como si tuviera algo en ella, pero no había nada. Era algo que hacía como si digiera, no me importa.

"Bien, larguémonos de aquí y a que cruzar el río antes de que lleguen los hipopótamos".

¿"Hipopótamos? ¿De qué está hablando"? Preguntó alguien.

¿"Creía que los hipopótamos eran de África, que no"? Preguntó otra persona.

Mark recibió algunas miradas cuestionando mientras se

acercaba a su puerta. Entró y gritó. "Antes eran de África, pero ya no. Algunos se escaparon de un zoológico hace unos meses, Dios sabe dónde estarán horita". Roberto y cerró la puerta. Todos los de atrás oyeron y sintieron cómo arrancó el camión. Se miraron unos a otros esperando oír a alguien decir, está bromeando. Pero en vez de eso, alguien dijo, "ojalá que esté bromeando".

¿"Bueno, estamos aquí buscando a BigFoot, así que"? Dijo Pat.

Mark agarró la palanca de cambios de la tracción a las cuatro ruedas y tiró de ella hasta el fondo para ponerla en la relación de marchas más baja. Soltó el embrague, condujo hasta el borde del agua y se detuvo.

¿"Listo"? Preguntó Mark.

Nadie dijo nada.

Mark miró a Roberto. "Menuda panda de cobardes". Se metió en el río. "Firmes como una roca", gritó Mark, "y no se levanten, no quiero perder a nadie".

Roberto añadió: "Avísanos si ves algún hipopótamo". Los dos se rieron mientras el agua se hacía más profunda.

Todos los de atrás miraron a su alrededor. El agua que golpeaba el lateral del camión amplificaba el sonido y lo hacía más fuerte. El agua empezó a filtrarse por el portón trasero.

"Dios mío", dijeron Cathy y Toby. El pánico se apoderó de sus caras. Se miraron como preguntar. ¿Qué está pasando? Cuando llegaron a la mitad del puente colgante, ya era visible en toda su longitud. Anthony miró hacia arriba para ver otro conjunto de cables en el otro lado del puente.

"Vaya, mira eso". Dijo Anthony y señaló. Unos cuantos levantaron la vista, no dijeron nada y volvieron a mirar hacia el agua.

¿"Más cables colgando? ¿Qué pasa con esta parte"? Preguntó alguien.

"Parece que había otro puente allí, ¿tal vez?" Anthony dijo.

¿"Qué crees que le pasó"? Preguntó Pat.

"Probablemente, fue derribado por el río". Miró a Pat, "ya sabes, en una inundación, supongo".

El neumático delantero del lado del conductor pasó por encima de una roca grande. El camión subió y bajó violentamente cuando el peñasco salió disparado por debajo del neumático. Se miraron. El neumático trasero pasó por encima de la misma roca. El neumático se deslizó y cayó sacudiendo a todos. El miedo era evidente en sus rostros. La mayoría sintió remordimiento y no podía creer que hacía unos minutos estuvieran otra vez en el aparcamiento de la escuela. Jugando, divirtiéndose y deseando hacer este viaje. ¿Y ahora? Aquí estaban, cruzando el río, como si estuvieran, en un safari en las regiones más lejanas del mundo.

La inseguridad se apoderaba de ellos como Mark y Roberto esperaban. Llegaron al otro lado del río y al camino de tierra. Llegaron hasta una verja y se detuvieron.

¿"Cómo que olvidaste la llave"? Gritó Mark asegurándose de que todos le oían.

Cathy y Anthony se pusieron de pie y miró por encima de la cabina. "Mierda", dijo Anthony, "tiene una cadena y un candado". Miró a todos para ver su reacción.

Cathy se inclinó sobre el lado del conductor hacia la ventanilla de Mark. ¿"No tienes la llave"?

Mark se bajó y se puso a un lado del camión. "Roberto olvidó la llave. ¿Te lo puedes creer?" Inclinó la cabeza adentro del camión y le dijo a Roberto. ¿"Qué diablos te pasa hombre"?

Mark sacó la cabeza del camión y miró a todos. "Nosotros nos encargamos".

Cathy comenzó a decir. ¿"Qué? Espera, yo no,"

Mark la interrumpió. ¿"Quién necesita una llave cuando tenemos un camión como este"?

Volvió a subirse al camión, lo puso en reversa. Dio atrás, paro y aceleró el motor.

¿"Qué demonios está pasando"? Preguntó Anthony.

Mark respondió en voz bastante alta. "Espera, Vamos a tener que chocar y forzar la verja". Mark vio que Roberto intentaba no reírse.

Anthony y Cathy se sentaron, todos se agarraron. Ese mismo día, Mark, Roberto y Mills colocaron una cadena alrededor de la verja como si estuviera cerrada con llave. Pero en lugar de eso la sujetaron con un alambre.

"Bien, ¿listos"? Gritó Mark.

¡"Espera"! Gritó Judy.

¡"No puedo ayudarte, Judy"! Mark gritó.

Se largó. El guardia delantero atravesó la verja. La verja giró hacia fuera y hacia atrás, casi golpeando a Pat en el brazo mientras se agarraba al lateral del camión.

"Joder, ¿has visto eso"? Pat gritó.

"Oh, Dios mío, eso casi te pega." Dijo Anthony.

"Estamos en el claro." Gritó Mark.

Judy agarró a Pat del brazo y lo miró para asegurarse de que estaba bien. Puso los ojos en blanco. "Qué idiota". Gritó lo suficientemente alto para que Mark pudiera oírla.

Condujeron por la polvorienta camino que bordeaba un arroyo que desembocaba en el río. Pasaron por debajo del caballete del ferrocarril. Mark se detuvo y se bajó. Volvió a pararse en el estribo. Miró hacia el caballete. ¿"Miran eso"?

Todos levantaron la vista. Eso, amigos míos, es un

caballete de ferrocarril. Miró a Judy y la señaló. "No, no está colgado, no está suspendido, lo sabemos".

Judy lo miró.

Mark continuó con su historia. "Un día, hace muchos años, un trabajador del ferrocarril estaba reparando parte de la vía en ese caballete de ahí. Cuando de repente, un tren tomó esa curva".

Señaló la curva del ferrocarril a la izquierda.

"No hace falta decir que ya no está con nosotros".

"Dios mío". Varias personas dijeron.

Mark volvió al camión.

¿"Por qué nos cuenta esto?" Preguntó Anthony y miró a su alrededor esperando que alguien lo supiera.

Judy no podía creer que todos se creyeran esa historia. "Dios mío, qué idiota".

Mark volvió a salir. "Y para aquellos que no crean esa historia. Vayan al cementerio de la calle Primera y busquen una tumba con el nombre, Jack Ferrocarril".

¿"Jack Ferrocarril"? Repitieron algunas personas.

Mark les miró directamente. "Lo digo en serio. Se llamaba Jack y murió allí mismo". Señaló hacia arriba.

"En el ferrocarril, para que lo sepas. Jack Ferrocarril, Dios bendiga su alma". Paró de hablar y despacio miró a todos.

Para Mark, sobrepasar los límites era la mitad de la diversión. Volvió a subir y se marchó.

Para asegurarse de que seguían en vilo, se salió de la carretera a propósito y se metió en un barranco empinado. La parte delantera del camión bajó y la trasera se levantó como un balancín. El camión cayó por el barranco. El sonido de la gente jadeando y gritando era música para los oídos de Mark.

"Dios mío, ¿qué estás haciendo"? Alguien gritó.

"Tranquilos, tranquilos, todo va bien", dijo Mark y sigue. "Menuda panda de muñecas de ciudad. ¿Te puedes creer a esta gente"? Miró a Roberto.

"Eso estaba bastante empinado, Mark", dijo Roberto, que también se sorprendió de su desvío.

Cruzaron el arroyo al fondo del barranco y subieron por el otro lado. Volvieron al camino y subieron una larga colina gradual. Todo estaba saliendo exactamente como lo habían planeado. Ese mismo día, se habían adentrado unas tres millas en el bosque. Encontraron un lugar perfecto para la revelación de Bigfoot. El camino llegó a un callejón sin salida, sin manera de dar la vuelta. El terreno era escarpado. A la izquierda había un acantilado que caía en el agujero del infierno.

A la derecha, terraplén de rocas que subía casi en línea recta. Les dio la sensación de no tener escapatoria. Era el lugar perfecto para asustarle la mierda a sus amigos.

Roberto señaló a la derecha del camino y al punto más alto, y miró a Mills, que se iba a quedar atrás. Esta era una de las razones por las que Mark estaba tan impaciente antes. Sabía que Mills ya llevaba allí un par de horas.

"Ahí, creo que es un buen sitio para ti", le dijo Roberto a Mills.

Mark rio en voz baja mientras una sonrisa diabólica aparecía en su cara. "Tío, no puedo esperar".

Mills subió por el terraplén de rocas y se escondió detrás de un árbol. ¿"Puedes verme"?

"No, es perfecto". Dijo Mark.

"Tío, se van a cagar en los pantalones". Dijo Mills.

"Hola, Mills", gritó Mark.

Mills salió de detrás del árbol. "Oye, ¿qué"?

Mark caminó hasta el final del camino, se dio la vuelta y miró a Mills.

"Espera a que lleguemos aquí". Mark señaló hacia abajo con las dos manos. "Voy a matar accidentalmente el camión". Mills se centró.

Mark continuó. "Intentaré arrancarlo un par de veces, luego haz tu grito".

Espera, dijo Roberto. Antes de que grites, saldré y diré algo para asustarlos aún más. Y luego dales con el grito.

¿"Qué vas a decir"? Preguntó Mills.

"No sé, algo profundo y garantizado, que al mínimo se orinen los calzones que no traen".

Se rieron todos.

Mills dijo. "A todo dar, estaré listo."

Mark miró a Mills y luego a Roberto y gritó: ¡"Perfecto"!

Ahora que todo estaba preparado, y todos arriba del camión de Mark, y asustados como una gallina enfrente de un coyote, Roberto se convirtió en el guía turístico. Abrió la ventana trasera detrás del armero para que lo pudieran oír, pero no fue suficiente. Se asomaba mucho por la ventana lateral y miraba hacia atrás para decirles algo que les pusiera los pelos de punta. Para cebarlos, como diría Mark. Roberto siguió con su historia.

"Fue justo aquí donde oímos algo por primera vez".

Hizo una pausa para darle un efecto dramático.

Media milla más tarde, se asomó otra vez.

"Llegamos a esta curva justo aquí y allí estaba entre arbustos".

Señaló hacia delante y a la izquierda. Mark pisó el freno.

"Nos detuvimos, nos miró....".

¿"Quién"? Alguien preguntó desde atrás.

Roberto no se lo podía creer. Salió por la ventana. Se sentó en el alféizar de la ventana y miró hacia atrás para ver quién lo había dicho. Todos señalaron a Judy. Judy echó la cabeza hacia atrás.

Roberto se inclinó hacia ella. !"Bigfoot! ¿Quién crees? ¿Peter Frampton"?

"Me gusta Peter Frampton". Dijo Toby.

Roberto bajó la cabeza al volverse hacia ella. Toby miró a Judy, que la ignoró.

Sacudió la cabeza, ponía los ojos en blanco, y dijo. "Así que Mark y yo nos miramos. Miramos hacia adonde estaba, y se había ido".

Roberto chasqueó el pulgar. "Así, te lo digo. Un segundo estaba allí, al siguiente ya no estaba". Hizo una pausa y volvió a meterse en el camión. Rápidamente volvió a salir. "Así que mantente alerta, ese hijo de puta es rápido".

Llegaron al final de camino de tierra y se detuvieron. Mark pisó el embrague, el camión dio un brinco y se paró. Accionó un interruptor justo debajo del salpicadero que cortó la alimentación del motor. Intentó arrancarlo y nada.

"Maldita sea esta cosa", dijo Mark.

¿"Qué ha pasado"? Dijo Roberto, lo suficientemente alto para que todos pudieran oírle.

Mark intentó arrancar el camión una y otra vez. Roberto se bajó. Se dirigió a la parte trasera y dijo. "No lo puedo creer".

"Estupendo", dijo Judy. "¿Por qué no lo vi venir"?

¿"El camión no arranca"? Preguntó Toby.

"Debería haberlo sabido". Dijo Pat.

¿"Qué, qué está pasando"? Preguntó Kelly.

Roberto miró a su alrededor como si buscara algo. Su respiración se intensificó.

¿"Qué? ¿Cómo que no lo puedes creer"? Preguntó alguien.

¿"Qué estás buscando"? Preguntó Anthony.

Roberto giró rápidamente la cabeza como si hubiera oído algo. Su respiración se hizo más fuerte. "Hay algo raro en este espacio".

¿"Algo"? Preguntó Cathy.

¿"Este espacio"? Preguntó Coby con los ojos bien abiertos mientras Judy y todos esperaron la respuesta.

Roberto los miró. "No lo sé, no estoy seguro". Miró por encima del hombro, todos miraron en la misma dirección esperando a ver algo.

"Debe ser algún tipo de anomalía magnética o algo así porque......." Cathy lo interrumpió. ¿"Algo magnético? Eso suena como algo de Star Trek, ¿De qué estás ablando"?

Mills lanzó el grito primitivo más fuerte a través del megáfono que nadie había oído jamás. Todos se quedaron paralizados. Siguieron los gritos silenciosos y todos se amontonaron en la cabina. El grito siguió sin fin.

23. PUEBLO de FANTASMA
Gente Ayer

Mark salió de revivir su recuerdo y se encontró otra vez en el pasillo, para ver a todo el mundo concentrado en Cathy mientras ella contaba la misma historia de su perspectiva.

"Oh, eso no es nada", dijo Mark.

Mike miró a Mark. "No lo entiendo. ¿Van a lo de Bigfoot, el puente colgante y todo eso, luego al pueblo fantasma y no nos enteramos hasta más tarde? ¿Por qué no nos dijeron"?

Mark repitió. ¿"Por qué no nos dijeron"? Miró a su alrededor. ¿"Están oyendo esto"?

Mike frunció el ceño, sin comprender.

Mark le señaló a él y a su hermano, Joe. "Ah, por esto".

¿"Por qué"? Preguntó Mike.

Mark les señaló. "El qué, es ustedes".

"No puedo creer esta mierda". Mike empezó a decir.

Mark lo interrumpió. "Exactamente".

¿"Qué? ¿Qué estás diciendo"? Preguntó Mike.

"Ustedes no creen nada". Dijo Mark.

Joe intervino. "Oh, vamos, tienes que admitir que esa historia fue difícil de cre". Mark le cortó y preguntó.

"Oh, ¿así que puedes elegir qué historia es cierta? ¿Es así"?

Joe intervino rápidamente. "No, no, quiero decir".

Mark le cortó otra vez.

¿"Qué gracia tiene eso Joe? Así que verificamos las cosas por ti, nos aseguramos de que todo está en orden. ¿Y luego quieres ser parte del equipo? ¿Qué hay de divertido en eso"?

"A ver Mark. Tienes que admitir que.....".

Mark interrumpió a Joe. "Ni modo ese", y se fue.

Joe continuó. "Sí, sí, creemos en Bigfoot. Nosotros lo creemos. Pero sabes qué". Mike lo detuvo con la mirada.

"Me lo creo. De verdad". Dijo Joe y miró a Roberto rogándole que hiciera volver a Mark.

"Mark", gritó Roberto.

Mark se detuvo. ¿"Qué"?

"Vamos, se lo creen. Dales un respiro hombre".

Mark se dio la vuelta, volvió y se puso delante de Joe.

"No, tú no tienes el derecho. Tú no decides qué historia es cierta Joe, sino nosotros. Verás, nosotros fuimos allí. ¡Nosotros"!

Miró al grupo y agitó la mano sobre todos.

¿"Y sabes por qué salimos ahí? Porque creíamos. Tú, en cambio, un puto cocodrilo te puede morder en el culo y te quedas como".

Mark acto como bebé. "No, no me mordió". Mark salió del personaje.

"Mientras tanto, el cocodrilo arrastra tu culo al agua."

Algunos se rieron, otros pensaron en ser arrastrados al agua por un cocodrilo.

Mark se concentró.

"Entonces, ¿qué estaba diciendo"?

Mike miró a Joe y le dijo: "Relájate, relájate".

"Vale, tienes razón, lo siento, ya sabes, es solo que a veces". Joe se detuvo al recibir otra mirada de Mike.

Mark dudó unos segundos, los suficientes para hacerlo sufrir. "Vale, te diré una cosa. Supongo que puedo decirte una o dos cosas, pero nada más".

Joe y Mike intercambiaron una mirada. ¿"Y cómo lo encontrado"? Preguntó Joe.

"Bueno, estábamos de excursión un día, y vimos esto".

¿"Quiénes iban"? Joe interrumpió.

Mark se quedó helado. Miró al grupo. Señaló a Joe e hizo una expresión como diciendo, esto es de lo que estoy hablando.

Joe respondió rápidamente. "Lo siento".

Siguió Mark. "En fin, estábamos de excursión y subimos esta larga colina. Y mientras bajábamos por el otro lado, vi un reflejo que venía de lejos. Me paré y lo señalé. Roberto estaba como, ¿qué demonios es eso"?

Y yo le dije: "No lo sé".

Mark vio que Mike fruncía el ceño. Le lanzó una mirada como diciendo: ni se te ocurra. Mike miró a su alrededor como diciendo, ¿qué? Mark continuó. "Así que íbamos a ir a ver qué era de inmediato. Pero no era un pequeño reflejo, esta cosa era realmente brillante".

Roberto tomó el relevo. "Pensamos que tal vez era uno de esos depósitos de agua en una torre como en los viejos tiempos. O quizá un tejado de hojalata o algo así. Pero no podíamos asegurarlo porque el reflejo eran tan fuerte, no se podía mirar, ¿me entiendes"?

Roberto miró a Mark que continuó con la historia. "Pensamos, si es un tanque de agua, o un techo de hojalata, como un granero, debe ser un rancho, ya sabes con una casa. Así que dijimos, al diablo".

Roberto siguió adelante. "Así que seguimos adelante, pero a medida que caminábamos, el reflejo comenzó a atenuarse. Ya podíamos mirar sin que esa cosa nos cegara. Y vimos algo que parecía un edificio. Pero era difícil de distinguir".

Mark continuó. "Así que seguimos caminando y el reflejo desapareció por completo. Nos detuvimos y realmente miramos, y maldito. Vimos edificios".

Sacudió la cabeza como si no pudiera creerlo. Y continuó. "Bueno, eran más bien partes, porque estaban en los árboles. ¿Sabes que cuando ves un rancho, hay un claro con la casa y el granero y esas cosas"?

La gente asentía.

"Nada de eso. Había árboles por todas partes y quiero decir por todas partes. Se veían pequeñas partes de edificios, como aquí". Mark señaló un punto frente a él. "Otra parte allí". Señaló otro punto a la izquierda.

"Pensamos, hombre, esto es algo misterioso. ¿Me entienden? Así que nos abrimos camino por esta colina muy empinada y en medio de todos estos árboles gigantes".

Mark levantó la vista como si estuviera mirando a un árbol. Todos lo miraron y se preguntaban: ¿qué estará haciendo?

"Estábamos en medio de árboles y más árboles y arbustos". Mark hizo una pausa para crear un efecto dramático. "Entonces, seguimos bajando por una colina muy empinada y de repente, la tierra", Mark volvió a parar. Siguió, "la corteza", volvió a parar, "las agujas de pino y los escombros empezaron a deslizarse, colina abajo con nosotros".

¿"Qué quieres decir"? Preguntó Joe.

"Mientras bajábamos la empinada colina, empujábamos todos estos escombros. ¿Sabes lo que quiero decir? Seguía creciendo y haciéndose más y más grande y lo siguiente que supimos es que todo se deslizaba colina abajo con nosotros."

¿"Hablas en serio"? Preguntó Toby.

"Sí, tío. Era como si nuestro trozo de tierra viniera de paseo. ¿Te lo imaginas"? Mark sonrió.

"Dios mío". Dijeron algunas personas.

"Y no es que puedas pisar el freno, porque teníamos una avalancha de tierra deslizándose colina abajo, junto con nosotros. La única manera de parar era agarrar una rama o un arbusto o embestir contra un árbol. Eso o al pie de la colina".

"Vaya, eso suena genial". Alguien dijo.

"Al principio daba un poco de miedo porque íbamos arrastrando el trasero. Pero cuando llegamos abajo. Nos quedamos como si no lo podíamos creer".

Roberto tomó el relevo. "Así que dije, hagámoslo otra vez. Volvimos a subir...y bajamos la colina a toda velocidad. Tío, fue una pasada".

¿"Cuántas veces lo hiciste"? Preguntó Pat.

"Tres veces", dijo Roberto. "Fue tan divertido que casi nos olvidamos del reflejo".

Roberto y Mark sonrieron al recordar la sensación de deslizarse colina abajo.

¿"Tal vez podamos volver y hacerlo todos"? Dijo Roberto.

"Eso sería genial", dijeron Joe y los demás.

"Yo quiero ir", dijo Toby, "sí, yo también", dijeron otros.

Roberto continuó. "Así que después de eso, tuvimos que subir otra colina y bajar por el otro lado a este barranco".

Mark siguió. "Durante un rato, pensamos que estábamos perdidos, porque no podíamos ver ninguno de los edificios que vimos desde la colina. Era como ese dicho, ¿cómo va? Estás demasiado cerca al bosque para ver los árboles". Mark se detuvo y miró rápidamente a su alrededor. Sabía que había metido la pata, pero no sabía cómo.

Cindy lo miró y puso los ojos en blanco. Judy hizo una cara. Los demás se miraron preguntando.

Y continuó. "Así que nos abrimos camino a través de todos estos arbustos espesos y mierda, bajo estos enormes robles. Finalmente, vimos algo entre la maleza que pensamos que era una pequeña choza. Estaba un poco lejos, así que no estábamos seguros".

Mark dejó de hablar. Miró, a su alrededor de un lado a otro, extendió la cabeza hacia delante. Se inclinó hacia el grupo. Entrecerró los ojos como si intentara concentrarse.

"Estábamos como. ¿Seguro que eso es un edificio"?

Mark se irguió. ¿"Sabes lo que era"? Mark esperó.

¿"Qué"? Alguien preguntó.

"Un volquete de cagada". Dijo Mark mientras bajaba la cabeza.

¿"Un volquete de galleta?" Preguntó Judy.

La mayoría de los chicos se rieron. Pat la miró y preguntó. "¿Una galleta qué"?

Judy le devolvió la mirada y esperó una explicación.

"Un volquete de mierda. !Un cagadero"! Pat dijo muy alto.

Judy, Cindy y Toby fingieron reírse. Pat se daba cuenta de que no tenían ni idea.

¿"En serio"? Preguntó Pat.

Las chicas esperaron.

¡"Un retrete! Para cagada, no para galleta", dijo Pat.

"Oh Dios mío." Las chicas dijeron.

"Deja a Dios fuera de esto". Dijo Mark y se rascó la cabeza. "Como he dicho, un cagadero". Sacudió la cabeza. "No pensé que iba a tener que explicar eso".

Colocó la palma de su mano izquierda firmemente sobre su frente y la mantuvo allí durante unos segundos. Todos se preguntaba qué estaría haciendo. Deslizó lentamente la palma hacia arriba, estirando la frente y abriendo mucho los ojos. Su mano se movió hacia su pelo y se detuvo un par de segundos. Siguió empujando hacia arriba, estirando aún más la frente. Luego volvió a pasar la mano por el pelo como si lo estuviera peinando con fuerza. Terminó su acto con los ojos casi saliéndosele de la cabeza y dijo: "Como, como, es posible", paró y miró hacia abajo. Judy y las otras chicas se miraron.

¿"Judy"? Preguntó Mark con voz suave y tranquila, aun mirando hacia abajo.

¿"Qué"?

"Presta atención, Judy. Por favor". Siguió mirando hacia abajo. "Esto es información importante."

"Lo siento, pensé que habías dicho galletas, ¿y qué quieres decir con información importante"?

Cathy la miró diciendo: ¿En serio?

Mark, que había seguido mirando al suelo, levantó lentamente la cabeza y miró al grupo. "Ahora que nos hemos quitado eso de encima".

Judy frunció el ceño y miró a su alrededor para ver

cómo la miraban. Puso cara como preguntando, ¿por qué miran así?

Mark continuó. "Finalmente, llegamos a un pequeño claro".

Extendió los brazos y los abrió todo lo que pudo, como diciendo: mira todo este espacio abierto. Y continuó.

"No sé imaginan, me sentí bien al tener espacio abierto. Entonces fue cuando vimos los edificios detrás de unos árboles". Hizo un gesto con la mano para enfatizar, muy atrás.

"Algunas parecían cabañas o casitas".

Miró a Judy como preguntándole: ¿Tienes alguna pregunta? Ella levantó la ceja izquierda, pero mantuvo la misma expresión.

Roberto tomó el relevo: "Entramos por detrás, así que era difícil saber si estábamos viendo un pueblo de verdad".

"A medida que nos adentrábamos", hizo una pausa y estiró el cuello hacia arriba como si estuviera observando algo. "Nos dimos cuenta", miró a Mark, que asintió. "Nos dimos cuenta de que podríamos estar en un verdadero, y me refiero a un verdadero, pueblo abandonado, o un pueblo fantasma, o algo así".

"Vaya, joder, ¿en serio"? Respondió el grupo.

Roberto continuó. ¿"Sabéis que en las películas se ven esos viejos pueblos del oeste"? Todos asintieron. "Así era".

¡"Mierda"! Dijo Joe.

"Joder", dijo Pat.

Mark arrugó la nariz: ¿"Apenas podríamos creerlo"?

Roberto añadió: "Pero cubierto de arbustos, árboles y hiedra por todas partes".

Levantó las manos y las movió a su alrededor. "Por todos los edificios. Así que seguimos caminando y mirando todo a nuestro alrededor. Tío, esto era increíble".

Mark lo interrumpió.

"Y vemos estos dos edificios más grandes. Uno a cada lado de la calle de tierra. Los dos eran de dos pisos y algunos otros edificios más pequeños. El gran edificio a la izquierda tenía puertas batientes, como las cantinas de las películas del oeste".

Algunas personas asintieron.

Mark continuó. "El piso de arriba era un hotel llamado, Dante. No estoy seguro de lo que signifique, pero"....

Judy lo interrumpió y empezó a decir: "Se significa", Mark la detuvo con la palma de la mano.

"Está bien Judy, lo tenemos. Tenía un balcón y podíamos ver cuatro o cinco puertas".

Mark se detuvo y apartó la mirada. Dijo en voz baja.

"Era como uno de esos episodios del show, Twilight Zone. No parecía real. Nos acercamos a las puertas dobles y miramos dentro. Pero era difícil saber qué tipo de edificio era porque había todo tipo de mierda allí dentro. Basura, muebles tirados por todas partes. Mesas y sillas a los lados y estufas y todo tipo de estanterías y cosas de restaurante. Los arbustos crecían a través de las ventanas rotas. Había una puerta abierta en la parte trasera cubierta de arbustos y mierda. Pero aún se podía ver la parte de atrás".

Mark paro de hablar. Giró todo el cuerpo hacia la derecha, miró hacia abajo y giró lentamente el cuerpo hacia la izquierda sin apartar los ojos del suelo. Sacudió lentamente la cabeza. Señaló al suelo e hizo una larga línea recta con el dedo. "La hierba creciendo a través de ellos".

Miró al grupo. Todos intentaron visualizar lo que estaba diciendo. "Había hierba, maldita hierba, hiedra y maleza creciendo a través de las grietas del suelo de madera".

Se detuvo a ver su reacción. "Plantas, plantas vivas de

verdad creciendo por el suelo. ¿Cuándo fue la última vez que vieron eso?" Nadie dijo nada. "Exactamente".

Esperó. Suspiró, "esto es una mierda rara. Te lo digo".

Roberto se rio en voz baja, no por la historia, sino por la habilidad de Mark para contar una historia.

Roberto continuó. "Estábamos mirando a nuestro alrededor. Él iba en esa dirección y yo en otra, y entonces me di cuenta. Me detuve y miré a mi alrededor. Me pregunté si esto estaba pasando de verdad. Estábamos en medio de una gran sala con cosas de los años treinta, y los cuarenta. Era tan difícil de creer que estábamos en este lugar".

Roberto se detuvo para dejar que todos pensaran.

Mark tomó el relevo. "Estaba justo al lado y ni siquiera me di cuenta". Se detuvo, echó la cabeza hacia atrás e hizo una rápida mirada a su alrededor como si estuviera otra vez en aquel edificio.

"Estaba casi apoyado en la barra y ni me di cuenta. Dije mira esto. Ven aquí, vamos hombre, mira esto. Empecé a sacar mierda de ahí,...".

Interrumpió Roberto. "Me acerqué lo más rápido que pude y dije, ¿es lo que creo que es"?

"Claro que sí", dijo Mark.

Roberto miró a Mark y lo vio sonreír.

Mark continuó: "habíamos entrado y estábamos en una cantina de verdad. ¿Te lo puedes creer? Este lugar era como en las películas. Fuimos detrás de la barra, había todo tipo de viejas botellas de whisky, y corchos tirados por ahí". Sacudió un poco la cabeza.

¿"Te imaginas cómo era este lugar en aquel entonces"?

Roberto preguntó: ¿"Y la casa de baños, saunas al otro lado de la calle con el arroyo debajo? ¿Te acuerdas"?

Mark apretó los labios mientras asentía lentamente.

¿"Una casa de saunas, con un arroyo debajo"?

Preguntó Anthony, que acababa de llegar hacía unos segundos.

Roberto continuó mientras Mark recapacitaba. "Sí, hay un arroyo a un lado de la calle y construyeron una casa de saunas encima. Enfrente de la cantina".

¿"Me estás tomando el pelo"? Alguien preguntó.

¿"Qué quieres decir"? Preguntó Anthony.

Roberto levanta las manos delante de él con las palmas hacia arriba y dijo.

"Imagina un arroyo corriendo entre mis manos. Una parte del edificio se pone en mi mano derecha, y se extendió todo asta mi mano izquierda. Con el arroyo debajo de ella. La casa de saunas y baños está en la parte superior...del arroyo. ¿Puedes creerlo"?

¿"Así que la casa de saunas es como un puente"? Preguntó Judy.

Mark la ignoró y siguió con la historia. "Cuando llegamos al edificio estábamos totalmente confusos. No sabíamos qué era. La puerta estaba abierta de par en par, así que entramos despacio. Había una especie de zona de espera. Había un montón de cojines viejos y sucios tirados por todas partes. Y había velas quemadas en el suelo, y por todas partes, y me refiero a un montón de velas. Marcas de humo por toda la pared y en el cielo. Pensamos, ¿qué demonios"?

"Sí", dijo Roberto, "pensamos que quizá no deberíamos estar aquí".

¿"Este lugar fue destrozado"? Alguien preguntó.

"Oh, sí, había periódicos y basura por todas partes y ya sabes mierda por todas partes". Roberto se detuvo para dejar que todos visualizaran.

Y continuó. "Entonces caminamos más atrás, a la izquierda, y subimos unos escalones, quizá tres o cuatro, y entramos en un cuarto grande".

Hizo una pausa y miró a su alrededor como si estuviera otra vez en aquella casa de saunas y baños.

"Y qué sabes, más bañeras, duchas y saunas por todas partes en este lugar. Velas encendidas alrededor de la bañera y cosas como piscinas".

"Probablemente, algún tipo de ritual sexual, te lo estoy diciendo." Dijo Mark.

¿"Sexo qué"? Preguntó Toby.

Mark la ignoró.

Roberto continuó. "Sabes que ese lugar me asustaba, no me gustaba. No veía la hora de salir de allí".

¿"Por qué te asustaste"? Preguntó Mike.

"No lo sé, solo se sentía, ya sabes, las velas quemadas por todas partes, olía mal, era como satánico o algo así".

¿Satánico? ¿Qué coño"? Dijo Pat con las cejas muy levantadas arrugando la frente.

"Entonces, ¿qué era exactamente ese lugar"? Alguien preguntó.

"No sé tío, me sentía como si no pudiera respirar ahí dentro, ¿verdad Mark"?

Mark puso cara de haber olido algo asqueroso, "olía a mierda ahí dentro".

Miró a su alrededor, "azufre o algo así, pedos del diablo, estoy seguro".

"Qué asco", dijeron la mayoría de las chicas, algunos de los chicos se rieron.

"En serio, tío", dijo Mark echando la cabeza hacia atrás, "yo no quiero respirar pedos del diablo". Miró a Judy. ¿"Tú quieres respirar pedos del diablo"?

¡"No! ¡Qué asco! ¿Por qué me preguntas eso"?

"Solo comprobaba". Dijo Mark en tono serio y se detuvo lo suficiente para ver que todos miraban a Judy.

Judy miró a su alrededor. ¿"Por qué me miran"?

Roberto intentó no reírse y continuó. "Salimos de allí, y". Paró, y tomó un largo y profundo aliento.

"Hombre, se sentía bien respirar afuera. Entonces, caminamos de vuelta hacia estas pequeñas casas. Íbamos a entrar en una, y por el rabillo del ojo, veo estos pequeños agujeros como tumbas, tallados en el terraplén. Justo al lado de las casitas".

Mark y Roberto se miraron.

"¡Mierda, no lo puedo creer! ¿Hoyos, tumba?" Joe miró a Mark esperando obtener una explicación.

Mark lo ignoró. "Estos agujeros son profundos. Algunos tenían puertitas".

"Puertitas"? Preguntó Anthony.

"Entonces, ¿es como un mausoleo"? Preguntó Cathy.

¿"Maso qué"? Preguntó Mark.

"Sí, tío". Roberto añadió rápidamente. "Apenas se puede creer". Echó un rápido vistazo a su alrededor. ¿"Te lo puedes creer? Ahí al lado de las casas. No lo entiendo. Es como si en aquellos tiempos la gente estuviera cenando, mirara por la ventana y viera al abuelo y a la abuela plantados allí mismo."

Algunas de las chicas tenían preguntas, pero después de lo del pedo diabólico, no se atrevían.

¿"Plantado"? Preguntó Joe.

Roberto lo miró: "Enterrado, plantado. Justo ahí". Señaló la pared de al lado. Todos miraron.

Se acercó más gente. Joe los miró y volvió a mirar a Roberto. "Entonces, ¿realmente crees que eran tumbas"?

Mark no podía creerse la pregunta. ¿"Qué coño más

podrían ser? ¿Autoservicio de McDonald's"?

Varias personas se rieron. Joe hizo una mueca y evitó hacer otra pregunta.

Mark miró lentamente a su alrededor y dejó que las cosas se calmaran. Al cabo de unos segundos, continuó con una actitud diferente. Sacudió lentamente la cabeza. "Está embrujado, te lo aseguro. ¿Por qué crees que tienen esas cosas, maso maso con puertas ahí"? Mark miró a Cathy, pensando que lo corregiría, pero no lo hizo.

¿"Había algo en ellos"? Preguntó Cathy. Judy enarcó las cejas al instante y le dirigió a Cathy una expresión cuestionándola.

"No. Alguien debió robarles. Ya sabes, como los egipcios". Dijo Roberto y captó una mirada de Cindy. Joe miró a su alrededor para ver las expresiones de todos, miró a Mark y dijo.

"Vale, realmente quiero ver esto". Joe miró de Roberto a Mark y se dijo otra vez. "Lo quiero ver".

"Te cagarías en los pantalones". Dijo Roberto.

¿"Me cago en los pantalones? ¿Por qué"?

"Te lo estoy diciendo", dijo Mark. Hizo una pausa y bajó la mirada pensando. Todos esperaron. Continuó.

"Está embrujada. Había una casita". Miró a todos a su alrededor. "Parecía que todavía vivían allí. ¡Como hoy! Como ahora". Sus ojos iban y venían. "Todo, y me refiero a todo está allí".

Pat Dally levantó los brazos delante de él y se los miró. "Mira, mira mis brazos, se me está poniendo la piel de gallina, qué coño".

"Yo también", dijo Cathy.

"Bueno, tal vez alguien vive allí". Dijo Cindy.

Mark la miró. "No, no, eran cosas viejas. De los años

treinta". Miró al grupo e hizo la pausa justa para dejarles pensar. "Pero...este lugar no estaba destrozado. Este lugar estaba limpio, me refiero a que era como....".

Mark paro y miró a Cindy mientras pensaba en la posibilidad de que alguien viviera allí. Entonces se dio cuenta de que se estaba creyendo su propia historia y se concentró. Los ojos de Mark volvieron a ir de un lado a otro. "Fue como si desaparecieron".

"Un segundo estaban allí y al siguiente ya no estaban".

"Dios mío, ¿qué crees que les ha pasado"?

Preguntó alguien del grupo.

Fingió no oírles. Miró ligeramente a su izquierda y hacia abajo como si estuviera pensando.

"Caminamos hasta esta casa". Mark miró al grupo. "Tenía un pequeño porche delante, subí y el suelo crujió". Hizo una pausa e inclinó la cabeza. "Sí, como en las películas". Sus ojos miraron a la derecha y se detuvieron. Continuó. "Me acerqué a la puerta. Alargué la mano, cogí el pomo, lo giré, no me lo podía creer".

"Estaba como, ¿qué diablos"? Miró a su alrededor, consternado.

"Estaba abierto. Empujé la puerta".

Hizo una pausa, se inclinó hacia delante y fingió mirar dentro de la casa.

"Fue como si accidentalmente hubiera abierto la puerta de la casa de alguien". Miró al grupo y negó lentamente con la cabeza. "Veo que está todo y casi cierro la puerta. Miré a Roberto y....".

Roberto tomó el relevo. "Dije, ¿qué, qué pasa"?

Mark dijo. "Me aparté para que él pudiera mirar".

Roberto siguió adelante. "Miré, y todo, y quiero decir todo estaba allí. Muebles, había una silla, allí cercas de mí".

Miró a Mark, que no estaba seguro de si debía tomar el relevo, y frunció el ceño.

Roberto continuó. "Me volví para mirar a Mark y me estaba mirando con una expresión rara y le dije, ¿qué? Y él dijo, '¿qué? Y yo dije, ¿qué, qué"?

¿"Qué es lo que crees? Es lo que realmente dije". Dijo Mark.

Roberto miró a Mark y se volvió rápidamente hacia el grupo.

"Así que entramos silenciosa y suavemente. Abrí un ropero justo al lado de la puerta, y todo, y quiero decir todo estaba allí. Ropa, sombrilla, incluso un bastón. Caminamos hacia la cocina y ¿qué vimos? Conservas, platos, todo estaba allí. Incluso periódicos, ¡de los años treinta! ¿Te lo imaginas"?

¿"El periódico"? Dijo Mark, y se detuvo. Todos esperaron. Levantó la mano como si sostuviera un periódico y fingió colocarlo sobre la mesa. "Sobre la mesa". Dijo Mark.

¿"Deberás"? Preguntó Mike.

"Deberás". Dijo Mark. ¿"Los platos"? Hizo otra pausa. "Todavía en el fregadero. ¿El paño? Ahí colgado". Fingió estar mirando algo.

Lo miraron queriendo saber más.

¿"Dónde"? Preguntó Joe.

"Justo ahí", añadió Mark, "junto al fregadero. Como si fuera a aparecer en cualquier momento y secar los platos".

¿"No jodas"? Dijo Pat.

Mark miró a su alrededor, sin establecer contacto visual con nadie, como si estuviera mirando a través de ellos.

"Sentí que como que estaba en el espacio de ellos. ¿Entiendes? Quiero decir, ¿por qué estoy aquí? Me di la vuelta y, nada. Yo creo que fue un reflejo viejo".

335

¿"Esta es la casa de alguien y estamos aquí parados?
¿Por qué"?

Roberto miró a Mark y le preguntó. ¿"Y el espejo y la
navaja de rasurar"?

Cathy, en trance, miró a Roberto y preguntó.
¿"Navaja"?

Mark suspiró, bajó la mirada y continuó. "Veo este
espejito en la pared". Miró a todos. Asintió lentamente.
"En un pequeño estante, ¿verdad"?

Algunos asintieron, otros fruncieron el ceño.

"Una navaja vieja, como en los tiempos viejos". Hizo
una pausa. !"Justo ahí"! Dijo Mark en voz baja.

"Incluso el jabón....en la taza. Ya saben, para hacer
espuma, para rasurarse...". Mark hizo una pausa para
dejarles pensar.

¡"Joder"! Dijo Pat y miró a su alrededor para ver a todo
concentrado en Mark. Algunos con la boca ligeramente
abierta, otros de par en par. Todos al borde, esperando que
Mark continuara.

Mark miró a Pat. "Joder, tienes razón".

Mark sacudió la cabeza tan despacio que miró
directamente a los ojos de cada persona. Algunos se
sintieron incómodos y apartaron la mirada. Otros seguían
su cara.

En voz baja y lenta, Mark repitió. "Joder, como dijo
Pat".

Mark miró ligeramente a su derecha y más allá del
grupo, como si estuviera viendo algo detrás de ellos.

"Miré la taza de jabón, pensando, mierda. Esto parece
como si alguien se hubiera rasurado, no hace mucho. ¡Justo
aquí"!

"Dios mío", dijo Judy.

¡"Mierda"! Dijo alguien del grupo.

¡"Aquí mismo! Justo aquí". Mark miró y puso la mano delante de él como si presentara algo. Le miraron las manos. En un susurro, Mark dijo. "Aquí mismo". Miró hacia abajo. Respiró hondo, exhaló lentamente y continuó.

"Miré al espejito, y de repente,..". Mark se detuvo y se dio la vuelta rápidamente para mirar detrás de él. Todos miraron con él. "Veo que algo se mueve detrás de mí".

Todo el grupo expulsaron aire.

"Hombre...casi se me cae la carga". Dijo, Mark.

¿"Qué carga"? Preguntó Judy.

Mark la miró. Kelly le susurró al oído.

Judy hizo una mueca, sacudió la cabeza, y dijo, en voz baja, "cochino".

¿"Qué era"? Preguntó Pat.

"Nada. Me di la vuelta y... nada. Yo creo que fue un reflejo viejo".

¿"Un viejo reflejo viejo, que"? Comenzó a preguntar alguien.

"Sí, como si el espejo guardó un recuerdo. Y me lo mostró".

"Mierda". Dijo Mike.

"Dios mío. El espejo guardó un recuerdo, y". Dijo Judy y se detuvo al captar una mirada de Kelly.

¡"Joder, joder, joder"! Pat dijo.

Mark miró a Pat: ¡"Exactamente, exactamente, lo que pensé". Hizo una pausa; continuó. "No estoy seguro, pero creo que intentaba decirme algo. Pero fue tan rápido que...". Mark hizo una pausa. Todos se quedaron mirando y esperando.

Joe no podía esperar. ¿"Y qué, qué pasó"?

"Ni siquiera estoy seguro. Las cosas parecían diferentes. Después de mirar en el espejo, todo era diferente".

337

Volvió a hacer una pausa. Todos intercambiaron miradas. Pat se inclinó hacia Mark pensando que podría haberse perdido algo, y pregunto. ¿"Qué era diferente"?

Mark se volvió lentamente hacia Pat y le clavó los ojos. Pat se apartó, sin saber qué estaba pasando.

"Ni siquiera estoy seguro. Me sentí diferente. Era como si estuviera viendo un reflejo viejo, del mismo lugar en el que me encontraba. Era como si lo viera a través ojos extraños, y los míos al mismo tiempo. Como si estuviera superpuesto o algo así". Hizo otra pausa y miró a Roberto para verlo totalmente cautivado.

"Jesucristo", dijo Kelly

¿"Superpuesto"? Preguntó Judy.

"Fue como si el espejo me afectara a mi mente. Fue raro, no estoy seguro de poder explicarlo". Mark miró otra vez a Roberto, intentando decirle que le ayudara.

Roberto tomó el relevo. "Sí, extraño, muy extraño, te lo digo". Hizo una pausa cuando se le acabaron las cosas que decir. Mark esperó a que continuara y le lanzó una mirada. Roberto continuó.

"Yo estaba de pie al otro lado de la casa mirando radio viejo cuando esto sucedió y....".

¿"Un radio viejo"? Preguntó alguien del grupo.

"Sí". Roberto dijo y miró hacia abajo como si estuviera otra vez en esa casa. Se tomó su tiempo para reconstruir la escena.

"Estaba mirando el radio viejo... y por el rabillo del ojo.... veo a Mark allí de pie mirando a la pared. Miré a la pared y no vi nada. Yo estaba como ¿qué demonios? Miré hacia atrás, por si acaso, pero no tengo idea por qué. Volví a mirar la pared solo para asegurarme....y no vi nada, así que dije, dime, dime, ¿qué estás mirando"?

338

Para Mark, esto fue una señal para empezar a actuar. Era como si el director dijera acción. Se quedó allí, en aquel pasillo del instituto, con los ojos vidriosos, como si estuviera mirando a través de Roberto. Roberto miró lentamente por encima de su hombro para no ver nada más que una pared. El grupo había seguido las acciones de Roberto y también miraba a la pared. Roberto se volvió para verlos y continuó. "Se quedó ahí parado. No movió ni un pelo".

¿"Por qué iba a mover un pelo"? Alguien preguntó.

Judy las miró. Kelly se inclinó hacia Judy y le susurró al oído: "Eso suena como algo que tú dirías".

"En ese momento", Roberto habló en voz bien baja.

"Te lo digo; me quedé inmóvil y ni siquiera sabía por qué. Sentí algo o a alguien. Algún tipo de energía o algo así".

Roberto hizo una pausa y bajó la mirada mientras intentaba encontrar algo más que decir.

"Entonces, ¿qué pasó"? Preguntó Joe.

"Entonces, veo a Mark girar lentamente su cabeza y su cuerpo al mismo tiempo, pasando a mi lado como en trance o como un robot o algo así. Quiero decir que ni siquiera me miro". Roberto miró a Mark.

"No recuerdo nada de esta parte", dijo Mark y miró a su alrededor. "En serio, no lo recuerdo".

Roberto continuó. "Mark, pasó junto a mí hacia la puerta como si yo no estuviera allí. Me pregunté, ¿por qué está actuando así"?

Miró a Mark, que enarcó las cejas y se encogió de hombros, como diciendo, no sé qué decirte.

Roberto prosiguió. ¿"Qué diablos está pasando aquí, esto, esta cosa? Yo también empecé a sentirlo. Los dos nos dirigimos hacia la puerta. Pensé, espera un minuto. ¿Por qué nos dirigimos hacia afuera? No habíamos terminado de mirar. Pensé que podíamos mirar más cosas, pero no, en realidad nos dirigíamos a la puerta al mismo tiempo. Como si este reflejo de ayer, esta cosa nos obligara a salir".

"Guao, era como los estaban controlando a ustedes", dijo Judy y miró a Mark para ver si iba a reaccionar. Mark no se movió. Lo importante, para él, era quedarse en carácter.

"Sí", dijo Roberto, "era como nos controlara". Roberto dejó escapar un profundo suspiro y dijo.

"Y luego, las malditas botas".

¿"Qué putas botas"? Dijo Anthony casi como si estuviera listo para que la historia terminara.

Roberto se volvió lentamente hacia Anthony. "Había unas botas justo al lado de la puerta principal, y".

Mark lo interrumpió. "Dije, no recuerdo que estas botas estuvieran aquí".

"Oh, vamos". Dijo Joe.

Roberto y Mark se vuelven hacia él. Mark empezó a abrir la boca, pero Roberto levantó la mano y lo detuvo. Continuó.

"Oye, tú piensa lo que quieras". Roberto se señaló a sí mismo y luego a Mark y dijo.

"Nosotros estuvimos allí. Acuérdate de eso. ¿Dónde estabas tú, rasca nalga? ¿Dónde estabas exactamente Joe? ¿Viendo una novela? ¿En el baño dándole nalgadas al mono"?

¿"Nalgadas al que"? Judy y Kelly dijeron al mismo tiempo y se detuvieron al captar una mirada de Cathy.

Kelly miró a Cathy y articuló: ¿"Qué mono"? Cathy puso un dedo en sus labios, la hizo callar.

Pat se tapó la boca para no reír mientras miraba a Kelly, y Judy, y negaba con la cabeza. Kelly arrugó la frente y miró a su alrededor para ver que algunos soltaban risitas y otros se reían. No entendía por qué.

Roberto tuvo que restregárselo y le preguntó a Joe.

"Fue lo del mono, ¿verdad"?

Joe puso los ojos en blanco. "No quería decir nada. De verdad".

"Bueno, digamos que las botas estaban ahí y no las vimos cuando entramos". Dijo Roberto.

Joe respondió rápido. "Oh, no quería decir nada, se me salió hombre".

¿"Sabes qué"? ¡No importa"! Dijo Roberto y miró hacia abajo como si estuviera mirando las botas. "Estoy ahí de pie mirando hacia abajo en estas botas y pensé, hay algo que no está bien aquí. Algo no está bien".

"Oh, joder tío. Oh, mierda." Dijo Mark.

¿"Qué? ¿Qué"? Preguntó Anthony.

"No más lo podía creer. Malditas botas, ni una mota de polvo en ellas."

Algunos se quedaron boquiabiertos y otros confusos. Mark continuó. "Nos quedamos allí de pie. Pensé: ¿esta gente acaba de llegar a casa? Miré a Roberto preguntándole".

Mark hizo una pausa y volvió a mirar a todos. Suspiró profundamente y bajó la voz. "Fue como si nos cruzamos con ellos, quizás entre la otra dimensión, pero aquí mismo y ni siquiera lo supiéramos. No podemos verlos, pero sentí algo. No estoy seguro de que, pero lo sentí, y estoy seguro de que ellos podían vernos".

Mark se detuvo a escuchar el silencio.

Cathy tuvo que preguntar: ¿"Otra? ¿Dimensión"?

Pat se frotó los brazos. "Jódete tío, me están dando escalofríos...mierda".

En voz baja y suave, Mark dijo. "Podía sentirlos. Casi oírlos. Como si los sonidos y el reflejo de esa gente de antaño volvieran a casa".

Todos se miraron.

Roberto pensó que era el momento de poner fin a esto y dijo: "No pude soportarlo. Me largué. Dije a la mierda. Me largo de aquí".

¿"Qué quieres decir"? Preguntó Kelly.

Cathy empezó a preguntarle a Roberto, ¿"qué"?

Intervino Mark. ¡"Se largó! Salió corriendo de la casa. El cabrón me dejó".

Todos miraron a Roberto. Roberto miró a Mark como diciendo, ¿en serio? Mark estaba en racha y lo sabía.

Mark continuó: "Yo, no podía huir. Tenía que quedarme. Por respeto. Por respeto".

¿"Respeto"? Preguntó Cathy.

"Sí, quería que supieran, que lo sabía, que sabía que este era el lugar de ellos en esta dimensión, y cualquier otra. Y que nosotros éramos los intrusos y que lo sentíamos".

Mark suspiró e hizo una pausa. Roberto miró a su alrededor preguntándose cuánto tiempo iba a seguir así Mark.

Y todavía, Mark siguió, pero en voz baja. "Entonces dije", hizo una pausa. Todos se inclinaron hacia él intentando oírle.

"Dije, gracias, gracias. Luego, cortésmente, y despacio, salí". Mark paro por un segundo o dos. "Cerré la puerta y eso fue todo. Me fui".

La mayoría suspiró aliviada y escuchó el silencio mientras el cautivado público de Mark se centraba totalmente en él.

Mike apartó lentamente la mirada y dijo suavemente. "Tengo que ver esto".

"De ninguna manera Mike. ¿No has estado escuchando?" Preguntó Mark.

Cathy miró a Mike. ¡"Respeto, respeto"! Miró a Mark. "Por eso no quieres que vayan, ¿verdad"?

Mark la señaló. "El respeto es lo correcto y no queremos que nadie salga lastimado".

¿"Lastimado?" Preguntó Joe y miró a su alrededor sin creer. Miró a Mark. "No entiendo."

¿"No has estado escuchando"? Respondió Mark. ¿"Cómo sabemos de lo que son capaces estos reflejos de ayer? Quiero decir, ¿y si los haces enojar"?

"Dame una quebrada", intervino Mike.

Los ojos de todos iban de un lado a otro. Kelly no podía creer lo que había dicho Mike. ¿"Qué? ¿Qué estás diciendo, Mike"?

Mike respondió al instante. "Que es..."

Kelly lo interrumpió. ¿"De verdad crees que se lo han inventado todo? Mark y Roberto no pueden inventarse este tipo de detalles. Yo leo libros todo el tiempo Mike y esto, ¿esto..."? Ella se detuvo y miró a su alrededor.

"Quiero decir que realmente necesitas pensarlo Mike".

Mike suspiró y apartó la mirada pensando. Al cabo de unos segundos, se volvió hacia Mark y le puso la mano en el hombro para captar toda su atención. "Vale, Kelly tiene razón, definitivamente no eres capaz de inventar esa historia". Mark intercambió una mirada con Kelly. Mike continuó:

"No sé en qué estaba pensando. Pero dijiste reflexiones, ¿verdad"?

"Reflexiones de gente de ayer, sí".

¿"Te digo qué"? Mike dijo: "Iremos allí por la noche. Sin luz, no hay reflejos".

Mark estaba totalmente sorprendido por la capacidad de Mike para tener esta idea, pero como siempre, Mark tenía una respuesta rápida.

"No son reflejos de luz; son reflejos de seres, de entidades. De personas. !Idiota"!

¿"Qué cojones tío, por qué tienes que ser tan gilipollas"? Mike preguntó.

"Porque soy un gilipollas, qué quieres que te diga. No hay duda Mike. Soy lo que soy. No quieres que sea un gilipollas, no preguntes estúpidas preguntas, y,...".

Mike lo interrumpió, mientras la cabeza casi le explotaba. ¿"De verdad crees que estos reflejos, estos seres, estás....estás"?

¡"Gente de ayer"! Kelly terminó su frase.

Mike miró a Kelly como diciendo: lo que sella. Siguió.

"Estas......sombras.........reflejos.....luces, que eran gente". Los ojos casi se le salían de las órbitas. ¿"De verdad crees que todavía están allí"?

¿"Hablas en serio"? Preguntó Mark. Miró al grupo. ¿"Escuchen esto? ¿Entienden lo que quiero decir? ¿Cómo puedes tener respeto, si no crees"?

"Tenemos que acabar con esto".

"Oh, sí, tienes razón." Dijo Mark, "no creo que puedan con todo esto de todas maneras."

?"No puedo con que? ¿De qué estás hablando"? Preguntó Mike.

Joe intervino y dijo. "Mira, mira, seremos respetuosos. ¿De acuerdo? Y creemos. Estamos todos aquí escuchándote Mark. Nos habríamos ido si pensáramos que nos estás tomando el pelo."

"Que se joda". Dijo Mike.

344

Joe, que ahora era el tranquilo, puso la mano en el hombro de Mike tratando de calmarlo.

Mike se lo quitó de encima. "No puedo con nada ni que chingados".

Mark se inclinó hacia Mike. "Habla, habla, habla. El Señor Habla. Ya lo oído todo antes, mariquita".

¿"Mariquita"? Preguntó Mike con los ojos desorbitados. "Tú eres el gilipollas coño".

¿"Coño de gilipollas? ¿Qué quiere decir eso"? Preguntó una chica del grupo. Todos la miraron. ¿"Qué"? Ella ladró.

Mike se lanzó hacia delante. "Te apuesto cinco dólares, cinco dólares a que salimos de día o de noche y nos encargamos de lo que sea. De lo que encontremos ahí".

"A penas se puede creer, ¿cinco dólares? Mariquita y media, Sr. Habla". Dijo Mark.

Joe finalmente perdió la cabeza y se encaró con Mark. Mark se mantuvo firme. Roberto se interpuso entre ellos y les puso las manos en el pecho separándolos. "Cálmate, cálmate".

Mark y Joe se miraron fijamente. Roberto dio un paso atrás. Miró a Joe. "Mira, ¿el día que te acabamos de contar"?

Joe giró la cabeza hacia él, pero mantuvo el cuerpo de cara a Mark.

Roberto prosiguió. "Ese día fue.... bueno, lo único que no te dijimos es........".

Mark le detuvo la mirada y le dijo. "Ni se te ocurra, tío. Ni se te ocurra".

¿"Qué? ¿A ver, qué pasó"? Preguntó Joe.

Roberto miró a Mark. "Quizá tengan razón. Quizá deberían irse. Así tendremos a alguien que pueda respaldar la otra historia. Nadie va a creer esa".

¿"Qué otra historia"? Preguntaron Mike y Joe al mismo tiempo.

"Bueno", continuó Roberto. "Al día siguiente volvimos y se nos hizo de noche, y, y,...no lo vas a creer, olvídate, tío".

Mark y Roberto se marcharon.

Mike agarró a Mark por el brazo. ¿"Olvidar qué? ¿Qué ha pasado"?

Mark se apartó de él, "olvídalo", y se marchó.

"Apostamos siete dólares e iremos por la noche o el día".

Mark y Roberto se detuvieron. Esperaron.

"Y no tocaremos nada. Solo queremos ver. Eso es todo." Dijo Mike casi suplicando.

Mark y Roberto volvieron.

"De acuerdo". Dijo Mark. Sus ojos iban y venían de Mike a Joe. "Te diré una cosa. Si te crees tan duro".

"Yo quiero ir". De repente dijo Kelly.

"No nos llevamos a una chica. Vamos hombre", Joe miró a Kelly como diciendo que se fuera de aquí.

Kelly miró a Cathy preguntándole si quería ir.

"Yo no, no después de Bigfoot, de ninguna manera." Dijo Cathy.

Mark siguió adelante con su propuesta. "Siete dólares por pieza, van los tres, por la noche".

Todos miraron a Kelly. Joe la miró con una expresión como preguntando, ¿estás segura?

"Yo... quiero... ir". Dijo Kelly.

Joe siguió mirándola, esperando que cambiara de opinión. ¿"De verdad quieres ir? ¿Después de oír eso"?

"Claro que sí, quiero ir".

Mike miró a Mark y dijo. "Tenemos un trato".

Joe no podía creer. ¿"Siete dólares por cabeza y vamos

a llevar una chica? Tienes que estar bromeando".

¿"Sabes qué"? Mark miró a todos. "Yo me largo". Se fue.

Kelly miró a Joe diciéndole que arreglara esto y señaló a Mark y Roberto.

"Vale, vale". Joe dijo a Mark. "Los tres vamos a ir".

Mark y Roberto se detuvieron. Volvieron.

Mike sonrió. "Tenemos un trato".

Joe miró a Kelly. ¿Tienes siete dólares?

Kelly puso cara de sentirse insultada. "Claro que lo tengo".

"Bueno, supongo que tenemos un trato," dijo Joe.

Preguntó Cathy. "Entonces, ¿cómo sabemos que realmente estaban allí"?

"Traeremos algo", dijo Joe, como si nada.

Mark se lo pensó unos segundos. "Un momento. Danos un minuto". Mark y Roberto se alejaron y hablaron. Volvieron. Mark miró a los tres.

"Este es el trato. ¿Una de esas cositas de maso de tumba? Tiene una taza dentro."

¡"Mausoleos"! Cathy tuvo que corregirle. Todos la miraron, como diciendo, que importa. Cathy ladeó la cabeza y les devolvió la mirada.

Kelly miró a Mark cuestionando. Mark la miró, ¿"qué"?

Kelly comenzó a preguntar. ¿"Por qué tenemos que". Joe la interrumpió. "Vale, ¿y qué pasa con la taza"?

Los ojos de Kelly iban y venían de Mark a Joe.

Mark continuó. "Vas a traernos esa taza".

Mike hizo una expresión como ¿eso es todo? Sonrió, y dijo, "tranquilo, tranquilo hombre".

Mark miró a su alrededor evaluando a todos y continuó con sus instrucciones.

"Van a caminar por todo el pueblo, pasando por la casa con las botas, hasta el final".

Kelly otra vez preguntó. "Si es de noche, cómo..". Mark interrumpió a Kelly.

"Lo sabrás, créeme. Tu piel te lo va a decir".

¿"Mi piel"? Preguntó Kelly, mientras sus ojos se profundizaban.

Ella miró a su alrededor como para preguntar a todos si habían oído esto. Todos se miraron, pero no se atrevieron a decir nada.

Mark miró a Mike y Joe. ¿"Recuerden, solo una taza, muchas de esas cositas, masoli"?

Se detuvo y miró a Cathy esperando que no lo corrigiera. Cathy arqueó las cejas e inclinó la cabeza, como diciendo: ¿A quién le importa?

Mark continuó: "Tendrás que abrir las cositas una a una hasta que encuentres la taza". Se detuvo, miró a su alrededor para asegurarse de que nadie tenía ninguna pregunta y terminó la frase de forma relajada, sin darle importancia. "Y tráela de vuelta. Es todo".

Roberto se aseguró de que todo el mundo estaba de acuerdo. "Siete dólares por cabeza. Esa es la apuesta. Si traes la taza, te daremos veintiún dólares, si no lo traes, ya saben".

"Tenemos un trato". Dijo Mike.

Joe decidió que tenía una pregunta importante. ¿"De qué color es la taza"?

Mark no lo podía creer. Gritó. ¡"Rosa! ¿Qué coño"?

¿"Cuál es tu problema? Quiero asegurarme de que traemos la taza correcta".

¿"La taza correcta? ¿Me estás tomando el pelo"?

¡"No importa, mierda"! Joe dijo, esperando que esto terminara.

Mark se metió el pulgar derecho en el bolsillo, luego

348

metió su pulgar izquierdo en el otro bolsillo y pujó para bajo en los jeans. No tenía ni idea de por qué lo hacía y se dio cuenta de que todos lo miraban hacerlo. Miró a su alrededor con los ojos, manteniendo la cabeza quieta. Sus fosas nasales se movieron al ritmo de su respiración acelerada. Se dio cuenta de que estaba realmente enfadado con Joe, pero no entendía por qué. Entonces pensó, ¿a esto se le llama actuar? Mike le sacó de sus profundos pensamientos.

"Oye, ¿cómo llegamos al pueblo"?

Mark miró a Mike. "Más tarde." Se marcharon.

"Después te dibujo un mapa", dijo Mark mientras se alejaban.

24. LA MIERDA SE VINO ABAJO

Roberto y Mark tenían todo esto pensado desde hace mucho tiempo, y estaban encantados de ponerlo por fin en práctica. Para ellos fue como Halloween en medio de primavera. Tenían todo lo que necesitaban, mucha cuerda, hilo de pescar, una cadena enorme y todo tipo de cosas para montar. Y sobre todo, tres participantes dispuestos. Era hora de asustar muchísimo a la gente y por eso era un día tremendo.

Solo había una manera de llevar todo lo necesario al la ciudad fantasma. Cargaron todo en el Dodge Power Wagon de Mark, con tracción a las cuatro ruedas. Salieron de Cloverdale en dirección norte por la autopista 101. Giraron a la izquierda en la autopista 128 hacia Boonville. Unas cuatro millas adelante encontraron un lugar para estacionarse fuera de la autopista. Esperaron para

350

asegurarse de que no venían coches. Cogieron todo lo que pudieron de la parte trasera del camión y cruzaron la autopista. Treparon por un cerco corto y subieron la colina. Fue un trabajo duro, pero divertido. Tardaron unos veinte minutos en llegar a la cima de la colina. No tenían ni idea de quién era el dueño del pueblo y no querían averiguarlo. Así que, cuando llegaron arriba, miraron por los prismáticos para asegurarse de que no había nadie. Tardaron aproximadamente un minuto en deslizarse colina abajo y llegar a la parte trasera del pueblo. Sentaron todo y llegó la hora de jugar. Después de una hora de preparación, Roberto se colocó detrás de un arbusto que estaba a unos quince metros del gran edificio. Sujetaba un sedal que habían atado a las puertas delanteras de la taberna, que era la entrada principal del hotel. Mark estaba en medio del pueblo. Roberto tiró del sedal. Las puertas se abrían y se cerraban, se abrían y se cerraban.

"Mierda santa", dijo Mark.

Mills apareció desde detrás de una ventana en el interior de la casa de baños.

¿"Qué te parece"? Preguntó Mark.

"Puedo ver el rastro del hombre de mierda entre aquí y Eureka". Dijo Mills.

Mark corrió hacia Roberto, se detuvo y gritó. "Perfecto, hombre perfecto. Vale, tira del otro". Mark corrió hacia delante y esperó.

Roberto agarró el otro sedal y tiró. Dos puertas que habían apoyado contra la pared de la casa de baños se vinieron abajo y cayeron a la calle.

Gritó Mark. "Hombre, deberías ver esto Roberto".

Roberto corrió hacia ellos. ¿"Funcionó"?

"Diablos, sí, funcionó, perfectamente". Dijo Mark.

"Que bien", dijo Roberto, ¿"dónde está la cadena"?

"Justo ahí". Mark señaló una enorme cadena oxidada que yacía junto a la pared de la cantina.

Roberto lo cogió y le vino un recuerdo.

Era un día después de una tormenta en mil novecientos sesenta y tres en Mexicali, México. Roberto, de seis años, su hermano Ernesto, de ocho, y su padre, llegaron a una intersección y vieron unos cuantos coches atascados en el barro de las calles sin pavimentar. El tráfico era caótico mientras los coches se abrían paso alrededor de los coches atascados y a través de la intersección.

"Mijo, agarra la cadena". Dijo el papá de Roberto.

Roberto y Ernesto saltaron de la camioneta. Roberto subió a la parte trasera del camión. Agarró la cadena y la levantó todo lo que pudo por encima del lateral del camión. Ernesto la agarró y tiró de ella hasta el suelo. Su padre salió y agarró la cadena.

"Quedasen aquí, ahora vuelvo".

¡"Hey, hey Roberto"!

Roberto salió bruscamente de sus recuerdos. ¿"Qué"?

¿"Qué estás haciendo"? Preguntó Mills mientras lo miraba fijamente.

"Solo pensando. ¿Qué estás haciendo tú"?

"Viendo a ti pensar". Dijo Mills como si fuera lo normal.

Roberto hizo una mueca.

"Entonces, ¿qué sigue"? Preguntó Mark. "Quiero decir, ahora que has terminado de pensar y todo eso".

Roberto miró hacia abajo para ver la cadena que colgaba de sus manos y dijo: "la cadena, es lo que sigue".

Se fue con parte de la cadena, arrastrándose por el suelo. Subió las escaleras hasta el balcón del segundo piso.

Caminó hasta la fachada del edificio. Se detuvo y miró al otro lado de la calle, hacia la casa de duchas. Miró hacia la calle de tierra y se sintió como si estuviera en el año 1872, en el pueblo, Dodge City, en la serie de televisión, Gun-Smoke. Se sintió como, Matt Dillon, el jerife, o como uno de los sucios vaqueros de cantina. En casi todos los episodios, las prostitutas limpias y guapas llevaban a los vaqueros mugrientos al burdel. Roberto se preguntaba si las chicas obligaban a los vaqueros a ducharse.

"Roberto, Roberto", gritó Mark.

¿"Qué"? Roberto, dijo, irritado. Bajó la mirada hacia ellos.

¿"Qué estás haciendo"? Preguntó Mark.

"Pensando". Dijo Roberto y apartó la mirada para continuar con su pensamiento.

¿"Otra vez"? Preguntó Mills.

¿"Pensando en qué"? Preguntó Mark.

"Prostitutas". Dijo, Roberto.

¿"Prostitutas"? Preguntó Mark.

"Qué buena idea, ahora lo entiendo". Dijo Mills.

¿"Por qué"? Preguntó Mark.

¿"Por qué"? Preguntó Roberto y miró las hojas y los escombros que se habían acumulado en el suelo del balcón.

¿"Por qué prostitutas"?

¿"Por qué no"? Preguntó Roberto mientras procesaba su plan para la cadena.

Mark miró a Mills como preguntándole si podía creerle.

Mills apretó la boca y asintió. "Roberto tiene razón, ¿por qué no"?

Unos minutos más tarde, Roberto estaba de pie detrás de un árbol junto al hotel. Agarró el grueso sedal que había atado a la cadena que tendió y se estiró sobre las hojas del balcón.

"Órale, empieza a caminar", dijo Roberto a Mark y

Mills, que estaban en la calle.

Empezaron a caminar. Al llegar al hotel, Roberto tiró del sedal arrastrando la cadena sobre las hojas haciendo ruido de viento. Mark y Mills se detuvieron.

"Oh Dios mío". Dijo, Mark.

"No me lo puedo creer", dijo Mills. Miró a Roberto. "Tienes que escuchar esto. Es aterrador como la mierda, y confuso". Miró a Mark, que ya estaba mirando a Roberto con consternación.

"En serio, hombre, ¿cómo se te ha ocurrido esto"? Mark le preguntó a Roberto. "Quiero decir que oyes el viento, y te hace pensar como si sintieras el viento, pero no es así y te confunde". "Culos y codos, es todo lo que vamos a ver. Te lo digo". Dijo Mills.

Roberto se rio y preguntó a Mark: ¿"Así que te gustó"?

¿"Me gustó? La pregunta debía ser... ¿Me he cagado los pantalones, si, o no"? Sus ojos se desviaron entre Mills y Roberto. "Tal vez si". Mark se inclinó y se metió la mano entre las piernas y se palmeó el trasero. "No, estoy bien."

Se rieron. Mark señaló a Roberto: "Casi, sin embargo, sentí algo, un pequeño chorro ahí dentro. ¿Un poco de chocolate, tal vez"?

Mills retrocedió. "Espero que no."

Todos se rieron en un momento de silencio.

"Tío", dijo Roberto, "no me puedo creer que por fin estemos aquí".

"He oído eso". Dijo Mark.

Mills miró a su alrededor y sonrió.

Roberto levantó la vista. "Oyes, ya está anocheciendo. Van a llegar pronto".

Mill preguntó. ¿"Pusiste la taza en el agujero de la cosita"?

Mark se acercó a él, lo miró a los ojos y esperó.

¿"Qué"? Preguntó Mills.

"No hablas en serio, ¿verdad"?

Mills se lo pensó por unos segundos y finalmente lo figuró. "Hijo de puta".

"Así es", dijo Mark, "No se acercarán a esa cosa, moso, mosoli, o como se llame esa mierda". Puso los brazos a los lados. "Entonces, ¿cuál es el punto?"

Mills se rio y se sintió tonto por preguntar.

"Oyes, vamos a tomar una cerveza", dijo Mills con una enorme sonrisa.

"Tengo una buena idea", dijo Mark, "a que tomarnos unas cervezas".

¿"Por qué no pensé en eso"? Dijo Roberto. Se acercó a una bolsa de papel marrón. Metió la mano y sacó un paquete de seis cervezas. Volvió a mirar dentro de la bolsa para ver el otro paquete de seis con solo cuatro cervezas.

"Oye, ¿qué pasó con las otras dos cervezas"?

"El coste de hacer negocios", dijo Mark.

¿"Estás de broma"? Pregunto Roberto.

"No, el borracho Jorge se está volviendo codicioso".

"Supongo que sí, tal vez necesitamos una nueva fuente, como un borracho Tom o algo así".

"Oh, bueno, supongo que tenía sed", dijo Mills, "vamos, tira una por aquí".

Después de tomarse unas cervezas, el sol se había deslizado tras las colinas que rodeaban el pueblo viejo y las largas sombras se habían proyectado sobre el paisaje como lo habían hecho durante siglos. Esto significaba que era hora de ponerse en marcha.

Roberto señaló el árbol. ¿"Vas a tomar ese lugar, Mark"?

"Ese es el del viento, ¿verdad"?

"Sí".

"Genial, me lo llevo".

"Muy bien. ¿Estás listo Mills?" Preguntó Roberto.

"Listo, como listo, señor." Se fue. Llegó a la mitad de la calle y se detuvo. "Tío, me acabo de zumbar. ¡Con una cerveza! ¡Me encanta"!

"Yo también", dijo Roberto.

Mark los miró fingiendo estar confuso. ¿"Un zumbar? ¿Zumbar? ¿Come el sonido de rasurarse el pelo de las pelotas"?

¿"Te rasuras el pelo de las pelotas? ¡Bicho raro"! Dijo Roberto.

"Ah, no dije que me las rasuro". Mark respondió rápidamente.

Mill los miró y preguntó. ¿"Tienes pelo en las pelotas"?

Roberto y Mark se rieron mientras miraban preguntando a Mills.

¿"Qué? ¿Por qué me miran así"? Preguntó Mills.

"Amigo, ¿no tienes pelitos"? Preguntó Mark.

"Estaba bromeando." Dijo Mills.

"Un momento", dijo Roberto. ¿"Quieres decirme que ahora mismo vas por ahí con las pelotitas sin pelitos"? Roberto se rio y se largó.

"Estaba bromeando". Gritó Mills.

"El Sr. Gato Esfinge, vale más que mires un doctor". Dijo Mark y se fue.

"Dije que estaba bromeando". Gritó, Mills.

Roberto se dirigió a su sitio, que resultó estar en la parte trasera del hotel. Se sentó en una caja de madera, agarrando la cuerda de la que debía tirar y riéndose de lo que decía Mills. Después de unos largos minutos, miró a su alrededor para verse casi en la oscuridad total. Rodeado de arbustos, roble venenoso, algún tipo de hiedra y dios sabe qué más. El sonido de su respiración parecía más fuerte en la quietud de la noche. Sus pensamientos empezaron a apoderarse de él mientras la gente de ayer se acercaban. Se preguntó cómo se le ocurrían esas cosas a Mark. Estaba allí mismo y no había reflejos de ningún tipo. Sin embargo, a Mark se le ocurrieron esas ideas y yo lo seguí la corriente. Algunas de las otras cosas eran ciertas. Había un espejo para afeitarse, pero no una taza de jabón, y seguro que no había reflejos de ayer en ese espejito. Tal vez eso era todo lo que necesitaba Mark, la semilla de la historia. Roberto salió de aquel pensamiento y se levantó para mirar a su alrededor. Al instante vio movimiento a lo lejos.

¿"Qué coño"?

Su corazón latía con fuerza mientras la historia de las gentes de ayer se reproducía en su cabeza.

"No puede ser, ¿quién o qué demonios era eso"? Dijo en voz baja.

¿Es posible que Mark no se lo estuviera inventando? De repente, estar solo detrás del hotel no le pareció tan buena idea y empezó a dirigirse hacia la parte delantera. Permaneció agachado mientras se dirigía a la parte delantera del edificio. Se asomó por la esquina y vio movimiento en las sombras junto a la casa de las botas.

"Mierda".

El movimiento se detuvo. El sonido de su respiración era demasiado fuerte y se dijo a sí mismo que se calmara. Respiró hondo y largamente. Al cabo de un minuto más o menos, por fin se tranquilizó. Se levantó lentamente hasta la mitad y allí estaba de nuevo, la sombra de un hombre moviéndose por esa misma casa. Se preguntó: ¿Cómo sé que es una sombra y no un hombre? ¿Y por qué iba a

357

pensar que era una sombra? Y entonces, el pensamiento que no quería tener. Es un reflejo. Un reflejo de las gentes de ayer.

"Santa madre de todas las mierdas". Dijo en voz baja. Volvió a dejarse caer y no dejaba de preguntarse, ¿qué hago ahora? ¿Qué hago ahora?

"Tengo que salir de aquí". Otra vez en voz baja.

Todavía de rodillas, se volvió hacia la parte trasera del hotel, se arrastró hasta la esquina y se detuvo. ¿Y si miro a la vuelta de la esquina y veo a alguien, o algo? ¿Qué pasa entonces? ¿Grito como una niña y salgo corriendo? ¿O me cago en los pantalones, acabo con eso y salgo corriendo? ¿En qué estoy pensando? ¿En qué estoy pensando? Se preguntaba una y otra vez. Tengo que ser un hombre, por el amor de Dios. Finalmente, se asomó por la esquina. "Gracias a Dios", susurró al ver solo la caja de madera y la cuerda tendida junto a ella.

"Que bien. Sin reflejos, sin las gentes de quien sabe donde".

Volvió la vista hacia donde había visto movimiento, y para su alivio, no vio nada que se moviera.

"Bien".

Se arrastró por la esquina, se sentó en su caja y pensó, chico, espera a qué, y algo apareció detrás de él. Rápidamente, se dio la vuelta, se cayó de la caja y oyó las risas de Mark, que estaba de pie junto a él.

¿"Qué coño pasa Mark? ¿Qué haces aquí"?

Mark se tapó la boca y se echó a reír. ¿"Qué, qué ha pasado"?

"Casi me diste un susto para cagarme, maldito idiota".

¿"Casi? ¿Estás seguro"?

Mark se dio una palmada en el trasero con las dos manos y dijo:

"Cálmate, cálmate hombre, lo último que quieres es una carga de mierda".

¿"Qué coño estás haciendo aquí"? Preguntó Roberto.

"Viendo lo que haces".

Roberto empezó a decir. "Tu......".

Mark lo interrumpió. "Deberías haberte visto. Maldita sea. Joder, te las perdiste, hombre. ¿"Qué fregado"? Se rio Mark.

Claramente irritado, Roberto preguntó: ¿"Dónde demonios está Mills"?

"Al otro lado de la calle. Creo. ¿Por qué"? Preguntó Mark.

"Porque vi a alguien allá". Roberto señaló.

¿"Por allá"? Preguntó Mark.

"Sí, en la casa".

¿"Qué casa"?

"Tu casa".

¿"Con las botas? ¿Casa - casa"? Dijo, Mark.

"Botas, casa, casa, sí". Dijo Roberto.

¿"Estás seguro"? Pregunto Mark con voz grave.

Roberto oyó algo. Miró hacia la calle, levantó la mano y susurró. ¿"Oyes eso? Oigo voces".

Mark susurró. "Mierda. ¿Cómo sabemos que son ellos"?

"Tienen que ser ellos. Rápido, recuerda esperar hasta que pasen la esquina del hotel". Dijo Roberto en voz baja.

Mark se largó. Roberto miró hacia la casa de las botas y no vio ningún movimiento. Bien, pensó. Se tranquilizó y se puso en posición. Las voces se hacían más fuertes a cada segundo. Vaya, pensó Roberto, por fin va a ocurrir. Se puso de pie y miró por encima de los arbustos. Allí estaban, tres sombras de figuras humanas caminando hacia el hotel. Se oyó respirar de nuevo y sintió que su corazón se aceleraba. Espera, se dijo, espera, ya casi han llegado.

Llegaron a la esquina y Mark tiró de la cadena. El sonido del viento en la quietud de la noche era fuerte. Las voces se callaron.

"Uno, dos, tres", dijo Roberto y tiró y soltó repetidamente. Las puertas delanteras de la cantina se abrieron y cerraron una y otra vez, chirriando y golpeando contra la pared. Tiró de la otra cuerda y las puertas que apoyaban contra la pared de casa de baños se vinieron abajo.

Roberto oyó a Mike, Joe y Kelly jadear mientras se alejaban. Mills tiró de su línea derribando un viejo frigorífico. Salió del interior de la casa de baños y miró por una ventana.

"Culos y codos". Se dijo a sí mismo.

Roberto tiró de la siguiente cuerda y los viejos colchones de muelles se desplomaron sobre la calle. Tres figuras sombrías pasaron corriendo junto al hotel y se adentraron en el bosque. A continuación se oyó el sonido de ramas rompiéndose mientras corrían entre los arbustos y todo lo que encontraban a su paso. Su respiración acelerada se oyó claramente en el silencio después de que todo se viniera abajo. Tres golpes distintos resonaron por toda el pueblo cuando sus cuerpos chocaron contra una valla.

¿"Qué coño"? Dijo Roberto.

Chirridos, gruñidos y otros sonidos corporales se sucedieron mientras luchaban por saltar la valla. Finalmente, un par de cuerpos cayeron al otro lado.

¡"Espera, espera"! Fue el claro sonido de Kelly siendo dejada atrás.

Por encima de la valla, finalmente se dejó caer, mientras oía el sonido desvanecido de Mike y Joe corriendo por la hierba alta. El sonido solitario de Kelly luchando por subir la colina se desvaneció cuando por fin logró subir y superar la colina. Luego vino el silencio. Después llegó la respiración acelerada de Roberto. Se irguió y miró por encima de los arbustos hacia la colina.

"Mierda, mierda, mierda," Miró a su alrededor en todas direcciones.

Mark dobló la esquina. "Mierda hombre."

Mills dobló la esquina. ¿"Los hemos jodido o qué"?

"Oh, tío". Dijo Roberto y se echaron a reír.

"Silencio." Dijo Roberto. Se rieron en voz baja.

¿"Les oíste golpear el cerco"? Preguntó Roberto.

Mark se agachó intentando no reírse. Se tapó la boca, pero no podía parar. "Oh, joder, oh, joder tío. Nunca he mirado algo así, oh mierda".

Mills dijo. "Garantía, rastro de mierda entre aquí y Eureka".

Roberto dijo. "No lo puedo creer. Ojalá que nadie se lastimó. ¿"Qué piensan ustedes"?

¿"De qué"? Preguntó Mark entre risas.

"¿Crees que alguien se lastimó"? Roberto miró a Mills.

"No más es un cerco, relájate."

"Tienes razón" Roberto finalmente se relajó y todos rieron en voz alta.

"Tío", dijo Mark, "ese refrigerador hizo tanto ruido que no lo podía creer. Me pregunté, ¿me va a pegar esta cosa o qué"?

¿"Y los botes de metal"? Preguntó Roberto. "Hicieron tanto ruido que no estaba seguro de lo que estaba pasando. Pensé, ¿olvidé algo o qué"?

"Bueno, en realidad", dijo Mills, "añadimos más mierda cuando volvimos al otro lado de la calle".

"Te creo", dijo Roberto.

Mills continuó. ¿"Si tú crees que eran más ruidosos que la mierda? Deberías haber estado en el otro lado. Te digo, era muy ruidoso para nosotros".

Permanecen en silencio unos segundos y reocuparon el aliento.

"Bueno, Vámonos de aquí antes de que vuelvan Los de Ayer". Dijo Roberto.

¿"Qué quieres decir con volver"? Preguntó Mills.

Mark lo agarró del brazo y tiró de él. "Vamos, no quieres saberlo".

Mills le apartó el brazo. ¿"No quiero saber qué"?

Mark y Roberto se miraron.

"Vámonos de aquí, ¿de acuerdo"? Dijo, Roberto.

¿"Y nuestras cosas"? Preguntó Mills.

"Mañana, hombre, mañana". Dijo Mark.

Salieron del pueblo de los fantasmas en dirección opuesta a la de sus víctimas. Para Mark, Roberto y Mills, no se trataba de si creías, sino de elegir creer. Para ellos, era mejor creer que no creer. Después de todo, ¿qué es la vida sin creer? ¿Si no una página vacía, una página en blanco, para aquellos que no creen? Ahora surge la pregunta: ¿qué fue lo que Roberto y Mark vieron brillar desde aquella colina? ¿Y tenían elección? No había depósito de agua ni techo de hojalata. Era un pueblecito olvidado en los brazos de la mismísima Madre Naturaleza. Entonces, ¿cómo es que Mark y Roberto se encontraron precitamente en ese lugar?

¿Es posible que en aquel día fue el espejito el que vino a la llamada y no al revés? ¿Fue un accidente o una coincidencia que en ese exacto tiempo, y espacio, se unieron muchas fuerzas? El sol, la rotación de la Tierra, y el local de ese espejito en esa pequeña estantería. ¿Y la ventana rota por la que pasó el reflejo del espejito? Solo para reflejarse en otra ventana, en otra casa, asta el lugar exacto de la colina en la que se encontraban. ¿Es demasiado exagerado pensar que los reflejos de un pasado olvidado quedaron atrapados de algún modo en el cristal? ¿Esperando el momento exacto, las condiciones perfectas para escapar? Después de todo, es la luz lo que refleja el cristal. Y es la luz la que viajará al espacio, solo para ser vista por aquellos que se encuentren en su camino. En este caso, dos chicos curiosos en una colina.

25. MÉDICO EN CASA

El Dr. Culpa, un hombre con pelo rojo de sesenta y siete años, Margaret y Paul, estaban sentados en la sala de conferencias del Departamento de Policía de Cloverdale.

"Me alegro de que haya decidido venir hasta aquí, gracias", le dijo Paul al doctor Culpa.

"Oh, no hay problema. Me retiré hace un par de años y, para serte sincero, me está volviendo loco. A mi edad, esto es una aventura". Dijo el Dr. Culpa.

Paul miró a Margaret. ¿"Dónde he oído eso antes"?

Margaret miró a Paul.

¿"Usted también está retirada"? Preguntó el Dr. Culpa a Margaret.

Margaret miró a Paul con esa expresión severa de maestra. "Gracias, Paul. Sabes, Paul, eso es como preguntarle a una dama su edad".

Paul la miró preguntando.

"Excepto que lo estás contando, no preguntando".
Añadió Margaret.

Paul miró al Dr. Culpa, señaló a Margaret y dijo.

"Fue mi profesora".

Margaret levantó los brazos. "Ya estás otra vez".

Paul y el Dr. Culpa se rieron.

Margaret continuó. "Bueno, ya se sabe. Soy vieja y
profesora retirada. Supongo que soy un libro abierto".

"Ella es......". Margaret interrumpió a Paul.

"Dejémoslo así, ¿de acuerdo"?

"No te preocupes, no más secretos". Dijo Paul. "Ella es
la que encontró a nuestro hombre."

El Dr. Culpa la miró asombrado y dijo: ¿"De verdad"?

Margaret le sonrió. "Una aventura. Como dijo usted".

Asintió con la cabeza. "Entiendo".

Hay un momento de silencio mientras se miran.

"Es tan hermoso aquí afuera". Dijo el Dr. Culpa.

"La última vez que estuve aquí, en esta zona, fue hace
unos cinco o seis años".

Paul enarcó las cejas, sorprendido de que hubiera
estado aquí. "Entonces, ¿has estado aquí"?

"Sí, dos veces, hace cinco años y hace quince años. La
primera vez paré en el Shop and Save de camino a casa,
y...". Hizo una pausa, preguntándose si debía contar la
historia. Margaret entornó los ojos preguntándose por qué
se había detenido. Paul se inclinó hacia delante, expectante.

¿"Qué pasa"? Preguntó Paul.

"Bueno, ¿alguno de ustedes recuerda ese robo en la
tienda, Shop And Save"?

Margaret y Paul se miraron.

"Yo sí", dijo Margaret.

"Creo que sí, pero a lo largo de los años he oído todo tipo de versiones. ¿Por qué lo pregunta"?

Diecisiete de abril, era sábado, dos, treinta y siete de la tarde. Estaba en la caja registradora cuando ocurrió".

Las bocas de Margaret y Paul se abrieron lentamente con incredulidad.

¡"Dios mío"! Dijo, Margaret.

¿"En realmente esa es la fecha cuando pasó"? Pregunto, Paul.

El Dr. Culpa sacudió lentamente la cabeza mientras procesaba aquel recuerdo.

"Sí, estaba comprando un sándwich de pechuga de pavo y salami en un panecillo francés". Se detuvo al hacérsele agua la boca al pensar en ese sándwich.

¿"Y qué pasó"? Preguntó Paul.

"Bueno, tuve un pepinillo con él, y." Se detuvo cuando Paul se inclinó hacia él pensando que podría haberse perdido algo. El doctor miró directamente a Margaret y añadió: "Y patatas fritas, claramente".

Margaret asintió con él y dijo. "Claramente, uno tiene que acompañar el sándwich, con papitas".

Paul frunció el ceño mientras los miraba. "El robo, quiero decir, ¿qué pasó en el robo"?

"Ah, sí, el robo. Bueno, sucedió prácticamente tal como dijeron en los periódicos. Dos tipos entraron y se acercaron al joven de la primera caja. Se llamaba Gary Whittaker".

Hizo una pausa para darles la oportunidad de preguntar, ¿recuerda el nombre del joven? Pero en lugar de eso, Paul negó con la cabeza lentamente y se inclinó hacia él, expectante.

Dr. Culpa continuó: "Los tipos sacaron pistolas y todos nos quedamos paralizados".

Se encogió de hombros e hizo una cara como diciendo: ¿Qué puedo decir?

Continuó: "Uno de los tipos fue a la parte de atrás, reunió a todos y los encerró en un almacenamiento en frío".

"Vaya, así que es verdad". Dijo Paul

¿"Qué quiere decir"? Preguntó el doctor.

"Bueno, estaba en séptimo grado cuando esto pasó y...".

Paul se detuvo al ver la mirada de Margaret.

"Lo siento", dijo Paul. "Continúe, no quería interrumpir".

"Oh, no, está bien. Después de unos minutos de que este tipo fuera de caja, a caja, regresó a mi lado y se interpuso entre el joven Gary y yo. El hombre miró hacia la parte trasera de la tienda y gritó: '¿Está todo bien ahí atrás'"?

El doctor levantó el dedo y se lo puso junto al borde exterior del ojo. "Con el rabillo del ojo, vi movimiento. Su jefe de policía dobló la esquina y disparó entre Gary y yo, hiriendo al ladrón en el pecho".

El Doctor hizo una pausa mientras pensaba en oír la bala impactando al hombre. Su respiración se hizo evidente. Margaret y Paul se inclinaron hacia él, deseando escuchar más.

El Doctor continuó: "Les digo que no importa cuántas veces lo vean en la televisión o en las películas, no se compara en nada con estar allí".

Hizo una pausa de un par de segundos.

"No tenía ni idea de lo fuerte que suena una pistola. Perdí la audición, al instante, mis oídos se apagaron. Y ver a alguien recibir un disparo a tan corta distancia. Cayó al instante; No hubo un salto hacia atrás por la fuerza de la bala ni nada parecido a lo que se ve en las películas. Cayó de golpe. Y entonces, el olor a pólvora. No tenía ni idea. En fin, en ese momento, todos los policías del pueblo entraron corriendo, y se acabó. El hombre de atrás se rindió enseguida, y se acabó el robo".

Paul negó con la cabeza lentamente y dijo: "Vaya, llevo años oyendo la historia, ¿y qué probabilidades hay de que venga usted aquí a contarla como testigo? ¿Qué probabilidades hay"?

El Doctor frunció el ceño y preguntó: ¿"Así que nadie te contó lo que pasó? ¿Aquí en la comisaría"?

"Bueno, para cuando tuve edad suficiente, nadie hablaba de eso, así que no".

Paul miró a Margaret y luego al doctor. "Raro, ¿verdad"?

Margaret hizo una cara e inclinó la cabeza como diciendo, supongo. Miró al Dr. Culpa.

"Olvídate de todo eso. Una pregunta en realmente más importante. ¿Te gustó el sándwich"?

Todos rieron. El Doctor señaló a Margaret. "Es graciosa".

Paul asintió. "Sí, es graciosa". Siguió asintiendo lentamente mientras asimilaba la historia.

Continuó Paul: "Bueno, tenemos mucho que hacer, pero gracias por la historia".

"Oh, un placer. En fin, las dos veces que vine aquí, paré en la tienda, Shop And Save, al entrar, y en la gasolinera, al salir, al norte del pueblo".

¿"En la Texaco"? Preguntó Margaret.

"Sí, en esa estación". Dijo y asintió hacia ella.

Paul decidió preguntar. ¿"Nos puede danos información de él"?

"Oh, claro, claro, bueno, cuando recibí su llamada, al instante me acordé de él". Dijo el Dr. Culpa. "Recuerdo el día que lo trajeron".

¿"En serio, después de quince años"? Paul preguntó.

"Sí, Roberto Tenna era uno de esos pacientes que cuesta olvidarlos. Dejan impresión".

¿"En qué sentido"?

"Y, un misterio, siempre ayuda a no olvidarse. Un misterio sin resolver". Dijo, el Dr. Culpa.

Paul y Margaret se miraron queriendo preguntar.

"Esa es otra razón por que lo recuerdo".

"Increíble", dijo Paul.

"Pues claro". Dijo Margaret y miró a Paul como diciendo, deberías haberlo sabido.

El Dr. Culpa observó su interacción. Paul sonrió y esperó a que continuara.

"Siempre me he preguntado qué le pasó. Era un tipo muy simpático, educado, muy inteligente, y..".

¿"Si me permite, quién lo encontró"? Lo interrumpió Paul. Margaret le lanzó una mirada.

"Oh, lo siento, no quería interrumpirlo."

"Está bien, no se preocupe" El Doctor puso sus manos en las rodillas mientras pensaba. Siguió."Fue encontrado a un lado de la autopista, mirando al infinito, insensible."

Paul y Margaret volvieron a mirarse.

"Estaba estacionado. Sin accidente. Solo estacionado en el lado de la carretera. Y claramente fue transportado al hospital. Sin ninguna lesión física. Y me llamaron para evaluarlo".

"Entonces, ¿estaba sentado en su coche"? Preguntó Paul.

El Dr. Culpa asintió y continuó. "Sí, ahí sentado.

Supongo que se quedó sin gasolina". Hizo una pausa y pensó que quedarse sin gasolina, probablemente fue el detonante que finalmente llevó a Roberto a caer de rodillas.

"Ese puede haber sido el evento final que lo puso sobre al borde del abismo. No se necesita mucho, una vez que llegan a un cierto punto".

Por fin, pensó Margaret, estoy obteniendo algunas respuestas a tantas de mis preguntas. ¿"Alguna idea de lo que pudo haber pasado en su vida para causar esto"?

El Dr. Culpa ladeó la cabeza y dijo. "No, la verdad es que no". Hizo una pausa de unos segundos. "Un par de días después de que lo trajeron, por fin pude hablar con él. Los dos primeros días se quedó sentado. Un día empezó a hablar. Pero en lo que respecta a su pasado, no pude obtener mucha información. Era como si no tuviera pasado". Paro de hablar y miró hacia abajo, pensativo. "Pero claro, todos tenemos un pasado. Simplemente, no estaba dispuesto a hablar de eso. Sin embargo, después de pasar unas horas con él, pude evaluar algo de su personalidad y como dije, muy agradable y muy inteligente."

¿"Qué quieres decir"? Preguntó Paul.

"Me di cuenta por su ingenio. Tenía lo que a mí me gusta llamar, humor tridimensional. No mucha gente lo tiene".

Paul miró a Margaret como preguntando, ¿qué es eso?

El Dr. Culpa prosiguió. "Durante un tiempo fue como si no le pasara nada".

Se detuvo al ver que fruncían el ceño.

"Honestamente, pensé que este hombre era normal".

"Lo que le pasó fue un evento aislado. Tal vez un micro episodio. Pero, de repente, se apagó, se volvió inalcanzable".

Suspiró. Apoyó las manos en las rodillas y se detuvo unos segundos.

Margaret miró sus reacciones y tuve que preguntar. "Esto realmente te molestó, ¿Verdad"?

"Sí, tengo que admitirlo." Hizo una pausa de unos segundos y continuó. "Una cosa es no poder ayudar a alguien, sabiendo que hiciste lo que pudiste, y otra no saber cómo, como con él. Es como si un paciente estuviera físicamente enfermo y se te muriera y no supieras por qué. No tuve la oportunidad de diagnosticarle, y mucho menos de ayudarle. Simplemente era inalcanzable. ¿No podía hablar? ¿No quería hablar? No estaba seguro".

Se dio la vuelta como avergonzado por no poder ayudarle. Margaret estuvo a punto de estirar la mano y tocarlo. El impulso de consolarlo, casi insoportable. Tanto, que la sorprendió, y se preguntó, ¿por qué? ¿Cómo puede ser? Aquí está, este perfecto extraño al que nunca he conocido, y aquí estoy sintiendo algo. No estoy segura qué, pero lo siento. Después de todos estos años, Dr. Culpa sigue intentando ayudar a este paciente que se cruzó brevemente en su camino hace tantos años. Y como él, aquí estoy yo en una misión de mi propia creación. Yo también soy implacable en mis esfuerzos por ayudar a este pobre hombre, no porque no pudiera, sino porque no ise el intento. Ahí está la diferencia. Él no pudo, yo ni siquiera me di cuenta. Vergüenza, cien por cien de innegable vergüenza inundó el cuerpo de Margaret. Tras unos segundos de silencio, el doctor prosiguió.

"Pensé que sería temporal. Pero, tras unos dos meses y varios intentos con distintos medicamentos, se hizo evidente que iba para largo plazo."

Dr. Culpa miró a Margaret y a Paul con una expresión

como diciendo: ¿Qué puedo decir? Paul se sintió cautivado por la historia y la claridad de la memoria de este hombre. Eran eventos de hacía mucho tiempo y él hablaba de ellos como si hubieran ocurrido hacía unos días.

Margaret observó a Paul mientras él miraba al doctor con intensidad y se preguntó, ¿en qué estará pensando? Como si olvidara que tenía el informe en la mano, Paul bajó la vista y sus ojos fueron en busca de su siguiente pregunta.

¿"Aquí dice que desapareció"?

"Sí, sí, es una instalación de mínima seguridad. Así que no es difícil salir".

Paul volvió a mirar su informe.

"Ah, ¿puedo preguntar"? Dijo el Dr. Culpa.

"Sí, por favor."

¿"Cometió algún delito"?

"No, no, en realidad, parece que se comporta bien a excepción de un par de cosas".

Dr. Culpa esperó más información. Margaret intervino.

"Estamos tratando de conseguirle ayuda. De hecho, se comporta tan bien que pensamos, que quizás podamos hacer una diferencia."

"Es muy amable de su parte". Dijo Dr. Culpa.

"Bueno, hacemos lo que podemos", dijo Paul y deseó no haberlo dicho. Margaret luchó contra el impulso de mirar a Paul, mientras pensaba en la noche en que la dejó sola en el teatro con Roberto.

La curiosidad del doctor Culpa lo impresionó. "Si me permite una pregunta"?

"Claro que sí." Dijo Margaret.

¿"Cuánto tiempo lleva Roberto aquí"?

Margaret miró a Paul como diciéndole: tú te encargas de

esta. Paul miró el informe en busca de una salida.

¡"Quince años"!, dijo Margaret en voz muy alta y miró a su alrededor como si dijera: ¿Pueden creerlo? "Sí, nos llevó un tiempo".

Dr. Culpa se echó a reír. Sus ojos iban de un lado a otro y se posaron en Paul. "Es graciosa, tienes suerte de haber sido su alumno".

Margaret miró a Paul. "Escucha a este hombre. Sabe de lo que habla". Se rieron.

"Oh, lo estoy, lo estoy", dijo Paul.

"Sí, claro, como todos mis alumnos". Dijo Margaret. El doctor y Margaret volvieron a reírse.

Paul frunció el ceño y preguntó. ¿"Seguro que no se conocen"?

El Doctor siguió riendo y negó con la cabeza: "No. ¿Te conozco Margaret"?

"No." Dijo riendo.

"Vale", dijo Paul y miró su informe. "Me pregunto cómo recuperó su coche. Aquí dice que fue confiscado".

El doctor se inclinó hacia delante. ¿"Su coche? ¿Cómo sabe que recuperó su coche"?

Llaman a la puerta. Paul ignoró la llamada y no podía creer el nivel de curiosidad de este hombre, y su necesidad de saber.

Paul miró su reloj. "Es una lástima, tengo que irme". Miró a Margaret como si preguntándole.

¿"Qué"?

¿"Puedes"? Se detuvo y señaló la dirección en la que había encontrado a Roberto. Dr. Culpa observó la interacción con interés.

Margaret se dio cuenta y dijo. "Oh, claro, lo llevaré allí".

Ella miró al Dr. Culpa, él la miró cuestionando.

¿"Una aventura"? Dijo Margaret. ¿"Espero que tenga interés"?

"Cuenta conmigo". Doctor Culpa dijo sin vacilar.

Paul se sintió bien por su encuentro y se sintió aún mejor por tener a alguien para Margaret en sus aventuras.

Paul sonrió y dijo: "Bien".

Se dio la vuelta para salir y se detuvo. Los miró y dijo. "Ahora, tengan cuidado".

Margaret levantó las cejas, abrió mucho los ojos como diciendo, ¿quiénes, nosotros? Y dijo. "Oh, lo haremos".

Paul miró a doctor Culpa: "Espero que no tenga el síndrome del oído mudo cuando se trata de tener cuidado. Como ya sabes quién". Señaló a Margaret con la cabeza.

"Oh, me temo que es una condición de persona mayor". Dijo Dr. Culpa. Se rieron.

26. DE LOS HARAPOS A RECUERDOS
Distancia de Espacio

Un Roberto mucho más joven estaba de pie en la parte trasera de su camión Chevy de mil novecientos cincuenta y dos en el vertedero local. Tiró una cómoda y las últimas cajas. Saltó y cayó sobre un libro. Miró hacia abajo y pensó que podría ser algo interesante y lo recogió.

¿"Qué demonios es esto"?

Limpió la cubierta y vio grabado mil novecientos setenta y dos. Lo abrió y vio una foto en blanco y negro de un pequeño pueblo con un hombre de pie en la acera. Sintió que la paz se apoderaba de todo su cuerpo. Era como si la foto le hablaba. Más bien le susurraba. Luego vino la calidez, la sensación de bienvenida que se tiene al ver a parientes o amigos a los que no se ha visto en muchos años. El pie de foto decía: Main Street, Cloverdale California. Una enorme sonrisa se dibujó en él, cuando hizo zoom y se encontró en lo que pensó que era un sueño. Allí estaba, en medio de aquella foto en blanco y negro, sonriendo. Cuestionó todo lo que vio y aceptó todo lo que no vio. Inseguro de lo que estaba pasando, hizo un barrido panorámico y no podía creer lo que estaba viendo, mientras la vista panorámica en blanco y negro comenzaba su metamorfosis. El gris de los árboles se desvaneció en verde, los coches, uno a uno, se transformaron en colores que solo él podía imaginar. La imagen, antes silenciosa, se volvió demasiado real, mientras el sonido de una suave brisa le traía olores desconocidos que no podía entender. Y, por si eso no fuera suficientemente perfecto, un pájaro pasó volando dando paso al sonido de espectro completo. Era como si el pájaro fuera el director de orquesta de los sonidos de la naturaleza. Desde el centro de su cerebro debía de ser, pero ¿cómo, y si no, desde dónde?

"Buenos días. ¿Cómo está usted"?

Roberto se volvió para ver a un hombre que sonreía al pasar junto a él y respondió rápidamente.

"Estoy bien, gracias. ¿Y usted"?

"Estoy bien, gracias". Dijo el hombre mientras giraba, le sonreía y seguía su camino.

Con total incredulidad, Roberto observó cómo el hombre caminaba hacia un horizonte gris cuando consumido por sus ojos, se tornó de un azul perfecto.

"No lo entiendo", dijo Roberto a nadie de los presentes. Miró hacia arriba y vio el azul más intenso que jamás había visto. Se preguntó cómo podía ser.

Un camión de la basura se detuvo junto a él. Un hombre de unos treinta años, llamado Jim, saltó de la parte trasera del camión y vio a Roberto mirando hacia arriba. Se acercó a él y también miró hacia arriba, pero no vio nada.

¿"Qué es lo que mira"?

"El cielo, el hermoso cielo azul".

"Lo es, ¿verdad"? Dijo el hombre y miró a Roberto: "Belleza y todo aparte. ¿Ha terminado aquí"?

Roberto siguió mirando hacia arriba.

Volvió a preguntar Jim, ¿"ha terminado aquí? Hola, ¡hola! ¿Ha terminado? Señor".

Jim puso la mano en el hombro de Roberto y lo hizo salir de su sueño y volver al vertedero. Miró al hombre que estaba a su lado.

"Oye, ¿amigo? ¿Estás bien"? Preguntó Jim.

Roberto entrecerró los ojos como si intentara concentrarse, y trató de averiguar cómo aquel hombre había acabado a su lado.

¿"Está bien"? Preguntó un hombre en la excavadora.

"Sí, creo que si. Está bien". Dijo Jim.

Roberto intentó suavizar las cosas y dijo, "Oh, sí, estoy bien, estoy bien."

Jim miró el anuario, y le pregunto. "Déjame ver. Bonito pueblecito".

Pasó la página y vio un viñedo y colinas onduladas.

"Qué suerte tienes. Ojalá hubiera crecido aquí, quiero decir allí". Señaló la foto.

Roberto vaciló, sin saber qué decir.

¿"Qué haces aquí"? Preguntó Jim sin creer que alguien se moviera de un lugar así.

"Solo me deshago de algunas cosas", dijo Roberto, sin pensarlo.

"No, quiero decir aquí, aquí". Hizo un gesto como para incluir a todo el sur de California. "En este basurero".

Jim se detuvo y pensó como decir lo que quería decir.

"Quiero decir, ¿por qué no estás viviendo allí?" Señaló la foto.

Roberto frunció el ceño y dijo. "En realidad, acabo de encontrar esto".

Roberto miró la portada y luego la contraportada, como para demostrarle que no la había visto nunca.

"Ah, no te creo. Quítese de aquí. No le creo".

"Lo digo en serio."

"En mil años no le creo, señor, nunca", dijo Jim mientras sacudía la cabeza.

El hombre de la excavadora no podía creer lo que estaba pasando y gritó. ¡"Eh, eh, ustedes, los dos, eh"!

Jim y Roberto lo miraron.

¿"No quiero interrumpir vuestra reunión ni nada, pero se quieren quitarse de mi camino? Los dos".

Se levantó y se puso las manos en la cintura. ¿"Qué demonios? Jesucristo, Jim, ¿te mandé para deshacerte de este tipo y te quedas atrapado allí con él"?

"Vale, vale ya". Dijo Jim "Toma un descanso".

¿"Qué es eso, una revista Penthouse"? Dijo el hombre en la excavada.

Jim le lanzó una mirada furiosa. "Penthouse, tu madre, estamos viendo su anuario. Cabeza de perro".

Respondió el hombre gritando. "¡Quítate de mi camino! ¡Vamos, qué fregados"!

Jim se desentendió de él y dirigió su atención a Roberto. "Vaya, qué imbécil, ese pendejo. Pero tenemos que irnos, así que regresa a ese pueblito". Señaló la camioneta de Roberto.

"Tómatelo con calma, compañero. Y mándame una postal, ¿quieres"? Se fue.

Roberto miró la foto con los viñedos y las colinas ondulantes. Sonrió, cerró el anuario y subió a su camioneta. Colocó el anuario en el asiento de al lado y arrancó. Miró por el retrovisor y vio la cómoda, algunas cajas, ropa de mujer y un álbum de fotos que acababa de tirar. Allí estaban, tirados entre la basura. Su sonrisa se desvaneció al ver la distancia que había entre él y los objetos que había tirado.

Una distancia que crecería independiente de su estado de mente. Porque esta era una distancia de espacio. Estuvo a punto de pisar el freno, pero luchó. Se preguntó, qué es eso con los humanos y muestras cosas. ¿Cómo es que las cosas pueden ser importantes un día y basura al siguiente? Margaret y Dr. Culpa, estaban fuera de la choza donde Margaret había encontrado a Roberto. Miraron a través de la abertura, y oyeron a Roberto ablando solo.

"Pero tenemos que irnos, así que regresa a ese pueblito. Tómatelo con calma, compañero. Y mándame una postal, ¿quieres"?

Roberto de pie, contra la esquina más alejada del cuarto. Sintió que algo no iba bien y dejó de hablar. Margaret y el doctor esperaron. Roberto se deslizó lentamente por la pared hasta ponerse en cuclillas. Doctor Culpa y Margaret retrocedieron en silencio. Se abrieron paso entre los arbustos y llegaron al sendero. Se detuvieron para recuperar el aliento.

"No se parece en nada al hombre que traté. ¿Está segura de que es el mismo hombre"? Preguntó Dr. Culpa.

"Por lo que sabemos, es el mismo".

¿"Cómo podemos estar seguros"?

"Paul tomó una huella de un termo en el que le di comida a Roberto y resulto fue positivo para Roberto. La persona de su informe y este tipo son la misma persona".

Doctor Culpa apartó la mirada, sacudió lentamente la cabeza y se frotó la cara como si tuviera barba. Margaret lo observó.

"Eso es increíble". Dijo Dr. Culpa.

"Sí, quiero decir, solo conozco a este hombre, así que, para mí...." Se detuvo Margaret sabiendo que no era necesaria ninguna explicación.

Dr. Culpa asintió y preguntó. ¿"Así que Paul levantó una huella"?

"Sí."

¿"De quién fue la idea"?

"De Paul, seguro que no fue mía".

"Un chico muy listo. Debes estar orgullosa Margaret".

¿"De qué"?

"De haber sido su maestra. Piénsalo. Le diste a la sociedad no solo una buena persona, sino un policía".

A Margaret le encantó lo que oyó y esperó más.

Doctor Culpa pensó en las implicaciones de sus palabras y continuó.

"A menudo, si no la mayoría de las veces, como profesores, tenemos más influencia sobre ellos que sus padres".

Margaret sonrió y dijo. "Bueno, si estoy orgullosa de él".

¿"Y de ti"? Pregunto el doctor.

¿"Qué quieres decir"? Preguntó Margaret.

"No solo deberías estar orgullosa de él, sino también de ti misma".

Se quedó pensativa unos segundos, pero dijo nada.

"Piénsalo, es un gran logro. Sella lo que sella".

Ella hizo una mueca como diciendo, bueno, no sé nada de eso, pero en realidad no lo dijo y se sintió un poco avergonzada.

Él la vio dudar y le dijo. "Vamos, nos merecemos

380

reconocer nuestros logros. Dar una vuelta triunfal de vez en cuando. Es bueno para nosotros, Margaret".

"Supongo; ya sabes de vez en cuando. Sabes que todavía me llama Sra. Himes, que es lindo".

"Eres una mujer modesta, Margaret."

"No lo sé". Margaret hizo una pausa de un par de segundos. "Me cuesta dar esa vuelta. No sé por qué".

Él mantuvo sus ojos en los de ella y sonrió. Asintió y dijo. "Eso es exactamente lo que quiero decir, Sra. Himes".

Se rieron. Ella le señaló.

"Lo que nos lleva de vuelta a este pobre hombre. Cómo llegó aquí, y cómo sabe mi nombre".

"Sí, eso es un misterio en sí mismo. Debe haberlo oído o visto en alguna parte. ¿Una foto en un periódico quizás?"

"Probablemente tengas razón". Dijo Margaret totalmente de acuerdo. Pensó en cómo no estaba de acuerdo con Paul cuando le sugirió lo mismo.

Dr. Culpa continuó. "Posiblemente, incluso te haya conocido. Nuestro subconsciente es poderoso. Ojalá tuviéramos memoria total. Es probable que ustedes se hayan cruzado en algún punto o otro. Incluso usted y yo podríamos habernos cruzado también. Pero no podemos recordar. El día que compre gasolina en la gasolinera Texaco hace quince años, es posible que tú pasaste en coche por allí o que él pasó andando. ¿Quién puede decirlo"?

Margaret volvió a asentir. "Sí, existe esa posibilidad".

"El día que dijo tu nombre, lo más probable es que no tuviera ni idea de que realmente estabas allí, o no, según la perspectiva. Sin embargo, te reconoció. En su episodio psicótico, todo es real y todo no lo es. Y como ya sabes, le falta la capacidad de distinguir la realidad de las alucinaciones".

"Debe de ser terrible", dijo Margaret y apartó la mirada pensativa.

"Nuestro subconsciente es poderoso, Margaret. Incluso a esta distancia, podría muy bien ser consciente de nosotros, ahora mismo".

Margaret se volvió lentamente hacia él. ¿"Tú crees"?

Ladeó la cabeza y dijo. "En realidad no, solo estoy tratando de impresionarte".

¡"Dios mío"! Ella le dio un golpecito en el hombro. Se rieron.

Un par de horas más tarde, Margaret, Dr. Culpa y Paul estaban sentados en la mesa de conferencias del departamento de policía.

"Entonces, ¿estás cien por cien seguro de que es el mismo hombre?" Preguntó Dr. Culpa.

Paul asintió y dijo. "Sí, el sistema lo emparejó con el dueño del coche que se encontró hace quince años. No muy lejos de donde está ahora".

El Doctor sonrió, miró a Margaret y luego a Paul, pero no dijo nada. Paul miró al Doctor y luego a Margaret. La sonrisa del Doctor se hizo más grande mientras empezaba a asentir y dijo.

"Así es como sabes que recuperó su coche."

Paul sonrió, "Me has descubierto".

Paul le señaló y miró a Margaret. "Muy listo Doctor Culpa. Debería haber sido policía"

Todos rieron y luego se puso silencio. Doctor Culpa golpeó la mesa con el dedo índice. Margaret frunció el ceño mientras lo observaba y luego miró a Paul.

¿"Dónde he visto eso"? Señaló el dedo del Doctor con la cabeza.

Dr. Culpa dejó de tocar y la miró. Paul la ignoró.

¿"Ver qué"? Preguntó Dr. Culpa.

Margaret señaló su dedo aun sobre la mesa. "Eso".

¿"Mi golpeteo"?

"Sí". Dijo, Margaret, mientras levantaba las cejas y miraba a Paul.

El Dr. Culpa miró a Paul: ¿"También hace esto"?

¡"Sí"! Ella se inclinó hacia él para enfatizar su sí.

"Debe de ser algún tipo de riesgo laboral". Dijo Dr. Culpa y miró a Paul en busca de acuerdo.

"Estoy totalmente de acuerdo".

Todos se rieron. La seriedad del momento se hizo presente. Todos hacen una pausa de unos segundos.

"Hm, ¿qué hacer, qué hacer?" Dijo Dr. Culpa.

Paul esperó a que tomaran la iniciativa, pero se dio cuenta de que eso no iba a ocurrir. "Entonces, ¿cuál es el mejor enfoque para esto? ¿Cómo procedemos?"

"Podría recetarle nuevos medicamentos, que podrían ayudarle. Pero debería evaluarle antes de hacerlo".

¿"Por qué no podemos darle un poco de medicación en su comida"? Preguntó Paul.

Dr. Culpa suspiró y dijo. "Eso es lo que Margaret sugirió. Pero esto no es la manera de Doctor, como quien dice."

"Pero, Roberto, no tiene manera de humano, así que...".

¡"Paul"! Margaret lo miró.

"Pues sí. Antes de que empezaras a alimentarlo, solía comer de la basura como si fuera un buffet. No es que no lo sea. No es que el tipo se muera de hambre, por si no te has dado cuenta".

¿"A dónde va esto, Paul"? Se sintió avergonzada por él.

Paul se levantó y de repente se convirtió en cómico. "Te digo adónde va al postre, al estilo basura. Le das de comer el entrante y él rebusca en la basura para el postre.

Te lo estoy diciendo. Es el postre para este tipo. No lo ha matado".

Dr. Culpa pensó que Paul podía tener razón. Los microorganismos de la basura podrían estar fortaleciendo a Roberto, aumentando su inmunidad.

"Puede que tengas razón". Lo pensó de nuevo y añadió. "Bueno, esto va en contra de mi buen juicio, pero".

Abrió su maletín médico y sacó varios frascos de pastillas. Paul y Margaret lo miraron y luego intercambiaron miradas.

Dr. Culpa devolvió la mirada y dijo: "Soy voluntario en mi tiempo libre". Miró a Margaret. "Cinco días a la semana. Soy un tipo aventurero. ¿Qué puedo decir"?

Margaret se rió y dijo. "Eso que ni que".

"Sugiero que lo sedemos, y podemos traerlo de vuelta a....".

"A mi casa", dijo Margaret.

"Y en ese momento, puedo examinarlo, y, lo tomaremos desde allí".

"Bien, tenemos un plan". Dijo Paul y reconoció la buena química que había entre ellos, y se sintió bien de que esos dos estuvieran juntos.

27. ES LO QUE HACEMOS

La siguiente mañana, Roberto durmió en el suelo de su choza. Estaba envuelto en varias mantas que Margaret le había dejado durante las semanas anteriores. El sonido de algo golpeando a otro algo; vino a él en lo que pensó que era un sueño. Dentro de la normalidad de su sueño, analizó el sonido y concluyó que se trataba del sonido de dos objetos chocando, nada más. Pero, ¿por qué? Esa era la pregunta que lo intrigaba, lo que lo llevó a seguir analizando el sonido. Ahí estaba otra vez, esta vez reverberando a cámara lenta solo para mí, pensó y se preguntó. ¿Qué clase de objetos son esos que chocan? Abrió los ojos justo a tiempo para ver cómo una gota de agua salpicaba desde el suelo hasta su cara. ¿Qué probabilidades hay, se preguntó, y añadió, por qué no?

385

A lo largo de los años había encontrado el único lugar que no goteaba, hasta ese mismo momento. Para Roberto, eso era lo normal. Con el tiempo aprendió a aceptar las cosas, por lo que eran, y no por lo que deseaba que fueran. Que los recelos eran solo eso, recelos sin intención para los vivos. Era una cuestión de oportunidad en un mundo de probabilidades y nada más. Durante los primeros meses que estuvo sin casa, la paranoia estaba en todas partes. El mundo iba a por él, era su única conclusión, a pesar de todas las buenas intensiones de la gente, los animales, incluso la madre naturaleza, ella misma iba por él. Pero ahora, su delirante autoimportancia había cedido ante los contratiempos que seguirían a pesar de todo del camino hacia su limitada existencia. Cerró los ojos y se quedó acostado sobre el piso unos minutos más. Oyó claramente el sonido del agua estirándose y se preguntó, ¿cómo es posible? Ahí está, estirándose aún más. ¿Por qué no? El agua es elástica, ¿verdad? Abrió los ojos a tiempo para ver cómo se estiraba aún más y soltarse cuando la gravedad la arrancó de su agarre del cielo. Sus ojos la siguieron. No había forma que la gota no tomara mientras viajaba por el aire, como si no supiera cómo terminaría su caída. El sonido de su respiración alejándose de él en el aire frío de la mañana es lo que vino después.

Siguiendo fue el sonido de los pájaros piando como si tuvieran algo que decir. Le siguió el sonido de la autopista, pero para él, fue el sonido del océano el que eligió aceptar. Se sentó lentamente, miró a su alrededor y se dio cuenta de la rigidez de su ser externo. El sonido de alguien que le decía que se levantara lo hizo preguntarse a quién oía. Durante los dos últimos años, esta voz guía se había presentado. Al principio, se preguntaba de quién era la voz, pero ahora era alguien con quien hablar y nada más. Se levantó, cogió una manta, se envolvió con ella y salió. Dobló la esquina, pasó bajo un árbol entre varios arbustos y llegó a un pequeño claro. Miró hacia el lugar donde Margaret solía dejar el termo y allí estaba, apoyado contra un árbol. Margaret y Dr. Culpa estaban sentados en su furgoneta, bebiendo café y conversando como adolescentes. Los ojos del doctor se deleitaron con el salpicadero de la preciosa furgoneta. Estiró la mano y palpó el cromo y Perillas de radio.

"Esta furgoneta es maravillosa. ¿Cuánto hace que la tienes"?

Margaret también miró su salpicadero y dijo: "Gracias, me encanta. Esto solía ser de mi hermana Bárbara. Se casó con un tipo de Wall Street, y él no pudo soportarlo. Le daba vergüenza".

¿"Hablas en serio"?

"Oh, sí, era él o la furgoneta, uno de los dos tenía que irse. Eso fue hace casi treinta años. Estuvieron casados catorce meses".

"Aún todavía tengo mi furgoneta". Margaret se rió.

La miró con incredulidad y dijo. "La gente de hoy en día no sé qué les pasa. ¿Sabes lo que quiero decir"?

"Oh, lo sé. Créeme".

Él añadió. "Quiero decir, ¿quién podría pensar algo negativo sobre uno de los vehículos mejor diseñados de la historia? No hay nada mejor que esto".

"Oh, sí, lo sé".

¿"Y qué conduce tu hermana ahora"?

"Otra furgoneta Volkswagen. Igual que esta. No se atrevió preguntarme si podía recuperar esta. No hace falta decir que no se lo ofrecí".

"Bien por ti. Yo tampoco lo habría hecho".

"Bueno, ya sabes que durante un tiempo fue la Sra. Hot-Shot. Conduciendo por ahí en su BMW". Margaret dijo y movió su cuerpo como diciendo mírame.

"Hasta que lo encontró con el chico de en seguida".

Los ojos del Dr. Culpa se agrandaron y preguntó.

¿"Eso es cierto"?

"Sí, intenté decírselo a mi hermana. Un hombre al que no le gusta una furgoneta Volkswagen no es un hombre por lo que a mí respecta. Entonces le dije: Yo que tú escondería mi ropa interior".

Dr. Culpa la miró interrogante, pero decidió no preguntar.

"No me gusta compartir mi ropa interior, al menos no con un hombre. Pero, por lo que he oído, hay muchos hombres a los que les encanta usar ropa interior femenina. Eso no funciona para mí. ¿No sé si funciona para usted"?

"Oh, no, no, no. Prefiero la mía". Se rieron. Él sacudió la cabeza mientras procesaba ese pensamiento y añadió. "Eres demasiado Margaret".

"Bueno, lo digo como lo veo".

"Eso que ni que".

Hay una pausa en la conversación.

"Espero que tenga hambre esta mañana". Dijo Dr. Culpa después de tomar un sorbo de café.

Ella lo miró como diciendo, ¿me tomas el pelo?

¿"Hambriento? Créeme. Este chico siempre tiene hambre".

Mientras sentados en la furgoneta hablando, Roberto terminó la primera tapa de sopa. Rellenó la tapa y empezó con la segunda. Paul y dos hombres se acercaron a la furgoneta que iba en dirección contraria. Paul baja la ventanilla. Margaret baja también la suya.

¿"Cómo va todo"? Preguntó Paul

"Creo que estamos listos para bajar". Dijo Margaret, y miró a Dr. Culpa para ver qué pensaba.

"Sí, debería estar listo". Dijo Dr. Culpa.

"Vale", dijo Paul, "aparcaré".

Arrancó y giró en U. Margaret y Dr. Culpa salieron y miraron a su alrededor mientras Paul aparcaba. Paul y los dos hombres salieron. Abrieron la puerta trasera del todoterreno y sacaron una camilla de rescate de montaña y un par de bolsas de lona. Se acercaron a Margaret y al doctor.

"Entonces, ¿cuál es el plan"? Preguntó Paul al Dr. Culpa.

"Nosotros bajaremos primero", dijo el doctor, "y pueden seguirnos unos metros por detrás, y".

"Me parece bien". Dijo Paul, ansioso por ponerse en marcha y no se dio cuenta de que había interrumpido al doctor.

Margaret y el doctor Culpa se miraron. Margaret hizo una cara como diciendo, bueno, perdóname. Ella miró a Paul, "Pues mira, a Juanito, al instante por aquí".

Dr. Culpa se rio y dijo: "Juanito al instante, no había oído eso en mucho tiempo Margaret". Le puso la mano en el hombro mientras ella intentaba contener la risa. Miró a Paul. "Juanito al instante. Eso es bueno Paul".

"Supongo". Dijo Paul, mientras los miraba preguntando. "Entonces, ¿qué le echaron al café"? Pregunto Paul.

Margaret se tapó la boca con la mano y le susurró al Dr. Culpa. "Policía por aquí, ten cuidado". Miró a Paul. ¡"Café! Nada más que el buen Juan Valdez en persona".

El Dr. Culpa volvió a reír.

"Somos madrugadores, Paul". Añadió Margaret. "Es un subidón natural, ¿qué puedo decir?"

Los dos hombres que acompañaban a Paul se echaron a reír.

Paul señaló a uno de los hombres.

"Este es Tim Harris, bombero voluntario, y este es Tom Johnson, también bombero voluntario".

Se dieron la mano e intercambiaron cumplidos.

"Bueno, ¿están listo"? Preguntó Dr. Culpa.

"Absolutamente". Dijo Paul.

Empezaron a bajar por el sendero. Unos setenta metros después, el Doctor y Margaret se detuvieron. "Ahí está". Dijo Dr. Culpa.

"Oh, Dios mío." Dijo, Margaret. ¿"Está desmayado"?

"Estoy bastante seguro de que sí. No se mueve y puedo ver que está respirando profundamente".

Roberto se tumbó de espaldas cerca del borde del claro con el termo a su lado. Dr. Culpa miró a Paul y a los chicos y les hizo señas para que se acercaran. Se acercaron a ellos.

"Mira no más." Dijo Paul. "Está totalmente noqueado, ¿verdad"?

"Eso es seguro". Dijo Dr. Culpa.

Tim y Tom miraron a Roberto con gran interés.

¿"Cuánto tiempo tenemos"? Preguntó Tom.

El doctor siguió mirando a Roberto y dijo: "Varía, pero teniendo en cuenta su peso", miró a Tom, "yo digo que al menos un par de horas".

Se acercaron a Roberto. Margaret cogió el termo y lo puso boca abajo. "Supongo que tenía hambre".

¿"Así que se lo comió todo"? Preguntó el Dr. Culpa.

"No queda ni una gota".

"Bien, eso significa que tenemos mucho tiempo".

Margaret miró a Roberto y se perdió en sus

pensamientos. ¿"Cómo llega una persona a esto"? Le preguntó al Dr. Culpa.

"Bueno, te sorprenderías, Margaret. En una sociedad como la nuestra, bueno, la mayoría de nosotros estamos más o menos a un accidente o incidente de," el doctor paro de hablar por un segundo. Señaló a Roberto y continuó. "De esto".

"Me temo que vivimos en una sociedad que", paró y giró a Margaret. "Que es por decirlo suavemente, implacable y primitiva, independientemente de lo que oigamos. La historia no será amable con nosotros. Eso te lo puedo garantizar".

"Eso da bastante miedo". Dijo Margaret.

"Sí, absoluta, la realidad tiene tendencia a ser justamente eso".

Hizo una pausa y pensó en la verdad de su comentario. Sentó su maletín médico junto a Roberto y se arrodilló a su lado. Lo miró de pies a cabeza y se hizo las mismas preguntas que habían invadido a Margaret.

¿De quién es este niño? ¿Cómo le ha ocurrido esto exactamente? ¿Dónde están las personas de su vida? Su madre, su padre. Otras preguntas se agolparon en su cabeza y se oyó a sí mismo decir.

"Madre mía". Firmó y dijo. "Sabes que una cosa es verlos en las instalaciones, todos duchados y con ropa limpia. Pero verlos en su hábitat natural, más o menos, es algo totalmente distinto". Sacudió la cabeza y continuó.

"Quiero decir, he visto esto antes, pero de alguna manera, esto se siente diferente para mí".

Una lágrima es lo que sintió Margaret.

Dr. Culpa le tomó el pulso a Roberto. "Tiene un pulso bueno y fuerte". Abrió su caja médica y sacó su portapapeles.

¿"Cómo puedo ayudar"? Preguntó Margaret.

Le entregó el portapapeles y un bolígrafo. "Mira Margaret". Señaló un punto en el papel. "Si quieres, puedes escribirnos los resultados de muestra examinación".

"Absolutamente." Respondió Margaret.

Tom sentó su maletín médico junto a Roberto, lo abrió y se arrodilló para ayudar al Doctor. Sacó su esfigmomanómetro (aparato para medir la tensión arterial) y miró al doctor:

¿"Me permite"?

"Seguramente".

"No tienen mucha acción por aquí". Dijo Paul.

Dr. Culpa asintió: "Entiendo".

Dr. Culpa levantó las manos de Roberto y buscó entre sus dedos marcas de agujas y no vio ninguna. Le subió las mangas más allá de los codos y no vio ninguna, "vaya, esto es extraordinario".

"Uno veinte sobre sesenta". Dijo Tom.

"De acuerdo". Dijo Margaret, y lo anotó.

"Está sano". Dijo el doctor. "No hay signos de consumo de drogas."

"Te lo dije, la basura es su droga preferida y el postre", dijo Paul. Margaret le lanzó una mirada.

"Y todo el caminar". Dijo Dr. Culpa.

Todos le miraron preguntando.

Les explicó: "Ah, sí, por sorprendente que parezca, muchos hombres sin hogar tienen signos vitales fuertes debido a que caminan tanto. ¿Cuántas millas dirías que hay hasta pueblo"?

"Unas tres millas, quizá más". Respondió Paul.

¿"Ves lo que quiero decir? Si camina hasta la ciudad una vez al día, y vuelve, está caminando seis millas al día y puedo asegurarte que camina mucho más que eso". Hizo una pausa y añadió. "Claro que su salud mental es otra historia".

Tom sacó una pequeña linterna. Abrió uno de los ojos de Roberto y lo iluminó con la luz. Tom y el doctor le miraron el ojo y vieron la constricción de la pupila. Se miran el uno al otro.

"Bueno para transportar". Dijo el doctor.

Tom y Dr. Culpa empezaron a colocar otra vez sus dispositivos en sus maletines en una sincronía casi perfecta. Los dos cerraron sus maletines al mismo tiempo. Tom se puso en pie y bajó la mano para ayudarle. El doctor le agarró la mano y se puso en pie. Era como si lo hubieran hecho mil veces. Margaret y Paul miraban asombrados.

¿"Qué"? Preguntó Dr. Culpa.

"Oh, nada." Dijo, Margaret.

Paul señala hacia donde estaban arrodillados y dijo: "Ustedes hicieron todo sincronizadamente. Quiero decir...." El doctor lo interrumpió.

"Es lo que hacemos". Miró a Tom y le dio una palmada en el hombro.

"Es lo que hacemos". Dijo Tom.

Todos se rieron.

Tim tenía la camilla preparada. Las correas bien extendidas, el casco para Roberto en sus manos.

"Y míralo". Dijo Margaret, mientras señalaba a Tim. Todos lo miraron.

"Es lo que hacemos". Dijo Tim como, diciendo, claramente.

Margaret sonrió y dijo. "Algo debe estar muy bien o muy mal, no estoy segura de cuál".

¿"Por qué"? Preguntó el Dr. Culpa mientras todos esperaban oírlo.

"Es lo que hago, o es lo que hacemos. ¿Sabes cuántas veces he oído esa frase en toda mi vida?".

Todos esperaron.

"Cuatro, cinco, digamos seis veces". Arrugó la frente. ¿"Pero últimamente"? Miró a Paul, que hizo una mueca preguntando. Ella miró a su alrededor. "Ahora mismo, tres veces". Señaló a Paul. "Cuatro, lo dijiste justo el otro día".

Dr. Culpa se volvió hacia ella y le dijo: "Para responder a su pregunta", se inclinó hacia ella, "algo va realmente bien".

Los miró a todos. "Nosotros", hizo un círculo para abarcarlos a todos, "tenemos una causa común". Señaló a Roberto. "Y ahí está".

Todos sonrieron, Margaret volvió a ponerse un poco llorosa y dijo: "Tienes razón. Algo está realmente bien".

Tom y Tim movieron la camilla junto a Roberto. Lo colocaron en ella, le pusieron el casco, lo ataron y ya estaban listos para partir.

"Como una máquina". Dijo Dr. Culpa.

"Impresionante". Dijo, Margaret.

"Es lo que...." Paul se detuvo. Todos se rieron. Tom y Tim levantaron la camilla y empezaron a subir por el sendero.

"Lo que hacemos", dijo Paul en voz baja. Agarró el maletín médico de Tom y corrió a caminar junto a la camilla. "Avísenme si necesitan ayuda".

Tom lo miró y dijo. "No me hagas decirlo".

Unos metros después, Paul miró a Margaret y le dijo. ¿"Me das las llaves para abrir tu precioso, furgoneta"?

Margaret le tiró las llaves, Paul las cogió y se marchó. Unos minutos después llegaron a la furgoneta. Paul se paró junto a la puerta lateral abierta de la furgoneta. Entró arrastrándose sobre manos y rodillas. Tom le pasó un extremo de la camilla. Lo colocaron con la cabeza hacia la parte delantera de la furgoneta. Paul se bajó.

"Que bien". Dijo Dr. Culpa puso la rodilla sobre la furgoneta y subió.

Tom también subió; Tim cerró la puerta lateral. Tim agarró la manilla y tiró de ella para asegurarse de que estaba bien cerrada y dijo: "Todo listo".

Paul puso su mano en el hombro de Tim, "gracias".

"No hay problema", dijo Tim. Recogió algunas cosas y se dirigió al coche.

Margaret no podía creer lo que estaba ocurriendo. Se volvió hacia Paul. "Gracias, Paul, muchas gracias".

"De nada". Vio la expresión de Margaret; una que ya había visto antes y supo que se acercaba un abrazo. El abrazo llegó, y el abrazo se fue. Los dos sonrieron.

¿"Te veré en mi casa"? Dijo Margaret.

"Estaré justo detrás de ustedes".

Subieron a sus coches y se fueron. Miró por el retrovisor y vio al doctor Culpa y a Tom examinando a Roberto.

¿"Cómo va todo"?

"Está bien". Dijo Dr. Culpa. "Es un chico fuerte". Se sonrieron en el espejo.

"Sus signos vitales son fuertes y estables". Dijo Tom con una sonrisa.

Margaret volvió sus ojos a la carretera. Inspiró profundamente, casi sin querer, y contuvo el aliento por razones que no quería revelar. Como si la alegría de hace un minuto no hubiera existido, la inseguridad se hizo evidente, filtrándose, cociéndose a fuego lento en lo más profundo de su ser, en busca de la superficie de su mente consciente. Se oyó a sí misma pensar casi en voz alta. Espero que estemos haciendo lo correcto. No veo cómo no lo estamos haciendo. No puedo ni imaginar lo que ha sido para este hombre vivir todos estos años aquí, en los bosques, en las calles, en estos veranos polvorientos y calurosos. ¿Y qué se puede decir de los fríos y lluviosos inviernos? Y ahora tengo que preguntar, ¿teníamos elección? Sintió que su mente se deslizaba hacia un estado de pensamiento más profundo para el que no estaba preparada. Estuvo a punto de resistirse, pero tuvo que explorarlo.

¿Son elecciones reales o una secuencia de eventos desencadenados por otros eventos? Quizá sean una serie de accidentes, como pensé antes, y simplemente estamos reaccionando. Como humanos, nos gusta pensar que tenemos control. Y si es así, ¿cuánto? ¿Y cuánto de eso viene de aleatorio estados de mente, que al final de nuestro día humano, justificamos, mediante ingeniería inversa de lo que de otro modo sería común, en complejas ecuaciones matemáticas que dan lugar a nuestra ilusión de libre albedrío? Lo que me lleva a esto. ¿Existe el libre albedrío? Si es así, ¿en qué momento lo interponemos? Después de todo, el punto de interferencia es el factor determinante. Eso determinará si es elección, libre albedrío, como nos gusta llamarlo, o algo que se nos impone, resultando en lo que percibimos como elección. Margaret exhaló lentamente su aliento accidental, esperando que nadie se diera cuenta.

28. EL LENTE DE LA VIDA

Margaret manejó hasta la entrada lateral de su casa. Paul y Tim llegaron y estacionaron detrás de ellos. Se acercaron rápidamente mientras Margaret abría la puerta lateral de la furgoneta. Doctor Culpa se giró hacia el exterior de la furgoneta, extendió las piernas y apoyó los pies en el suelo, aún sentado en la furgoneta.

"Por eso me gusta esta furgoneta. Mírame. Intenta hacer esto en un coche".

Se inclinó hacia delante, salió, dio un par de pasos y sintió un dolor punzante en la parte baja de la espalda.

"Ay, chico".

Se irguió, se puso la mano en la cintura y se estiró. Se volvió hacia una visión que nunca antes había visto.

"Qué espectáculo". Dijo Doctor Culpa, "un hombre en

una camilla en una furgoneta Volkswagen de mil novecientos sesenta y cinco".

Miró a Margaret y la vio preocupada. Dio un par de pasos y se puso a su lado. Se giró para verlo desde su perspectiva y dijo.

"Mira eso. Tenemos todo un equipo aquí".

Tom, todavía dentro de la furgoneta, estaba listo para mover a Roberto. Paul y Tim se posicionaron para sacar a Roberto. Margaret respiró hondo y contuvo la respiración mientras su cabeza se movía lentamente de un lado a otro.

"Tienes que dejarlo salir", dijo el doctor. "Margaret no quiero que te desmayes sobre nosotros."

Ella exhaló lentamente y lo miró, pero sus pensamientos estaban en otra parte y él lo sabía.

Doctor Culpa añadió. "Esta es la parte en la que se supone que debes sonreír debido a la alegría abrumadora". Esperó a que ella dijera algo, pero no oyó nada.

"Quizá deberíamos haber traído globos o algo".

"Oh, lo siento, es que...".

El doctor le puso la mano en el hombro.

"Lo sé", Dijo Doctor Culpa.

Tim agarró la cabecera de la camilla y tiró de ella mientras Tom y Paul le ayudaban. Tom agarró el extremo opuesto, lo levantó un par de centímetros y estaban fuera de la furgoneta.

"Yo les abro la puerta". Dijo, Margaret.

La abrió y la mantuvo abierta. Doctor Culpa y Paul ayudaron con la camilla. Entraron por la cocina, a un pasillo y a un dormitorio. Pusieron la camilla sobre la cama y le quitaron las correas, y el casco y con cuidado sacaron la camilla de debajo de él. Todos se tomaron un respiro y miraron a Roberto.

"Bueno, tenemos que limpiarlo un poco". Dijo Dr. Culpa.

"Voy por agua y unas toallitas". Margaret salió de dormitorio.

"Tengo que irme", dijo Paul, "pero Tim y Tom les ayudarán en todo lo que puedan".

"Gracias, Paul." Dijo Doctor Culpa.

"Y, antes de que seme olvide", Paul cogió sus esposas y se las dio a Tim.

"Tienes que esposarlo a la cama antes de irte. Realmente no tenemos ni idea de quién es este hombre".

"Entendido".

"Creo que tiene razón". Dijo el Doctor.

"Bien, volveré en unas horas".

"Muy bien." Dijo Dr. Culpa. "Y gracias otra vez. Eres un buen hombre Paul".

"Bueno, no sé nada de eso". Dijo Paul. Dr. Culpa estaba a punto de decir algo más cuando Paul miró a los chicos.

"Nos vemos luego". Los dos asintieron.

Roberto recibió el único baño de esponja de su vida y su primera limpieza en años. Dr. Culpa le puso una vía intravenosa y le administró un sedante para mantenerlo tranquilo y dormido. Le administró una nueva medicación. El día finalmente llegó a su fin con una sensación de logro, agotamiento y emoción, todo en uno. Y luego estaba la sensación de cambio. Nada de este día en adelante volverá a ser como era. Margaret y Dr. Culpa lo sabían, y apoyaron el destino con brazos abiertos.

El Dr. Culpa se metió en la ducha. Margaret se quedó fuera del dormitorio de Roberto y se perdió en sus pensamientos. Ahí está, el mismo hombre al que hace unas horas no podía ni acercarme para verle el blanco de los ojos. El mismo hombre que podía ver estado dentro su choza, mientras uno afuera de su puerta por horas y oír absolutamente nada. Y ahora, aquí está, en mi casa, limpio y durmiendo como un bebé. Podría haber sido mi hijo. Y si eso fuera el caso, estas preguntas se tienen que preguntar. ¿Fueran las cosas diferentes? Su enfermedad, quisas se podrían evitado. ¿O está predispuesta? ¿Si está predispuesta, se podría ser controlada con medicina? Y si no, ¿estamos perdiendo el tiempo? Pero ¿cómo lo sabemos? Tenemos que intentarlo. ¿Qué sentido tiene la vida si uno no hace nada?

Dr. Culpa entró en el pasillo y la vio apoyada en la puerta. Quedó tan emocionado de su belleza que no pudo hacer otra cosa más que detenerse a verla, con todas sus inquietudes, sus preocupaciones, con su necesidad de ayudar a un desconocido tan profundamente intensa, su belleza interior ha conseguido aflorar a su hermosa cara. Y aquí estoy, pensó Doctor Culpa, un hombre que ella no tenía ni idea de quién era, hace tan solo unos días. Sin embargo, aquí estoy, y aquí está ella. Se preguntó, ¿cómo es posible que nuestros caminos se hayan cruzado? ¿Que se hayan convertido en uno? El nivel de intensidad y concentración de ella le hablaba de su dolor más profundo, que se había convertido en el suyo. Llevarle alegría en este preciso momento era el único estado de ánimo.

Ella se giró para verlo. Para ver que él la estaba mirando. Y con sus ojos tocando, se acercó lentamente a ella. Al acercarse a ella, todo lo que podía hacer, lo hará, todo lo que no puede, lo hará, para consolarla, para aliviarla, para borrar su dolor. Y mientras se acercaba a ella, su belleza, más reveladora que nunca. ¿Cómo puede alguien tener tanta belleza, tanto corazón, tanto que dar? Lentamente, extendió la mano, le tocó la cara, la tomó suavemente en sus brazos y supo que este momento era para vivirlo. Horas después, Dr. Culpa y Margaret hablaron del camino en el que se encuentran. Él sabía todo lo que estaba en juego en las primeras horas de sedación prolongada y estaba más que dispuesto a permanecer despierto toda la noche. Y con esa decisión, Margaret acercó otra silla. Fue una larga noche que pasó sin mención.

Una lección sobre sus vidas, mientras se preguntaban unos a otros sobre sus caminos hasta llegar a donde se encontraban. Roberto daba vueltas en la cama, hablaba y a veces incluso gritaba. Sus conversaciones, a veces, eran lo bastante claras como para que el Dr. Culpa pudiera tomar notas. Otras veces, su discurso era irreconocible. Como si hablaba otro idioma. Dr. Culpa llegó a pensar que Roberto podría hablar otro idioma, pero ¿cómo puede ser irreconocible un idioma? Los dos habían viajado bastante, así que no reconocer un idioma era improbable. Las batallas de Roberto habían sido cicatrizantes y traumáticas. Eso lo hizo pensar, el idioma de Roberto en realmente eran sueños. Quisas inventados para escapar lo traumático de su vida. Tras un par de largas noches y muy pocas horas de dormir, Margaret y Dr. Culpa se sentaron a la mesa de la cocina. Hubo un largo momento de silencio mientras los dos reflexionaban.

"Para salvar a un hombre". Dijo el doctor mientras miraba sin dirección. La miró a ella. "¿No es increíble? Para salvar a un hombre. Por eso estamos aquí". Repitió en voz baja. "Para salvar a un hombre".

Se dio la vuelta y volvió a sumirse en sus profundos

pensamientos. Margaret lo observó con una intensidad que la hizo preguntarse por qué.

Dr. Culpa, prosiguió. ¿"Cuántas veces puede uno decir eso"? La miró directamente a los ojos. "Y tú eres la razón por la que estamos salvando a este hombre".

"Y tú". Margaret trató decir, pero su voz tembló. "No podría haberlo hecho sin ti, y". Se detuvo, miró hacia otro lado y sacudió lentamente la cabeza.

De repente confundido, él preguntó. ¿"Que, no entiendo, qué pasa"?

Ella levantó la vista intentando componerse, y siguió. "Tengo mis arrepientes".

¿"Arrepientes? ¿Cómo... puede... ser eso"?

"Oh, créeme". Su mente viajaba casi sin ella. Miró hacia abajo y se cuestionó todo. "Arrepentimientos, decisiones tomadas, decisiones no tomadas, es más como eso".

Volvió a levantar la vista, esta vez como si intentara ver a Dios. "Este hombre lleva quince años pidiendo ayuda". Lo miró. "Quince años. Y solo ahora....". La interrumpió

"No seas tan duro contigo misma".

Ella apartó la mirada y dijo rápidamente. "No, no, quiero ser dura conmigo misma. Lo miró. ¿Por qué no? Todos estos años de egoísmo. Atrapada en mi pequeño mundo, con anteojeras".

Se llevó las manos a las sienes y las bajó rápidamente.

"Verdadera y honesto autoindulgencia. Eso es lo que pasaba en mi vida".

¿"Autoindulgencia? Pero eres maestra, ¿cómo puede...".

"Oh, ¿solo porque soy profesora no soy capaz de comportarme de forma egoísta? Odio decírtelo, pero..". Se señaló a sí misma. "Esta de aquí, roza lo narcisista. En serio, piénsalo. Quince años y no tenía ni idea de que este hombre estaba aquí. Y mucho menos....oh, no importa."

Se dio vuelta. Hizo una pausa y continuó. "Quiero decir, no me malinterpretes, lo vi, creo que lo vi, pero ni siquiera estoy segura de eso". Se encogió de hombros. "No sé por qué" Dijo Margaret en voz baja.

Lo miro. "Y eso me molesta. Claro que me molesta, y debería. Al menos un poquito".

"Pero.......". Empezó a decir el Dr. Culpa.

Margaret siguió. ¿"Y qué hay de los otros hombres antes que él"?

¿"Qué quieres decir"? Pregunto el doctor.

"Este hombre no es más que uno de una serie de hombres que han sido de vagos del pueblo, como dicen, durante no sé cuánto tiempo. Eso he oído. Dios sabe que yo no lo sabía. Y es solo ahora que he llegado a ver, lo que había estado delante de mí durante tantos años. Yo – yo – no - lo entiendo".

"Pero sabes Margaret". Ella le interrumpió otra vez.

"Pero nada, Dr. Culpa".

"Por favor, llámame Charles".

"Felizmente". Hizo una mueca como diciendo, ya era tiempo.

Charles siguió adelante. "Estás siendo demasiado dura contigo misma".

Le acarició suavemente el brazo con la mano.

Margaret se dio la vuelta.

Él continuó intentando convencerla de que era muy dura con ella misma. "Tú lo eres. No tienes ni idea de cuánto quiero que lo entiendas. El lente a través de la cual vemos la vida solo la pulida por la vida misma".

Margaret se volvió lentamente hacia él mientras las lágrimas caían por su cara.

Y continuó. "Lo que está enfocado ahora, no lo estaba enfocado ayer. Debes entenderlo. Quisiera que lo entendieras".

¡"Ese es mi punto"! Dijo Margaret. Repitió, "ese es mi punto".

"Pero tenías que haber vivido tu vida, tu vida específica, para que vieras esto. Esto."

Miró a su alrededor y luego volvió a mirarla. Y mientras la observaba, la necesidad, el deseo de saber qué era lo que la atormentaba, era casi insoportable. Lentamente, extendió la mano y suavemente le secó las lágrimas. Ella acercó sus ojos a él, extendió su mano y le secó las lágrimas. Con sus ojos ya besándose, ella se inclinó hacia él y puso sus labios contra los de él. Con sus ojos todavía tocando, se inclinó hacia atrás lentamente.

Perdido en lo que estaba pasando, lo único que pudo decir Charles, fue. "Gracias". Suspiró.

Margaret se tapó la boca mientras se daba la vuelta intentando no reírse. Lo miró y sintió que estaba mirando a un chico joven que por primera vez besaba por fin a una chica. Un chico que ha sacado a relucir las emociones de una jovencita de hace mucho tiempo. La jovencita de aquel tiempo, contuvo la respiración como si al hacerlo pudiera aferrarse un poco más a esos hermosos sentimientos.

"Eso fue tan lindo". Sonrió entre lágrimas. Y continuó. "Ni en mil años se me habría ocurrido esa respuesta".

Charles ladeó la cabeza mientras busca las palabras. "Lo siento". Dijo Charles.

"Oh, no, no te disculpes. Quiero decir,.." Ella se detuvo.

Charles Añadió. "Besarte ha sido mi único pensamiento desde el primer segundo que te vi". Empezó a encogerse de hombros, se detuvo a medio camino y dijo: "Me temo que me falta práctica".

Margaret soltó una pequeña risa, volvió a taparse la boca y miró fijamente a los ojos de un hombre que la había cautivado por completo. Un hombre que hace tan solo unos días, ella no tenía idea de que existiera. Todo lo que pudo hacer Charles, fue preguntarse: ¿qué es lo que la hace a ella, ella? Parecía una pregunta simple, tan simple, que lo confundió como nunca antes. Había estado al rededor de mujeres hermosas que se preocupaban por los demás como ella, pero había algo más profundo, más extensivo en Margaret. Con la mirada en ella, continuó.

"Con lágrimas y todo, el lente en la que veo la vida, más enfocada, nunca estará".

Exhaló una respiración lenta, y profunda, contenida de un momento desde hace que tanto. Y con eso, otra lágrima, y con eso otra más. Con sus ojos en lo profundo de sus corazones, extendió las manos, le acarició la hermosa cara y la besó como intentó hacerlo tanta beses antes.Al día siguiente, los dos decidieron hacer algunas cosas. Después de todo, habían traído a casa, como quien dice, más o menos un bebé, y las cosas necesitaban un poco de ajuste. Lavaron la furgoneta, cortaron el césped y empezaron con el jardín de vegetales que Margaret había plantado, pero que últimamente había ignorado. Margaret entró en casa para ver cómo estaba Roberto, mientras Charles se ponía de rodillas a arrancar malas hierbas. Siendo el chico de ciudad que era, no podía creer lo relajante y terapéutico que era. Tal y como habían demostrado los estudios, pero una experiencia, que se le avía escapado. Al cabo de unos minutos, vio la sombra de Margaret detrás de él, pero fingió no verla. Ella se le acercó y justo cuando iba a sentarse a horcajadas sobre él, él se dio la vuelta y ella cayó sobre él. Ella lo inmovilizó.

"Me rindo, me rindo". Dijo Charles.

Como si fueran Adán y Eva en el Jardín del Edén, sin una sola manzana a la vista, rieron, se miraron a los ojos y se besaron. Más tarde, esa noche, Charles se sentó en una silla junto a la cama de Roberto y se encontró sumido en profundos pensamientos mientras lo miraba. Miró hacia la puerta y vio a Margaret que lo miraba con una sonrisa amable.

Señaló a Roberto y susurró: "Nuestro bebé".

Él sonrió, miró a Roberto y se perdió en ese mismo pensamiento. Y qué maravilloso que hubiera sido casarse con aquella hermosa y maravillosa mujer que estaba a solo unos metros de distancia. Allí estaba ella mirándome, ¡a mí!

A la mañana siguiente, Margaret y Charles estaban delante de la estufa preparando el desayuno. Roberto se acercó vacilante y se paró en la entrada de la cocina. Confundido como podría estar, muchos pensamientos y preguntas cruzaron su mente, mientras intentaba orientarse. ¿Quiénes son estas personas? ¿Dónde estoy? ¿Cómo he llegado aquí? Dios mío que bien huele el desayuno, y con eso, todas las preguntas desaparecieron.

Charles le echó un vistazo y en vos baja, le dijo a Margaret, "A que seguir adelante con nuestro plan".

Se puso tensa y se olvidó de las patatas.

"No te alarmes", añadió Charles. "A que seguir como nada. Todo está bien, probablemente tiene tanta hambre que tu comida lo tiene controlado. Así que sigamos con el plan".

Margaret se volvió lentamente hacia Roberto y le dijo: "Buenos días".

Charles se dio la vuelta y dijo. "Buenos días."

La única pregunta de Roberto era evidente en su cara, ¿cómo puedo conseguir un poco de ese desayuno? Charles se acercó lentamente a la mesa, acercó una silla y dijo con toda naturalidad.

"Aquí, siéntate". Roberto se sentó.

Margaret le puso un plato delante. ¿"Cómo quieres los huevos"?

"Revueltos". Dijo Roberto, sin mirarla.

"Enseguida". Dijo Margaret.

Charles le puso una taza delante y le sirvió café. Puso la nata y el azúcar sobre la mesa. Un par de minutos después, Margaret le puso el desayuno delante y él empezó a comer. Ella trajo dos platos a la mesa y se sentaron uno al lado del otro frente a Roberto y fingieron comer su desayuno. Lo vieron comer y disfrutaron cada minuto. Cuando terminó, levantó la vista y vio que lo estaban observando.

"Gracias".

"De nada". Dijo, Margaret.

La idea de no recordar a alguien que acababa de servirle desayuno lo confundía, lo molestaba y lo avergonzaba.

¿"La conozco"? Roberto por fin le preguntó a Margaret.

"Ah, sí". Se detuvo Margaret sin saber si debía continuar. Miró a Charles, que añadió.

"Sabemos que tiene muchas preguntas. ¿Antes de entrar en eso? ¿Tal vez le gustaría darse un buen ducha"?

Se preguntó Roberto. ¿Un buen ducha? ¿Por qué me ha preguntado eso? ¿Quiénes son estas personas? Acabo de despertar en su casa, en su cama, me han servido desayuno, ¿y ahora quieren que me dé una ducha? ¿Qué me estoy perdiendo? La confusión de Roberto aumentó con los eventos de los últimos minutos. Antes de que Roberto pudiera decir algo más.

Margaret se levantó y dijo: "Vuelvo enseguida".

Charles se levantó: ¿"Puedo ofrecerte algo más"?

Roberto negó con la cabeza: "ah, no, gracias".

"De nada. Sí me permite".

Charles extendió la mano y levantó el plato de Roberto y lo puso en el fregadero. Roberto se quedó mirando la mesa, sin saber qué hacer. Charles volvió a sentarse y esperó más preguntas. Margaret entró con unos pantalones en la mano y se los tendió delante.

¿"Qué te parece"?

Roberto miró los pantalones, luego el chándal que llevaba puesto y después a Charles. Charles señaló el chándal. "Te quedan bastante bien".

Margaret continuó con su discurso de venta. "Estos te quedarán aún mejor. Estos tienen treinta y cuatro de cintura y treinta y seis de largo".

Le puso los pantalones en el brazo. Él la miró. Ella cogió la toalla de debajo del brazo y se la acercó tanto que él tuvo que cogerla. Charles se puso de pie.

"Aquí, déjame mostrarte." Dijo Charles.

Rodeó la mesa y señaló hacia el pasillo con la mano abierta. Roberto se levantó lentamente. Margaret extendió lentamente la mano y la puso en el respaldo de la silla. Él miró su mano mientras ella apartaba la silla de él. Mantuvo la mirada en su mano todo el tiempo. Margaret pensó en la tremenda inseguridad que debía de sentir. Señaló hacia el pasillo con la mano abierta. Su mirada pasó de la mano de ella a su cara y pensó, ¿por qué esta gente tiene tantas ganas de que me duche? ¿Tan mal huelo? Levantó el brazo, se llevó la nariz a la axila y se olió. Sus ojos se agitaron y vio la reacción de Margaret. Charles le dio una sonrisa pequeña, ladeó la cabeza, levantó ligeramente las cejas e hizo una cara como diciendo, sí, bastante mal. Roberto asintió, miró hacia el pasillo y comenzó andar.

"Ven, deja que te enseñe", dijo, Charles. Se puso delante de él y se dirigió al baño, y abrió la puerta. Entró y señaló la ducha, "esa es la ducha", señaló el inodoro, "ese es el inodoro", señaló el papel higiénico, "ese es el papel higiénico". Sintió una mano en el hombro. Se giró para ver a Margaret sonriendo a un par de centímetros de su cara, dándole a entender que estaba segura de que Roberto lo sabía.

"Oh, vale, lo siento, me quitaré de en medio", dijo Charles.

Margaret miró a Roberto. "Los dos saldremos de tu camino".

Pasaron junto a él. Roberto entró y cerró la puerta.

"Por cierto, he puesto tu ropa interior en el lavabo". Ella miró a Carlos y sonrió sin saber si debía haber dicho eso. Ella miró a la puerta del baño como si estuviera mirando a Roberto y dijo.

"Bueno, sabes, no es tu ropa interior, pero es ropa interior nueva y.....". Miró a Charles, otra vez. Volvió a mirar a la puerta. "Espero que te queden bien".

Él la tomó de la mano y caminaron fuera del pasillo hacia la cocina. Margaret se volvió hacia el pasillo. "Parece tan normal".

"Ni yo mismo me lo creo". Dijo Charles.

Se giraron el uno hacia el otro.

"Me alegro de haberle quitado las esposas". Dijo, Charles.

"Dios mío, ni siquiera había pensado en eso. ¿Cuándo hiciste eso"?

"Esta mañana. Me imaginé que los dos estábamos completamente despiertos, llenos hasta los topes de café, pensé que podríamos enfrentarnos a él si las cosas se ponían feas".

Se puso la mano sobre la boca mientras se reía en voz baja y preguntó: ¿"Y si las cosas se ponen feas"?

"Sí, ¿sabes? Quiero decir...".

Le puso la mano en el pecho y le dijo: "Esa fue una buena idea".

"Creo que sí, ¿te imaginas lo que habría pasado si se

hubiera despertado esposado a la cama? Yo sé lo que habría pensado".

Margaret se quedó boquiabierta. "Oh, Dios mío, estoy tan contenta de que hayas pensado en eso."

"Bueno, para ser honesto, solo estaba improvisando".

"Buena improvisación".

"Gracias".

Entusiasmados por el resultado de su experimento, se quedaron en silencio y se escucharon respirar. Margaret arrugó ligeramente la frente y dijo: "No puedo creer lo fuerte que respiramos".

"Cierto". Miró hacia el pasillo y otra vez a ella. "Estoy emocionado Margaret. Tú estás emocionada. Los dos estamos emocionados".

Ella asintió lentamente. "Sí, lo soy, y sí, lo somos".

Charles apartó la mirada pensando y dijo. "Creo que nunca me había sentido de esta manera". La miró. "Me pone un poco triste".

¿"Triste? ¿Por qué"?

"Me hace pensar en todo lo que me he perdido". Él hizo una pausa, ella esperó. "Quiero decir, ¿por qué no sentí esto en el hospital"?

Margaret dijo. "No lo sé". Se paró a pensar. "Yo...quiero decir que esta es mi primera vez". Ella hizo una pausa otra vez, "tal vez es porque estamos haciendo esto juntos." Los dos asintieron. Ella miró hacia otro lado. Le miró a él y volvió a apartar la mirada.

¿"Qué"? Preguntó Charles.

"Este...este es nuestro proyecto". Lo miró como preguntando, ¿puedes creerlo?

Los ojos de Charles iban y venían mientras pensaba. "No lo había pensado así, pero creo que tienes razón".

Ella continuó. "Tengo una idea".

¿"Qué"?

"Retiró lo que dije. No creo que deba verlo como un proyecto. Eso no suena bien".

Asintió y dijo: "Creo que tienes razón".

Roberto se paró frente al espejo y no podía creer que se estaba mirando a sí mismo. El pelo largo, la barba, las uñas largas, el olor, todo era confuso. Pero el envejecimiento, ¿cómo preguntarse cuántos años tengo? ¿Cómo preguntarse dónde han ido a parar los años? ¿Por qué no puedo recordar? Y lo que recuerdo es como si estuviera viendo vivir a otra persona. Como si lo estuviera acompañando. Allí estaba, en un baño que nunca había visto, preparándose para ducharse... Miró hacia abajo y a su alrededor y tomó conciencia del espacio que le rodeaba. Oyó que llamaban a la puerta.

¿"Estás bien"? Preguntó Margaret.

Encendió rápidamente la ducha. "Sí".

Margaret apretó los labios con preocupación y miró a Charles, que estaba detrás de ella.

"Supongo que no se rasuró". Dijo, Margaret.

¿"Qué quieres decir"?

"Bueno, no abrió la llave".

Charles sacudió la cabeza con una pequeña sonrisa.

¿"Qué"? Preguntó Margaret.

"Tú y Paul, siempre un paso por delante de mí. Ni siquiera pensé en eso".

"Lo siento".

¿"Sobre"? Preguntó Charles.

"Por lo que voy a decir".

Charles frunció el ceño.

"Es lo que hacemos". Dijo, Margaret.

Movía la cabeza como una burbuja. Los dos rieron en voz baja. Roberto se duchó, pero no se rasuró como pensó

411

Margaret. Era demasiado para él. Lo único que se le ocurrió fue terminar con la ducha. Se secó, se puso la ropa y salió para ver los dos esperando en el pasillo. Se detuvo, sorprendido de verlos.

Sonrieron y se quedaron en silencio unos segundos. Ella no podía esperar. Preguntó en una manera normal. ¿"Cómo te sientes"? Él asintió.

"Que bien". Dijo Charles.

Margaret otra vez no podía esperar. "Te he comprado un par de calcetines y zapatos", y se fue. Roberto la siguió con la mirada mientras ella salía del pasillo. Un segundo después llegó el sonido de la puerta exterior abriéndose y cerrándose que les indicó a los dos que había salido. Miró a Charles, preguntando.

"Lo sé, lo sé, la eficiencia no es uno de los problemas de ella. Vamos." Charles lo dirigió a la cocina. Le acercó una silla. "Aquí, por favor, siéntate."

Roberto se sentó, y para su sorpresa Margaret volvió de repente a la cocina. Charles y Roberto se miraron.

Le enseñó los zapatos. ¿"Qué te parece"?

Roberto volvió a pensar que su voz le resultaba familiar. Ella sentó los zapatos junto a sus pies y le entregó los calcetines. Él bajó la vista hacia los zapatos y los miró fijamente. No sintió nada, por lo tanto, no hizo nada. Pero había algo en los zapatos que lo provocó un recuerdo. Se vio a sí mismo caminando, caminando y caminando.

¿"Por qué tanto caminar"? Preguntó Roberto.

¿"Qué quieres decir"? Preguntó Charles.

Ajeno a su pregunta, Roberto intentó desesperadamente recordar cómo había llegado a donde estaba. Pero lo único que le vino a la mente fue caminar y más caminar. Luego vino la visión de un puente. Tras unos largos segundos, Roberto preguntó.

"No lo entiendo. ¿Por qué estoy aquí"?

"Ah...". Dijo Charles. Roberto lo interrumpió.

"Quiero decir, son muy amable, pero ¿los conozco"?

¿"Qué recuerdas"? Preguntó Charles

¿"Cómo he llegado aquí"?

"Bueno, tal vez podamos empezar por ahí. ¿Tienes algún recuerdo de cómo llegaste a este pueblo"?

¿"Este pueblo"?

Charles cerró los ojos con fuerza y los abrió rápidamente. ¿"Cuál es tu último recuerdo"?

¿"Qué quieres decir con este pueblo"?

"Entraremos en eso dentro de un rato". Dijo Charles como si no fuera gran cosa. "A que ver si te quedan bien los zapatos".

Roberto miró a su alrededor con los ojos, pero mantuvo la cabeza fija. Tragó saliva. Lentamente, empezó a sacudir la cabeza. Charles lo observó y pensó que lo mejor sería dejarle explorar sus pensamientos. Roberto miró hacia abajo y ligeramente a su izquierda como si estuviera mirando algo. Charles reconoció ese comportamiento como algo que hacemos cuando reproducimos los eventos en nuestra cabeza antes de verbalizarlos. Sin duda, Roberto estaba mirando algo.

¿"Qué es lo que miras, Roberto"? Preguntó Charles.

¿"He destrozado mi coche"?

Charles miró a Margaret, que estaba sentada a unos metros. Ella asintió lentamente. Roberto también la miró.

"Sí". Dijo, Margaret.

Su respiración se intensificó y miró hacia abajo.

"Roberto, ¿qué estabas mirando? Hace un rato".

¿"Qué ciudad es esta"?

Charles sintió que se emocionaba y se recordó que no debía hacerlo. Que debía relajarse y fingir que estaba de vuelta en el hospital.

"Cloverdale", dijo Margaret.

¿"Cloverdale"?

Ella asintió y miró a Charles preguntándose con su expresión si debía contestar. Charles mantuvo la mirada en Roberto y preguntó: ¿"Lo reconoces"?

"No estoy seguro." Apenas audible.

Roberto vio que a Margaret se le llenaban los ojos de lágrimas y la miró directamente. Negó lentamente con la cabeza. "Te conozco, ¿verdad"?

Margaret se tapó la boca y asintió. A Charles también se le llenaron los ojos de lágrimas, sonrió y dijo: "esto es bueno".

"Pero no sé por qué". Dijo Roberto, y sintió que las emociones le venían de todas partes y empezó a lagrimear.

Se levantó. Su respiración se intensificó. Su ceño se frunció y salió de la cocina hacia el dormitorio.

Margaret se llevó las manos a la cara e intentó serenarse, pero ya era demasiado tarde. Sus lágrimas rodaron por su cara y dijo: "Dios mío, eso debe ser terrible".

"Sí, sí", dijo Charles. ¿"Puedo tener un poco de tiempo con él"?

"Claro que si".

Charles salió y entró en al dormitorio para ver a Roberto sentado al final de la cama con la cabeza colgando. Charles acercó una silla y se sentó frente a él a unos dos metros.

"Roberto, permíteme disculparme....".

Roberto lo interrumpió con una mirada y volvió a mirar hacia abajo.

Charles continuó: "Si me permites, no era mi intención hacer esto de esta manera. Margaret y yo…" Roberto interrumpió.

¿"Margaret? ¿Se llama así"?

"Sí, ya ves...". Lo interrumpió Roberto otra vez.

¿"Por qué estoy aquí"?

"Estás aquí porque necesitabas ayuda".

Roberto apartó la mirada e intentó recordar qué podía haber pasado para que alguien pensara que necesitaba ayuda.

Charles continuó: "Verás".

Roberto volvió a interrumpirle.

¿"Cuántos años tengo"?

"Por favor Roberto permíteme decir algunas cosas y luego entraremos en eso, por favor".

Roberto no le quitó los ojos de encima, diciéndole que estaba listo para una explicación.

"Mi intención era presentarme en cuanto te despertaste y, como has visto, las cosas no salieron según lo planeado. Y por eso, lo siento. Soy médico, un médico retirado y estoy aquí para ayudar a Margaret, ayudarte. Mi nombre es Charles"

Los años de experiencia se prendieron en Charles. Guardó sus emociones en una cajita fuera de su conciencia, como si estuviera otra vez en el hospital, y listo a poder ayudar a este hombre. Él sabía, al igual que Margaret, que esto llevaría mucho tiempo y lo esperaban con gratitud. Después de varias sesiones de terapia, lo llevaron al médico para que le hiciera un examen físico y al hospital para que le hicieran un escáner cerebral. Llegaron a la conclusión de que el accidente de coche había influido en la pérdida de memoria de Roberto y contribuido a agravar una enfermedad ya existente.

Charles y Margaret sabían ahora más o menos a qué se enfrentaban. Pasaron los meses y cada día Margaret y

Charles estaban más y más unidos. No podían imaginar sus vidas el uno sin el otro. La necesidad de Roberto de saber lo que le pasó, le dio la energía para hacer enormes progresos. Y ahora, con sus vidas entrelazadas, se estaba formando una familia. Como si Margaret fuera su madre, si Roberto desaparecía, ella encontraría una razón para buscarlo. Dobló la esquina de la casa en su busca y lo vio sentado en un banco del patio trasero. Lloraba con la cabeza gacha. Deseosa de consolarlo, se dirigió hacia él. Charles se acercó por detrás. La cogió suavemente del brazo y se la llevó para dejar que Roberto se curara. Ella se apoyó en la casa y miró hacia arriba como si buscara respuestas. Charles la acercó a su hombro.

29. DISTANCIA DE MENTE

Dieciocho meses después, en contra del consejo de Charles, Roberto decidió regresar a Arlington Heights. Para enfrentar la música, como le había dicho a Charles, quien trató de desanimarlo. Le dijo que regresar a un lugar que tenía recuerdos poderosos podría tirar nuestro progreso. Le dijo a Roberto mientras estaban sentados en el patio trasero: "puede que pienses que quieres enfrentar la música, pero en este caso, la música puede querer enfrentarte a ti". Hizo una pausa para obtener su reacción, en cambio, Roberto miró hacia otro lado.

"No te tomes esto a la ligera, Roberto". Charles continuó con su desánimo.

"Piénsalo, es posible que ni siquiera recuerdes tu supuesta música, y con eso me refiero a los eventos que te han llevado a este mismo lugar. Es difícil para nuestro cerebro reconstruir eventos que están fuera de secuencia. Sin una base, los eventos, los lugares, incluso las personas, te parecerán extraños. Como si fueran recuerdos de otra persona. Puede que te encuentres en un lugar familiar en el que nunca has estado. ¿Y entonces qué? Yo te digo. Preguntas y más preguntas vendrán corriendo a desenredarte hasta la médula. Enviándote de vuelta a donde estabas. En algunos casos, más atrás, en un abismo. Y eso, te lo aseguro, es el último lugar donde querrás estar".

Volvió a hacer una pausa para dar a Roberto la oportunidad de responder, pero siguió mirando hacia otro lado y no dijo nada. Charles continuó con la esperanza de hacerlo cambiar de opinión.

"Restablecer el pensamiento lineal a partir del caos aleatorio es algo que no recomendaría a nadie. Y mucho menos a alguien que ha vivido lo que tú, durante tanto tiempo como tú".

Charles estaba tan preocupado que se ofreció a ir con él, incluida Margaret. Pero la sed de Roberto, por la verdad, no le dejaba otra opción.

Enfrentar sus demonios con este nivel de exposición, con alguien que no fuera él mismo, lo incomodaba. Y, le imposibilitaría enfrentar no solo aquello que lo formó, sino que lo traumatizó durante años. Había atravesado el túnel de la indigencia, y ahora, solo tenía una opción a mano, la verdad. Esto era algo que no tenía que demostrarle a nadie más que a sí mismo. Pero en la última hora de la noche, cuando las conversaciones habían parado. Cuando el olor de la deliciosa comida de Margaret ya no se olía. La distancia entre su ahora y sus pensamientos, vasta, confusa y a menudo vacía. La totalidad del silencio se colaba y lo astillaba segundo a segundo. Y con eso, llegaba la inseguridad, que le hacía preguntarse si Charles tenía razón. Pero para él, había llegado al punto de no retorno. Cambiar de opinión le traería más inseguridades. En ese momento, tendría que preguntarse, ¿soy capaz de tomar decisiones por mí mismo? Así que, ¿qué puede hacer un hombre adulto? Hacer lo que deben hacer los hombres adultos: enfrentarse a sus miedos y superarlos. Así que, unos días después, Roberto alquiló un coche y partió.

Su viaje de regreso al sur de California fue todo un descubrimiento. Todo como si nunca lo hubiera visto. Nada le traía recuerdos ni reacciones de ningún tipo. Pero al pasar por Bakersfield en la autopista cinco, por fin un detonante. ¿Pero de qué? ¿Una emoción sin motivo? ¿Una respuesta a un disparador sin razón? ¿Por qué ocurriría eso? Su cerebro era como una esponja dejada en el desierto para morir, pero de alguna manera sobrevivió. Y ahora, estaba en una misión para encontrar el rastro que le llevó fuera de curso.

Volver sobre sus pasos hacia un Roberto que le había traicionado. Necesitaba desafiar a su pasado Roberto, para poder entender a su Roberto de ahora. Nada escaparía al portal de su cerebro. Mientras descendía por el otro lado de las montañas que dividían el centro de California, del sur de California, la familiaridad comenzó a abrirse camino hacia él. Pero a medida que se acercaba, era como si las paredes de su pasado ascendieran para protegerlo. Nada le llamaba la atención. Empezó a cuestionarlo todo; el informe que le mostró Paul, la historia de Margaret frente al teatro, la primera vez que lo vio. Y sobre todo, las conclusiones de Charles de que algo había ido terriblemente mal en su vida. Esto era un signo de paranoia. Como le dijo Charles, esto no se lo desearía a nadie. Roberto se dijo que si algo iba a tener sentido, sería el barrio en el que vivía.

¿"No puedo esperar a verlo". Se escuchó decir, pero luego se preguntó si lo dijo en voz alta, o en su cerebro? Sintió y oyó el eco en su pecho mientras manejaba hacia la calle en la que él vivió. Miró a su alrededor. Se oyó respirar en el silencio. No sintió nada y recordó absolutamente nada mientras miraba a su alrededor.

¿"Cómo puede ser"? Esta vez se oyó claramente.

Se detuvo y aparcó. Miró el mapa y se dio cuenta de que estaba a un par de casas de distancia y al otro lado de la calle de su antigua casa. Sintió miedo al darse cuenta de que las cosas no estaban saliendo como él esperaba. Decidió sentarse en su coche y simplemente relajarse. Unos minutos después, se oyó a sí mismo decir: "Tengo que afrontar la música".

Luego escuchó al Dr. Culpa decir: "la música puede querer enfrentarse a ti". Y ahora que estaba aquí, le vino a la mente una pregunta, ¿por qué? De repente, la necesidad de enfrentarse a la música no parecía tan importante. Una idea estúpida en el mejor de los casos. Entonces, ¿qué era? ¿Cuál era su estado de ánimo que lo hizo hacer este viaje? Trató y trató de recordar, y nada se elevó al nivel de urgencia. ¿Y con eso? Tremendas inseguridades sobre su toma de decisiones le llamaron.

Miró su antigua casa de enfrente y no recordó nada. Pero había algo en el buzón situado a la izquierda del garaje. Le asaltó un recuerdo. Se vio a sí mismo instalando aquel buzón. Tenía un taladro en la mano y luego un martillo. Era como una versión abreviada de un evento. Como si hubiera recortado las partes que no necesitaba, pero hubiera conservado lo suficiente para saber que había instalado aquel buzón. Miró las otras casas y ninguna tenía el buzón junto a la puerta del garaje.

Otro destello rápido de él conduciendo hasta el garaje. Abrió el buzón y cogió el correo. Pensó, qué gran idea. Y entonces, mientras estaba sentado pensando en eso. Un recuerdo borroso se reprodujo. Tan borroso que se preguntó si era un recuerdo, un sueño o un raro pensamiento surgido de la nada. Vio su coche en un remolque. ¿He traído mi coche a casa en un remolque? ¿Desde dónde? ¿Por qué iba a estar mi coche en un remolque?

Un rápido recuerdo de él sacando su coche de un almacén vino a continuación. ¿Qué es todo eso? ¿Cómo es posible? ¿En qué situación metería mi coche en un almacén? La tremenda necesidad de ver su coche se apoderó de él. Fue directa y presente, como si todavía tuviera su coche. Se sacó a sí mismo de eso y las preguntas siguieron llegando. Espera un momento. No puedo creerlo. Esto debe ser una prueba. ¿Más bien una trampa para ver si soy capaz de descifrar un sueño de un recuerdo? Y si es así, ¿qué pasa si fallo? Y lo que es más importante, ¿quién me está poniendo a prueba y por qué? Entonces se vio a sí mismo trabajando en su pletina de ocho pistas. ¿Por qué tenía que arreglar mi ocho pistas? Huecos y más huecos, ¿por qué tantos huecos? Cuando a todo le siguen preguntas, hay que preguntarse, ¿por qué? Ahí está ese círculo vicioso de las circunstancias. Creía haberlo dicho, pero eran palabras de hace mucho tiempo.

Una tremenda necesidad de salir del coche le invadió. Lo siguiente que supo fue que estaba de pie fuera de su coche mirando su antigua casa. Miró a su alrededor para ver el coche de alquiler detrás de él y se dio cuenta de que no recordaba haber salido del coche. Entonces, lo que le pareció un recuerdo de una película o algo así.

Un hombre mayor con un mono vaquero reclinado apoyado en un viejo camión. Cuando aquello se le pasó por la cabeza, sintió como si el hombre mayor estuviera ahora mismo apoyado en su coche, a su lado. Estuvo a punto de buscarlo, pero se detuvo. Son pensamientos, nada más que pensamientos, se dijo. Pero los pensamientos se sucedían. Como si los recuerdos estuvieran grabados en una película. El siguiente recuerdo fue de él manejando su viejo camión por un camino de tierra.

"Dios mío", fue el siguiente sonido que escuchó, "ese era mi camión. ¿Qué le ha pasado a mi camión"?

¿"Eres tú, Roberto"? Salió de su episodio y vio a un hombre caminando hacia él.

¿"Eres realmente tú"? Volvió a preguntar.

Como si cayera desde la cima de una montaña, el cerebro de Roberto se sumergió en el infierno de la confusión. Otro recuerdo surgió de nada. Entró y salió de su cabeza en una milésima de segundo. Un hombre en una gasolinera preguntando, ¿eres tú, Roberto?

"Soy yo, Dale, ¿te acuerdas de mí"? Roberto escuchó, y esperó que viniera de su cabeza.

"Soy Dale de enfrente, ¿recuerdas"?

Roberto se obligó a salir de su cabeza a donde estaba, apoyado contra su coche, mirando su casa antigua. El hombre le extendió la mano, con una enorme sonrisa. Roberto hizo lo único que podía hacer. Extendió la mano y estrechó la mano de un perfecto extraño que ya conocía. No queriendo aceptar que Roberto no tuviera ni idea de quién era, Dale se preguntó, ¿cómo puede ser? Preguntó, ¿"no te acuerdas de mí"?

No queriendo revelar que no lo conocía, Roberto dijo: ¿"Dale"?

"Sí, sí. ¿Solías vivir justo ahí"? Señaló la casa de Roberto. "Yo vivía y sigo viviendo, enfrente de donde tú vivías".

Se volvió y señaló hacia su casa. La cabeza de Roberto siguió su dedo como si llevara una correa.

"Oh sí...". Dijo Roberto fingiendo recordar.

Dale vio el parecido de la verdad a través de su fingimiento. "Tú, tú no te acuerdas, ¿verdad"?

"Creo que sí".

Dale se preguntó si era el mismo hombre. Le vino a la cabeza la imagen de la primera vez que vio el "RoadRunner" de Roberto.

"Sí, solíamos conducir tu, RoadRunner. Me convenciste de comprar un Challenger, ¿recuerdas"?

Roberto apartó la mirada e intentó recordar. Dale lo estaba observando. Roberto permaneció en el vacío de la ausencia mucho más tiempo del que él creía. El siguiente pensamiento de Dale fue que aquel hombre podía estar luchando contra algo. No tenía ni idea de qué, pero la preocupación fue su siguiente sentimiento. Al fin y al cabo, este era el hombre que se había hecho a medida hace tantos años.

"Lo siento…estoy pasando un momento difícil". Dijo Roberto en voz baja.

"Oh, no, no, está bien hombre. Ha pasado mucho tiempo", dijo Dale en un esfuerzo por ayudar a su amigo. "Probablemente, me acuerdo de ti porque no me he movido. Sigo en el mismo sitio, ¿sabes"?

Dale echó un vistazo rápido. Roberto miró de una casa a otra, una y otra vez. Un destello rápido iba y venía, de lo que parecía una discusión o algo así con una mujer.

"Estás casado, ¿verdad"?

"Sí, sí, oye te acuerdas. Solía estar casado, pero ya no... gracias a ti".

Roberto sintió un poco de miedo y preguntó. ¿"Qué quieres decir"?

¿"Recuerdas la argumento con mi mujer? El argumento con ella".

"Se me ase que recuerdo un montón de drama". Dijo Roberto, sin querer especificar.

"Sí, sí, las cosas cambiaron después de eso". Dale se detuvo al pensar en haber visto a su esposa en la reunión de hace unas semanas. Y ahora, aquí está Roberto. No se lo podía creer. Se le iluminó la cara. ¿"Sabes qué? Tenemos que ponernos al día. Vamos adentro. No solo eso, tengo algo que llegó en el correo para ti, después de todos estos años, ¿puedes creerlo"?

Se dio la vuelta. Roberto lo vio alejarse y instantáneamente cayó en uno de sus pensamientos. Dale dio unos pasos y se dio cuenta de que Roberto no lo seguía. Se dio la vuelta y vio a Roberto apoyado en su coche mirando hacia abajo. Dale se preguntó, ¿qué estará haciendo? Roberto se vio en un almacén de recuerdos, sueños y pensamientos. ¿Por qué tantos? Se preguntaba mientras intentaba desesperadamente organizar cada uno en su hueco específico. Esto es un sueño, va aquí, esto es un pensamiento, va allí, esto es un recuerdo, va. Se detuvo. Oyó algo detrás de él. Miró por encima del hombro y vio miles de recuerdos que cruzaban una valla y llegaban a su ahora. Era como si supieran que Roberto estaba en la ciudad y esta fuera su oportunidad de aferrarse a la persona que los había creado. Pensó en el puente de metal donde se encontró con los recuerdos que alguien avía dejado atrás.

¿"Sabes qué"?

Roberto oyó y salió de sus pensamientos para ver a Dale mirándolo.

"Déjame traértelo. Vuelvo enseguida". Dijo Dale.

Roberto lo vio alejarse otra vez. Al principio, no tenía ni idea de que era la segunda vez que lo veía alejarse. Pensó en los recuerdos que le venían de la valla. La escena se repitió exactamente igual que la primera vez. La escena del puente metálico volvió a repetirse. Un momento, se dijo Roberto. Todo es como un eco. Lo vi alejarse. Todo se repite una y otra vez, pero ¿cuántas veces? ¿Cuánto tiempo estuve en mi cabeza? Eso también fue como un eco. ¿Cuánto tiempo estuve en mi cabeza? Era como si hubiera pronunciado esas palabras concretas, pero no recordara por qué. ¿Cuántas veces se pregunta cuánto tiempo estuve en mi cabeza? ¿Por qué lo pregunto? Es ridículo. Siempre estoy en mi cabeza. Se sentía enfadado e irritado, pero no sabía por qué. Se despertó al ver venir a Dale. Miró hacia abajo. Como si mirar hacia abajo fuera a cambiar todo lo que se le había presentado. Y luego, silencio total. Y eso le gustó. Era un silencio que uno creería imposible en el sur de California. Pero para Roberto, como sabía muy bien, el silencio se puede lograr en cualquier lugar y en cualquier momento.

¿"Sabes qué"?

Roberto escuchó. Dale se acercó a él. "No puedo encontrarlo, pero...".

Roberto interrumpió. "Está bien, si quieres entramos".

"Bien, bien", dijo Dale, le dio una palmadita en el hombro y rápidamente retiró su mano para no hacerlo sentir incómodo.

"Como puedes ver", continuó Dale, "el barrio no ha cambiado mucho".

Los dos miraron a su alrededor. Dale lo dirigió hacia su

casa. Entraron. Sin saber que nunca había estado dentro de la casa de Dale, miró a su alrededor esperando recordar algo, pero no se le ocurrió nada.

Dale apuntó al sofá y dijo. "Por favor, siéntate". Y acolchó el cojín del sofá. Roberto permaneció de pie y buscó recuerdos que nunca tuvo.

"Déjame ver si lo encuentro", dijo Dale. "Está por aquí en alguna parte".

Fue detrás de la barra del desayuno, abrió un cajón de la cocina y buscó.

"Aquí está". Se acercó a Roberto. "Mira esto, tengo esta invitación de reunión para ti. Llegó a mi casa".

Extendió los brazos, como diciendo: ¿te lo puedes creer? Volteó la invitación de atrás hacia delante un par de veces.

"Va a ser", abrió la invitación y buscó la fecha. "Vaya, es este fin de semana". Lo miró, "¿estás aquí por tu reunión"?

Roberto escuchó las palabras del Dr. Culpa: "La música, en este caso, puede querer enfrentarte".

Dale se dio cuenta de que no obtenía respuesta. Giró la invitación para mostrar a Roberto una foto en blanco y negro de la escuela secundaria de Arlington Heights, en mil novecientos setenta y seis. Un parecido asombroso con la escuela de Cloverdale. Dale miró la invitación, frunció el ceño y preguntó. ¿No fuiste a la escuela en el norte? En cuanto las palabras salieron de su boca, Dale se arrepintió de haber preguntado y vio que Roberto suspiraba y bajaba la mirada. Al instante, Dale se preocupó por su amigo y se dijo: Quizás hago demasiadas preguntas. Después de todo, han pasado muchos años. Pero hay algo que no está bien.

¿"Sabes qué? Lo...lo miramos más tarde".

Dale dijo y miró a su alrededor en busca de un lugar para colocar la invitación. La dejó sobre la mesita. Miró a su alrededor para librarse de los próximos segundos y decidió sentarse en el sofá.

"Vamos, por favor, siéntate".

Roberto se sentó. Vio una foto en la mesita. Intentando encontrar una conexión con lo que había visto. ¿"Son...tus hijos"?

"Sí, esos son mis hijos".

Dale intentaba mantenerse en el momento. Pero le resultaba casi imposible, ya que sus pensamientos lo llevaban de vuelta a la noche en que Roberto se fue, hace tantos años. Dale se había preguntado durante años qué le habría pasado. Y ahora, aquí está, pero las preguntas tendrán que seguir sin respuesta por ahora. Salió de sí mismo a tiempo para darse cuenta de su suspiro.

"Sí, son mis hijos. Sabes que preguntaron por ti. Durante mucho tiempo".

Dale ladeó un poco la cabeza. Una respuesta a las emociones que lo invadían. Apartó la mirada. Se dijo que debía controlarse, pero no pudo evitarlo.

"Les causaste una gran impresión. Y en mí".

Dale giró la foto para mirarla. La cogió y se la entregó a Roberto sin mirarle. Como diciendo, al menos trata de recordarlos. Roberto la miró y oyó al doctor Culpa en su cabeza, algo sobre coser fotos que están fuera de secuencia.

En un esfuerzo por avanzar las cosas, Dale preguntó. "Oye, ¿qué tal una cerveza"? Se levantó y se dirigió hacia el refrigerador.

"Oh, ah,...estoy bien, gracias". Dijo Roberto. "Estoy medicado ahora, últimamente". Su voz se apagó.

Dale volvió y se sentó tan rápido como se levantó y

dijo: "Está bien, no te preocupes todos estemas medicados". Esperando conseguir una risa.

Roberto miró la foto con intensidad, tratando de recordar, de ver las caritas de años pasados. Dale se frotó nerviosamente las manos y se inclinó para mirar la foto mientras Roberto la sostenía.

"Ya son mayores. Casados, y tengo seis nietos. Feliz como no te imaginas, eso que ni que".

Dale apartó la mirada y se quedó pensativo durante unos largos segundos. Luego dijo:

"Sabes, ahora me llevo bien con ella, la madre de mis hijos". Hizo una pausa. "Es que ella estaba pasando por un mal tiempo en aquel entonces. ¿Sabes? Es buena persona".

Sin saber qué decir a continuación, Dale miró hacia abajo para ver sus manos frotándose los muslos. Se detuvo, giró las manos, las cerró y las abrió para hacer algo. Volvió a frotarse los muslos y se sentó erguido estirando la espalda. Miró a Roberto mientras miraba la foto, y se preguntó, ¿qué podría estar pensando? Extendió la mano y cogió otra foto de los chicos, solo para tener algo en las manos. Hubo otro momento de silencio mientras los dos miraban las fotos.

"Sí, es buena persona". Dijo Dale y apartó la mirada.

Hubo otra pausa. Dale volvió a dejar la foto sobre la mesita y se frotó las rodillas con las dos manos. Miró a Roberto y sonrió sin saber qué hacer. Como si un recuerdo hubiera escuchado su llamada de auxilio, Dale preguntó.

"Oye, ¿te acuerdas de la vacación que nos fuimos? ¿Conocimos a esas dos chicas en el jacuzzi"?

Roberto bajó la foto y pensó en su pregunta. Le vinieron a la mente algunos retazos de los eventos de aquel día. "Creo que sí. Pero pensé que íbamos a ir, pero....". Dale lo interrumpió.

"Oh, no, sí señor, fuimos a esas vacaciones. Chico, esas chicas eran otra cosa, ¿no"?

Roberto volvió a meterse en lo vacío de su mente en intento recordar algo más de aquel día, pero no pudo. Dejó la foto sobre la mesita y se levantó lentamente. Dio un par de pasos y se detuvo. Sin saber qué pasaba, Dale se limitó a mirarlo. Como si necesitaran más silencio, ahí estaba otra vez. Dale nunca había sido tan consciente del silencio hasta ese día. Con tres hijos y seis nietos, el silencio se mantenía a distancia. Pero ahora era un silencio que le daba en la cara, pensó, intrusivo y ruidoso a su manera. No quería oírlo, pero no podía hacer otra cosa que esperar a que terminara. Roberto empezó a sacudir la cabeza. Miró más allá de las paredes como si fuera capaz de escapar con la mirada. Pero sus ojos estaban ocupados reteniendo las lágrimas. Como se estuviera a la distancia, se escucha en voz baja. ¿"Jesús, cómo puede alguien olvidar tanto"?

Dale intentó por todos los medios no emocionarse, pero el dolor de su amigo se había convertido en el suyo, y él también se encontró conteniendo las lágrimas.

"Está bien, está bien, yo también olvido cosas, hombre, todo él ti...". La voz de Dale se quiebra cuando trató de terminar la palabra, tiempo.

Roberto trató de llenar los espacios en blanco.

"Recuerdo... la noche en que me fui... Recuerdo la lluvia...pero...no recuerdo por qué ni nada más".

Inspiró profundamente, contuvo el aliento unos segundos, pero su mandíbula temblorosa se negó a retenerlo. Miró a Dale como pidiendo perdón y se encogió de hombros, sin saber qué más hacer o decir. Dale se levantó, se acercó al refrigerador, alargó la mano y tocó una foto de su coche, el "Challenger". Un día de hace mucho tiempo volvió a su memoria. Estaba sentado en el patio trasero de Roberto bebiendo cervezas, alterado y llorando por una discusión con su mujer. Roberto le ayudó a superar eso y mucho más. Había cambiado la trayectoria de la vida de una familia y había desaparecido sin dejar rastro. Eso era algo que Dale nunca podría aceptar. Al cabo de un par de días, llamó a la policía, que se negó a tomar una denuncia por desaparición. Pensaron que lo más probable era que se tratara de un hombre en algún tipo de escapada secreta y que no estaba desaparecido. Pero Dale no podía dejarlo pasar. Llamó una y otra vez sin obtener ayuda. Un día se presentó en el departamento de policía y habló con un sargento que investigó. Unos días después, el sargento fue a su casa. Le dijo que había encontrado a Roberto y que estaba al cuidado de profesionales.

El intento de Dale de encontrar a su amigo o respuestas a sus muchas preguntas lo llevó a hacer más preguntas. Pero como no era pariente suyo, el sargento le dijo que no podía entrar en detalles. Durante todos esos años Dale se preguntó qué había sido de su amigo. Unos meses después de la desaparición de Roberto, el banco se hizo cargo de su casa, la vendió y la vida siguió. Y ahora, el misterio se espesa como dicen. Tantas preguntas. Dale salió de sus profundos pensamientos para ver a Roberto todavía mirando hacia abajo. Pensó en la mierda que podía ser la vida y se oyó decir.

"La vida es como un bocadillo de mierda, unos días nos dan bocados más grandes que otros". Dale sonrió. ¿"Te acuerdas de eso? ¿Lo de la mierda de la vida"?

Roberto se obligó a sonreír entre lágrimas y se sorprendió al oírse decir. "Sí, recuerdo algo de eso".

Dale sonrió de oreja a oreja, feliz de oír que su amigo

de antaño recordaba al menos una de sus experiencias. Y con eso, pensó Dale, hay esperanza. Le dio una palmada en el hombro, esta vez más a gusto, y le dijo.

¿"Te acuerdas? Corre, es la mierda de la vida".

"Creo que sí, que suena un... sí, sí", dijo Roberto y sintió que una son risita le salía de dentro. Sé voltio hacia la puerta sin saber por qué. Dio un paso y escuchó a Dale decir.

"Espera". Cogió la invitación y se la entregó.

"No olvides esto". Roberto la miró y dudó.

Dale añadió: "No, no lo mires horita", lo dobló y se lo guardó en el bolsillo de la camisa. Dale pensó, finalmente, una verdadera sonrisa, y ahora, una pequeña pero real risa de los dos.

Dale siguió. "Lo sé, lo sé, tío, créeme. Fui a mi reunión hace un par de meses y estaba como, ¿quién demonios es esta gente"?

Roberto hizo una cara al escuchar el eco de un recuerdo de hace mucho tiempo mientras estaban sentados en su coche en una colina con los hijos de Dale. Cuestionó el recuerdo porque Dale conducía el "RoadRunner" y no entendía por qué.

Dale lo miró pensando y siguió adelante.

"Pero sabes qué", se pausó, "así soy yo. Estoy seguro de que tengas un buen tiempo, y quizás asta lo disfrutarás".

Dale abrió la puerta y salieron. De camino al coche, Roberto decidió no mirar a su alrededor. Solo camina, se dijo a sí mismo. Caminaron hasta el coche, Roberto abrió la puerta y se detuvo.

Dale no pudo contenerse: "Toma, dame un abrazo". Lo agarró por los hombros, tiró de él y lo abrazó. Se echó hacia atrás y sintió como si estuviera mirando a uno de sus hijos. "Ten cuidado, ¿vale"?

Otro eco, entrando y saliendo de la cabeza de Roberto.

"Me cuidaré….tú también".

Se volvió hacia su auto y se detuvo otra vez. Las emociones lo inundaron. Se volvió hacia Dale y dijo.

"Volveré. Me...siento...mejor...lo...estoy...ya sabes...volveré".

"Bien, bien." Dijo Dale, mientras las lágrimas llenaban sus ojos.

Roberto luchó contra sus lágrimas en vano. Subió a su coche, lo arrancó, y a pesar de su intención, sintió que quizás era un momento que nunca volvería a tener. Mientras se alejaba, miró por el espejo retrovisor para ver su conciencia de la distancia creciente. Era esa cosa que ocupaba el medio de las cosas. En este caso, dos personas. Era una distancia que se expandiría independiente de su mundo físico. Con esa conciencia llegó la finalidad. Y con ella, llegó una tristeza al momento que lo hizo cuestionar la aceptación de la finalidad, y hizo lo que la mayoría haría cuando nada es suficiente. Escribir un final alternativo para una historia sin retorno.

30. UNA DEUDA PENDIENTE

Unos días después, Roberto estaba sentado en su coche mirando la foto en blanco y negro de la casa que estaba en la invitación de la reunión. Si había un lugar donde confrontar la música, como dijo Doctor Culpa, sin duda este lugar lo es. Su visión de las preguntas saltando una valla se cruzó por su cabeza. Levantó la vista de la foto y vio la misma casa casi sin cambios, excepto por un letrero que decía que ahora era un restaurante. Sus ojos se dirigieron a la pancarta del reencuentro que colgaba del balcón del segundo piso. Un rápido recuerdo de él sentado en su coche al otro lado de la calle del Owl Café entró y salió de su cabeza. Intentó encontrarle sentido, pero fue tan rápido que no estaba seguro de que fuera un recuerdo real. Salió del coche vacilante. Mientras caminaba hacia la casa, le vinieron emociones, sentimientos de haber estado allí. Recordó algo sobre otra reunión, pero ¿cómo podía ser? El parecido entre esta casa y la de la reunión de Cloverdale en la que tropezó cuando estaba sin hogar hace muchos años, casi demasiado y peligroso para Roberto. La necesidad de darse la vuelta y alejarse era casi insoportable a medida que la confusión comenzaba a apoderarse de él. Se obligó a continuar, que seguir las flechas alguien había pintado con tiza en la pasarela junto a un seto. Su audición comenzó a reducir de forma intermitente. Uno de sus compañeros de la escuela secundaria, Gary, asomó la cabeza por el seto y vio a Roberto.

¿"Roberto"? Preguntó Gary.

Gary miró al grupo y gritó. "Hola, chicos. Hey Anthony, ¡es Roberto! Chicos, Roberto está aquí".

La audición de Roberto, se silenció una y otra vez mientras varias personas miraban por encima del seto.

¿"Es él"? Preguntó Pam.

"Apenas se puede creer, ¿Roberto"? Dijo Anthony.

¿"Roberto"? Preguntó Cathy, su amiga animadora. La puerta se abrió y Judy corrió hacia él y lo abrazó.

"Dios mío, no me lo puedo creer", lo agarró de la mano y tiró de él a través de la puerta.

Roberto entró en el patio recibiendo muchos abrazos, besos y, como siempre, muchas preguntas. Al cabo de unos minutos, la conversación continuó sin él. Estaba bastante cerca para oír, pero lo bastante lejos para no ser incluido.

"Bueno, la casa de la Sra. Johnson es la última de las casas victorianas", dijo Cathy.

¿"Quién......"? Preguntó Jerry.

"La Sra. Johnson, ¿recuerdas? Solía trabajar en la oficina, en la escuela".

Roberto apartó la mirada intentando recordar. Cathy siguió con su lección de historia.

"Esta casa es la última de las grandes. Todo lo que había aquí cuando crecimos ha desaparecido. Con la excepción de algunas de las antigás casas de la pista, por supuesto, pero ya sabes".

Jerry no podía creerlo y preguntó.

¿"Cuándo convirtió esto en un restaurante"?

"Dios, enseguida. Tan pronto como el valor de la propiedad subió, todo el mundo vendió, excepto la Sra. Johnson. Ella lo convirtió en esto".

"Eso es triste." Dijo Jerry. "No puedo creerlo. Esto significa que nunca podremos volver".

Cathy lo rodeó con el brazo y le dijo.

¿"Pero sabes qué? Todo sigue aquí". Se señaló la cabeza. "Nunca podrán quitárnoslo".

Roberto apartó la mirada.

"Eso es verdad. Nuestro cerebro es nuestro". Dijo Mike Davison.

No convencido de que un recuerdo fuera una alternativa a la realidad, Jerry le dijo a Mike. "Sigue siendo triste. No importa cómo lo mires".

"Podemos revivirlo todo aquí". Cathy volvió a señalarse la cabeza. "Verdad, Roberto."

Miró a Roberto, que se había perdido haciendo eso mismo de lo que ella hablaba. Cosiendo las imágenes, los eventos y las emociones.

La mayoría de las cuales estaban fuera de secuencia, desligadas, flotando en su cabeza.

"Verdad Roberto." Repitió Cathy, con la esperanza de involucrarlo. Roberto asintió con la cabeza.

¿"Qué pasa con el ayuntamiento"? Preguntó Richard Doyle.

Cathy lo saludó como despidiéndose y dijo. "Bye, bye baby. Finito".

Richard intentó hacerse a la idea de que todo había desaparecido y no pudo. ¿"Cómo puede ser"?

Respondió Cathy, "La ciudad no existe. Ahora la llaman distrito. Supongo que no distes la vuelta antes de venir aquí".

Richard sacudió la cabeza decepcionado, y dijo. "No, acabo de llegar, se me hizo tarde".

Roberto miró hacia otro lado mientras la conversación continuaba sin él. Jerry vio a Roberto mirando hacia otro lado y dijo. "Oye, Roberto, ¿te acuerdas de nosotros"?

Jerry se acercó a él y le tocó el hombro. Roberto se dio la vuelta y vio que varias personas lo miraban.

"A ver, ¿dónde estabas"? Preguntó Jerry.

"Oh, he estado por aquí", respondió Roberto como si no fuera gran cosa.

"No, me refiero a ahorita. ¿En qué estabas pensando"? Roberto miró más allá de Jerry para ver a un par de personas que se acercaban y se unían al grupo.

¿"Qué estaba pensando? Nada".

"Oye Roberto, ¿te acuerdas del pueblo fantasma"? Preguntó Cathy con una enorme sonrisa.

Pat Dally oyó pueblo fantasma y dijo: "Hace años que no pensaba en eso".

Mike levantó su cerveza. "Oye, yo estaba allí", miró a Roberto, "gracias por darnos un susto de muerte".

Cathy esperó una respuesta, pero no la obtuvo. Se acercó a él. "Bueno, ¿te acuerdas"?

"Sí, sí me acuerdo". Dijo Roberto con una nueva expresión de ojos brillantes.

Cathy no se lo creyó. ¿"Estás seguro"?

Roberto la oyó claramente, pero dudó. "Ah, sí, claro".

Ella insistió. ¿"Estás seguro"? Le miró a los ojos como desafiándole. ¿"Te acuerdas de Mark"?

¿"Mark, Mark"? Dijo, Roberto.

¡"Bennett"! Dijo Cathy con los ojos desorbitados. "Él estaba allí esa noche. Contigo, ¿Sabes? Arreglando el pueblo fantasma".

"Creo que sí". Dijo, Roberto.

Cathy miró al grupo. "Saben que buscamos y buscamos a Mark, pero no pudimos encontrarlo. Sin embargo, Mills debería estar aquí".

¿"Mills"? Dijo Roberto y deseó no haberlo hecho.

Cathy se volvió directamente hacia él, sin creer que no pudiera recordar.

"Sí, él también estaba allí esa noche. También te ayudó a amañar el pueblo fantasma". Ella esperó.

¿"Ah, sí, va a estar aquí"? Roberto fingió.

Mike sacudió la cabeza mientras escuchaba y pensaba en todo. "Esa historia que se inventaron fue demasiado hombre".

Roberto bajó la mirada intentando recuperar algo de lo que se estaba diciendo.

"Oh tío, ¿recuerdo haber golpeado esa valla"? Dijo Mike y se puso las manos en la barriga.

¿"Sabes qué"? Cathy le dijo a Mike.

¿"Qué"?

"Kelly me dijo el otro día que aún tiene una abolladura en la cadera por haberse golpeado contra aquella valla. Todos estos años después".

"Me lo creo. Ella golpeó la valla con fuerza", dijo Mike. ¿"Ella viene"?

"Sí, debería llegar en cualquier momento". Dijo Cathy.

¿"Por qué no fui yo"? Preguntó Judy.

Pat le dio un golpe en el hombro. "Porque no tienes cojones, por eso".

Judy hizo una mueca y preguntó. ¿"cojones? ¿Qué tiene que ver con cojones"?

Pat la ignoró y miró a su alrededor en busca de David, quien era conocido cuando era niño por sus revistas Playboy en su casa del árbol.

"Hablando de cojones, ¿David, donde estás"?

David lo miró. Pat continuó.

"Oye, ¿recuerdas el día en que les colgaste el culo a esas chicas"?

¿"Te acuerdas? Sacaste tus nalgas desnudas por la ventana".

"Eso nunca sucedió". Dijo David.

"Joder, sí, pasó". Dijo Jerry.

"Diablos, sí que pasó." Dijo Anthony.

Jerry miró a David. "Estábamos en Fullerton, ¿verdad"?

Pat Dally asintió. "Sí y.....".

Jerry interrumpió a Pat y dijo, "así que vemos a estas chicas en un coche a nuestro lado, y..".

Pat lo interrumpió. "David se baja los pantalones para enseñarles el culo y apestó todo el coche".

¡"Qué asco"! Cathy hizo una mueca.

¿"Qué? ¿Qué pasó"? Preguntó Judy.

"Apestaba. El maldito apestaba". Dijo Pat.

Judy frunció el ceño. "No puedes hablar en serio". Miró a David, se puso las manos en la cintura y dijo. "Cerdo".

David se animó, estiró mucho el cuello y dijo. "Oye, oye, en mi defensa". Bajó la cabeza. "Vale... yo... no tengo defensa".

Judy pensó que era hora de darle un consejo a David.

"La próxima vez échate tu pedo fuera del coche, ¿por favor"?

Todos rieron y se asquearon.

Pat miró directamente a Judy. "No se tiró un pedo. ¿Apestaba por el apestoso culo, me entiendes? Claramente que un pedo no viera ayudado, pero el problema era el apestoso culo de David. ¿Entiendes"?

Todos volvieron a reírse, las chicas totalmente asqueadas mientras Judy intentaba encontrarle sentido, pero no podía ni empezar a relacionarlo.

¿"Pero qué? Oh Dios mío." Judy por fin comprendió.

"Dios no tiene nada que ver con esto", dijo Pat.

"Hombre, eso fue repugnante"! Dijo Jerry, todavía riendo.

¿"Repugnante? Esa es una buena manera de decirlo. Me alegro de habérmelo perdido". Dijo Richard.

Cathy se rio con la mano en la boca y suplicó. "Vale, para. No más por favor, para".

David negó lentamente con la cabeza mientras su cara se ponía roja como la remolacha. "Eso fue hace mucho tiempo".

Cathy finalmente dejó de reír y miró a David. ¿"Cuándo fue la última vez que te duchaste David"?

David miró a su alrededor en busca de apoyo. "Eso fue hace mucho tiempo. Ahora me ducho todos los días. ¿Y tú, Cathy"?

Cathy frunció el ceño. "¿Y yo qué? Yo no apestaba y no apesto".

David respondió. "No dije que apestabas. Pero tu culo desnudo estaba colgando por la ventana".

Toby dijo. "Por favor, no digas culo, suena feo. Di pompis".

Cathy sintió que la sangre se le salía del cuerpo mientras

se reproducía el recuerdo perfecto de aquel día. "No puedo creerlo", dijo en voz baja.

Pat respondió a Toby: "Bueno, en caso de David, era culo, en caso de Cathy, pompis, eso que ni que, pompis".

Judy se llevó la copa de vino al pecho y dejó caer la boca ligeramente abierta mientras miraba a Cathy.

¿"Hiciste qué? Cállate. No recuerdo haber oído hablar de esto".

Pat continuó. "Oh, ¿no te acuerdas? ¿Salió en las noticias? Cathy cuelga el culo, noticias a las once". Todos se rieron.

Roberto, a este punto, se había desentendido. Para él, no era más que otra conversación sin referencia, desvinculada, más parecida a voces lejanas de quién sabe dónde. Se alejó en silencio.

"Oh, sí, lo recuerdo". Dijo Jerry, mientras se mecía en un taburete.

Cathy decidió aceptarlo y dijo. "Sí, sí, pero ¿sabes qué? Al menos no lo apesté como ya sabes quién". Miró a David.

La cabeza de Judy giraba de izquierda a derecha escaneando a todos en busca de la verdad. Algo le prendió en la cabeza y se volvió hacia Cathy.

"Espera un momento. ¿Te bajaste los pantalones con tíos en el coche para colgar tus nalgas, fuere la ventana?" Judy miró a Jerry.

Jerry esbozó una gran sonrisa y dijo: !"así es, bebé"!

"Dios mío. ¿Quién estaba en el coche"? Preguntó Cindy, que había estado cercas escuchando.

Pat Dally se levantó orgulloso y dijo: "Culpable de los cargos, yo estaba en ese coche, sí, yo, y".

Señaló a Jerry. "Y Jerry, David y Roberto. Sí, has oído

bien". Extendió los brazos como diciendo, ahí lo tienes. Algunos se rieron, otros estaban confundidos.

Pat continuó. "Cathy". Hizo una pausa y la miró. "Fue la primera chica que tuve en el coche desnuda...bebé." Cogió su cerveza del taburete y la levantó por encima de su cabeza. "Así es bebé". Todos vitorearon.

"No estaba desnuda", dijo Cathy, tratando de defenderse. "Me bajé los pantalones.......un poco. Eso es todo".

¿"Un poco"? Los ojos de Pat se desorbitaron, adornando la historia.

Richard se inclinó hacia Cathy. "Pero tenías los pantalones bajados. Con cuatro chicos en el coche. No más quiero decir".

"Sí, sí", dijo Cathy, hizo una pausa y ladeó la cabeza. "Pero les dije que miraran hacia otro lado".

Judy miró a todos para ver la reacción. Algunos se rieron, otros pusieron los ojos en blanco. Los chicos que estaban allí se miraron unos a otros.

"Sí, claro". Dijo Jerry.

Cindy miró directamente a Cathy con decepción. "Ahora puedo verlo todo". Miró a los chicos y puso cara de inocente y con voz de niña dijo.

"Chicos, ¿pueden darse la vuelta porque me voy a bajar los pantalones? ¿Vale"? Salió de la voz de niña pequeña. ¿"En serio"?

"Bueno, lo hicieron", dijo Cathy, en cierto modo tratando de defenderse, pero sin importarle realmente en este momento.

"Bueno, si ese es el caso, ¿por qué he oído hablar de tus bragas turquesas"? Dijo Gary.

Más allá de la conversación y más allá de los recuerdos,

Roberto salió por la puerta hacia un espacio más cómodo.

Pat miró a Gary en señal de confirmación. "Ah, sí. Así fue".

Judy miró a Cathy con expresión interrogativa. Cathy le dedicó una pequeña sonrisa, como si quisiera decirle: A quién le importa.

"Tanto por mirar hacia otro lado. Recuerdo esas bragas turquesas". Dijo Judy.

Richard y un par de chicos miraron a Judy. Richard frunció el ceño y le preguntó.

¿"Por qué te acuerdas de esos? ¿Qué está pasando aquí"?

Judy puso el dedo en la sien de Richard. "Clase de gimnasia. Saca tu cabeza de la cuneta".

"La cuneta era el último lugar donde tenía la cabeza". Richard respondió rápidamente y se echó a reír.

"Oye, ¿recuerdas la persecución en coche"? Jerry preguntó.

David levantó las cejas. "Tío, ¿me acuerdo de eso? Eso fue una locura, tío".

"Oh, sí, estábamos persiguiendo a estos tipos de fuera de la ciudad, lo recuerdo", dijo Pat.

Jerry señaló a David. ¡"Joder, David aquí, estaba dándole una paliza al coche de esos tipos con una escoba"!

"No solo el coche, le di una paliza a un par de tíos". Añadió David.

¿"Quiénes"? Preguntó Bruce Collins.

Pat miró a David y dijo. "Yo, David, y Lisa, ella conducía. Andábamos en su Mustang ¿verdad"? Le preguntó a David.

"Sí, tío, ese coche era muy rápido".

"Ella podía conducir esa cosa también. Te diré algo, a veces me daba un susto de muerte".

Jerry se quedó pensativo mientras el recuerdo se reproducía en su cabeza. "Sí, yo y Roberto, estábamos detrás de ustedes en su RoadRunner. ¡Tío, esa cosa pateaba perros"!

Pat pensó en aquella noche loca mientras los detalles volvían a su memoria. Miró al grupo. "Así que estábamos persiguiendo a estos bastardos y nos detuvimos justo al lado de ellos y..." Jerry lo interrumpió.

¡"Vemos a David salir por la ventana, con una escoba"! Jerry miró a su alrededor como preguntando, ¿puedes creerlo?

Bruce miró a David. ¿"Por qué tenías una escoba"?

"Cállate Bruce, pon atención", dijo Cathy, deseosa de escuchar la historia.

La mente de Jerry se aceleró y revivió aquella noche como si hubiera ocurrido hace días.

"Así que David salió por la ventana con la escoba y comenzó a golpear la mierda de ese Camaro." Dijo, Jerry. Y continuó. Jerry saltó del taburete de bar. "Quiero decir que David estaba muy agüera de la ventana. Toda la parte superior de su cuerpo sobresalía del coche. Roberto y yo estábamos como, ¿qué coño está haciendo? Míralo. Así que da un gran golpe, falla y casi se cae del coche. Estábamos como ¿qué coño"?

Jerry miró a David. ¿"Te acuerdas"?

David sacudió lentamente la cabeza mientras se preguntaba las razones de su infancia para acciones que ahora no podía ni empezar a comprender.

Jerry continuó con la historia. "Así que se tira hacia atrás, da la vuelta, y quiero decir que se estira hacia bien atrás, y descarga sobre ese Camaro. Tío, no me lo podía creer. Qué paliza le dio a ese coche".

"Oh, mierda, ¿recuerdas al conductor"? Pat miró a su alrededor. "Trató de agarrar la escoba y David estaba como, vamos, vamos, quieres mi escoba, vamos". Pat hizo una rápida mirada alrededor como diciendo, prepárate para esto. "El conductor, en realidad trató de agarrarla. Tonto hijo de puta. Así que este idiota extendió la mano, David esperó a que su cabeza saliera lo suficiente, y". Pat sacudió la cabeza. ¡"ZAS!, David le dio un puñetazo en el culo".

"Quieres decir su cabeza", lo corrigió Bruce.

"En este caso, su cabeza era su culo".

Todos rieron.

"Ese estúpido hijo de puta". Añadió Pat y sacudió la cabeza mientras miraba a su alrededor. "Fue una locura, tío". Miró a David: ¿"Te acuerdas David"?

David se rió, algunos cuestionaron la verdad de la historia, otros simplemente la aceptaron.

"Hombre", dijo David, "eso fue una locura, ¿verdad Roberto"? Miró buscando a Roberto. "Oye, ¿dónde está Roberto"?

Anthony estaba pensando en la historia y salió de ella cuando escuchó la pregunta de David.

"Lo vi ase ratos. Se dirigía hacia allá". Señaló hacia la puerta.

Cindy y los demás miraron en dirección a la puerta y preguntaron. ¿"Adónde iba"?

"No lo sé", dijo Anthony.

Como arrastrado por el imán de la verdad, Roberto se quedó como una estatua mirando la fachada de la casa. Procesó la imagen y trató de conciliarla con la casa de la Reunión de Cloverdale. Un recuerdo que surgió de la nada, eso pensó. Pero las imágenes chocaban, nada parecía correcto. Las palabras del Dr. Culpa entraban y salían de su cabeza.

Un repentino cambio de humor inundó al grupo en el

patio trasero. Todos bajaron el ritmo, hicieron una pausa y reflexionaron. Los ojos de Jerry iban de un lado a otro mientras decía. "No debería haber dicho nada de la persecución".

"No creo que te ha oído". Dijo Mike y puso cara como decir, no te preocupes.

"Ojalá y no se vaya". Dijo Judy, mientras miraba a su alrededor esperando oír que alguien iba a ir a ver cómo estaba.

"Roberto volverá", dijo Mike, "no te preocupes".

Judy pensó en el infierno que vivieron hace muchos años. "Oh, Dios, espero que esté bien". Miró a su alrededor casi suplicante.

Cindy suavemente dijo. "No he pensado en ella en años. Es tan devastador".

¿"Quién"? Preguntó Bruce.

"Lisa", dijo Cindy, en voz bien baja.

"Así que murió, ¿verdad"? Preguntó Bruce.

Cathy suspiró profundamente, hizo una pausa y dijo en voz baja: "Fue asesinada". Hizo otra pausa y miró hacia otro lado como si no hubiera dicho nada. Pero sabiendo cuál sería la siguiente pregunta, después de unos largos segundos, dijo en voz baja:

"Solo unos años después de que nos graduáramos".

Bruce permaneció completamente quieto y contuvo la respiración mientras intentaba comprender.

Judy intentó controlar sus emociones. "Oh, fue terrible. No me lo podía creer. Todavía no puedo creerlo".

Hubo una larga pausa, mi entras todos asimilaban la involuntaria vuelta de la conversación.

"Oh chico, él era un desastre", dijo Cathy con su voz quebrada mientras miraba más allá del grupo hacia el frente de la casa.

Siguió adelante. "Todos éramos un desastre, pero, ¿para él? No me lo puedo ni imaginar".

Roberto se encontraba parado, sin expresión. Tras varios minutos de no poder conciliar las imágenes, se alejó y se sentó en el bordillo frente a la calle. En su mente, no era necesaria ninguna razón para las acciones realizadas. Sentarse en el bordillo era una acción precedida de otra, nada más. Mientras Roberto se enredaba en sus múltiples mundos, sus amigos se desenredaba en los suyos. Era un vacío que uno solo podía esperar que no existiera. Para los que se fueron de la ciudad después de graduarse, las preguntas eran demasiadas como para permanecer en silencio.

Gary suspiró profundamente. "Entonces, ¿qué pasó"? Miró a su alrededor. "No lo entiendo. Quiero decir, ¿he oído que la estaban fotografiando? ¿Es eso cierto"?

"Sí, bueno, el tipo era supuestamente un fotógrafo de una revista de coches y..". La voz de Cathy se apagó.

Judy terminó el pensamiento de Cathy. "La estaba fotografiando a ella y a su coche".

¿"Así que ese es el tipo que la mató"? Preguntó Mike.

Cathy asintió. "Sí, sí", apartó la mirada. Incluso para Cathy, que había vivido en la ciudad toda su vida, aquellos eran eventos sin paso. Todo lo que bastaba era el sonido de un coche que pasaba, una canción de antes que fue feliz en el radio y todo volvía como si fuera ayer. Aquí está todo, otra vez, pensó Cathy. Con las emociones fuera de control, trató de no llorar. Pero la historia tenía que ser contada, así que continuó.

"Roberto", Paró Cathy, se aclaró la garganta al sentir que se le saltaban las lágrimas. Levantó la mano temblorosa para secarse la primera lágrima. Siguió. "Y, Roberto." Se

446

detuvo. Se secó la segunda lágrima. Siguió. "Se culpó por lo que...". Con las lágrimas fuera de control, levantó las dos manos temblorosas para enjugarlas. Miró a su alrededor sabiendo que había cruzado el punto de no retorno en una historia que esperaba no volver a revivir. Siguió Cathy. "Se culpó a sí mismo por no detenerla".

¿"Qué quieres decir"? Preguntó Gary.

"Oh.....". Cathy respiró hondo y contuvo la respiración durante uno o dos segundos. Exhaló y dijo. "Tuvieron una gran discusión sobre que ella fuera a esa sesión de fotos. Y, ella fue de todos modos".

Algunos se miraron entre ellos. Otros bajaron la mirada, o la apartaron, esperando tener fuerzas para contener las lágrimas. Hubo una larga pausa.

Cathy por fin continuó. "La última conversación que tuvieron... fue esa discusión".

Roberto no tenía ni idea de que él era el tema de conversación, mientras estaba sentado en el bordillo, encapsulado en su silencio. Miró hacia abajo, esperando no ver nada. La ausencia de todo le hacía sentir bien, pero se preguntaba si era bien lo que sentía, o nada. Se Preguntó. ¿Cuál es la diferencia?

El sonido de un Mustang enfurecido en la lejanía captó su nada. Roberto se preguntó. ¿Cómo puede ser? Bueno, hay muchos Mustangs por ahí, así que ¿por qué no? Pero este sonaba demasiado como... Se detuvo. Cerró los ojos y se tapó los oídos. El sonido de su respiración se hizo más fuerte, como para evitar que oyera aquel Mustang. Pensó en lo mucho que se parecía una respiración a otra. Sin embargo, afirman que todas las respiraciones son diferentes. Es la profundidad de la observación lo que determina la diferencia, como con el sonido de aquel

Mustang. Algo en aquel sonido no solo lo llamaba, sino que lo buscaba. Conocía el sonido de ese escape, la relación de transmisión de ese eje, el sonido y el tacto de ese embrague superficial. Era exactamente como él lo había ajustado. Las palabras del Dr. Culpa interrumpieron ese hermoso sonido. Repulsó sus palabras. Volvió el sonido del Mustang enfurecido. Pensó en la noche en que persiguieron a esos chicos. Lisa, Jerry, David, Pat y Roberto conduciendo como maníacos. Nuestros coches gritando como loco mientras la música Rock n Roll llenaba cada centímetro cuadrado de nuestros coches.

El sonido del Mustang lo sacó de sus pensamientos. Ahí estaba, un rápido embrague superficial. Estoy seguro de que Lisa agarró segunda, el Mustang gritó. Agarró tercera, dos segundos después agarró cuarta. Debe estar en una recta, pensó. Ella soltó el acelerador, entrando en una curva, Roberto estaba seguro de eso. Agarró la segunda y pisó el acelerador a fondo al salir de la curva de lado. Allí estaba aquel Mustang chillando como un puma. Vio las botas de Lisa mientras se agarraba tercera y sacó su Mustang del tobogán. El Mustang volvió a chillar. Golpeó la cuarta marcha catapultándola hacia esa recta. Así es como se hace, pensó. Inspiró rápidamente y estuvo a punto en ver si estaba el Mustang. Luchó contra eso y mantuvo la vista en el pavimento. El movimiento de su cabeza lo cogió desprevenido.

Lo detuvo y cerró los ojos. El sonido del Mustang se acercaba cada vez más. Se preguntó, ¿por qué está pasando esto? Las palabras del Doctor Culpa estuvieron a punto de volver, pero las negó. El sonido del Mustang dobló la esquina. Abrió los ojos y allí, en el pavimento, y en sus zapatos, una luz que solo podía ser del Mustang.

Un rápido recuerdo de él sentado en su camión viejo mirando sus pies sobre los pedales pasó rápidamente por su cabeza. El Mustang se acercó. Se detuvo, dio marcha atrás y aparcó. El motor aceleró dos veces y se apagó igual que Lisa. El corazón de Roberto se desbocó, pero se obligó a no mirar. La puerta del Mustang se abrió. Hubo un momento de silencio. Como si se hubiera detenido a mirarlo. La puerta se cerró. Hubo otro momento de silencio. Roberto miró hacia abajo todo el tiempo. El sonido de pasos empezó a acercarse a él. No, no, esto no está pasando, se dijo. Como si sus amigos en el patio y Roberto estuvieran unidos por una cuerda de telepatía mental, el horror de sus ayeres se reprodujeron al mismo tiempo.

Cathy continuó con la historia.

"Su última conversación, lo último que se dijeron, fue aquella enorme discusión". Se detuvo. Separó la mirada. ¿"Te lo puedes creer? Como si lo que pasó no fuera suficiente malo".

Algunos lucharon contra las lágrimas, otros se rindieron ante ellas. Judy se secó las de ella, pero estas eran lágrimas que se tenían que llorar.

"Dios, fue horrible. Debería haberla detenido, él, él..". Dijo Judy, y no pudo continuar. Los que no sabían lo que había pasado la miraban casi suplicantes.

Judy continuó: "Después de las horribles noticias, debería haberla parado, Roberto repetía una y otra vez".

Anthony caminó de regreso hacia el grupo después de buscar a Roberto por encima del seto.

¿"Se fue"? Preguntó Cindy.

Anthony negó con la cabeza. "No".

¿"Qué está haciendo"? Preguntó Judy.

"Está ahí sentado", dijo Anthony al ver las lágrimas de Judy cayendo por su barbilla.

¿"Dónde"? Preguntó Judy.

"Delante, en el bordillo". Anthony apretó los labios mientras él también luchaba contra las lágrimas.

¿"Está sentado en el bordillo"? Preguntó Bruce.

"Sí", dijo Anthony y bajó los ojos al suelo.

El intento de Roberto de no volver a coser las imágenes le había fallado. A medida que los pasos se acercaban, la necesidad de mirar ya no se le escapaba. Ahí está, se oyó decir. Esa silueta alta y hermosa con la luz de la calle iluminándole el pelo.

Luchó contra las lágrimas, pero al igual que las lágrimas que sufrían sus amigos, estas también eran lágrimas que se tenían que llorar. Como si estuviera en dos lugares a la vez, su otra consciencia estaba al otro lado de la calle. Vio a Lisa caminar hacia él y se detuvo. Roberto se preguntó, ¿por qué estoy viendo esto desde el otro lado de la calle?

La siguiente perspectiva le llegó desde arriba. Roberto se vio a sí mismo sentado en el bordillo mientras Lisa se volvía hacia él. Esperó. A qué, era la pregunta. Y de nada, como desgarrando la tela del tiempo, el sonido de otro tiempo, de otro lugar. La discusión que tuvieron aquel último día. Fuerte y clara, la discusión continuaba. El sonido de la voz del mismo lo molestaba. El sonido de él, diciéndole que no se fuera, lo molestaba aún más.

La idea de no agarrarla y aferrarse a ella para salvar su vida, un error mortal. La discusión cesó. Queriendo no levantar la vista, abrió los ojos que ya estaban abiertos, esta vez para verla de las rodillas para bajo, mientras estaba de pie frente a él. Allí estaban, sus botas justo allí. Ella se arrodilló frente a él. La vio de cuello para abajo y se dijo a

450

sí mismo que no levantara la vista. Si alguna vez hubo un silencio para ser visto, sin duda era este. Ella alargó la mano, le levantó ligeramente la barbilla e intentó mirarle a los ojos. Él se resistió y cerró los ojos. Ella le agarró la cara con las dos manos, se inclinó hacia él, ladeó la cabeza y lo besó suavemente. Sin encontrar las paredes del tiempo y del espacio, sus suaves y hermosos labios abrazaron los labios de Roberto. El tacto, el sonido de sus labios tocando los de él, el calor de su piel junto a él siempre lo extrañará.

Y luego, el recuerdo que siempre arrepentirá. Ella le suplicó que le arreglara el coche, pero él se negó. Finalmente, le ayudó. Ella se fue a su sesión de fotos, otro error mortal. Roberto salió de aquel recuerdo para ver sus lágrimas caían sobre sus manos temblorosas. Este era el miedo debilitante que, de repente y aparentemente, lo visitó a lo largo de los años. Allí estaba otra vez, esa tercera persona, mirando los dos desde arriba. Todavía sosteniendo la cara de Roberto, ella retiró sus manos y se levantó lentamente. Después, vino el recuerdo de ella saludando mientras se alejaba en su Mustang, feliz, sonriente. Era la última instantánea; el último fotograma de un evento que estaba convencido de que no solo estaba fuera de lugar, sino que no debería haber ocurrido de la manera que pasó. Lo recordaba bien. Cuando ese momento expiró, cuando bajó la mano después de saludarla, en su mente y en tiempo real, la vio llegar en lugar de irse, como había visto en un sueño la noche anterior. En esa constante, no había discusión, no había fotógrafo y no había posibilidad de irse. Había entrado en contacto con esa conciencia humana en un estado de evolución genética con el que había luchado, pensado, soñado y cuestionado durante muchos años. Se preguntó cómo y por qué se encontraba en esa constante y no en la otra. ¿Fue una elección, fue casualidad o fue el resultado final de las fuerzas en juego? Como dicen, el lanzamiento de los dados. ¿Eso es la vida? ¿El resultado final de fuerzas que chocan? ¿El impacto de la nada convirtiéndose en algo?

Se sacó a sí mismo de eso, al recuerdo que no iba a dar a luz. Sin emitir un solo sonido, con una expresión que no quería formarse, las extensiones de su cerebro lo pusieron en pie. Se dio la vuelta, dio unos pasos, se detuvo y se volvió para mirar a su entonces, a su antes. Su mano empezó a levantarse para despedirse, una vez más, pero su ahora luchó contra él. Sin saludar, se alejó.

Como si saliera de esa realidad alternativa, Roberto en ese mismo momento no vio más que pavimento mientras seguía sentado en el bordillo mirando hacia abajo. Pero su falta de voluntad para aceptar lo que no era se apoderó de él y allí estaba él, esa tercera persona alejándose. Se detuvo, se dio la vuelta otra vez y allí estaba ella, esa hermosa silueta alejándose hacia la iluminación de la farola de la que había salido para luego desaparecer en ella. Y allí estaba él otra vez, todavía sentado en el bordillo, cuestionándoselo todo. El impulso de ver si ella se había ido, de verdad, más fuerte de lo que era capaz de resistir. Lentamente, levantó la cabeza para ver a nadie allí. Mientras Roberto luchaba contra sus demonios, sus amigos luchaban contra los de ellos. Lágrimas corriendo por sus caras, esfuerzos interminables por consolarse unos a los otros.

¿"Deberíamos salir a hablar con él"? Preguntó Cindy.

"No creo que sea una buena idea. Déjenlo solo un rato". Dijo Mike.

"Qué cosa tan terrible tener que vivir. Jesús". Dijo, Richard. "Quizá sea mejor no hablar de esto". Añadió Richard, queriendo alejarse de esto.

"Pero no hemos tenido tiempo de curarnos con él. En muchos sentidos sí". Dijo Cindy, mientras miraba a su alrededor. "Nosotros, pero no él con nosotros. Quiero decir, no puedo creer que él está realmente aquí. No lo hemos visto en tantos años".

Judy continuó. "Pensamos que podría haber muerto. Estaba en tanto dolor antes de desaparecer".

Cathy miró más allá del seto como si lo estuviera mirando y dijo. "Apuesto a que se siente como ayer para él. Vernos por primera vez en todos estos años".

Gary preguntó. ¿"Dónde ha estado? Pensé que estaba aquí todo el tiempo".

La confusión en la cabeza de Bruce estaba más cerca de la verdad de lo que pensaba. "En realidad oí que había muerto en un accidente de coche".

Todos dejaron de hablar al ver a Roberto atravesar la puerta y dirigirse hacia ellos. Roberto levantó los ojos para ver la tristeza, las lágrimas corriendo por sus caras mientras se acercaba lentamente a Cathy. La miró a los ojos y la abrazó suavemente. Sus lágrimas se precipitaron hacia él, mientras sus caras se tocaban. Roberto intentó consolarla y le resultó imposible contener las lágrimas.

Judy colocó suavemente su mano sobre su espalda para consolarlo y le preguntó. ¿"Estás bien"?

Roberto se alejó de Cathy, pero no le soltó la mano.

Miró a su alrededor y vio más lágrimas de las que nadie tiene derecho a ver en toda una vida.

"Estoy listo", dijo Roberto con la voz temblorosa.

Lo miraron preguntando, sin saber si lo habían oído bien, pero no dijeron nada.

Roberto soltó la mano de Cathy y se volvió hacia ellos. "Estoy dispuesto a hablar de ella, sí, hablar de ella. Tengo que hacerlo. No puedo quitarles eso, de ustedes, de ella, y de mí. Quiero sentirme....bien con ella. ¿Entienden? Quiero poder hablar de ella".

Judy le secó las lágrimas y lo abrazó. Jerry se acercó a ellos mientras luchaba contra las lágrimas, pero ya era demasiado tarde. Se acercó a Judy y frotó la espalda de Roberto. Roberto soltó a Judy.

Respiró un suspiro tembloroso, se secó las lágrimas y la nariz. Miró a cada uno de ellos y se dio cuenta del dolor de su sufrimiento.

"Ya saben, por años......". Se detuvo. Suspiró y siguió. "Lo intenté, tan, tan duro para......" Se detuvo otra vez.

Buscó en lo más profundo de su alma en un intento de consolarlos, pero en lugar oyeron su voz temblorosa.

"Es solo que...a veces...todavía la siento aquí". Se llevó las manos al pecho.

El corazón de todos se hundió en el abismo del dolor que sintieron por él.

Roberto separó las manos del pecho, bajó la mirada y en lenta voz dijo. "Pero es tiempo".

Nadie sabía qué hacer, ni qué decir. Cindy no podía soportar verlo llorar. Mirando hacia abajo como un alma perdida. Sus lágrimas caían como lluvia. Ella lo abrazó con fuerza y en voz baza en el oído le dijo. "Sí, ya es tiempo, y lo haremos. Hablaremos de ella y nunca, nunca la olvidaremos".

Lo soltó de su abrazo, pero mantuvo su brazo sobre su hombro, se volvió hacia el grupo y repitió las palabras que le había dicho. "Es hora de hablar de ella". Miró a Roberto para asegurarse de que estaba escuchando y continuó. "Y lo haremos. Hablaremos de ella y nunca, nunca la olvidaremos".

Anthony levantó su cerveza, todos levantaron su vaso y todos dijeron: "Por Lisa".

"Por Lisa y su Mustang". Dijo, David.

"Por Lisa y su Mustang", todos dijeron y se acercaron a Roberto, con la necesidad de tocarlo, de aliviar su dolor. Mike se acercó y puso la mano en el hombro de Roberto. Hubo un largo abrazo entre todos mientras el silencio los encontraba. Pat, que fue a por una cerveza, volvió para ver a todos llorando y abrazándose. Se detuvo antes de llegar al grupo.

¿"Qué demonios está pasando aquí, una orgía de viejos y viejas"?

Todos lo miraron. Pat enarcó las cejas y echó la cabeza hacia atrás. ¿"Qué carajo"?

Judy y Cindy se volvieron hacia Pat y abrieron los brazos pidiéndole un abrazo.

"No me abrazarán, hijo de puta."

Algunos reían entre lágrimas, otros estaban demasiado sumidos en el dolor como para escuchar.

David extendió los brazos hacia Pat. "Vamos, hombre, tráelo, vamos hombre."

Con los ojos fijos en el grupo, Pat sacudió la cabeza y retrocedió. "Vete a la mierda, pendejos, hijos del diablo, olvídense de eso."

Dio una vuelta de 180 grados y echó a correr. Richard, Jerry, David y Anthony corrieron tras él. Roberto, por primera vez desde la muerte de Lisa, les escuchó. A sus historias, a la realidad de los acontecimientos que él solo había conocido desde su perspectiva. En su corazón, la tristeza siempre estará presente. Pero había algo en escuchar sus historias en voz alta, en sus voces, que aliviaba su dolor. La devolvía la vida. De forma limitada, pero ella había vuelto y eso le dio un poco de alegría.

Mientras todo esto ocurría, un mesero recogió unos

cuantos vasos y platos y se dirigió a la cocina. Al pasar junto a un par de meseras, Jenny y Olivia, el sonido de sollozos y llantos lo detuvo. Las vio sosteniendo un anuario. Miró por encima de sus hombros y vio la foto de una chica rubia delante de una tienda. Se llamaba Lisa Higgins. Era el verdadero amor de Roberto y más tarde se convertiría en su esposa. A primera vista, la diferencia entre ella y Joan Briganti, la chica antigravedad de Roberto, casi indetectable. Esta era la foto favorita de Roberto en su nuevo inventado pasado. La imagen que le trajo alegría y al mismo tiempo, lo mantuvo en su dolor.

Unos años después de su muerte, se obligó a mudarse a otra ciudad para librarse del dolor que le traía su entorno. Cargó en su camión todo lo que conectaba su pasado con su presente. Su ropa, sus joyas, sus fotografías, y sobre todo, su anuario con aquella preciosa fotografía. Condujo hasta el vertedero. Aclaró su mente y tiró todo fuera. Se bajó del camión y pisó a lo que pensó que era un libro. Lo recogió y se fue. Cuando llegó a casa, lo desempolvó y se dio cuenta de que era un anuario. Sintió aprensión y un poco de miedo. Intentó tirarlo a la basura, pero le pudo la curiosidad. Lo abrió y allí estaba: una foto casi idéntica de una chica casi idéntica a su esposa en un anuario casi idéntico. En un instante, sintió alegría. Se llamaba Joan Briganti. Abrazó esa alegría y nació su nuevo mundo. Y ahora tenemos que preguntarnos, ¿de quién era, ese pasado, ese mundo que se trajo a casa? Aquí está otra pregunta, en realmente, ¿Tenía elección Roberto? Todo era casi idéntico a todo lo que perdió. ¿Y cómo es que ese mismo día, en ese mismo lugar, mientras Roberto intentaba alejarse de su dolor, alguien llegó a ese mismo lugar, minutos antes que él, en un intento de alejarse del dolor de ellos? En la nueva constante de Roberto, él eligió ese anuario como su medio de supervivencia. Un medio para pasar el día y nada más. En su mente, todo era como antes. Ella y todos estaban vivos, todos jóvenes, todos, y todo sin cambios. Era su pedacito de ayer que se había presentado. ¿Qué podía hacer, sino aferrarse a su pedacito de ayer?

Jenny, una de las meseras, miró al mesero y señaló la foto.

"Es ella. Qué triste".

¿"Quién"? Pregunto el mesero.

"La chica que fue asesinada". Dijo Olivia.

¿"Qué chica"? Otra vez preguntó el mesero.

"La chica, de la que hablan y lloran". Jenny señaló al grupo con la cabeza.

El mesero miró al grupo y otra vez a las chicas.

¿"Por qué lloran? Ni siquiera la conocían".

¿"De verdad? ¿Así que tienes que conocer a alguien para sentirte triste por su muerte"? Dijo Jenny.

Añadió el mesero. "Digo que.....". Las chicas lo detuvieron con una mirada.

¿"Qué"? Preguntó el mesero.

Las chicas sacudieron la cabeza y volvieron a mirar la foto.

El mesero frunció el ceño y dijo. "Oye, pasa la página, quiero ver qué más hay ahí".

¿"Así que quieres alejarte de ella así no más"? Dijo Olivia.

"Vale, siento que esté muerta. ¿De acuerdo"? Echó la cabeza hacia atrás. "Vamos, pasa la página".

Las chicas pusieron los ojos en blanco y pasaron la página para ver el puente viejo de metal desde el que Roberto, su hermano Ernie y su amigo Claude solían saltar y nadar debajo cuando eran niños. Era otro de los muchos recuerdos que Roberto había trasladado a su nueva vida, su

457

Cloverdale, y estaba convencido de que ese puente estaba en el río Ruso en Cloverdale.

"Mira, no más, eso es hermoso". Dijo Jenny

¿"Me tomas el pelo"? Preguntó el mesero. ¿"Eso fue aquí? Quiero decir, ¿en esta ciudad"?

"No lo sé, supongo", dijo Jenny.

¿"Me pregunto dónde fue eso"? Preguntó Olivia.

¿"Estás segura de que este es el anuario correcto"? Preguntó el mesero. "No recuerdo haber visto nada parecido por aquí."

Pat pasó corriendo junto a él y las meseras. Seguido por un grupo de hombres que se reían. Lo alcanzaron y el abrazo de grupo pasó.

"Aléjense, no me toquen, pandilla de hippies cariñosos," gritó Pat.

Randy voló desde un pequeño pueblo de Colorado para a la reunión. Después de la cena, se acercó al cerco junto a la autopista. No podía creerse todas las casas que habían derribado para hacer sitio a la autopista y al centro comercial del otro lado. Miró el tráfico. Esto era algo que nunca podría entender. Oyó los gritos de Pat y miró hacia atrás justo a tiempo para ver otro abrazo del grupo. Sonrió. Volvió a mirar hacia la autopista y vio una luz que se movía entre los arbustos, a unos metros al otro lado de la valla.

¿"Qué demonios"?

Dio un par de pasos hacia la luz.

Se dio la vuelta y vio a Toby caminando hacia él.

¿"Qué estás mirando"? Preguntó Toby.

"No estoy seguro. Solo vi una luz moviéndose entre los arbustos".

¿"Dónde"?

Señaló. "Justo ahí".

¿"Qué será"?

"No sé".

¿"Eso es una tienda de campaña"? Preguntó Toby.

¿"Dónde"?

Toby señaló, "justo donde está la luz. Es verde".

"Dios mío, creo que tienes razón. ¿Crees que alguien vive allí"?

Un radio se encendió desde el interior de la tienda.

"A, Dios mío, alguien está viviendo allí." Dijo Toby.

¿"Puedes creerlo"? Preguntó Randy.

La cremallera de la tienda se abrió. Un hombre asomó la cabeza, alargó la mano y cogió una botella de agua del suelo. Vio a Randy y Toby mirándolo. Les dedicó una sonrisa, les saludó con la mano, volvió a meterse en la tienda y cerró la cremallera.

Randy y Toby se miraron.

¿"Qué acaba de pasar"? Preguntó Toby.

"Eso fue genial." Dijo, Randy. "Ves, ¿quién necesita un condominio"?

Sonó el móvil de Randy. ¿"Hola"?

¿"Hola, Randy"? Preguntó Mills al teléfono.

"Sí, ¿qué pasa Mills"?

"No creo que lo logre".

¿"Por qué no? ¿Qué ha pasado"?

Toby miró el tráfico y vio a un hombre en un coche hablando por el móvil.

"Perdí mi vuelo". Dijo, Mills.

"Qué lástima". Dijo, Randy.

Toby miró a Randy mientras respondía a la llamada. Miró al hombre del coche.

"Sí, tío, no me lo creo." Dijo Mills.

"Coge un vuelo más tarde, podemos reunirnos mañana".

Toby intentó unir las dos cosas.

"No sé si podré agarrar a otro, pero lo intentaré". Dijo Mills.

Los ojos de Toby iban y venían del conductor a Randy. Le vino a la cabeza un recuerdo de cuando Mills entró en el pasillo de la escuela con la guitarra a la espalda, con gorro negro, auriculares y aquel ocho pistas colgando del cuello. Salió de su memoria para ver al conductor y hizo la conexión y en ese mismo momento, decidió no decírselo a Randy. Mills se asomó para ver la pancarta de la reunión. Vio a las dos personas de pie al otro lado de la valla. Pensó que era raro, pero no pensó ni por un segundo, que eran Randy y Toby. Mills había estado atascado en el tráfico el tiempo suficiente para cambiar de opinión sobrevenir a la reunión.

Suplicó Randy. ¡"Vamos! Solo hazlo, hombre".

Horas más tarde, los eventos de esa noche se convirtieron en memorias. Y los segundos que no querían pasar, como los segundos de incontables noches, momentos después en ningún lugar se pueden encontrar. Y aquellos que prometieron nunca soltar la noche, últimamente, solo los que sueñan tuvieron la capacidad de aferrarse. Todavía bebiendo, todavía agarrados de esa línea de tiempo, que si jalas con suficiente fuerza, te llevará a tu comodidad, a tu familiaridad, a tu percepción de tu realidad. Como los segundos de hace un momento, eventualmente, todos tuvieron que dejar ir de esa línea de tiempo. Las luces del restaurante se apagaron. Un par de jóvenes meseros salieron y cerraron la puerta. Llegó un coche y los dos chicos se dirigieron al cubo de la basura. Y sí, sacaron una caja de cerveza, se metieron en el coche y se fueron a una noche de fiesta, en busca de recuerdos que esperan ser conquistados.

Roberto tenía uno o dos más problemitas con su pasado. Un pasado que le anclaba a una realidad que le debía un conjunto de explicaciones. Después de la reunión, se dirigió a la calle principal, como tantas veces, hace tanto tiempo. La misma calle que cuando era joven, tenía todo lo que uno podía desear. Hot rods, chicas, rock and roll a todo volumen y la noche interminable para recorrerlo todo, si tan solo pudiera traerlo todo de vuelta y revivirlo exactamente como solían hacerlo. Cada coche con su propia música, con su propia historia que contar. Pero Roberto no necesitaba traerlo todo de vuelta. Un pedacito es todo lo que era necesario.

Condujo en busca de ese pedacito, pero su implacable pasado de no hace mucho tiempo no estaba dispuesto a dejarlo ir. Se detuvo en el mismo semáforo en el que solía hacerlo hace tantos años. Esperaba esa sensación, esa conexión emocional. Pero lo único que su mente estaba dispuesta a aceptar eran los restos de aquel pasado. Y con eso, llegó un sentimiento de pérdida. Seguido de tristeza, que hizo surgir la pregunta, ¿por qué aferrarse a algo que nunca será? El semáforo se puso en verde. Dio vuelta a la izquierda para salir de Main Street y luego a la derecha. Era una parte de la ciudad en la que quedaba lo último del barrio viejo de los cuarenta y cincuenta.

Un par de manzanas más adelante vio uno de los restos, la parte trasera de Arlington Heights Licorería. Dió vuelta a la derecha en el aparcamiento y allí estaba, esa pared de ladrillo, ese letrero de neón, Arlington Heights Licorería todavía brillando como un faro. Un faro que cuando te encontrabas en un lugar oscuro, podía llevarte a sitios a los que no perteneces. Aparcó, salió y se apoyó en el coche. Su cabeza empezó a temblar lentamente mientras lo asimilaba todo. Después de unos minutos y muchos suspiros y preguntas sin fin, metió la mano en el coche y cogió su anuario.

Lo abrió y pasó a la página de Cloverdale Liquors en el norte de California. Sacudió lentamente su cabeza ante el increíble parecido con el lugar donde se encontraba. Unos minutos más tarde condujo hasta una colina desde la que se divisaban millones de luces de la ciudad. En su juventud, unas cuantas luces era todo lo que aquel pueblo pequeño estaba dispuesto a enseñarle de noche. Era uno de sus lugares favoritos cuando eran jóvenes. Era un lugar para beber, para fumar, donde se concebían muchos bebés. Se bajó y se apoyó en su coche. Había un zumbido en la ciudad que no recordaba. Mientras pensaba en eso, el sonido, que solo podía pertenecer a un coche, se acercó a él. Allí estaba, el hermoso sonido del Mustang de ella. No podía verla, pero sin duda podía oírla. Lisa y su Mustang, su destino, algunos dirían incumplido, nunca saberlo, para siempre en las calles de esta ciudad que nunca será olvidada, donde Roberto no solo nació, sino donde reside su pasado lejano, verdadero.

31. UNA VIDA EQUIVOCADA

Al día siguiente, Roberto condujo hacia el norte. Esta vez, se tomó la vida con ojos bien abiertos. En lugar de resistir los pensamientos, los abrazó. Era refrescante verlos como un pensamiento y nada más. Al llegar al puente Golden Gate, tuvo un par de flashbacks. Algo de una gasolinería que no podía explicar. Oyó decir a Doctor Culpa, la incapacidad de explicar el todo de todo, es normal. No todo lo que se presenta debe ser explicado. Esto hizo posible que Roberto no tuviera que explicarlo todo. La próxima vez que no pudiera explicar algo, lo etiquetaría como uno de los inexplicables. Una hora más tarde, más o menos, contempló la puesta de sol y la disfrutó, pero se sintió triste al verla terminar. Se preguntó, ¿Por qué el día es tan corto? Le vino a la mente el ciclo de la vida, pero lo dejó pasar. Conducir hacia el norte era diferente a conducir hacia el sur. Sintió una sensación de familiaridad que lo confundió y se encontró pensando en esa misma sensación.

El resto de su viaje, casi paralelo a un viaje que había hecho hacía más de quince años, pero que había olvidado. Había una similitud sorprendente con la secuencia de los eventos. La hora del día en que ocurrieron esos eventos. Cuánto tiempo llevaba en la carretera y dónde se encontraba a lo largo de su viaje tras la puesta de sol. El sonido de la carretera, el viento en la cara y el pelo de la ventana abierta. Era la totalidad de todo, lo que lo hacía preguntarse si estaba conduciendo por una carretera conocida por la que nunca había viajado. Se preguntó, ¿era esto un eco de aquella otra constante? ¿O era una emoción no asociada? Como si le dijera que siguiera adelante, las rayas de la carretera activaron el tic-tac de un reloj en su cabeza. A medida que aceleraba, también lo hacía el reloj; a medida que aminoraba, también lo hacía el reloj. Las preguntas empezaron a sucederse, la confusión justo detrás de ellas. Dobló una larga curva y entró en un tramo de autopista cubierto de árboles que juró que no existía en su camino hacia el sur hacía unos días.

Sorprendido más allá de lo creíble, se inclinó sobre el volante para tener una vista sin obstáculos. Era como si todo lo que era perfecto viniera a alimentar sus ojos hambrientos. Nada escapará a este portal de mi cerebro, se dijo sin saber por qué. Todavía inclinado sobre el volante, levantó la vista para ver cómo los árboles se movían hacia él, lo rebasaban y desaparecían sobre el techo de su coche. Un rápido pequeño recuerdo de farolas haciendo lo mismo, vino y se fue en un instante. Pensó en lo increíble que era ver algo justo delante de él y desaparecer como si nunca estuviera. Un segundo estaba aquí y al siguiente no estaba. Fue ese minúsculo espacio, la diminuta fracción de tiempo que existía entre ser y no ser, con lo que luchó durante años. Cómo algo podía estar y no estar al mismo tiempo. Un segundo su esposa Lisa estaba con él, un segundo después no estaba.

Se encontró sacudiendo la cabeza mientras sentía que su cerebro intentaba escapar. Se quitó todo eso de la cabeza al salir de una larga curva y entrar en otro túnel de autopista cubierto de árboles. Y allí estaba a lo lejos, la luz al final del túnel, el neón que lo llamaba, el Owl Café. En esto estaba pensando. Cómo el Owl Café no estaba aquí y aquí al mismo tiempo. El tic-tac del reloj desapareció. Sintió una nueva sensación de viaje. Las preguntas, ahora irrelevantes. Se encontró en medio de una de las respiraciones más profundas que había hecho nunca. Al exhalar, se preguntó: ¿Qué tiene esta hermosa luz que me hace sentir lo que siento? No podía explicarlo. Todo lo que sabía era que se sentía bien, cálido y bienvenido.

Y justo antes de incluirlo en la lista de lo inexplicable, se detuvo y se oyó a sí mismo decir. "Esta la pondré en mi lista de lo que no hay que explicar". Lo que no sabía es que, en su pasado olvidado y sin hogar, había llegado a depender de esa luz. Había una seguridad, un compromiso con, y desde ese neón que se desarrolló con los años. Se convirtió en su ancla, su brújula cuando se aventuraba en el bosque y no podía regresar antes del anochecer. Perdido y confuso, allí siempre estaba.

Su brillo flotando justo por encima de los árboles, sus hermosos colores reflejándose en las nubes bajas. Enseñándole el camino a su destino. Esta noche no fue diferente. Manejó hasta el Owl Café y estacionó justo enfrente y allí estaba otra vez, esa sensación de una vida pasada. Como si hubiera estacionado en este mismo lugar muchas veces. Se sentó en el coche y disfrutó de su inexplicable sensación de alegría. Unos minutos más tarde, salió del coche y se dirigió a la puerta. Sintió el impulso de darse la vuelta y mirar su coche. No era su "RoadRunner" del sesenta y ocho, pero era su coche. Echó un vistazo rápido, sonrió y entró. Vio a Margaret y Charles sentados en una cabina. Sus sonrisas eran tan hermosas como todo lo que les rodeaba. Se acercó a sus cálidos abrazos. Esto debe ser lo que se siente al volver a casa, pensó. Se sentó, miró por la ventana y a su alrededor. Margaret estaba impaciente por oírlo todo. Al cabo de unos minutos, la historia de su viaje empezó a brotar de su boca. Margaret se iluminó de placer.

Mientras eso ocurría, el gerente del Owl Café y una mesera recién contratada se sentaron en la oficina. Metió la mano en su escritorio y sacó una caja con varias etiquetas identificativas.

"Ah, adelante, escoge una".

La chica frunció el ceño. No sabía qué hacer.

"Por favor", dijo el gerente. Señaló con la cabeza asía las etiquetas.

¿"Qué quieres decir"?

"Escoge una por favor".

¿"En realidad"?

"Mira, si cada vez que contratáramos a una mesera nueva, pagáramos por una etiqueta con el nombre, bueno". Sacudió la caja. "Ya me entiendes".

"No, no entiendo". Dijo la chica.

¿"De verdad"? Preguntó el gerente.

"Ah, quieres decir...".

"Sí, sí, elige una". Dijo el gerente en voz alta.

"Déjame pensar". Dijo la chica.

El gerente cogió uno y se lo prendió en la blusa.

¿"Amanda"? Preguntó la chica mientras hacía un gesto. ¿"Parezco una Amanda"?

¿"Sabes qué? Toma". El gerente cogió unas cuantas etiquetas con nombres y se las puso delante.

"Qué, qué quiere". Empezó a preguntar la chica.

El gerente le metió las etiquetas en el bolsillo del delantal.

"Puedes elegir otro nombre más tarde si quieres".

Se levantó, abrió la puerta de la oficina y miró a su alrededor. Señaló la mesa de Roberto.

"Ahí, ¿ves esa mesa"?

Ella asintió.

¿"Ves que no tiene café"? Dijo el gerente.

Ella volvió a asentir.

"Ve y preguntarle a ese señor si quiere café".

Miró hacia la mesa, pero no dijo ni hizo nada. El gerente la miró.

"Agarra la cafetera y una taza, acércate a ese hombre y pregúntale si quiere café. Si dice que sí, sírvele una taza".

"Oh, vale, vale". Dijo la mesera.

Se fue, cogió la cafetera y la taza y se acercó a su mesa.

"Hola, ¿quieren café"?

Roberto miró la etiqueta con su nombre y al instante sintió alegría, pero no estaba seguro por qué. Le preguntó: ¿"Te llamas Amanda"?

Antes de que contestara ella, se preguntó: ¿Por qué conozco ese nombre? ¿Dónde he escuchado ese nombre? No podía apartar los ojos de ella y una vez más se preguntó: ¿Por qué?

La mesera sonrió, dejó la cafetera y la taza sobre la mesa, metió la mano en el delantal, sacó un montón de etiquetas con nombres y las colocó sobre la mesa. ¿"Para esta noche? Sí, soy Amanda" Puso cara de; ¿te lo puedes creer?

Todos se echaron a reír. El gerente oyó las risas, miró hacia ellos y sonrió, feliz de verla haciéndoles reír en su primera mesa.

"Me acaban de contratar". Ella dijo.

"Bueno, felicidades". Dijeron Charles y Margaret, Roberto le sonrió y dijo. ¿"Sabes que Amanda? Sí, quiero un café, gracias".

"Qué rara me siento con ese nombre", dijo la mesera.

Volvieron a reír. Margaret se inclinó hacia ella. ¿"Cuál es tu verdadero nombre"?

"Christie".

"Así que vamos a llamarte por tu verdadero nombre. ¿De acuerdo, Christie"? Dijo, Margaret.

"Oh, gracias". Se rieron. Le sirvió el café a Roberto.

"Gracias, Christie". Dijo Roberto.

"De nada. ¿Qué es su nombre, si me permite preguntarle"? Christie extendió la mano.

Roberto le estrechó la mano. "Soy Roberto, y ellos son Margaret y Charles".

"Hola otra vez". Dijo Margaret.

"Encantado de conocerte, Christie", dijo Charles.

"Me alegro de conocerlos a todos".

Miró más allá de ellos y por la ventana.

"No lo puedo creer, un autobús Greyhound acaba de llegar".

Se asomaron y vieron el autobús al otro lado de la calle. Unos segundos después, el autobús se detuvo y apareció un hombre con una bolsa de basura llena de pertenencias al hombro.

"No sabía que hacían eso". Dijo Christie.

¿"Simplemente parar y dejar a la gente en cualquier lugar"?

"Sí, ya sabes que es un poco raro, ¿no? Pero..". Charles se detuvo. Margaret le miró y asintió. Christie frunció el ceño mientras se preguntaba qué estaba pasando.

"Como puede ver Christie", añadió Charles, se detuvo y miró por la ventana. "Me parece que es un hombre sin hogar". Hizo una pausa mientras todos miraban al hombre.

"Normalmente, se le nota por la bolsa de basura. Toda su vida está en esa bolsa".

"Qué terrible". Dijo Christie. Margaret asintió con la cabeza.

"Otro paciente abandonado. Acabas de presenciar, un paciente que lo acaban de abandonar", dijo Charles.

El vagabundo miró al otro lado de la calle para ver el neón, brillante, la gente dentro conversando y comiendo. Sintió que su estómago vacío gruñía. Pensó en cómo lo tratarían si entraba y pedía comida. Estas eran preguntas en la mente de un hombre que recientemente se quedó sin casa. Los veteranos sabían exactamente cómo los tratarían, y aprendieron a soportarlo.

¿"Sabes qué Christie"? Dijo Roberto,

¿"Sí"?

"Déjame invitarlo a cenar si viene. Seguro que se muere de hambre".

"Oh, qué amable. Seguro que te lo agradecerá".

Roberto miró a Margaret y a Charles.

"Saben qué, voy a salir a saludarlo".

Christie miró a Roberto y luego a Margaret, y a Charles como diciendo: ¿No lo puedo creer? Margaret y Charles

469

sonrieron mirando a su Roberto. Su no tan recién nacido, como bromeaban cuando lo trajeron a casa por primera vez. Roberto se levantó y salió. Llegó a un punto del aparcamiento. Le sobrevino la tremenda necesidad de detenerse y dar la vuelta. Había pisado el mapa, las huellas exactas de su vida previa sin hogar. Un mapa para siempre impreso en su cerebro, a pesar de su voluntad de olvidarse esos recuerdos y esas emociones que se sentían como si pertenecieran a otra persona.

Se detuvo como si no tuviera elección, porque no tenía elección. Se dio la vuelta y se quedó inmóvil. Allí estaba, el Owl Café en total oscuridad. Sin luces de neón, sin Amanda, sin nadie a dentro. Una sacudida de miedo se apoderó de él. Pero este miedo era diferente. No solo lo sentía, sino que conocía a este miedo. Era como si una entidad, alguien sin un físico mismo, hubiera entrado en su línea temporal. Era un sentimiento definido, pero indefinido, desencadenado por uno de sus sueños sobre personas en cuerpos equivocados de vidas anteriores, como solía pensar. Se preguntó: ¿Es esto algo inexplicable?

Antes de poder responder, miró al otro lado de la carretera y se vio como si fuera el hombre sin hogar, mirando a su ahora, a su presente Roberto, parado en ese estacionamiento. Pero esta vez, el Owl Café, todo brillante, el neón iluminado, llamándole. Margaret, Charles y la nueva mesera lo saludaron. Les devolvió el saludo, y ahí estaba, la sensación de pertenencia. La sensación de que todo va a estar bien. Fue en este pueblito, en estas calles, donde Roberto había construido su ahora Roberto, su ahora pasado. ¿Es posible haber nacido en un lugar en error? ¿Haber nacido a gente en error? ¿Es posible haber vivido una vida equivocada? ¿Tener un pasado equivocado? Y si es así, ¿cuál era ese lugar al que solía llamar hogar? ¿Quiénes eran las personas que dejé atrás? ¿Son mis amigos del pasado? Y si es así, ¿es la distancia de espacio o la distancia de mente lo que los hace así? Y de nada surgió esto. ¿Qué les pasa a las almas solitarias? ¿Es eso lo que soy? ¿Un alma solitaria? Y si lo soy, ¿dónde me encontraré la próxima vez que no pueda encontrar, mi ahora?

A las voces en mi cabeza...

Les agradezco que me permitan usar sus voces. Las voces
que escuché durante mi infancia y en mi cabeza mientras
escribía este libro. No solo los escuché, sino que vi sus caras
y sus reacciones ante emociones que me tomaron por
sorpresa. Y a través de ese proceso, me recordaron a la
persona que solía ser. De joven veía la vida a través de una
lente en la que todo parecía mejor, más dulce, más brillante.
Me gustaría pensar que sigo siendo ese hombre, y en algunos
aspectos lo soy, pero como bien sabemos, la vida nos pasa
factura a todos. Sigo teniendo una perspectiva positiva, pero
las grietas ahora son evidentes. A medida que envejecemos, el
camino para alcanzar la verdadera felicidad se ase más y más
pequeño.

Siempre he pensado que nuestro pasado es muy preciado;
es la única constante que nunca puede cambiar, a pesar del
presente en que nos encontremos, y nadie ni nada puede
quitárnoslos. Me había convencido de que nunca regresaría.
Volver, supondría el peligro de cambiar para siempre mi
perspectivo de ese hermoso pasado. Había guardado mis
recuerdos en un lugar prístino y profundo de mi mente,
donde nadie, ni nada, ni siquiera el tiempo, pueda
contaminarlo de ninguna manera, ni exponerlos a los cambios
que finalmente se presentaran.

El paso del tiempo, me recordé algo que seme avía
olvidado, que la vida es final. Y con eso, el lugar, y la gente,
que dejé atrás, nunca escapaban mi mente. Una noche, la
curiosidad llamó a un amigo. Cogí el teléfono, y sí, llamé al
Owl Café. Una chica me dijo: "Hola, Owl Café, ¿puedo
ayudarlo"? Y en el espacio que existe, lo que es el medio entre
cosas, estaba mi incapacidad para responder. Y en ese

espacio, estaba el sonido de ese otro lugar. En ese preciso instante, me di cuenta de que no era solo la distancia del espacio, sino la distancia de mente la que existía entre mi presente, y ese lugar que solía llamar hogar, tantos años atrás. Y con eso, llegó la sensación de familiaridad, y de que todo iba a estar bien. Todos vivos, todos joven, absolutamente todo como era antes.

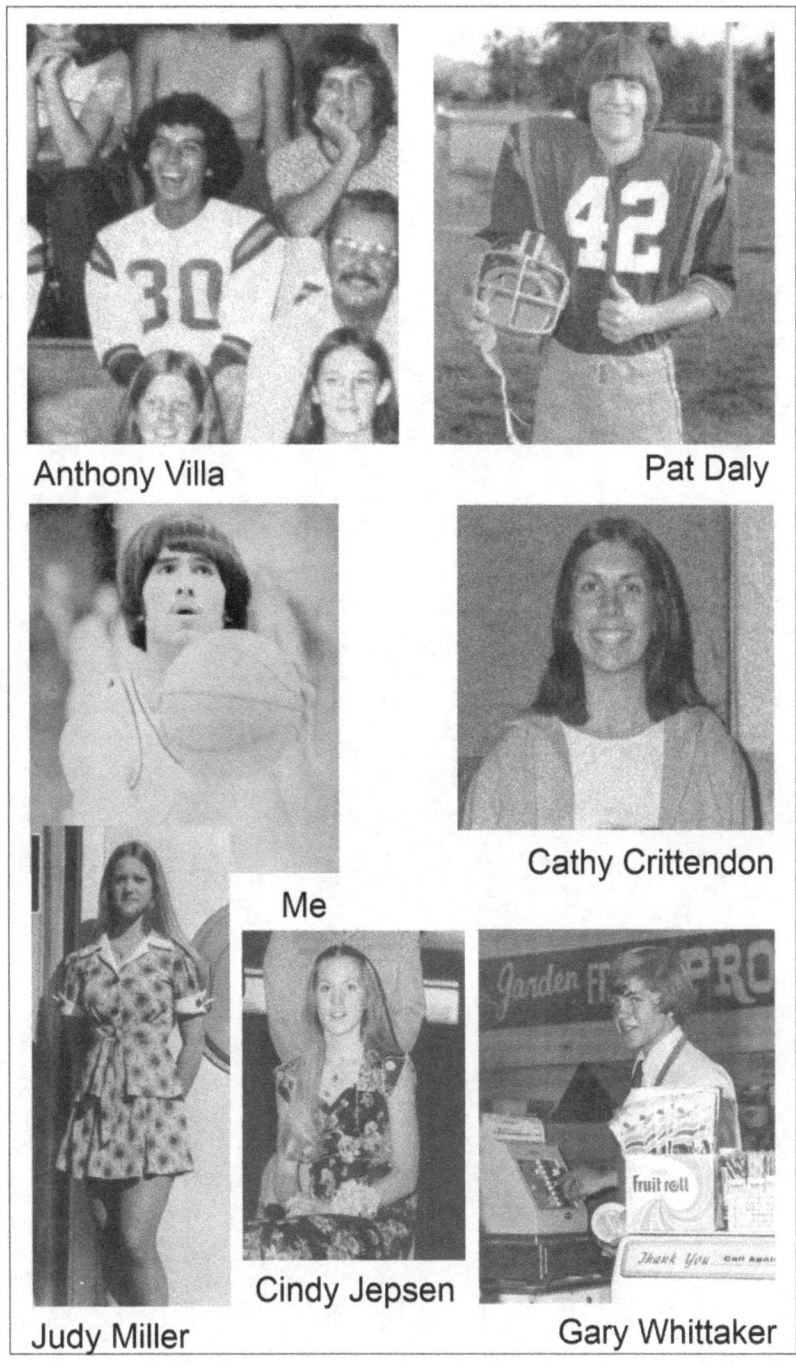

Anthony Villa

Pat Daly

Me

Cathy Crittendon

Judy Miller

Cindy Jepsen

Gary Whittaker

EL FIN....

Próximamente de Antonio L. Bugarin

LA DIVISIÓN DIGITAL
Una historia sobre la próxima mutación genética: Niños están apareciendo en coma mientras usan la computadora, y nadie sabe por qué. Algunos recuperan la consciencia, mientras otros, solo sus cuerpos sobreviven.